KB270729

오늘도 난
샹
마이웨이

오늘도 난

**샹
마이웨이**

1판 1쇄 발행일 2025년 9월 12일

글쓴이 3cm(이꿀, 이예지, 주정한) **그린이** 이꿀

펴낸곳 (주)도서출판 북멘토 **펴낸이** 김태완

부대표 이은아 **편집** 김경란, 조정우 **디자인** 키꼬, 안상준 **마케팅** 강보람 **경영기획** 이재희

출판등록 제6-800호(2006. 6. 13.)

주소 03990 서울시 마포구 월드컵북로 6길 69(연남동 567-11) IK빌딩 3층

전화 02-332-4885 **팩스** 02-6021-4885

bookmentorbooks.co.kr   bookmentorbooks@hanmail.net

bookmentorbooks__   blog.naver.com/bookmentorbook

※ 잘못된 책은 바꾸어 드립니다.

※ 이 책은 저작권법에 따라 보호를 받는 저작물이므로 무단 전재와 무단 복제를 금합니다.

※ 이 책의 전부 또는 일부를 쓰려면 반드시 저작권자와 출판사의 허락을 받아야 합니다.

※ 책값은 뒤표지에 있습니다.

ⓒ 이꿀, 이예지, 주정한 2025

ISBN 978-89-6319-660-2 03810

오늘도 난 샹 마이웨이

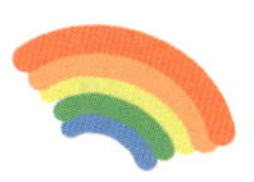

글 3cm

그림 이꿀

북멘토

차례

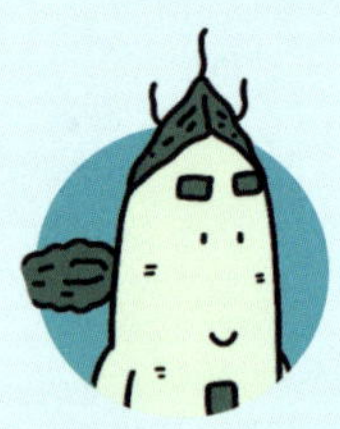

무 배우가 알려 주는
용기 있는 내 인생 코딩법

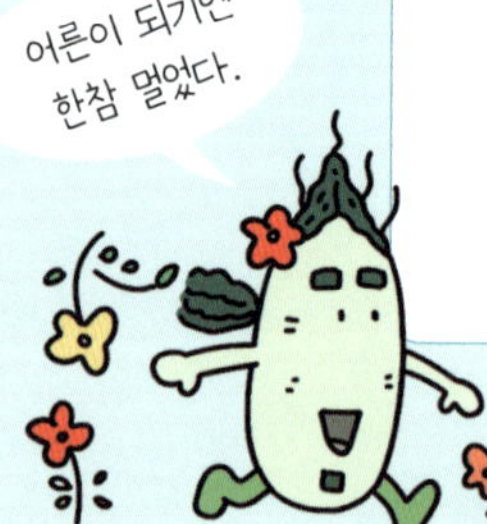

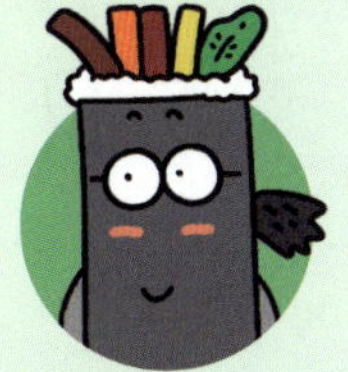

고군분투 김 작가,
나만의 속도를 찾다

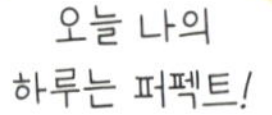

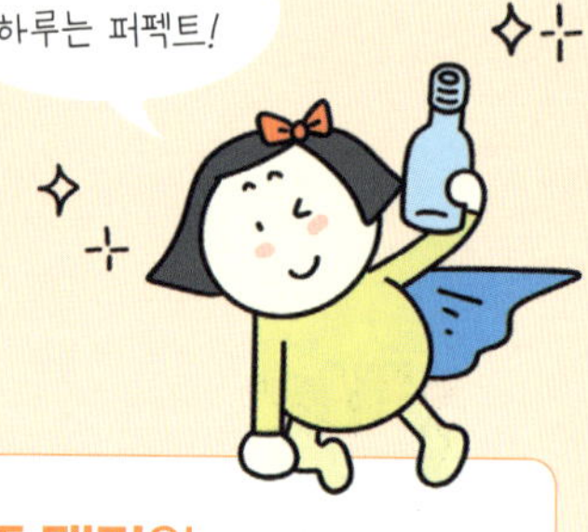

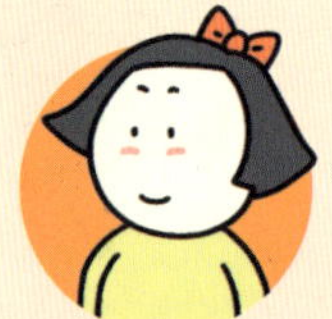

회사원 조 대리의
현대 생활 가이드

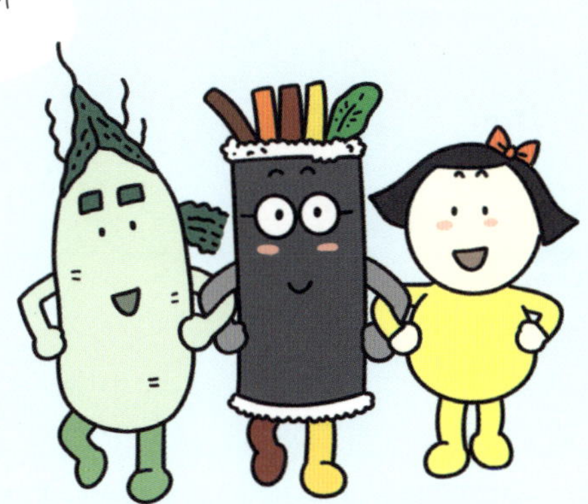
샹마이웨이
가즈아!

첫 만남은
계획대로
되지 않아

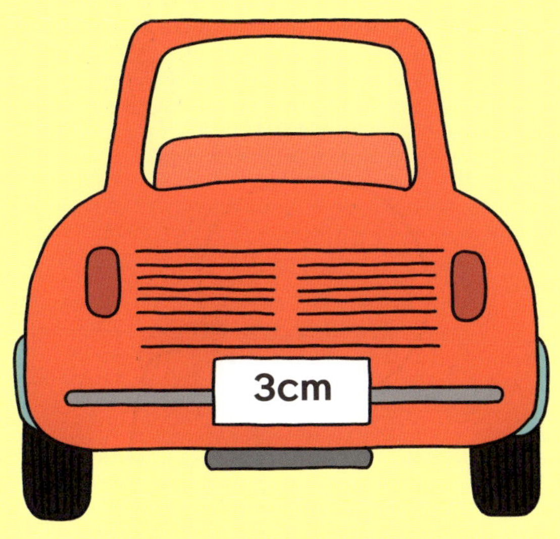

3cm

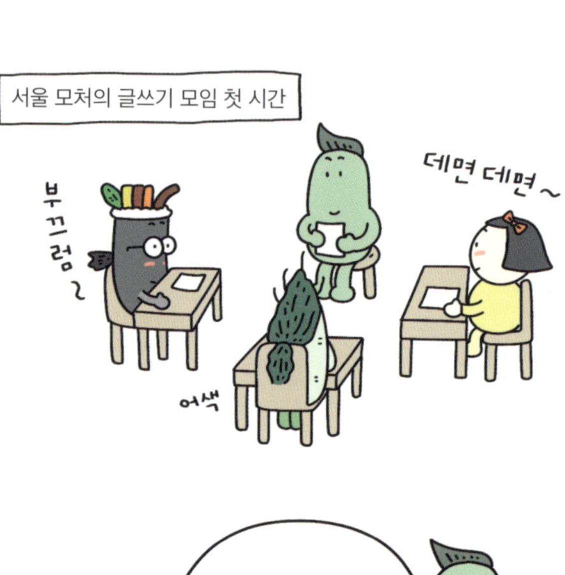

서울 모처의 글쓰기 모임 첫 시간
부끄럼~
어색
데면데면~

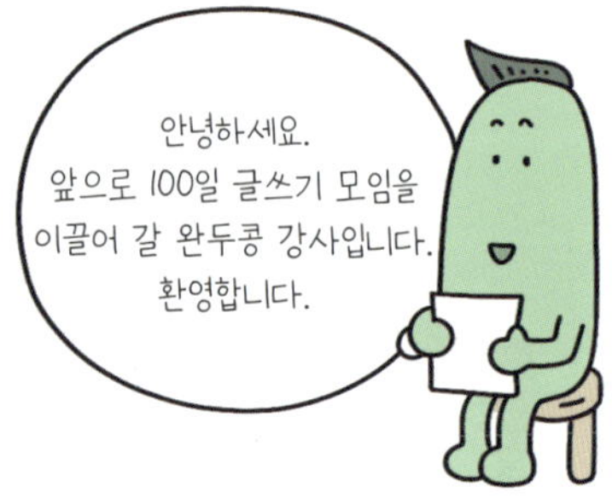

안녕하세요.
앞으로 100일 글쓰기 모임을
이끌어 갈 완두콩 강사입니다.
환영합니다.

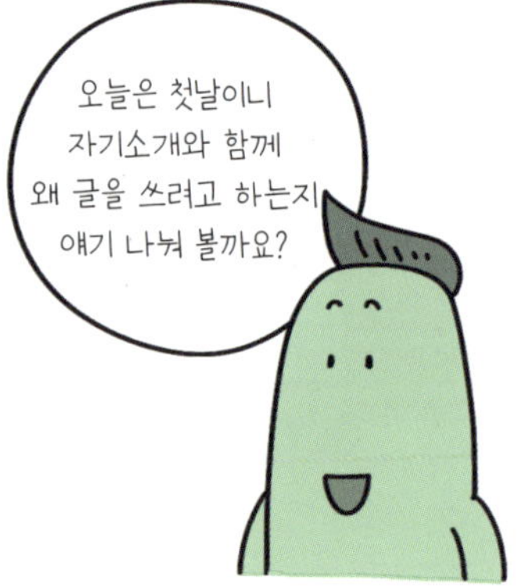

오늘은 첫날이니
자기소개와 함께
왜 글을 쓰려고 하는지
얘기 나눠 볼까요?

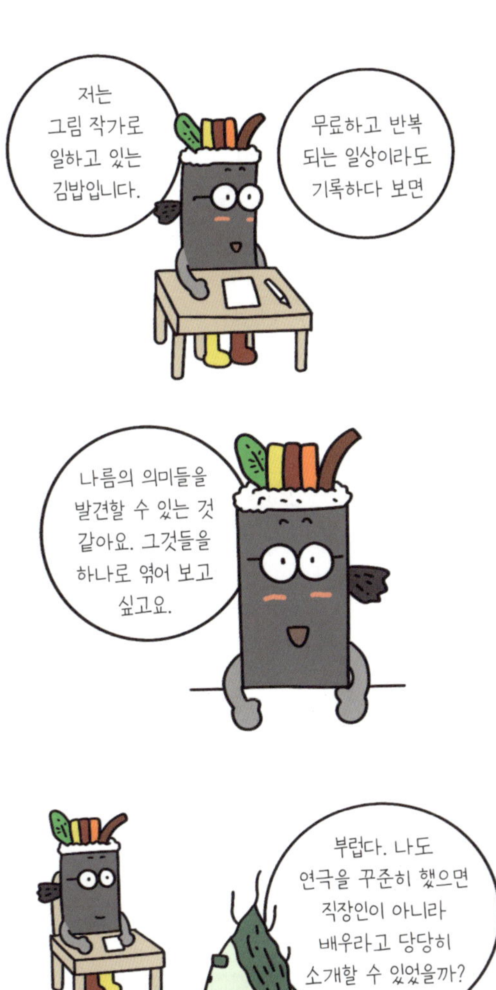

저는
그림 작가로
일하고 있는
김밥입니다.
무료하고 반복
되는 일상이라도
기록하다 보면
나름의 의미들을
발견할 수 있는 것
같아요. 그것들을
하나로 엮어 보고
싶고요.
부럽다. 나도
연극을 꾸준히 했으면
직장인이 아니라
배우라고 당당히
소개할 수 있었을까?

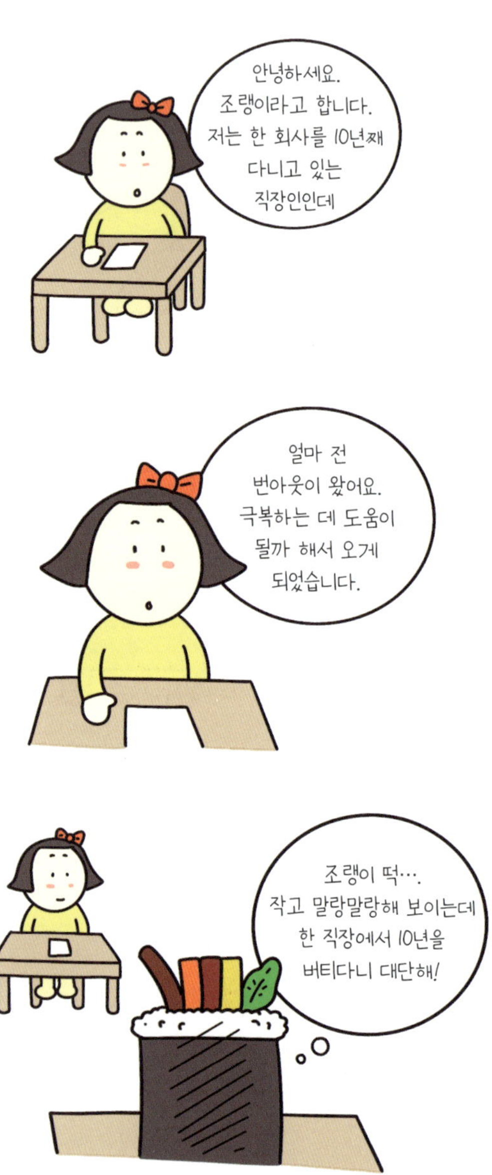
안녕하세요.
조랭이라고 합니다.
저는 한 회사를 10년째
다니고 있는
직장인인데
얼마 전
번아웃이 왔어요.
극복하는 데 도움이
될까 해서 오게
되었습니다.
조랭이 떡….
작고 말랑말랑해 보이는데
한 직장에서 10년을
버티다니 대단해!

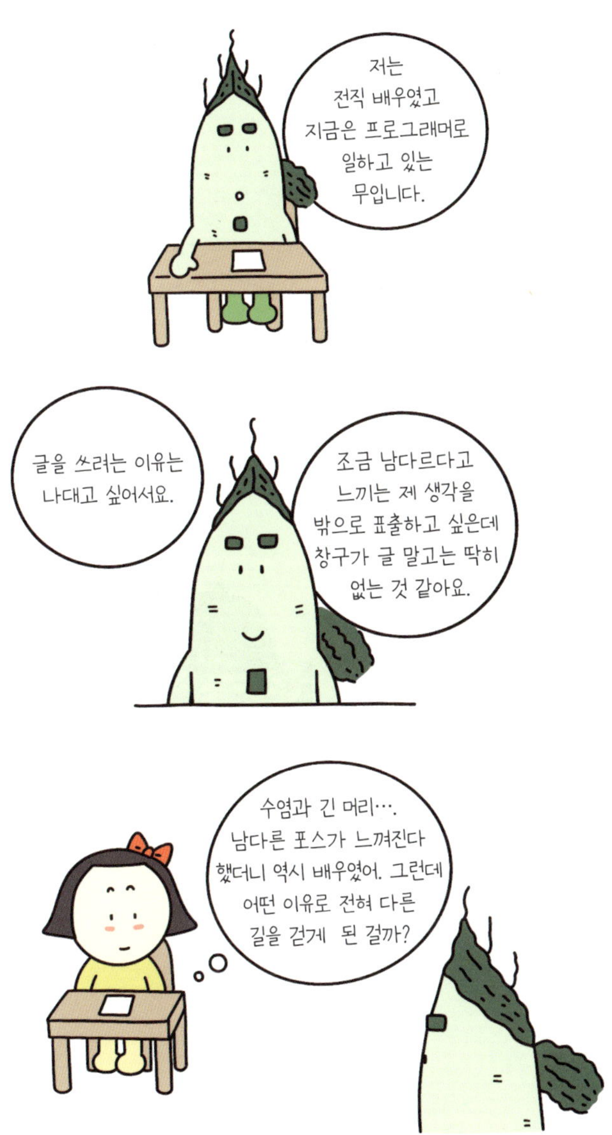
저는
전직 배우였고
지금은 프로그래머로
일하고 있는
무입니다.

글을 쓰려는 이유는
나대고 싶어서요.

조금 남다르다고
느끼는 제 생각을
밖으로 표출하고 싶은데
창구가 글 말고는 딱히
없는 것 같아요.

수염과 긴 머리….
남다른 포스가 느껴진다
했더니 역시 배우였어. 그런데
어떤 이유로 전혀 다른
길을 걷게 된 걸까?

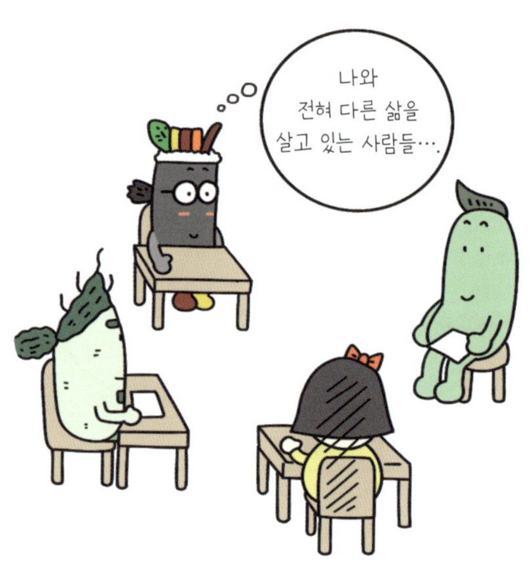
나와
전혀 다른 삶을
살고 있는 사람들….

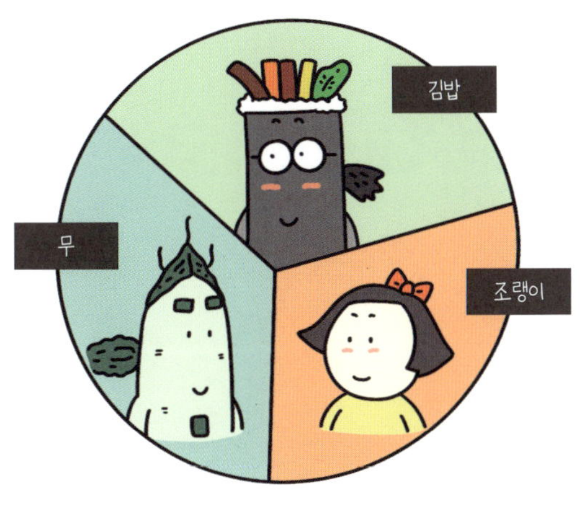

앞으로 어떤 이야기들이 펼쳐질까?

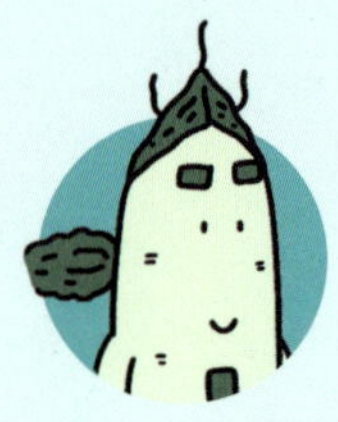

무 배우가 알려 주는
용기 있는 내 인생 코딩법

30대 초반의 기혼남.
연기에 큰 뜻을 품고 집안의 반대를 무릅쓰며
배우의 길로 접어들었다.
그러나 현실의 벽에 부딪혀 무대를 떠났고,
부단한 노력 끝에 개발자라는 제2의 인생을 살고 있다.

무 배우의 10문 10답

1. **이름** 바람든 무

2. **생일** 10월 3일

3. **MBTI** ENTP

4. **일어나자마자 하는 일** 명상

5. **요즘 빠져 있는 것** 가족 독서 모임

6. **인생 노래** 전인권 〈물고기〉

7. **여행하고 싶은 나라** 이탈리아

8. **스트레스 해소법** 아내와 수다 떨기

9. **싫어하는 음식** 비린 음식

10. **인생의 좌우명** 좌우명이 없는 것이 좌우명

푸쉬쉬

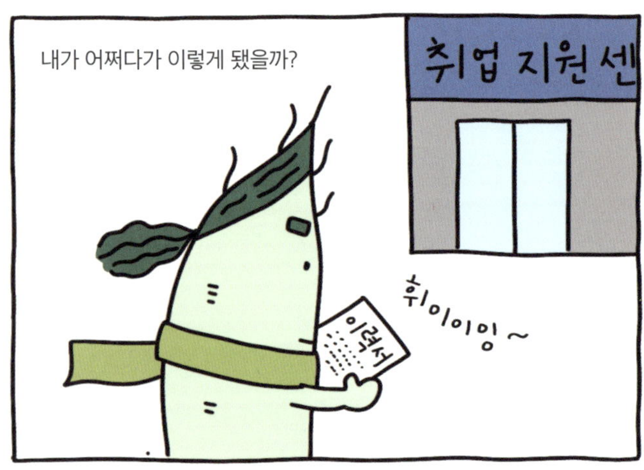

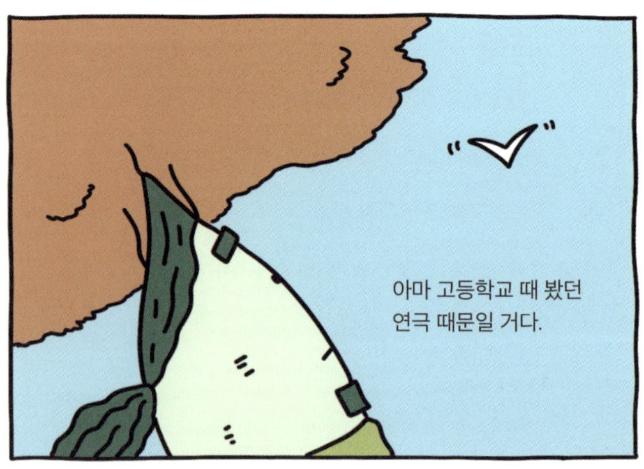

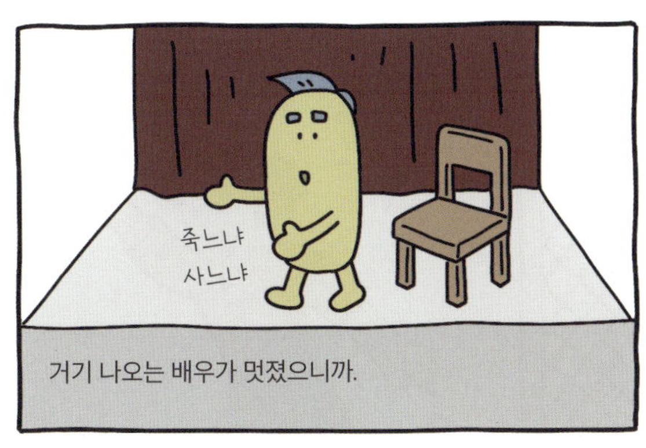

죽느냐
사느냐
거기 나오는 배우가 멋졌으니까.

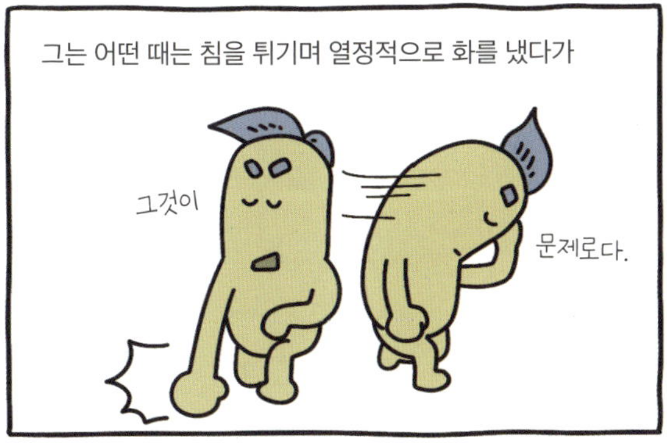

그는 어떤 때는 침을 튀기며 열정적으로 화를 냈다가
그것이
문제로다.

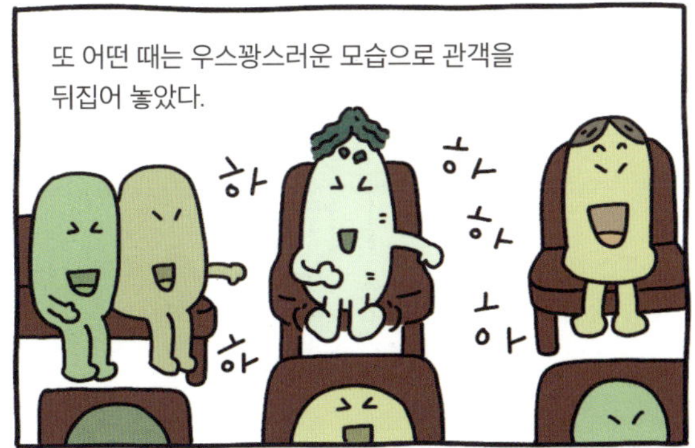

또 어떤 때는 우스꽝스러운 모습으로 관객을 뒤집어 놓았다.
하
하
하
하
하

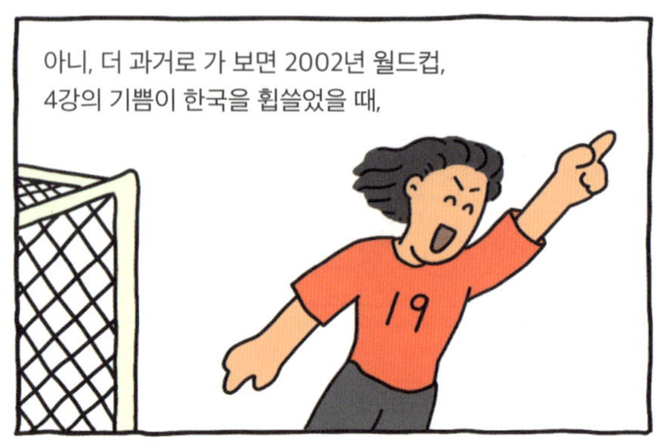

아니, 더 과거로 가 보면 2002년 월드컵,
4강의 기쁨이 한국을 휩쓸었을 때,
19

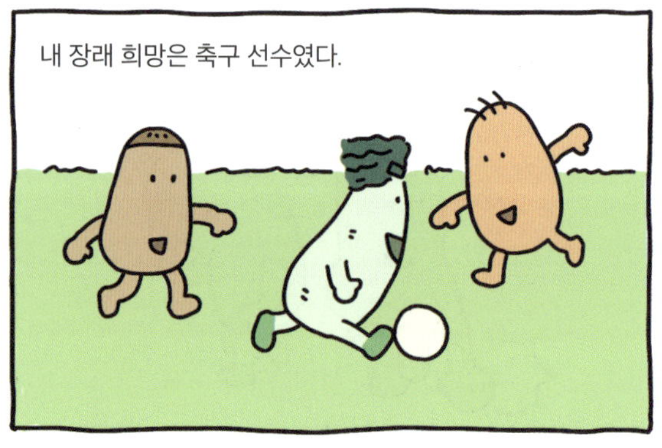

내 장래 희망은 축구 선수였다.

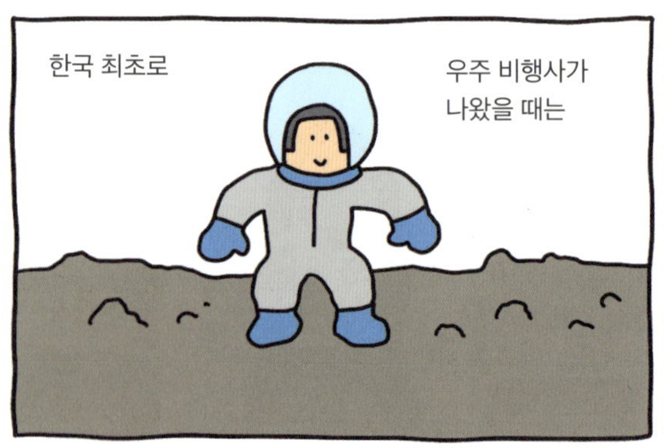

한국 최초로
우주 비행사가
나왔을 때는

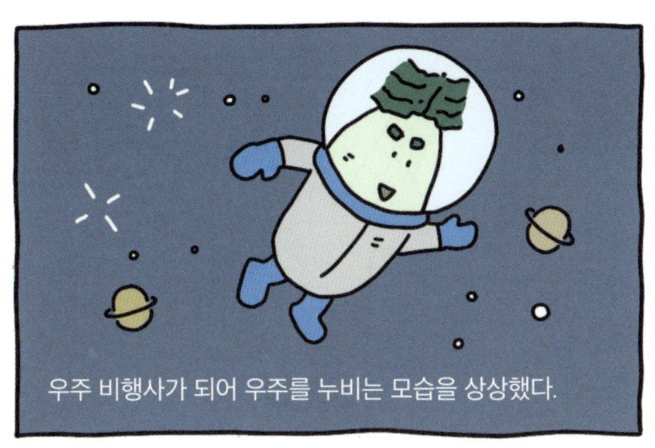

우주 비행사가 되어 우주를 누비는 모습을 상상했다.

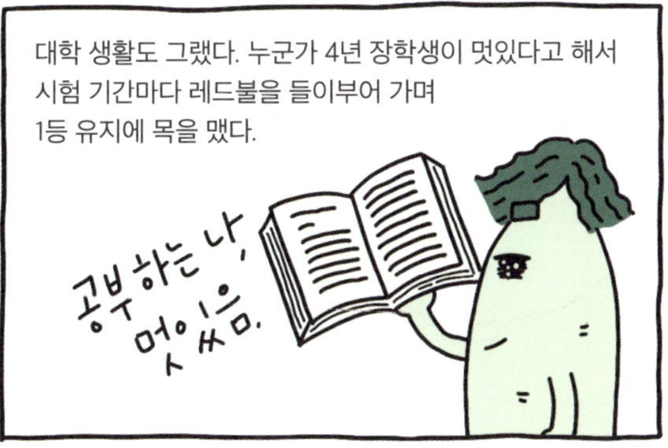

대학 생활도 그랬다. 누군가 4년 장학생이 멋있다고 해서
시험 기간마다 레드불을 들이부어 가며
1등 유지에 목을 맸다.

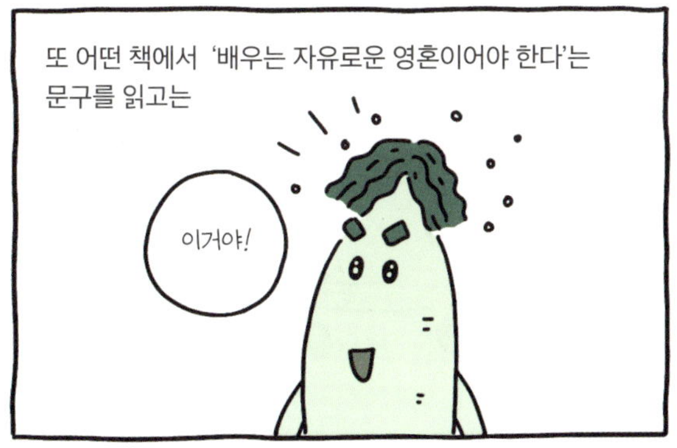

또 어떤 책에서 '배우는 자유로운 영혼이어야 한다'는
문구를 읽고는

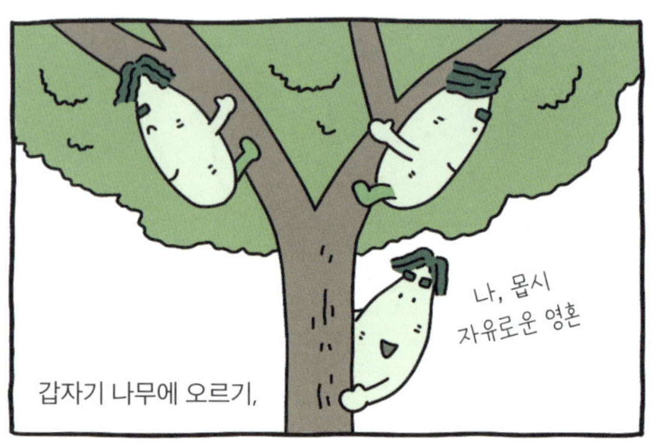
나, 몹시
자유로운 영혼
갑자기 나무에 오르기,

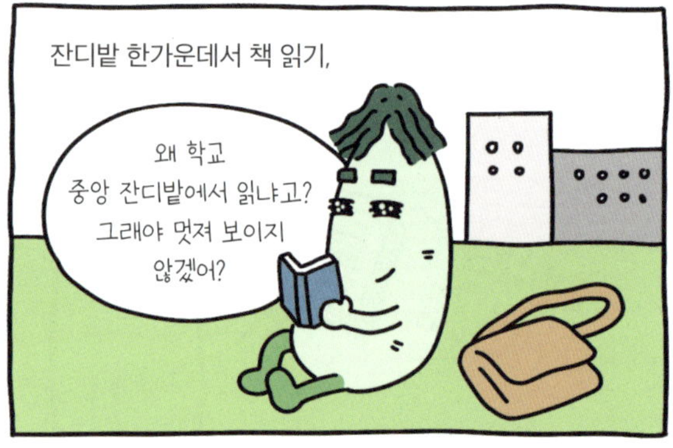
잔디밭 한가운데서 책 읽기,
왜 학교
중앙 잔디밭에서 읽냐고?
그래야 멋져 보이지
않겠어?

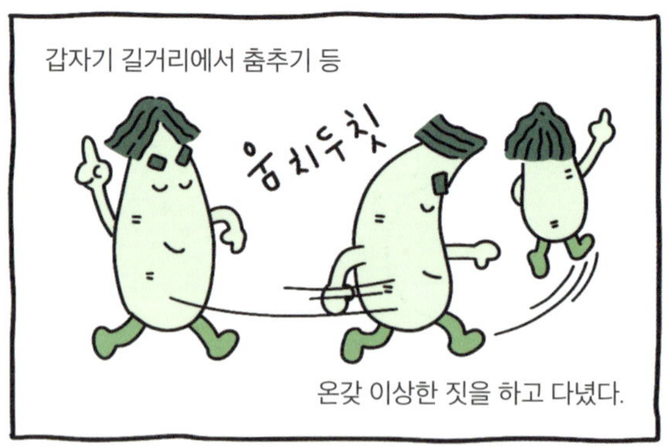
갑자기 길거리에서 춤추기 등
움치두칫
온갖 이상한 짓을 하고 다녔다.

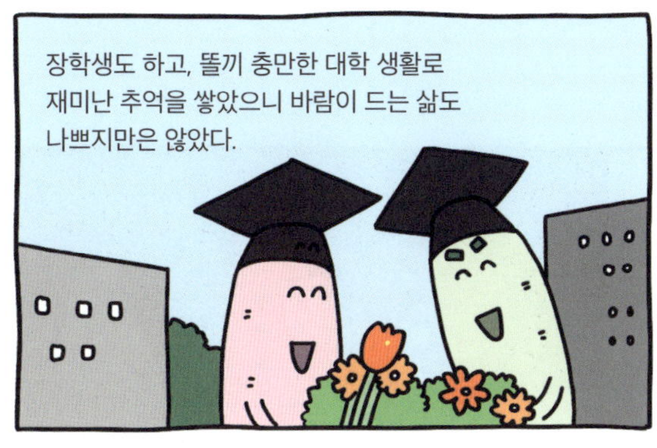

장학생도 하고, 똘끼 충만한 대학 생활로
재미난 추억을 쌓았으니 바람이 드는 삶도
나쁘지만은 않았다.

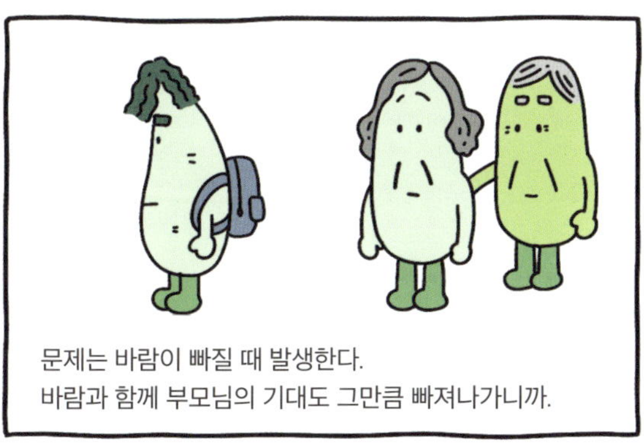

문제는 바람이 빠질 때 발생한다.
바람과 함께 부모님의 기대도 그만큼 빠져나가니까.

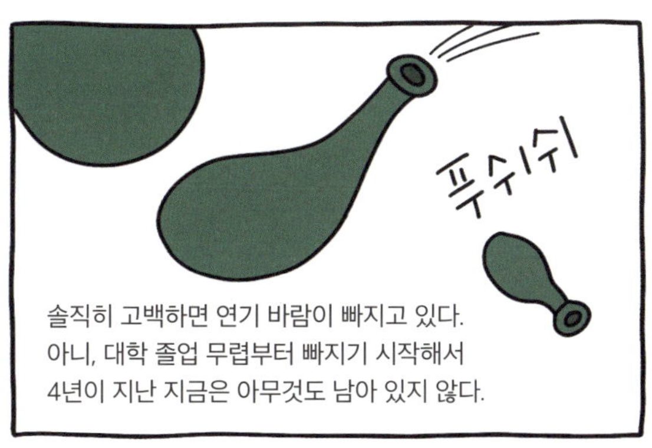

솔직히 고백하면 연기 바람이 빠지고 있다.
아니, 대학 졸업 무렵부터 빠지기 시작해서
4년이 지난 지금은 아무것도 남아 있지 않다.

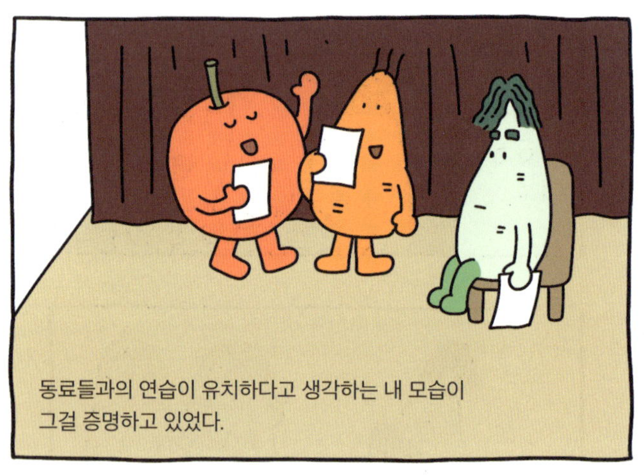

동료들과의 연습이 유치하다고 생각하는 내 모습이
그걸 증명하고 있었다.

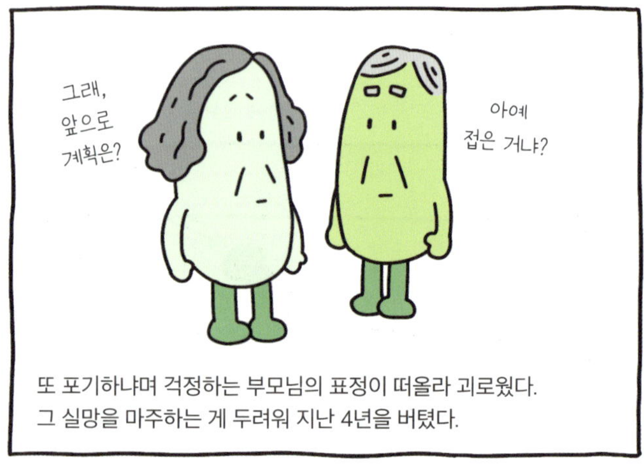

그래,
앞으로
계획은?

아예
접은 거냐?

또 포기하냐며 걱정하는 부모님의 표정이 떠올라 괴로웠다.
그 실망을 마주하는 게 두려워 지난 4년을 버텼다.

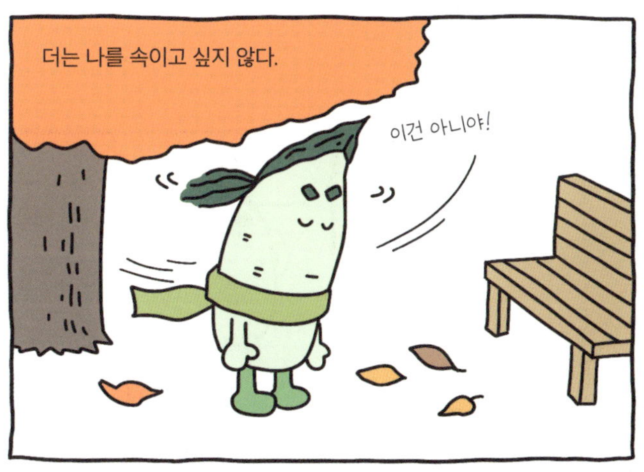
더는 나를 속이고 싶지 않다.
이건 아니야!

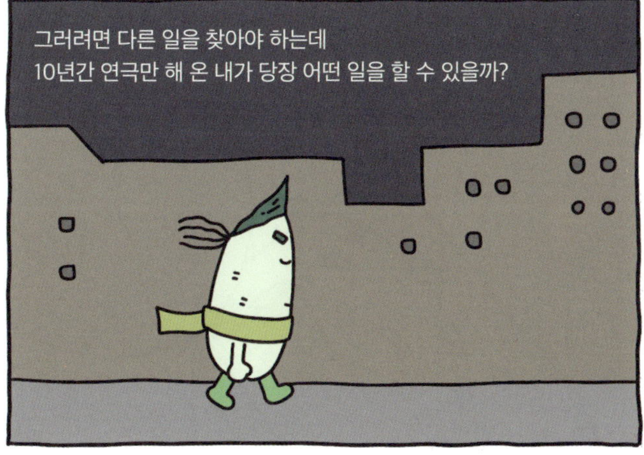
그러려면 다른 일을 찾아야 하는데
10년간 연극만 해 온 내가 당장 어떤 일을 할 수 있을까?

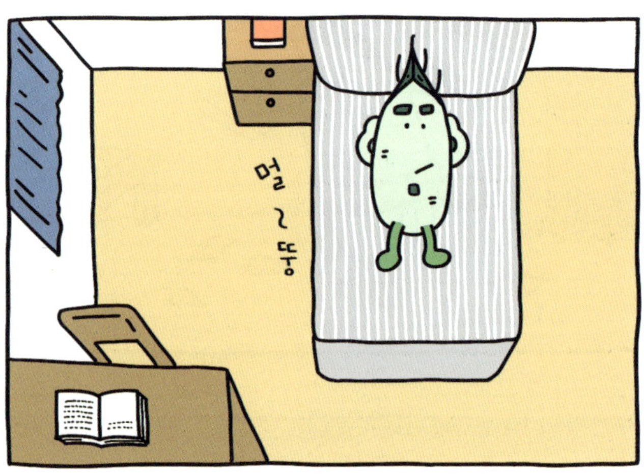

멀뚱

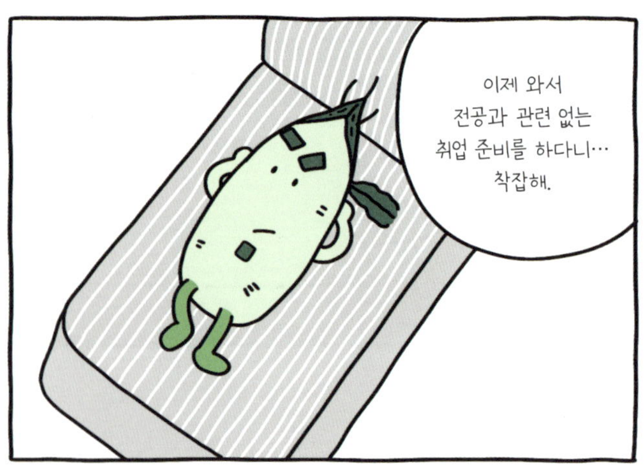

이제 와서
전공과 관련 없는
취업 준비를 하다니…
착잡해.

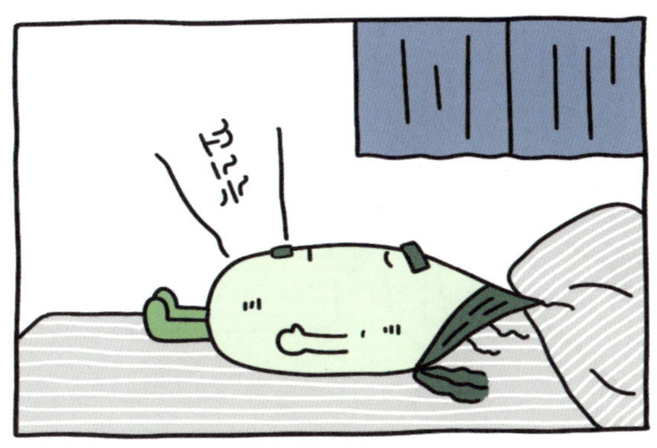
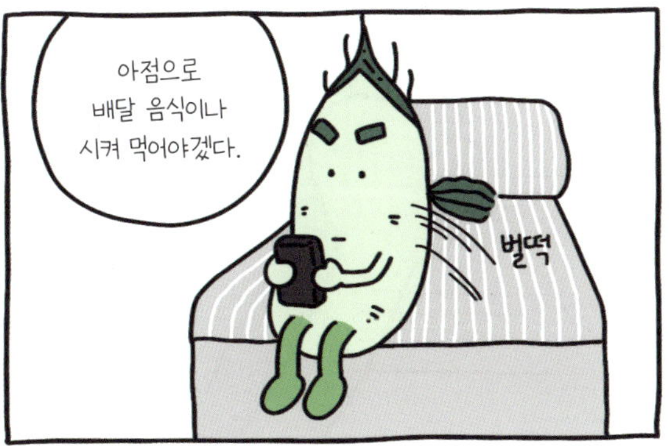

아점으로
배달 음식이나
시켜 먹어야겠다.
벌떡

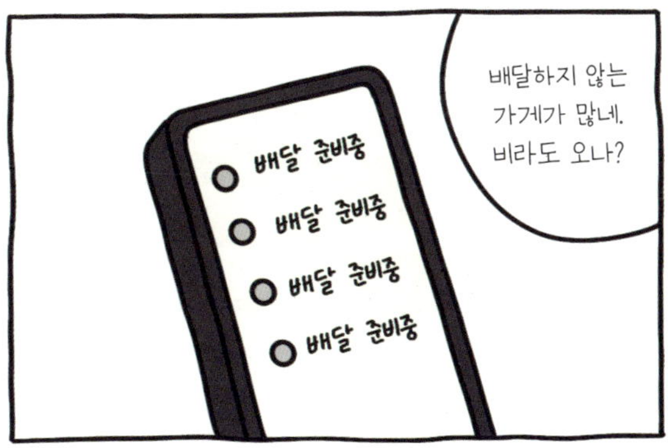

배달하지 않는
가게가 많네.
비라도 오나?
배달 준비중
배달 준비중
배달 준비중
배달 준비중

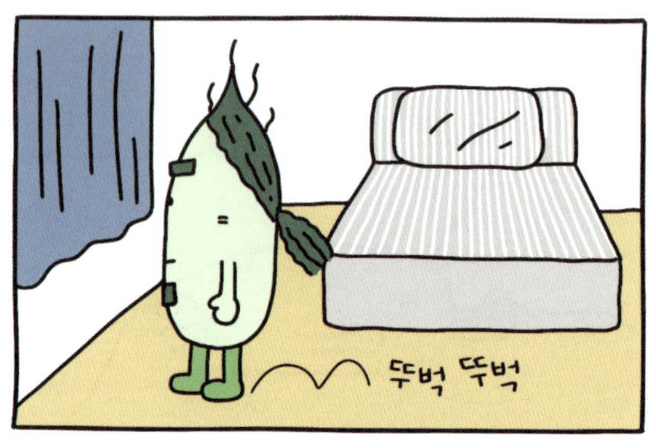

뚜벅 뚜벅

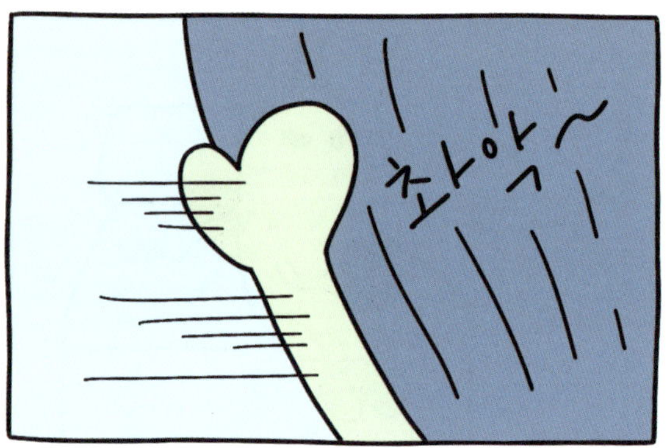

촤악~

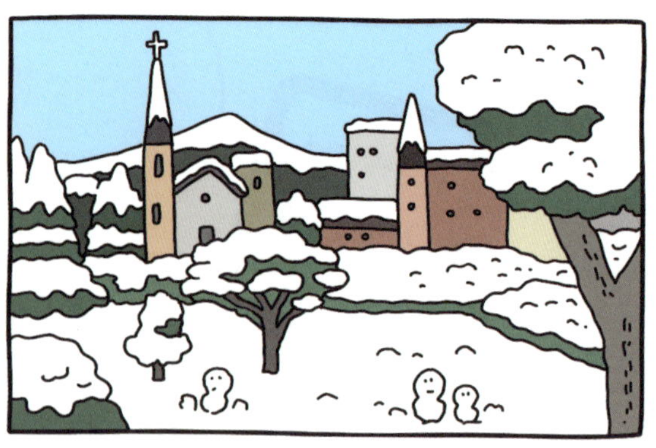

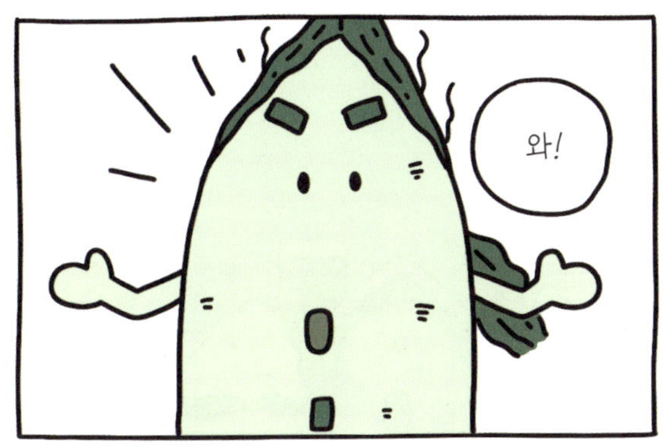

와!

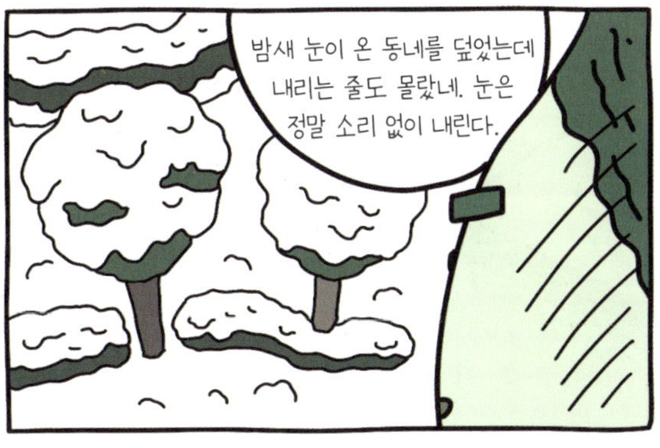

밤새 눈이 온 동네를 덮었는데
내리는 줄도 몰랐네. 눈은
정말 소리 없이 내린다.

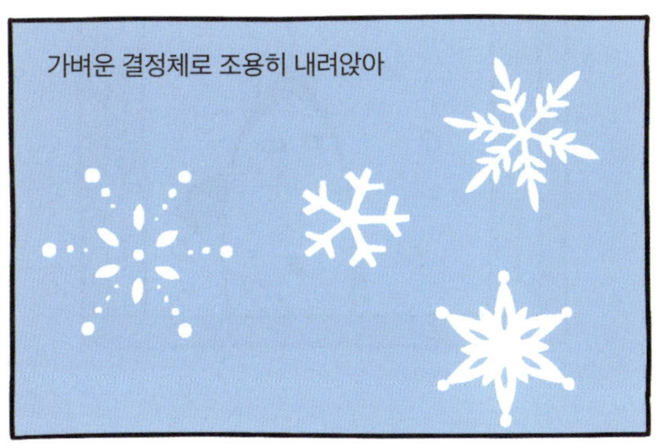

가벼운 결정체로 조용히 내려앉아

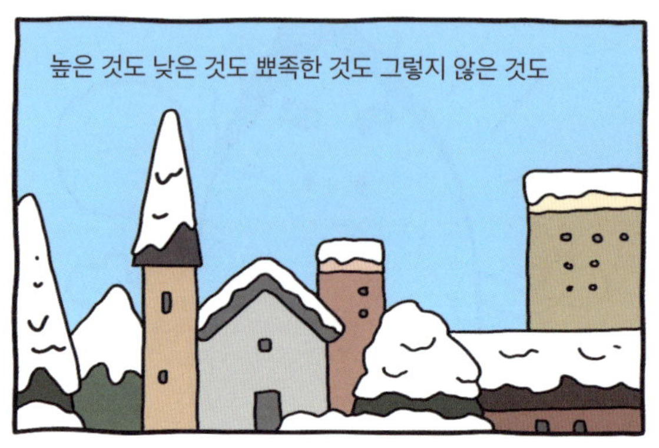

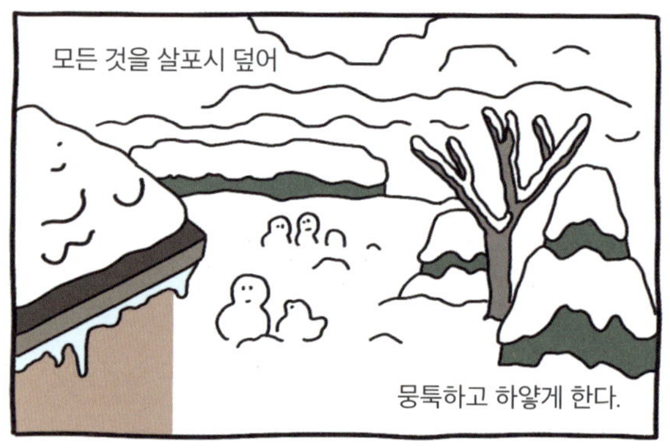

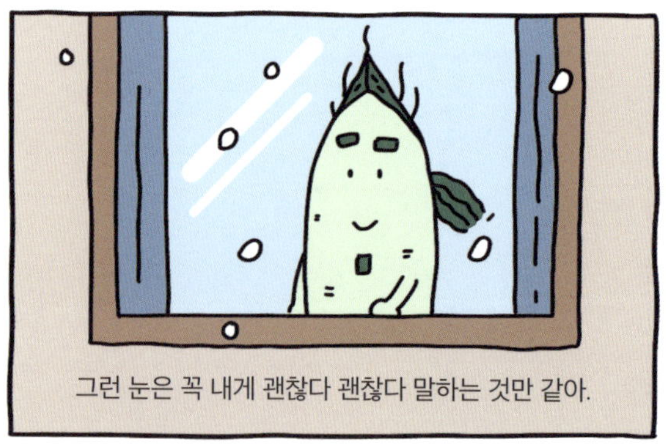

그런 눈은 꼭 내게 괜찮다 괜찮다 말하는 것만 같아.

왜 개발자로 지원했나요?

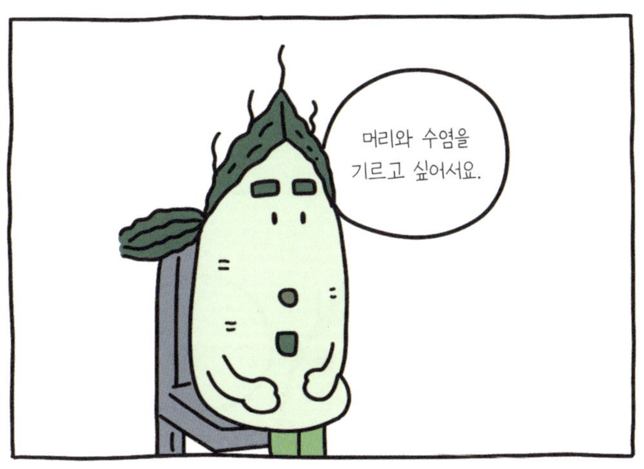

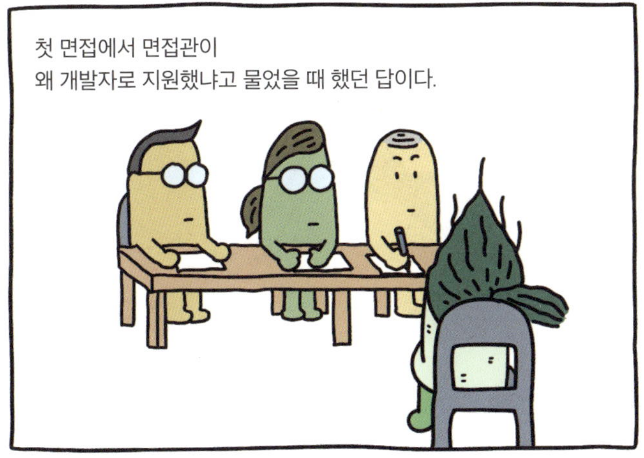

첫 면접에서 면접관이
왜 개발자로 지원했냐고 물었을 때 했던 답이다.

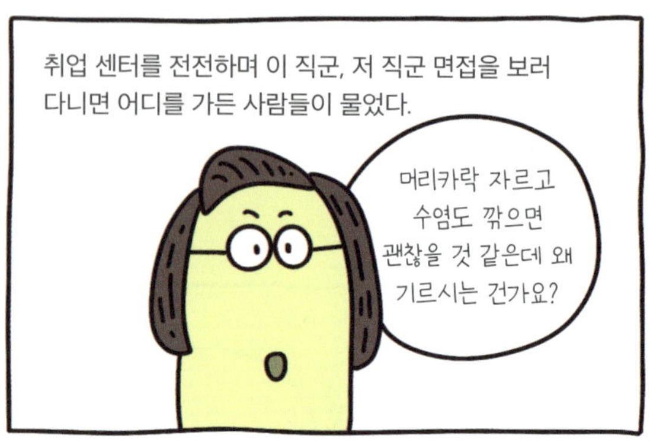

취업 센터를 전전하며 이 직군, 저 직군 면접을 보러
다니면 어디를 가든 사람들이 물었다.

머리카락 자르고
수염도 깎으면
괜찮을 것 같은데 왜
기르시는 건가요?

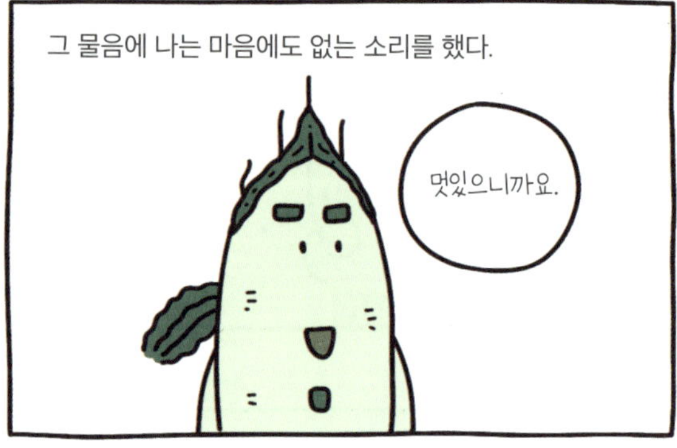

그 물음에 나는 마음에도 없는 소리를 했다.

멋있으니까요.

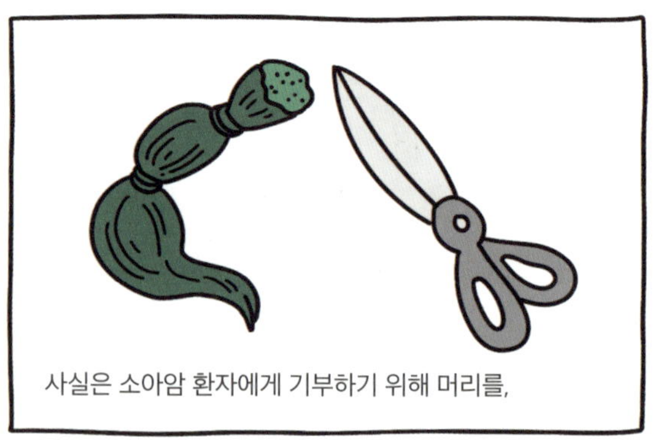

사실은 소아암 환자에게 기부하기 위해 머리를,

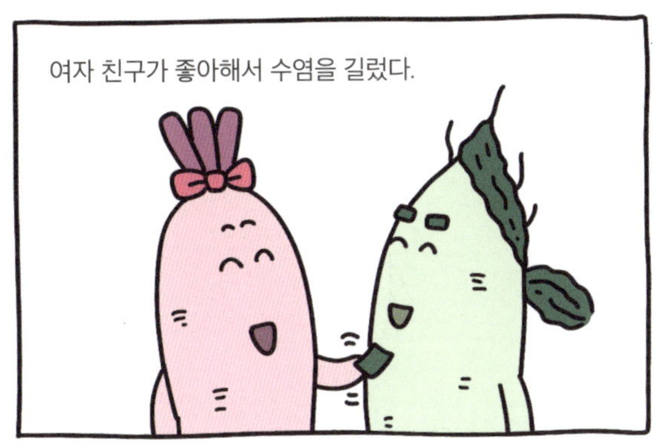

여자 친구가 좋아해서 수염을 길렀다.

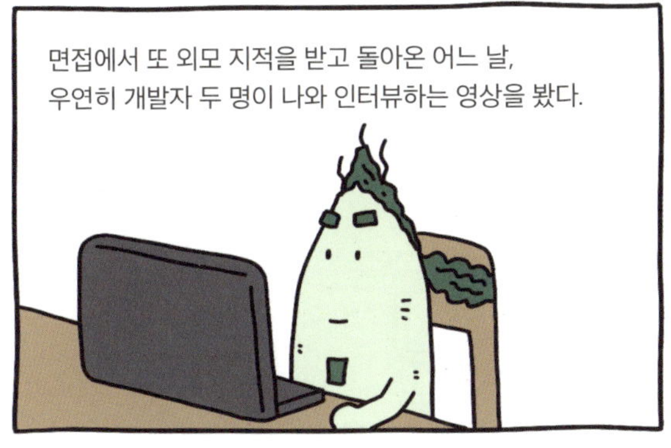

면접에서 또 외모 지적을 받고 돌아온 어느 날,
우연히 개발자 두 명이 나와 인터뷰하는 영상을 봤다.

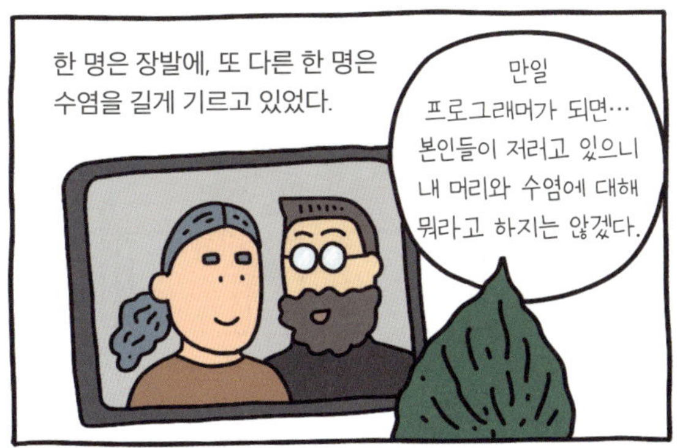

한 명은 장발에, 또 다른 한 명은
수염을 길게 기르고 있었다.
만일
프로그래머가 되면…
본인들이 저러고 있으니
내 머리와 수염에 대해
뭐라고 하지는 않겠다.

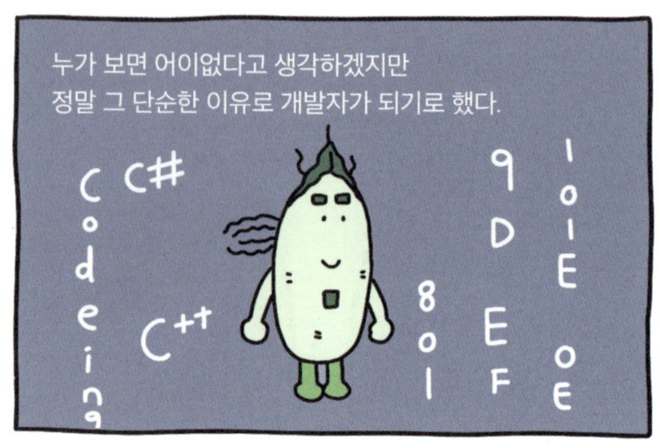

누가 보면 어이없다고 생각하겠지만
정말 그 단순한 이유로 개발자가 되기로 했다.
Codeing
C#
C++
9
D
E
F
8
0
1
1
0
1E
0E

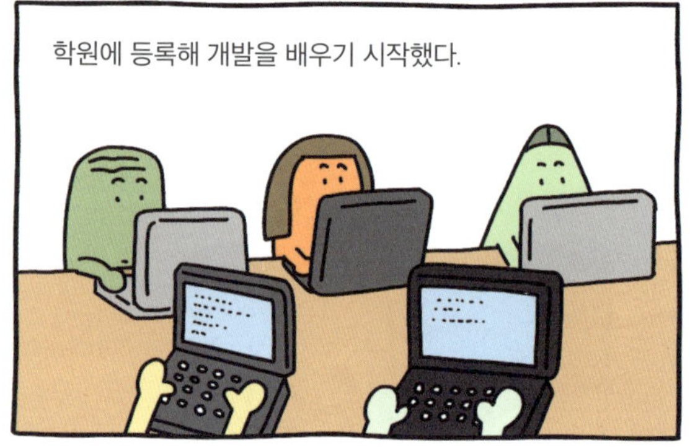

학원에 등록해 개발을 배우기 시작했다.

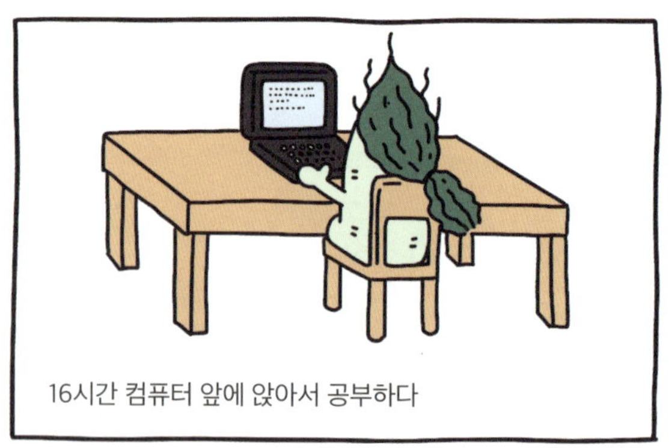

16시간 컴퓨터 앞에 앉아서 공부하다

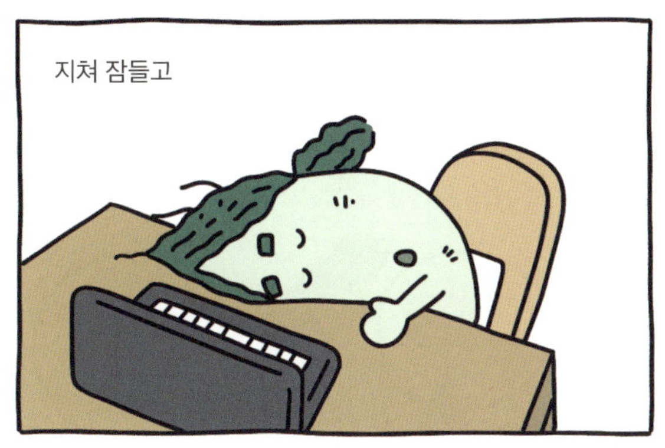

지쳐 잠들고

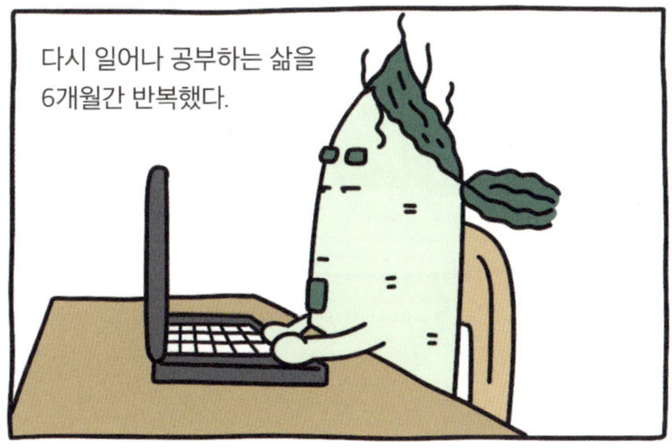

다시 일어나 공부하는 삶을
6개월간 반복했다.

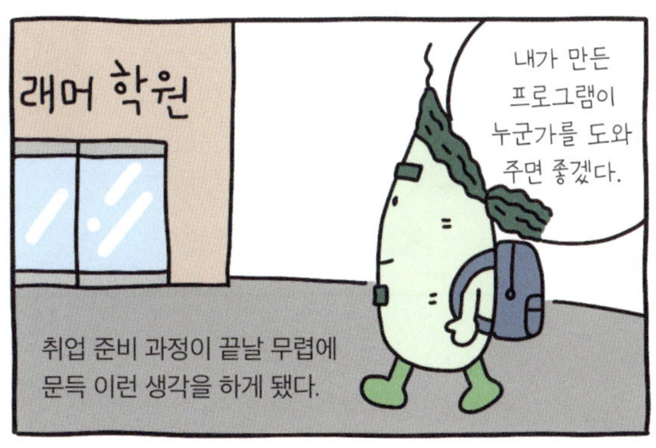

래머 학원
내가 만든
프로그램이
누군가를 도와
주면 좋겠다.
취업 준비 과정이 끝날 무렵에
문득 이런 생각을 하게 됐다.

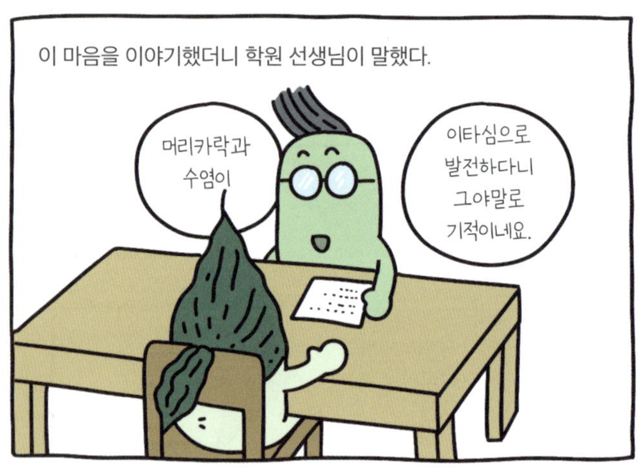

이 마음을 이야기했더니 학원 선생님이 말했다.
머리카락과
수염이
이타심으로
발전하다니
그야말로
기적이네요.

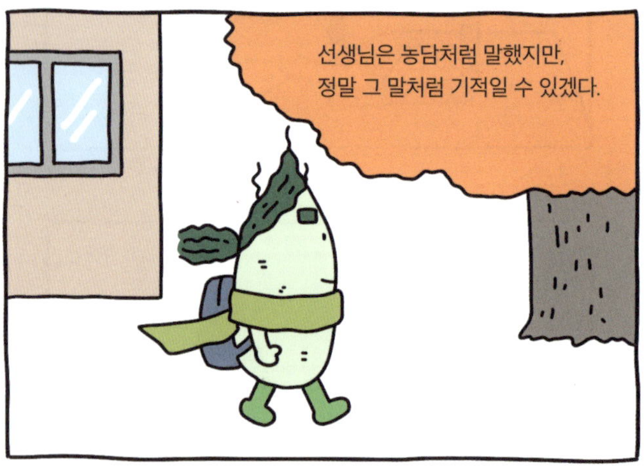

선생님은 농담처럼 말했지만,
정말 그 말처럼 기적일 수 있겠다.

어이없는 작은 동기가 앞으로의 10년,
혹은 평생을 좌지우지할 수 있는 커다란 동기로 변한 건.

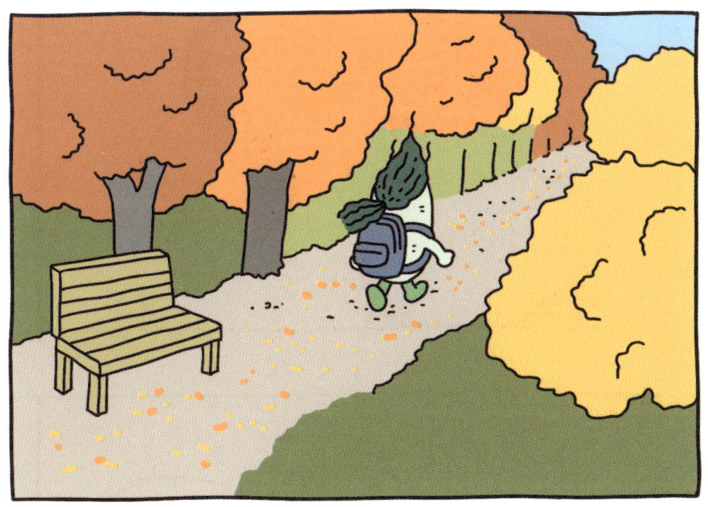

하루를 살아 낼 용기

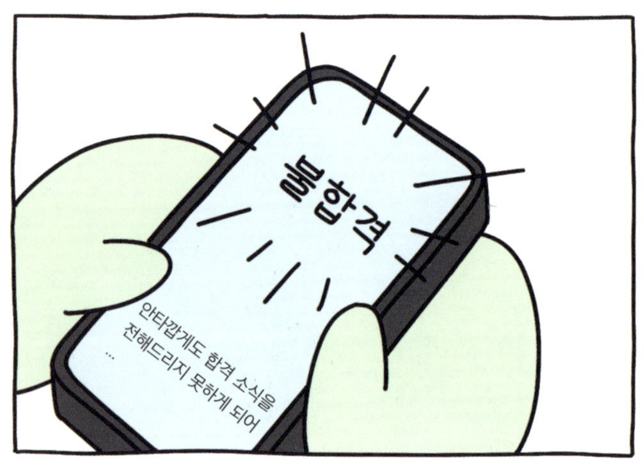

불합격
안타깝게도 합격 소식을
전해드리지 못하게 되어
…

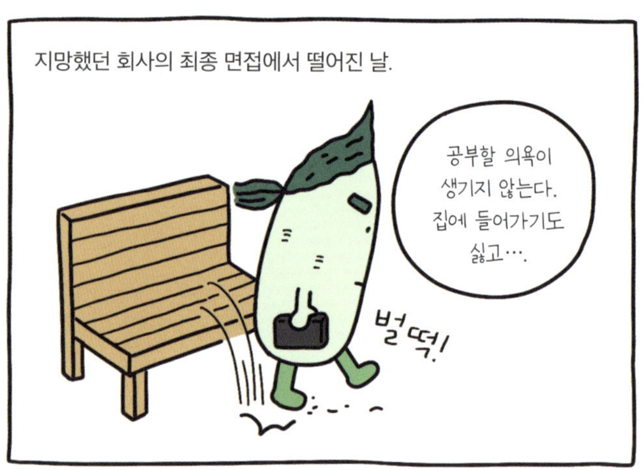

지망했던 회사의 최종 면접에서 떨어진 날.
공부할 의욕이
생기지 않는다.
집에 들어가기도
싫고….
벌떡!

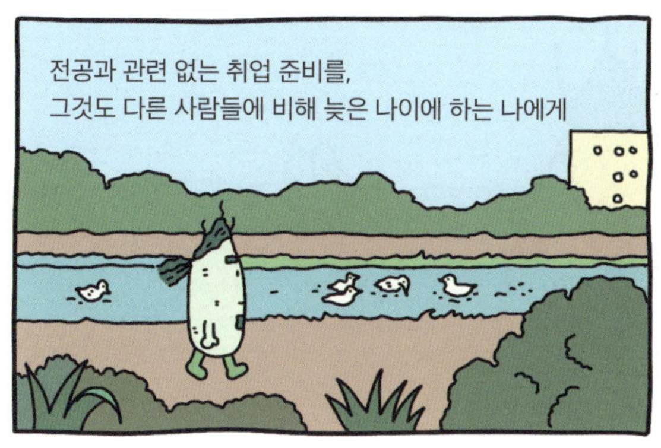

전공과 관련 없는 취업 준비를,
그것도 다른 사람들에 비해 늦은 나이에 하는 나에게

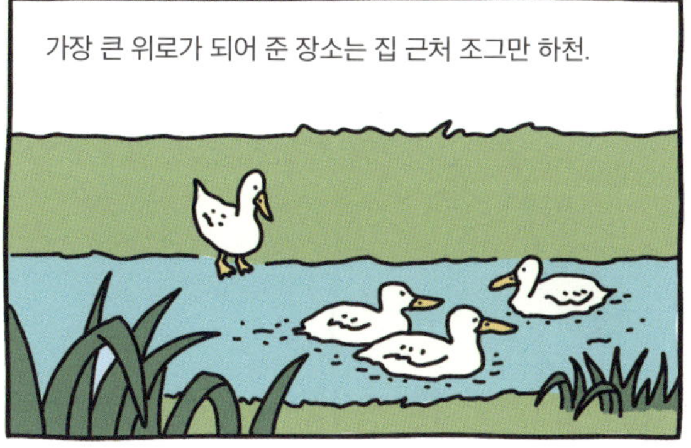

가장 큰 위로가 되어 준 장소는 집 근처 조그만 하천.

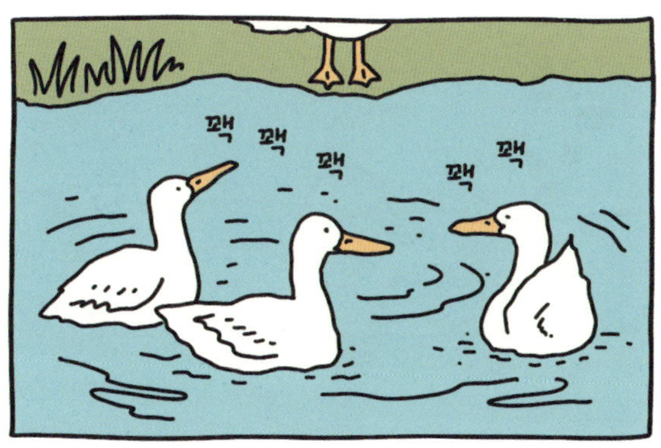

꽥
꽥
꽥
꽥
꽥

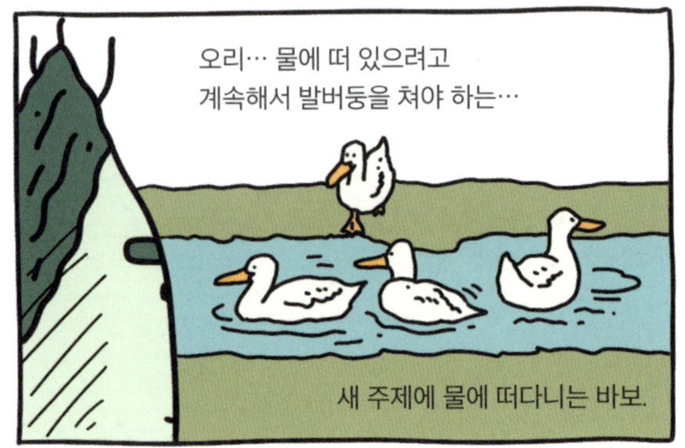

오리… 물에 떠 있으려고
계속해서 발버둥을 쳐야 하는…
새 주제에 물에 떠다니는 바보.

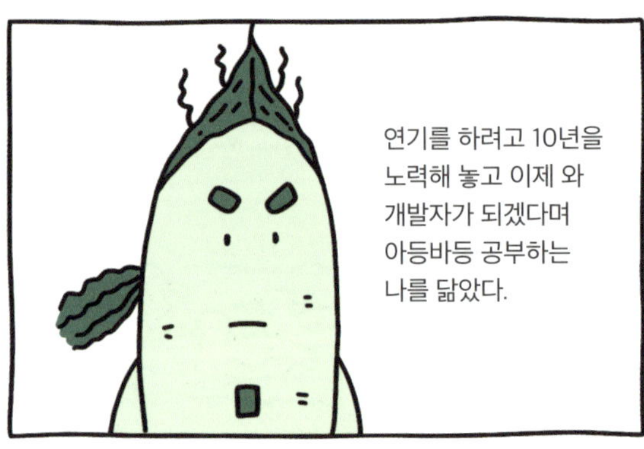

연기를 하려고 10년을
노력해 놓고 이제 와
개발자가 되겠다며
아등바등 공부하는
나를 닮았다.

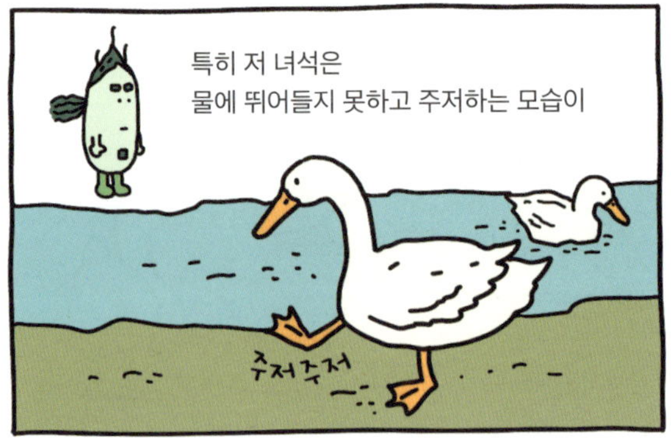

특히 저 녀석은
물에 뛰어들지 못하고 주저하는 모습이
주저주저

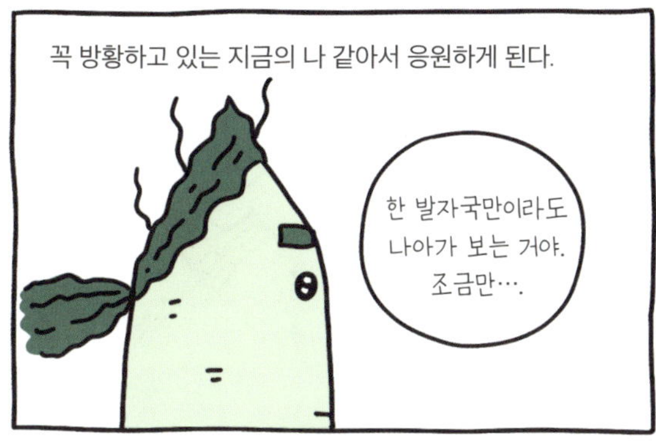

꼭 방황하고 있는 지금의 나 같아서 응원하게 된다.
한 발자국만이라도
나아가 보는 거야.
조금만….

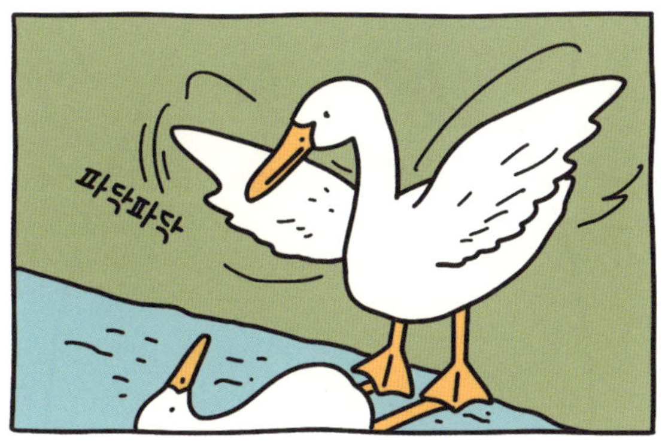

파닥파닥

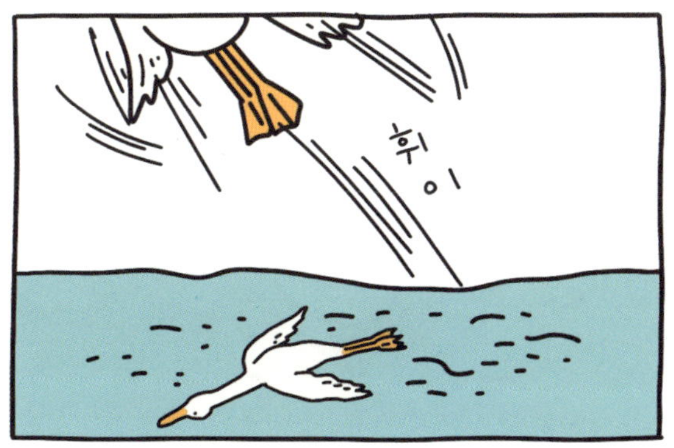

휘
이

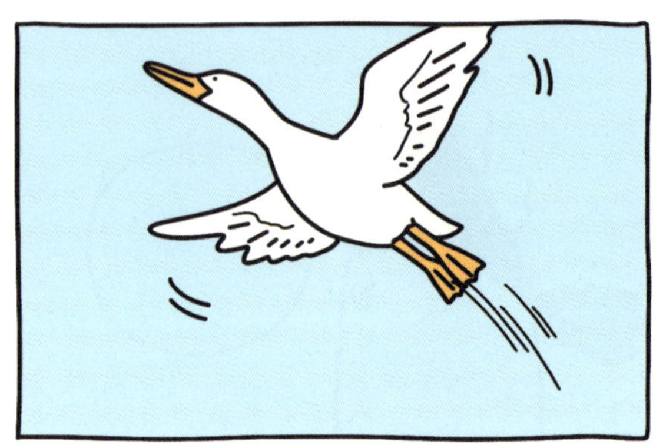

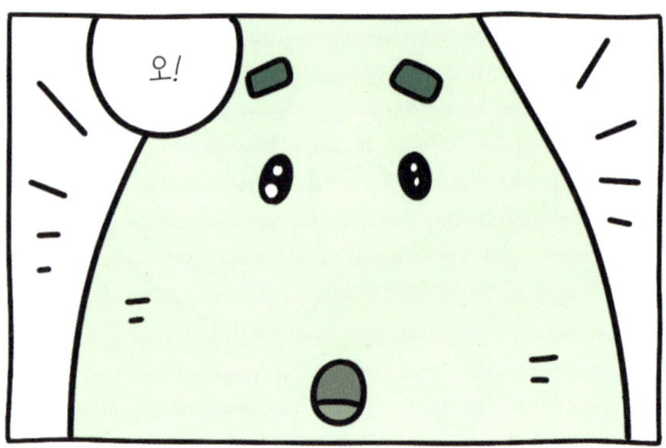
오!

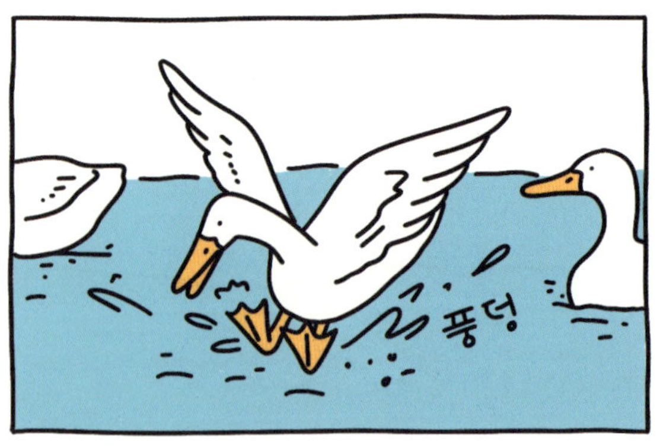
풍덩

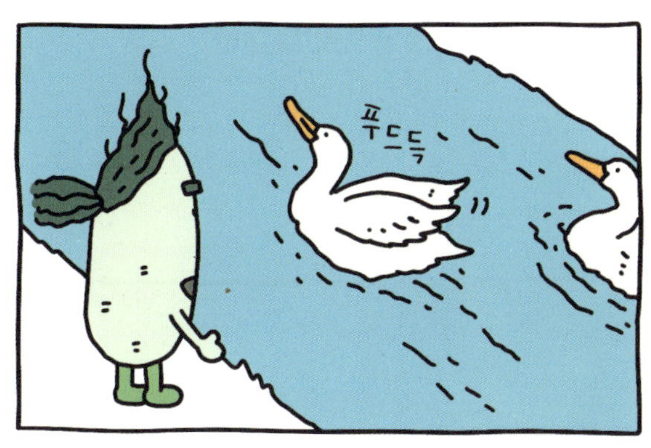

푸드득

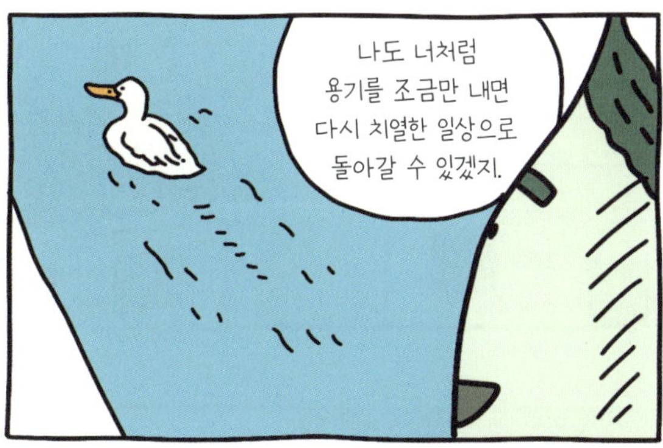

나도 너처럼
용기를 조금만 내면
다시 치열한 일상으로
돌아갈 수 있겠지.

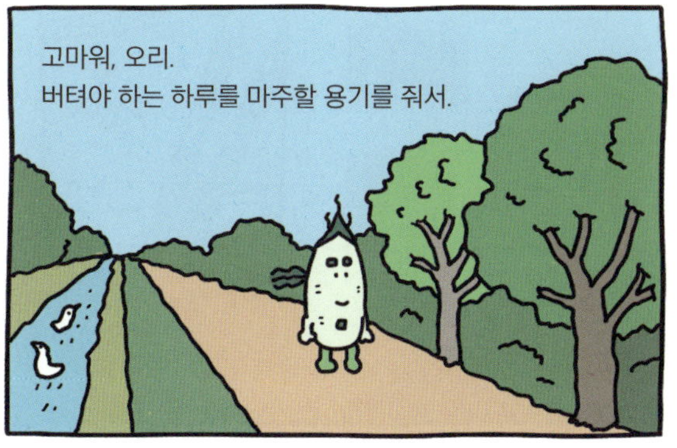

고마워, 오리.
버텨야 하는 하루를 마주할 용기를 줘서.

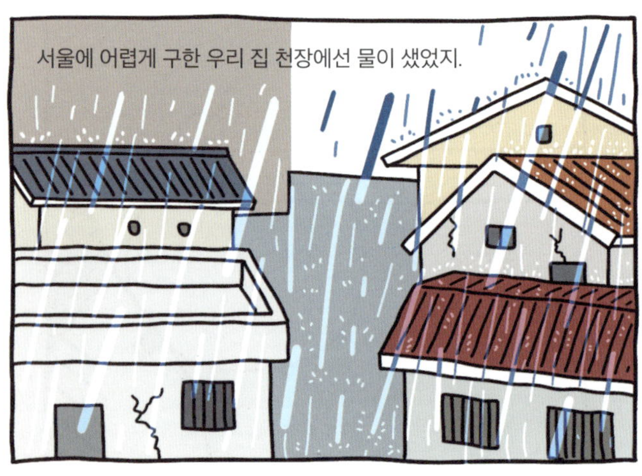
서울에 어렵게 구한 우리 집 천장에선 물이 샜었지.

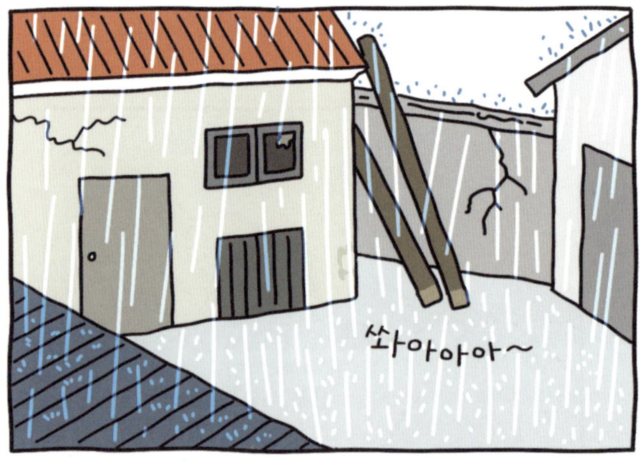
쏴아아아~

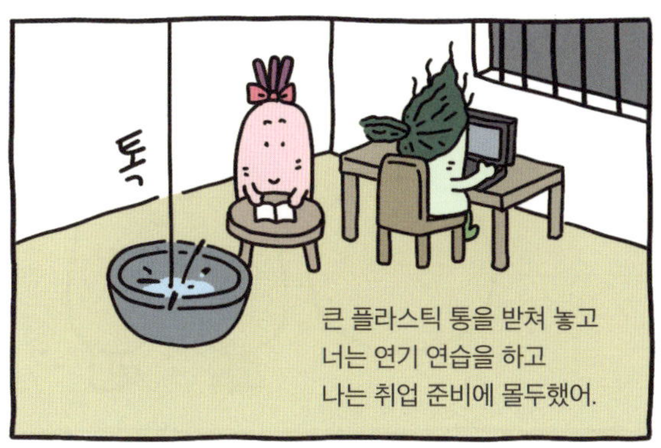

톡
큰 플라스틱 통을 받쳐 놓고
너는 연기 연습을 하고
나는 취업 준비에 몰두했어.

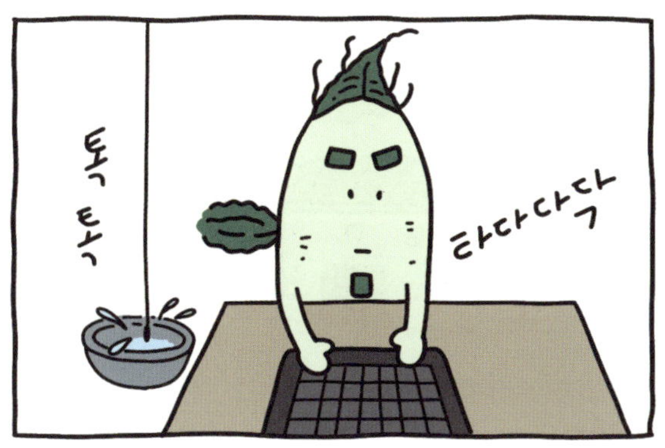

톡 톡
타다다닥

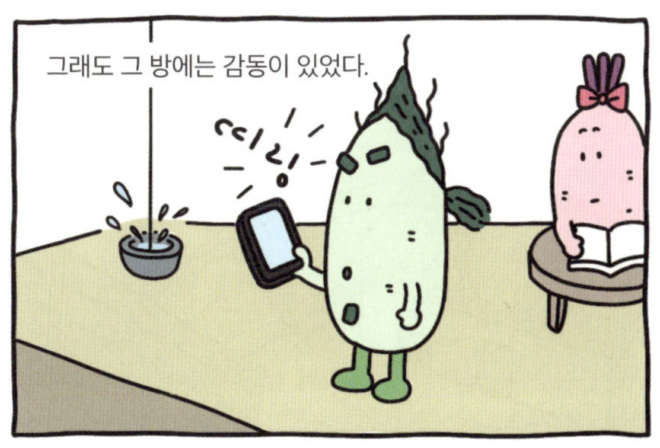

그래도 그 방에는 감동이 있었다.
띠링

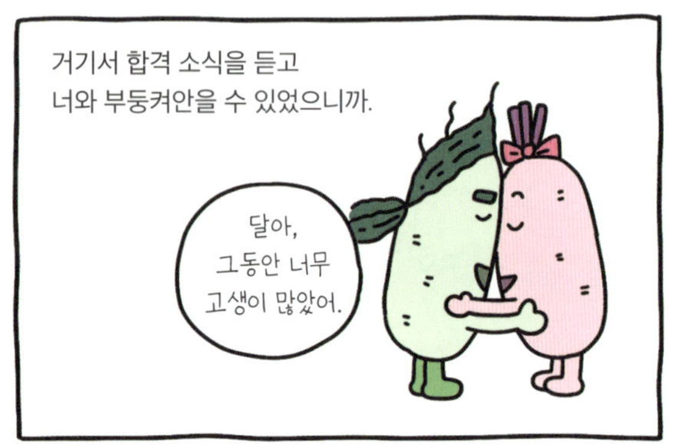

거기서 합격 소식을 듣고
너와 부둥켜안을 수 있었으니까.

달아,
그동안 너무
고생이 많았어.

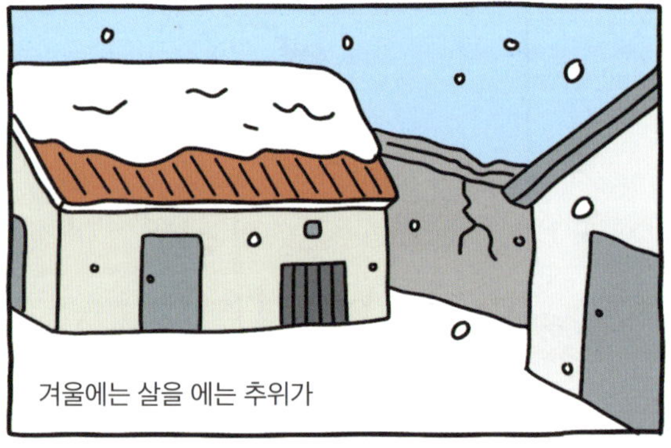

겨울에는 살을 에는 추위가

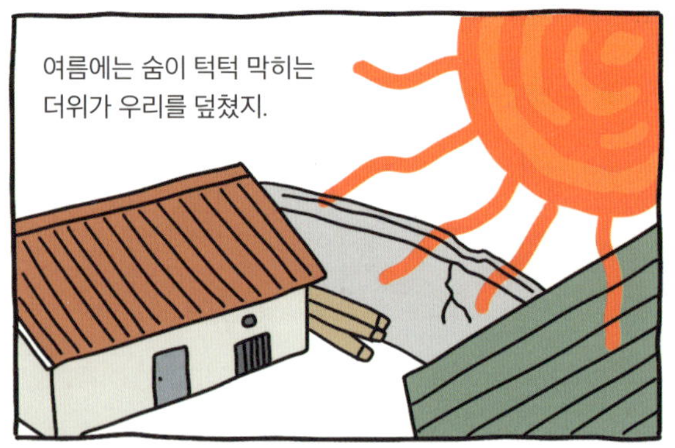

여름에는 숨이 턱턱 막히는
더위가 우리를 덮쳤지.

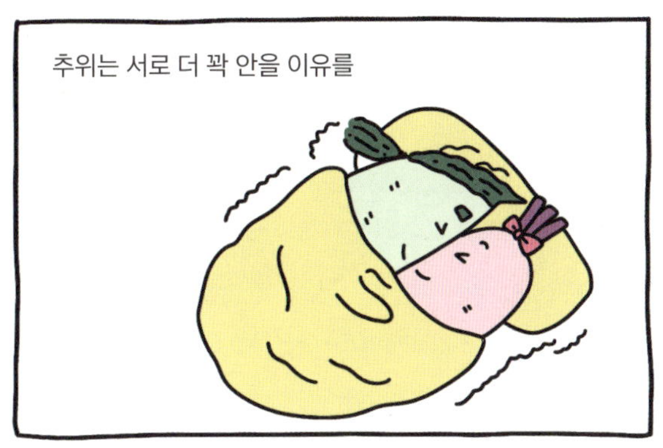

추위는 서로 더 꽉 안을 이유를

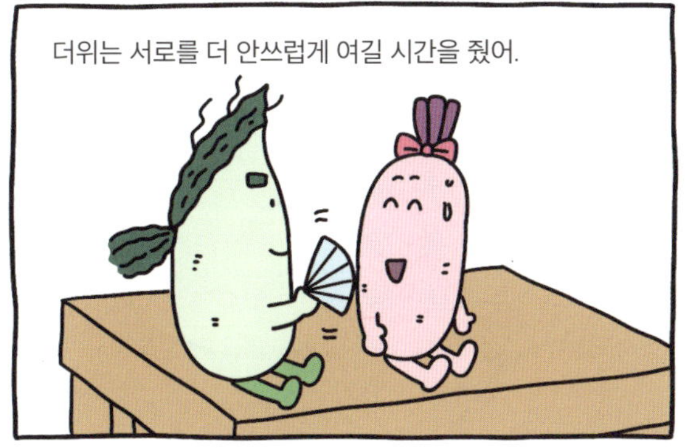

더위는 서로를 더 안쓰럽게 여길 시간을 줬어.

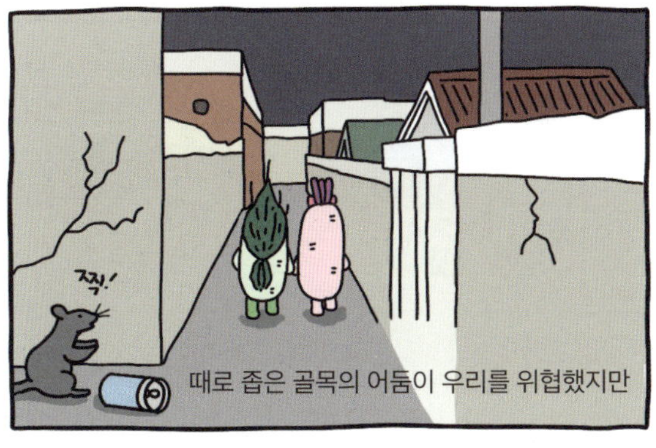

찍!
때로 좁은 골목의 어둠이 우리를 위협했지만

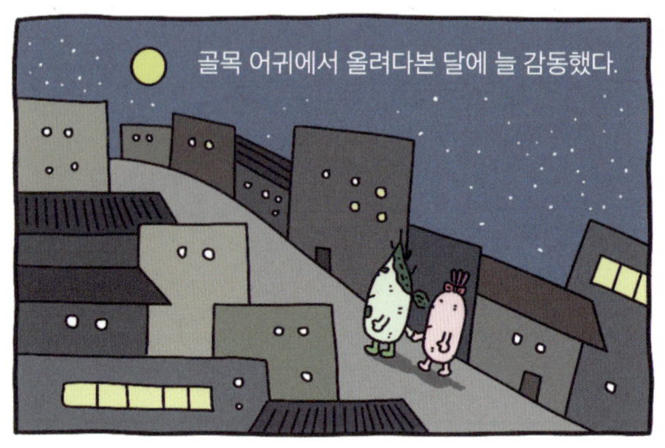

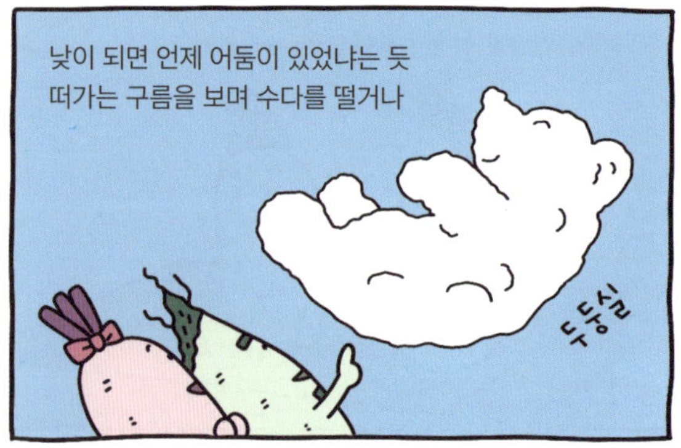

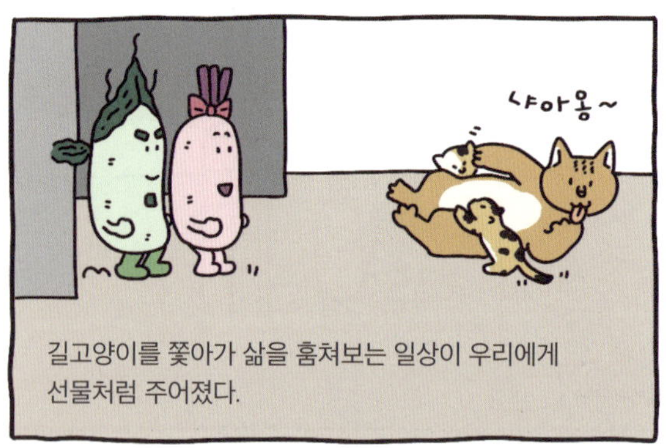

길고양이를 쫓아가 삶을 훔쳐보는 일상이 우리에게
선물처럼 주어졌다.

힘들었지만,
이상하게 그곳이 싫진 않았다.

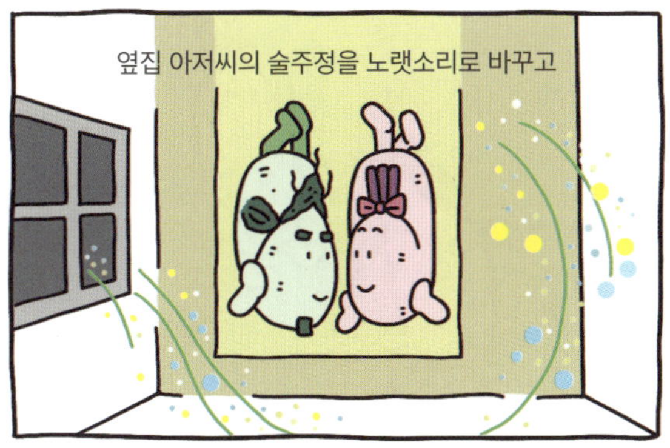

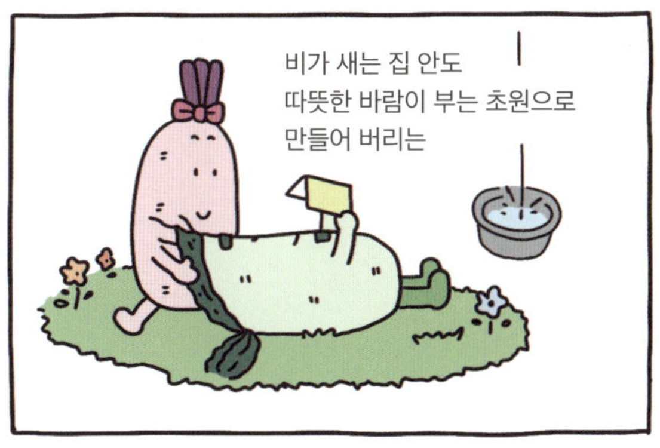

네가 있었으므로….

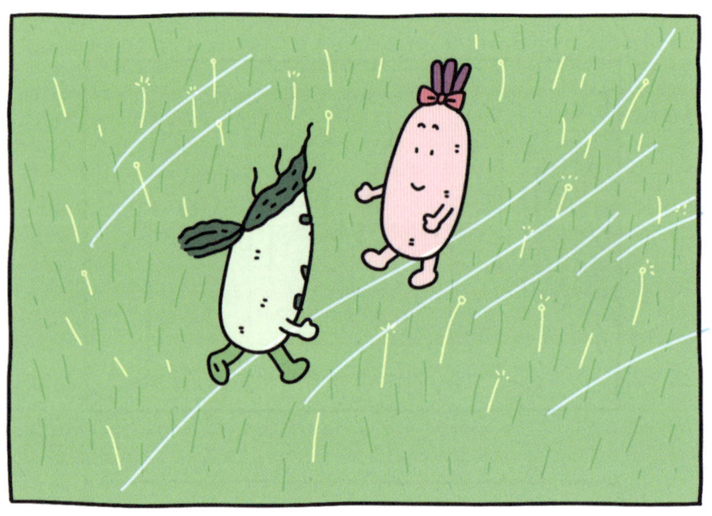

싸가지 없는 신입

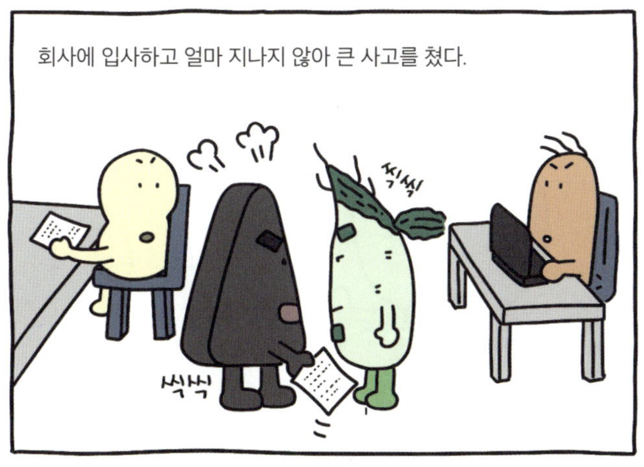

회사에 입사하고 얼마 지나지 않아 큰 사고를 쳤다.
씩씩
씩씩

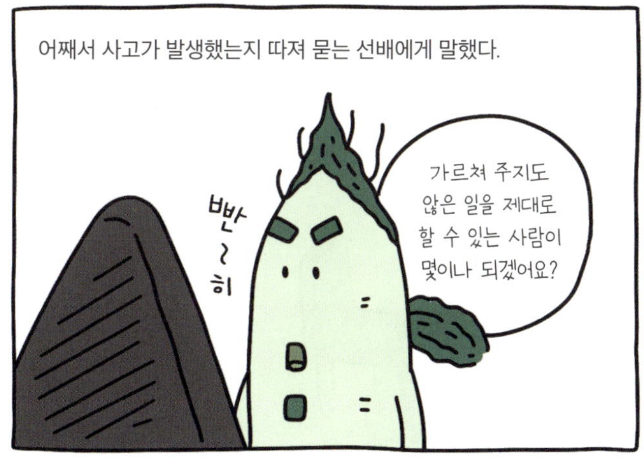

어째서 사고가 발생했는지 따져 묻는 선배에게 말했다.
빤~히
가르쳐 주지도 않은 일을 제대로 할 수 있는 사람이 몇이나 되겠어요?

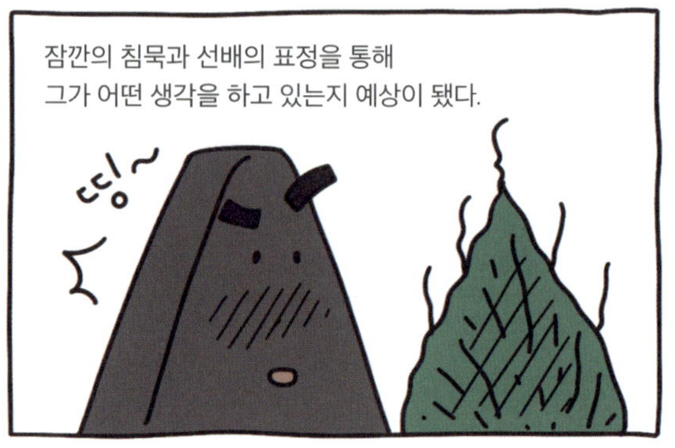

잠깐의 침묵과 선배의 표정을 통해
그가 어떤 생각을 하고 있는지 예상이 됐다.
띵~

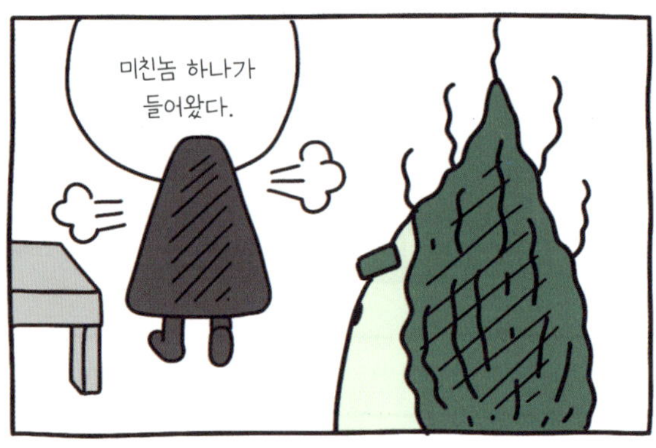

미친놈 하나가
들어왔다.

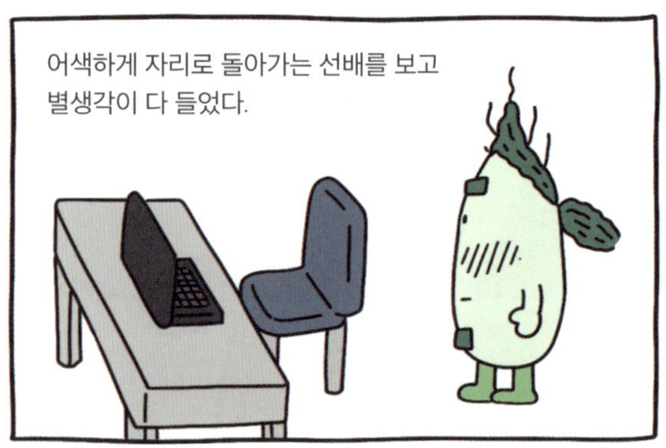

어색하게 자리로 돌아가는 선배를 보고
별생각이 다 들었다.

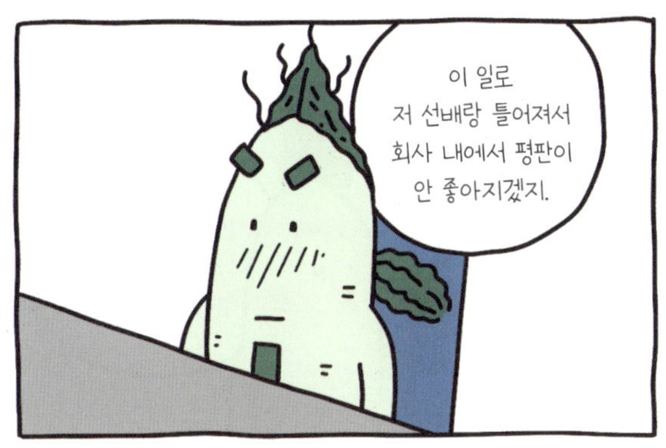

이 일로
저 선배랑 틀어져서
회사 내에서 평판이
안 좋아지겠지.

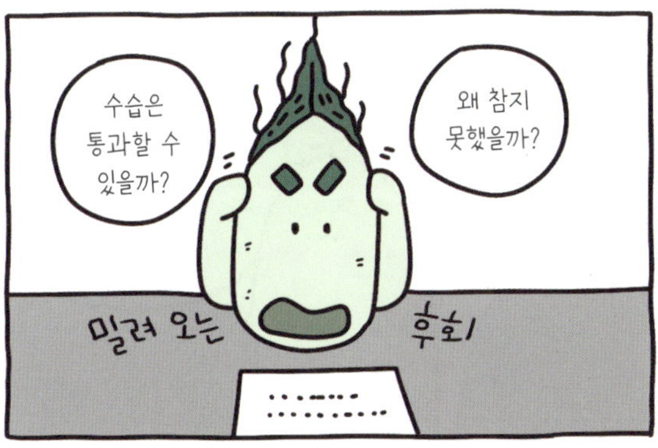

수습은
통과할 수
있을까?
왜 참지
못했을까?
밀려 오는
후회

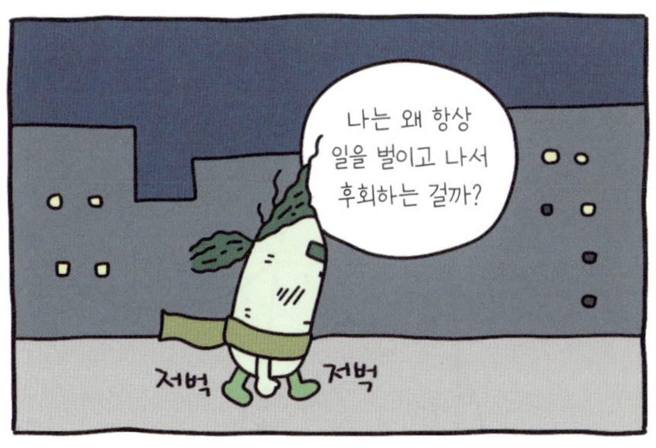

나는 왜 항상
일을 벌이고 나서
후회하는 걸까?
저벅
저벅

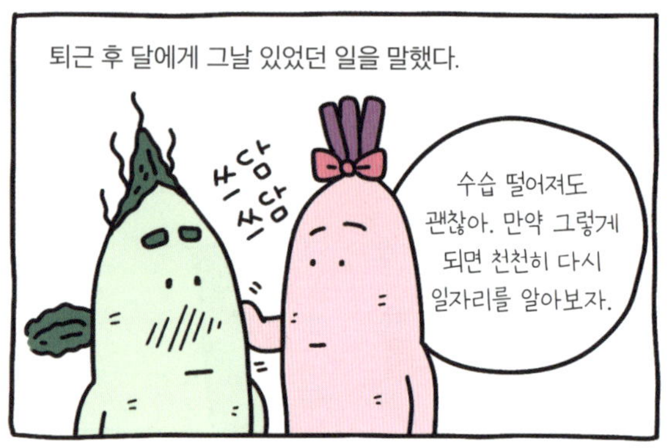

퇴근 후 달에게 그날 있었던 일을 말했다.
수습 떨어져도 괜찮아. 만약 그렇게 되면 천천히 다시 일자리를 알아보자.
쓰담 쓰담

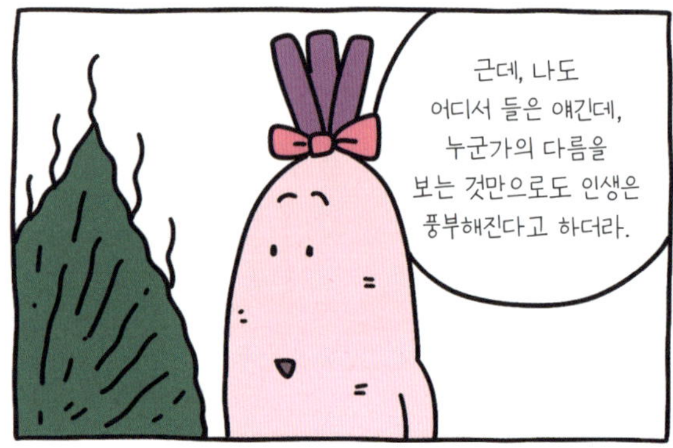

근데, 나도 어디서 들은 얘긴데, 누군가의 다름을 보는 것만으로도 인생은 풍부해진다고 하더라.

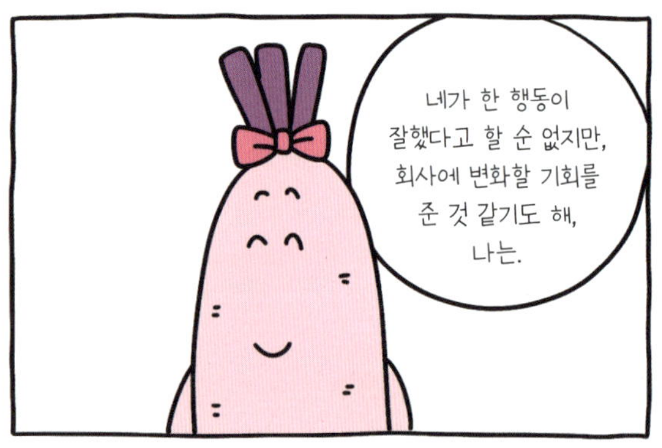

네가 한 행동이 잘했다고 할 순 없지만, 회사에 변화할 기회를 준 것 같기도 해, 나는.

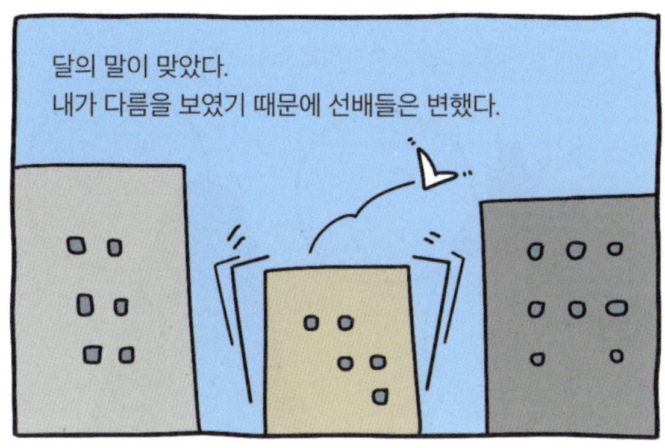

달의 말이 맞았다.
내가 다름을 보였기 때문에 선배들은 변했다.

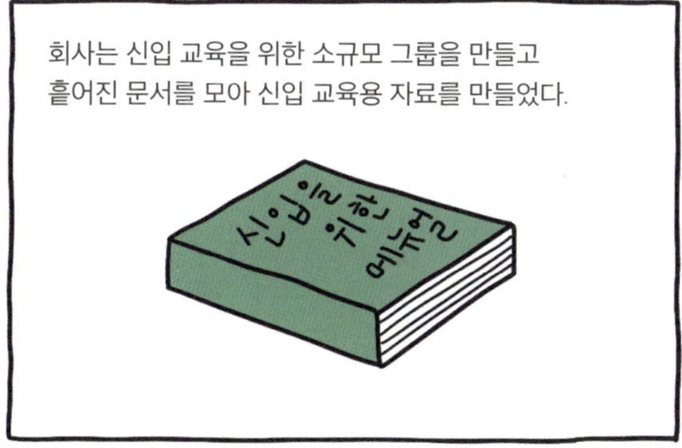

회사는 신입 교육을 위한 소규모 그룹을 만들고
흩어진 문서를 모아 신입 교육용 자료를 만들었다.
신입 교육 자료집

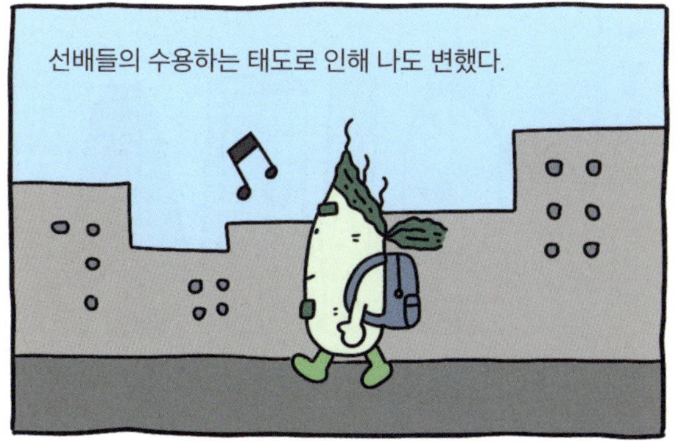

선배들의 수용하는 태도로 인해 나도 변했다.

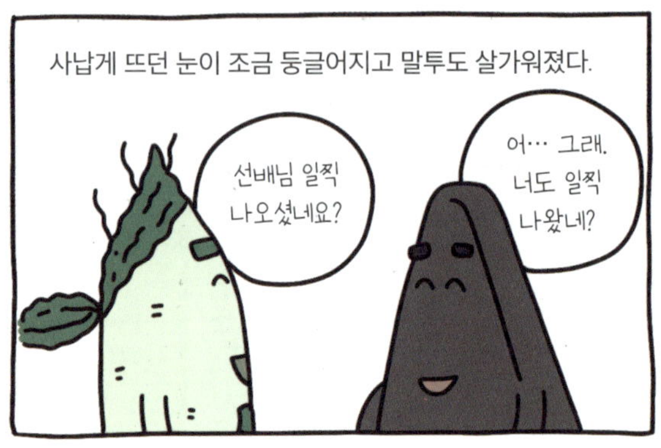
사납게 뜨던 눈이 조금 둥글어지고 말투도 살가워졌다.
선배님 일찍 나오셨네요?
어… 그래. 너도 일찍 나왔네?

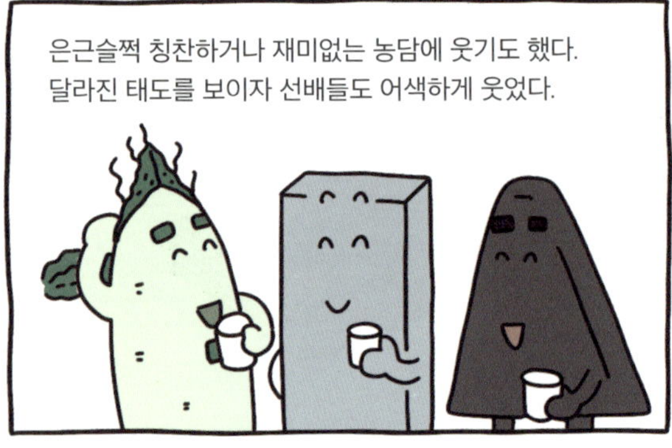
은근슬쩍 칭찬하거나 재미없는 농담에 웃기도 했다.
달라진 태도를 보이자 선배들도 어색하게 웃었다.

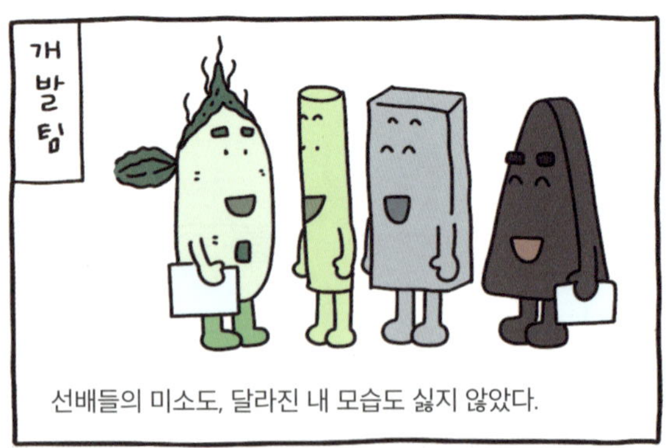
개발팀
선배들의 미소도, 달라진 내 모습도 싫지 않았다.

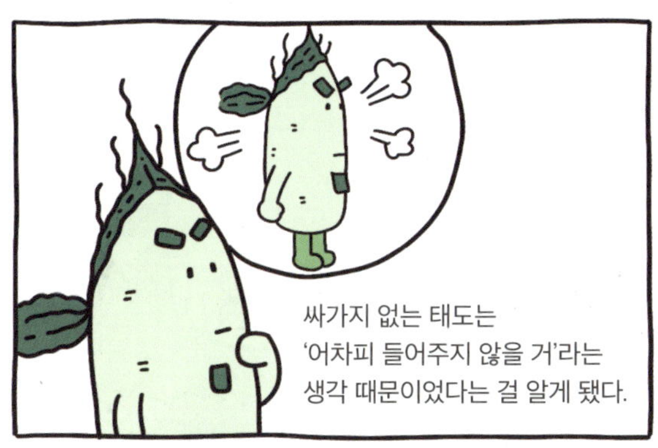

싸가지 없는 태도는
'어차피 들어주지 않을 거'라는
생각 때문이었다는 걸 알게 됐다.

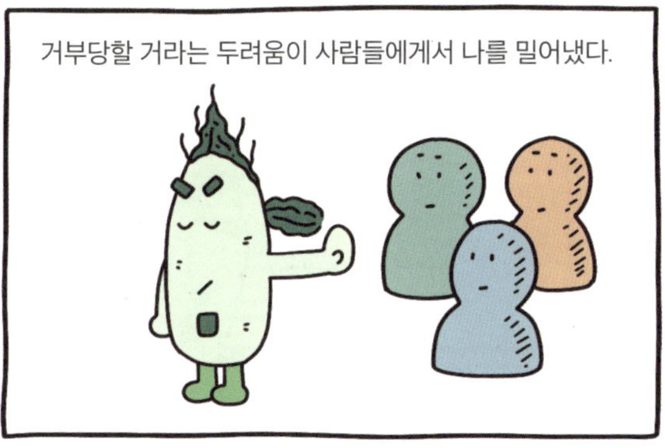

거부당할 거라는 두려움이 사람들에게서 나를 밀어냈다.

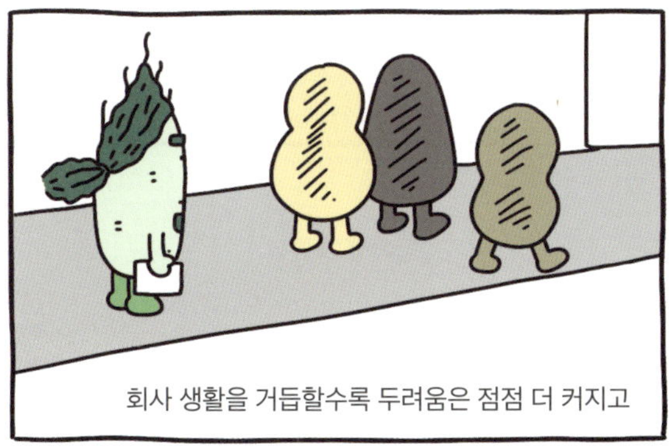

회사 생활을 거듭할수록 두려움은 점점 더 커지고

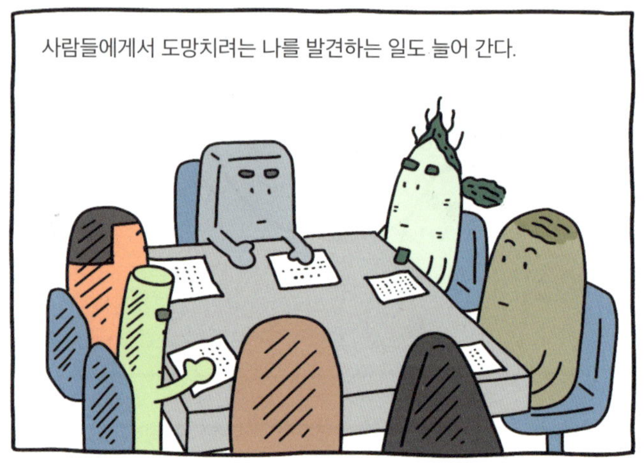

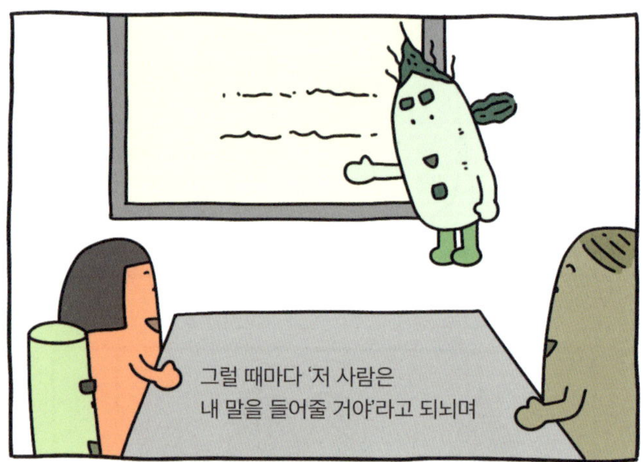

용기를 내 본다.

머리가 꽃밭

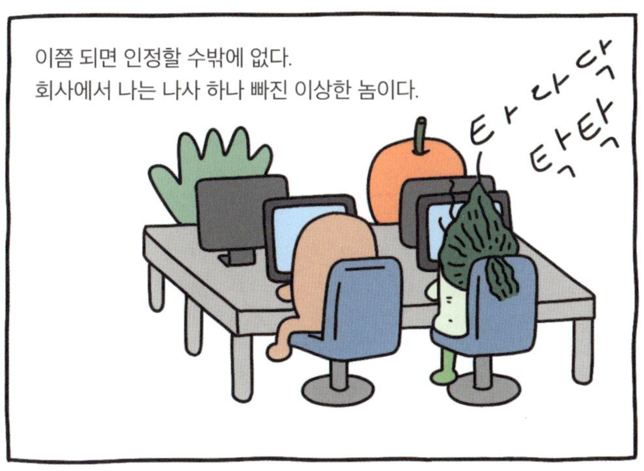

이쯤 되면 인정할 수밖에 없다.
회사에서 나는 나사 하나 빠진 이상한 놈이다.
타다닥
탁탁

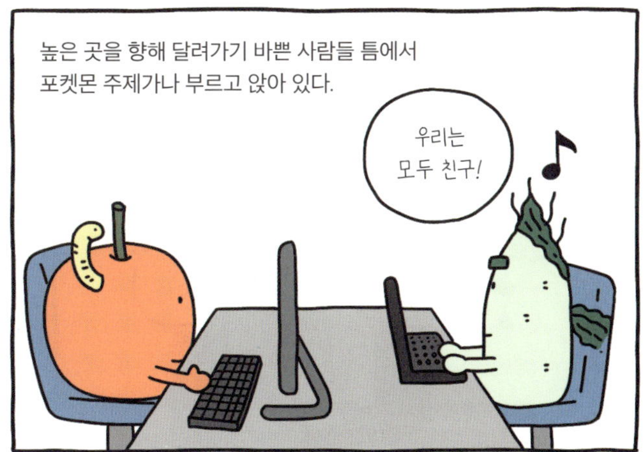

높은 곳을 향해 달려가기 바쁜 사람들 틈에서
포켓몬 주제가나 부르고 앉아 있다.
우리는
모두 친구!

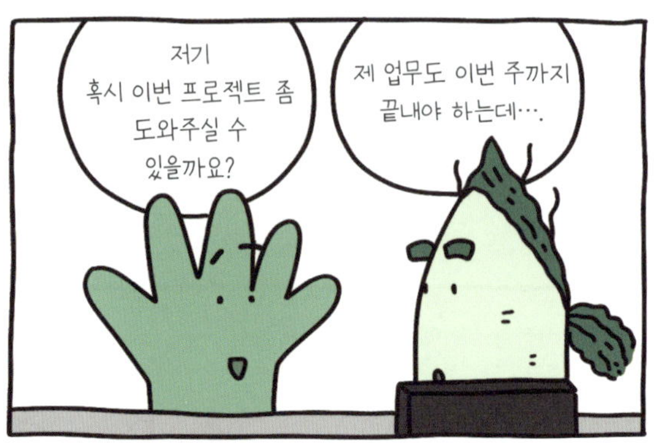

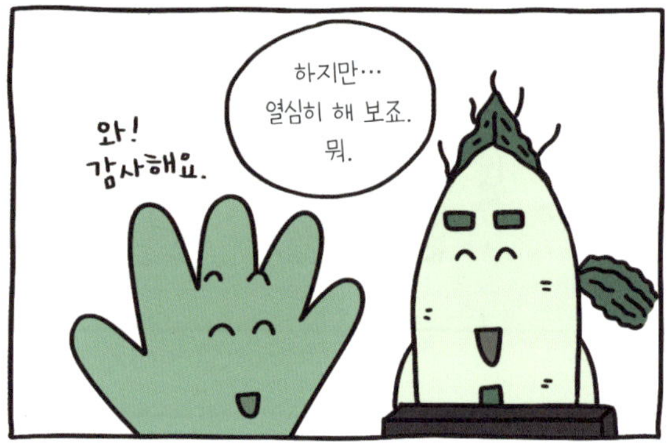

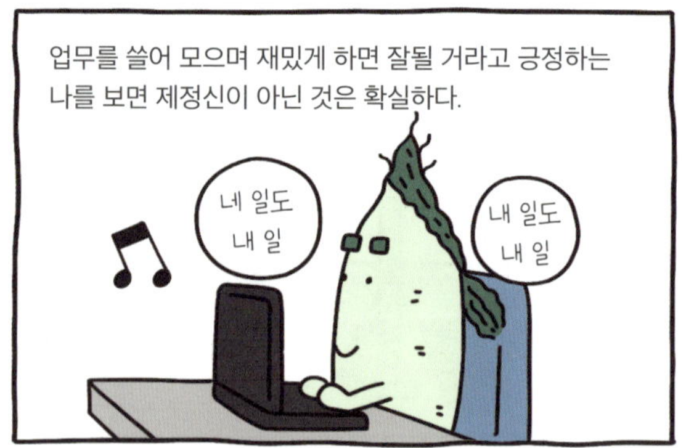
업무를 쓸어 모으며 재밌게 하면 잘될 거라고 긍정하는
나를 보면 제정신이 아닌 것은 확실하다.

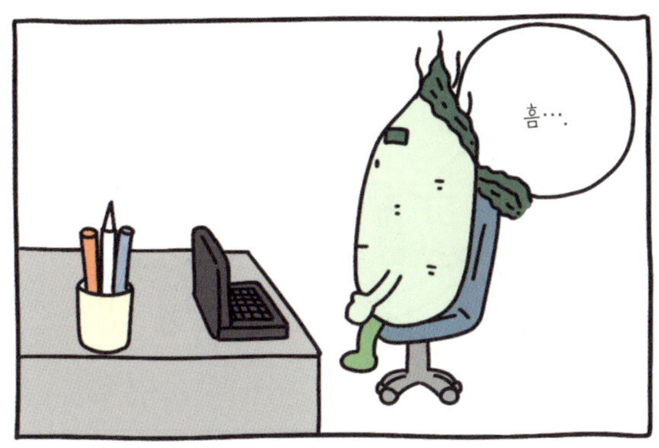

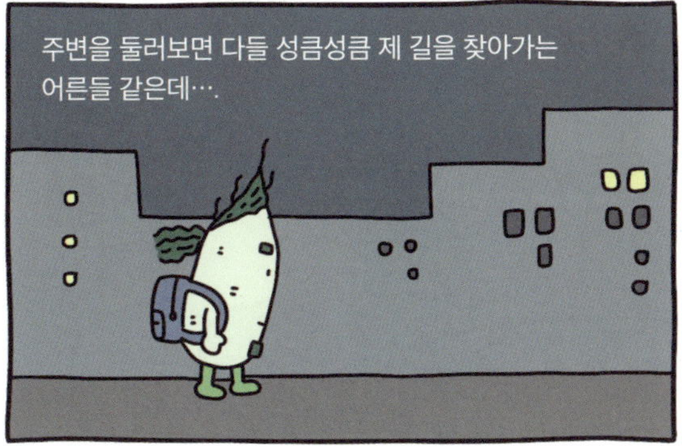

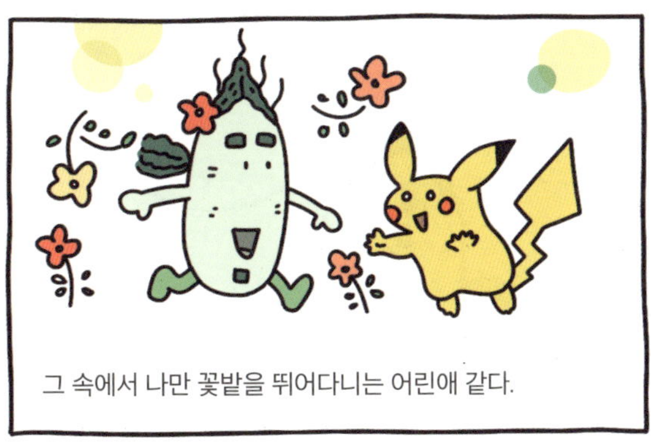
그 속에서 나만 꽃밭을 뛰어다니는 어린애 같다.

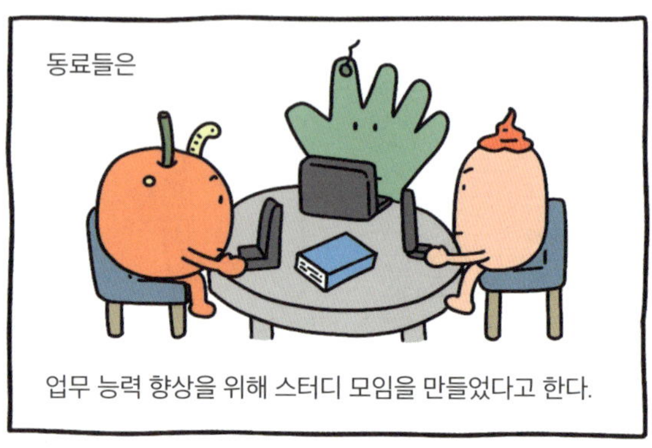

동료들은

업무 능력 향상을 위해 스터디 모임을 만들었다고 한다.

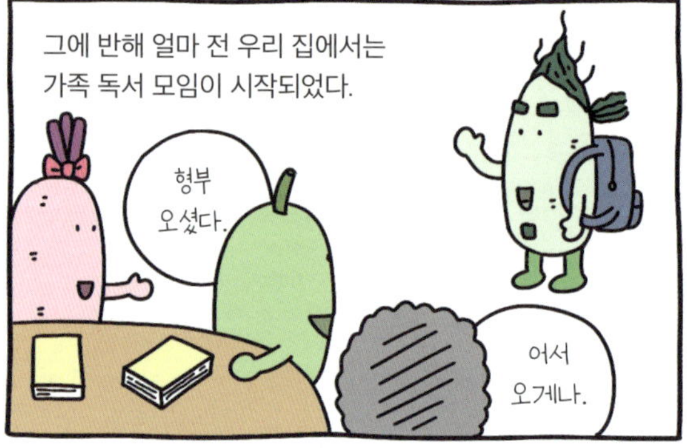

그에 반해 얼마 전 우리 집에서는
가족 독서 모임이 시작되었다.

형부
오셨다.

어서
오게나.

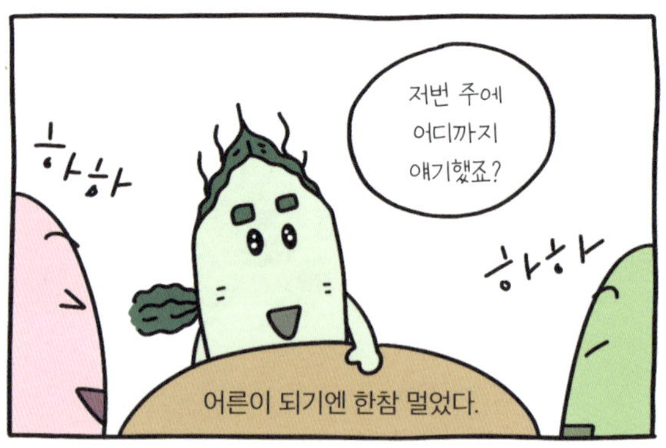

하하

저번 주에
어디까지
얘기했죠?

하하

어른이 되기엔 한참 멀었다.

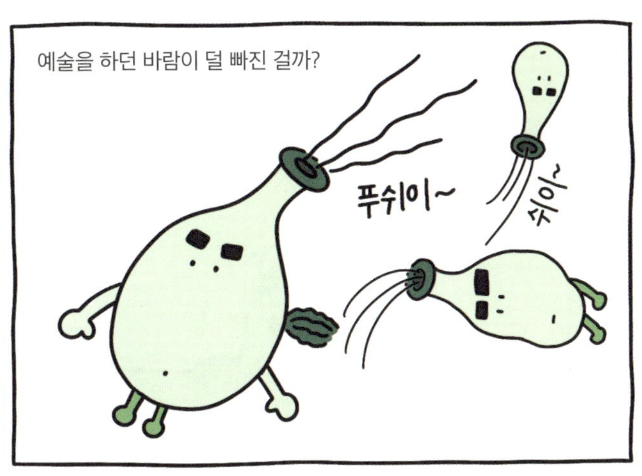

예술을 하던 바람이 덜 빠진 걸까?
푸쉬이~
슈으~

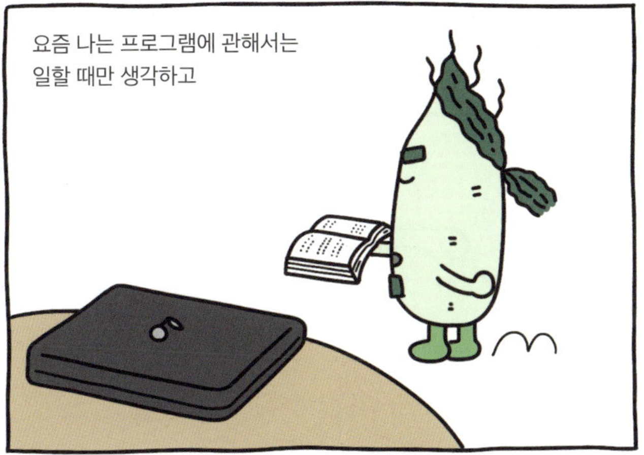

요즘 나는 프로그램에 관해서는
일할 때만 생각하고

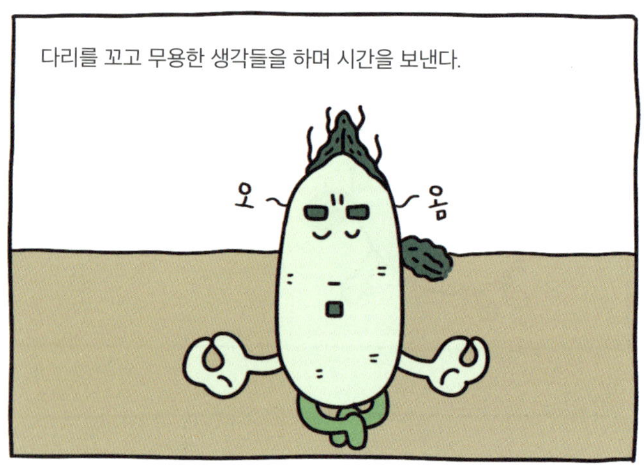

다리를 꼬고 무용한 생각들을 하며 시간을 보낸다.
오~
~옴

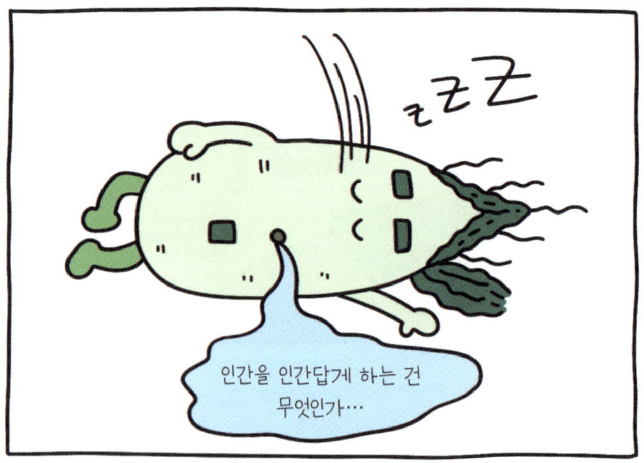

ㄹㅈㅈ
인간을 인간답게 하는 건
무엇인가…

의존성 제거

개발 용어 중에 '의존성 제거'라는 말이 있다.
말 그대로 의존하고 있는 요소를 제거한다는 의미이다.

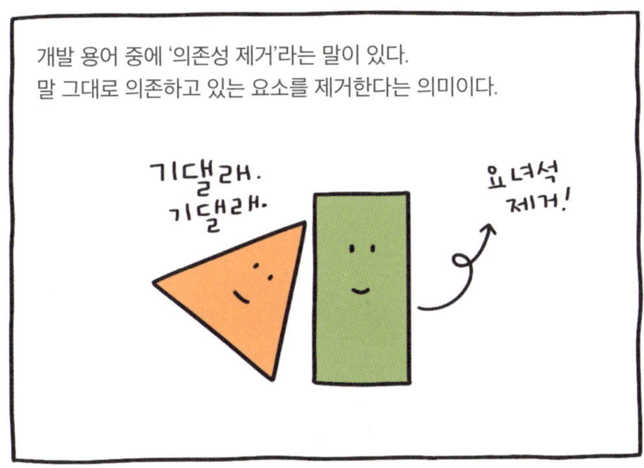

예를 들어 자동차 바퀴를 교체할 때
엔진 부품도 반드시 교체해야 한다면

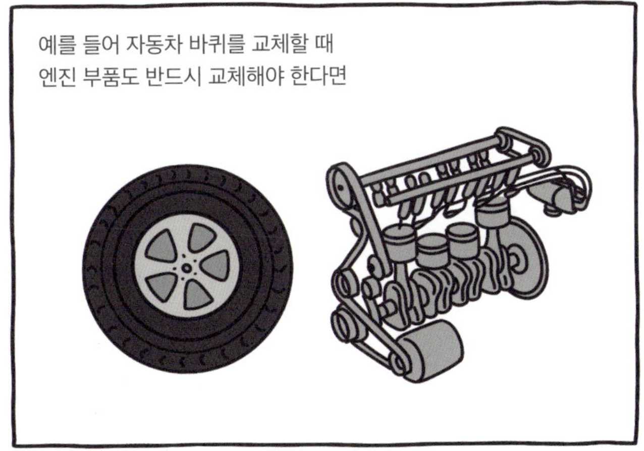

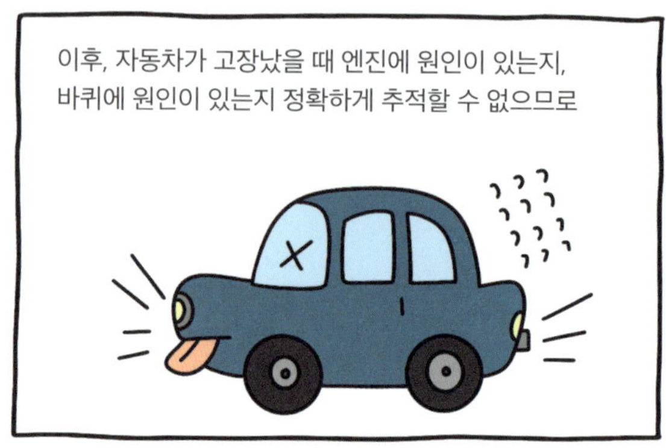
이후, 자동차가 고장났을 때 엔진에 원인이 있는지,
바퀴에 원인이 있는지 정확하게 추적할 수 없으므로

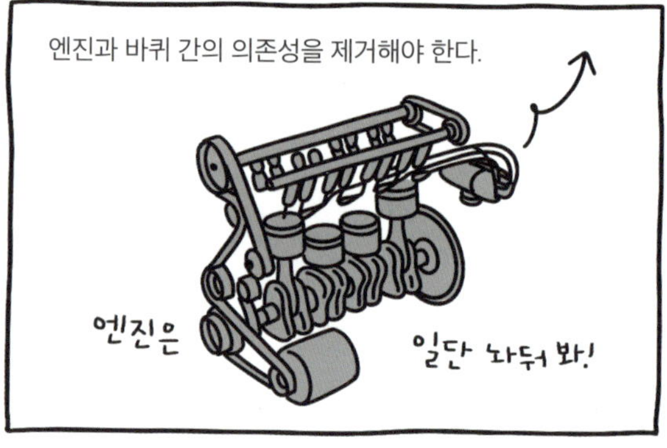
엔진과 바퀴 간의 의존성을 제거해야 한다.
엔진은
일단 놔둬 봐!

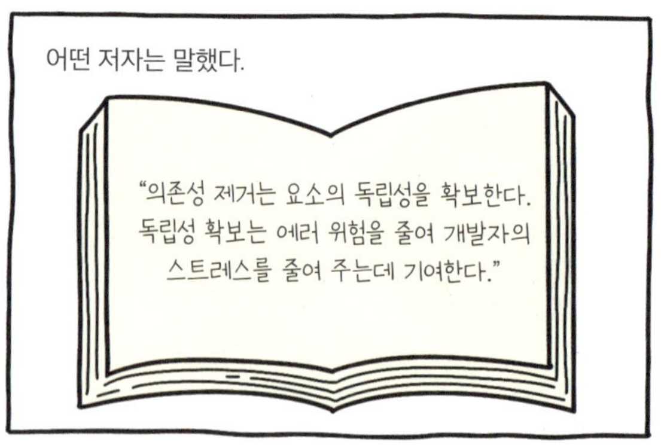
어떤 저자는 말했다.
"의존성 제거는 요소의 독립성을 확보한다.
독립성 확보는 에러 위험을 줄여 개발자의
스트레스를 줄여 주는데 기여한다."

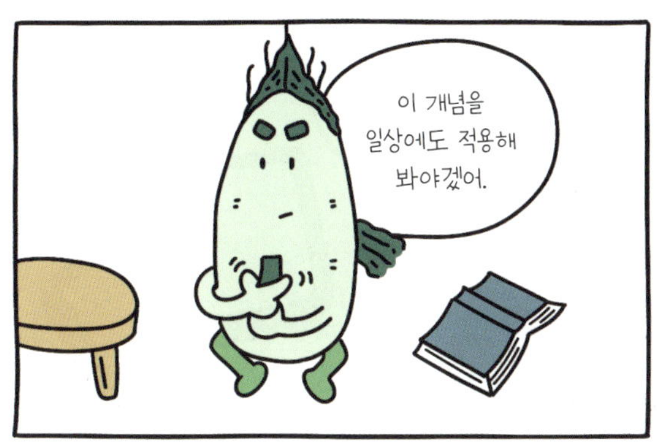

이 개념을
일상에도 적용해
봐야겠어.

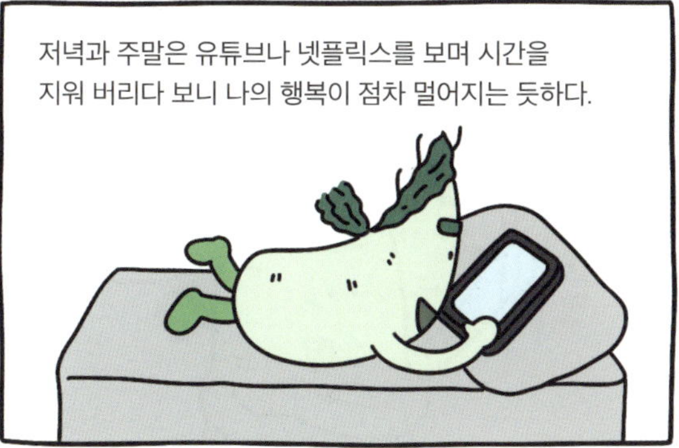

저녁과 주말은 유튜브나 넷플릭스를 보며 시간을
지워 버리다 보니 나의 행복이 점차 멀어지는 듯하다.

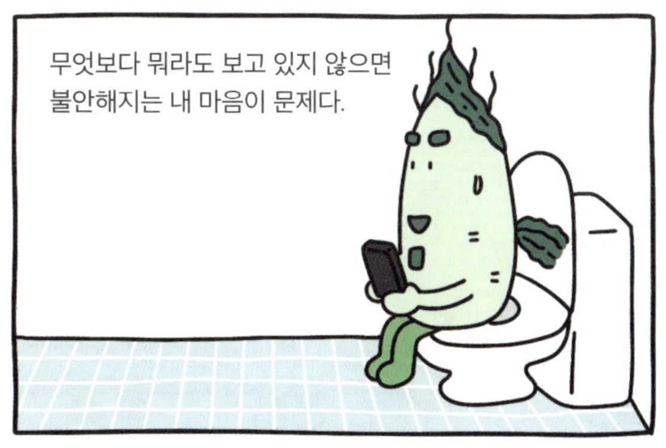

무엇보다 뭐라도 보고 있지 않으면
불안해지는 내 마음이 문제다.

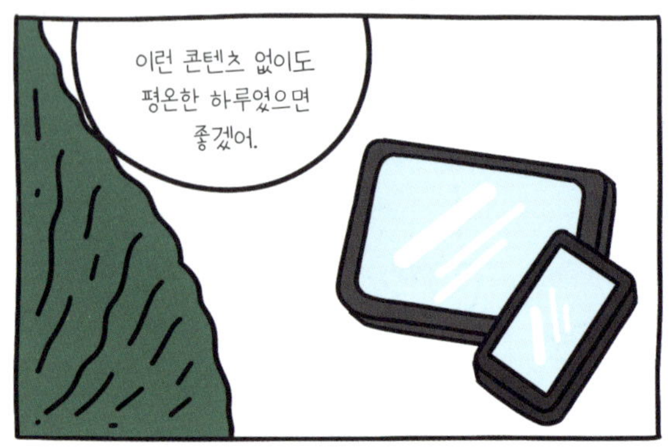

이런 콘텐츠 없이도
평온한 하루였으면
좋겠어.

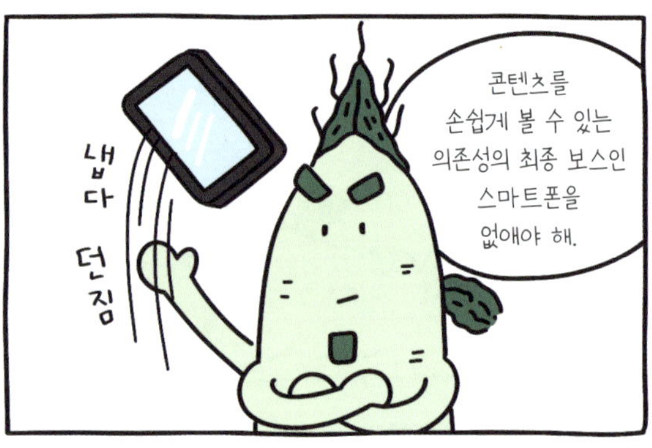

콘텐츠를
손쉽게 볼 수 있는
의존성의 최종 보스인
스마트폰을
없애야 해.
냅다 던짐

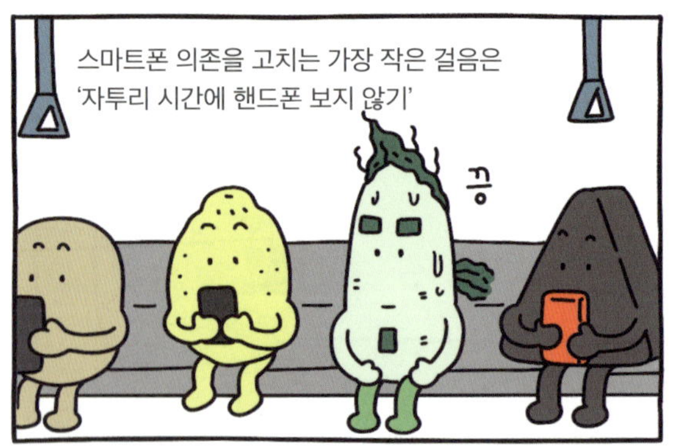

스마트폰 의존을 고치는 가장 작은 걸음은
'자투리 시간에 핸드폰 보지 않기'
끙

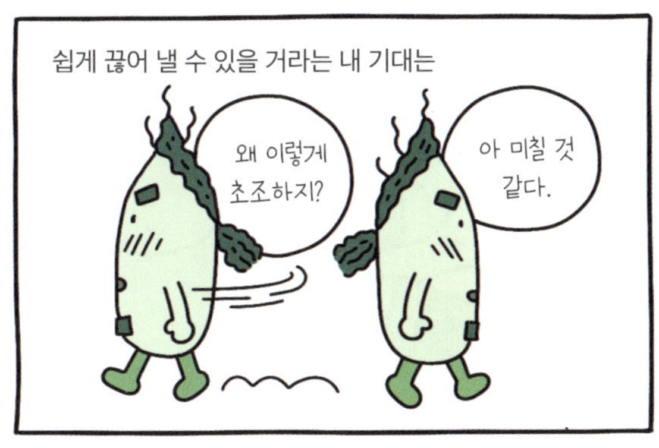

쉽게 끊어 낼 수 있을 거라는 내 기대는
왜 이렇게
초조하지?
아 미칠 것
같다.

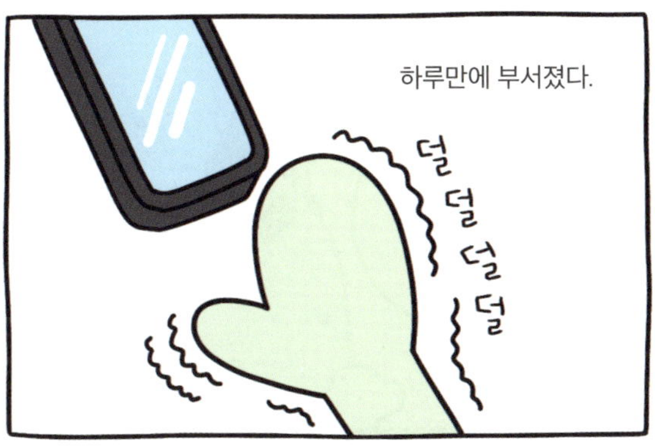

하루만에 부서졌다.
덜
덜
덜
덜

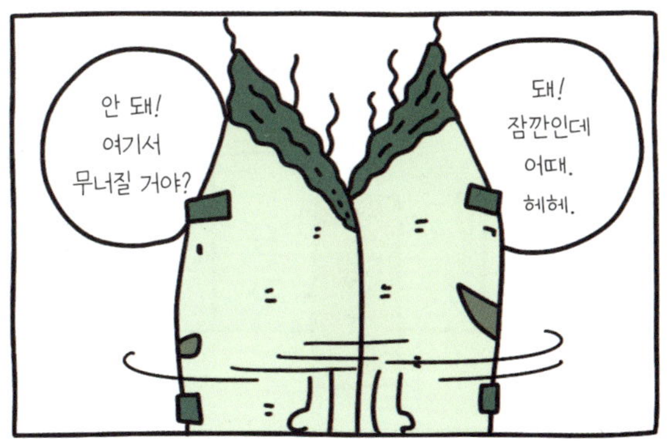

안 돼!
여기서
무너질 거야?
돼!
잠깐인데
어때.
헤헤.

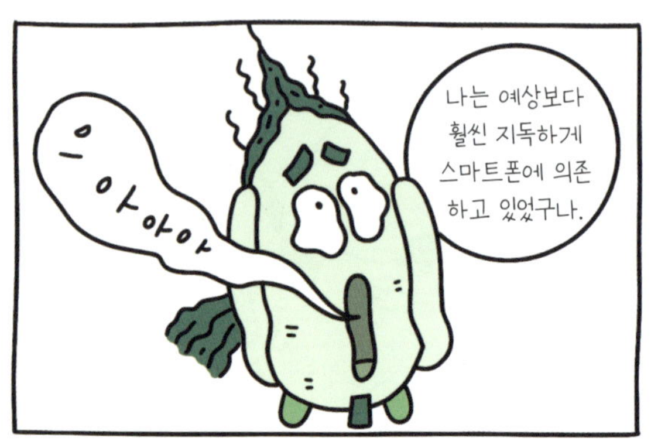

으아아아
나는 예상보다 훨씬 지독하게 스마트폰에 의존하고 있었구나.

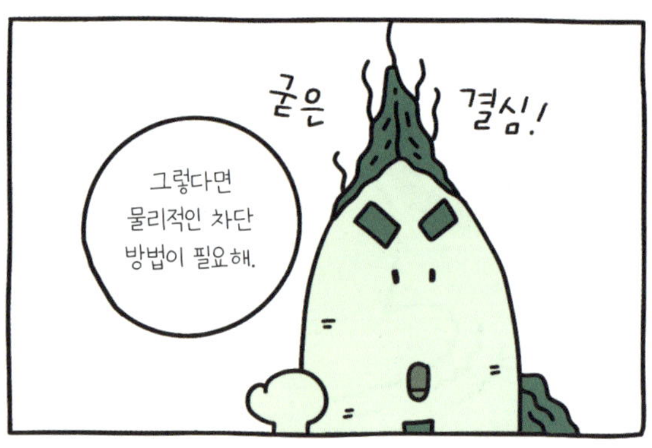

굳은 결심!
그렇다면 물리적인 차단 방법이 필요해.

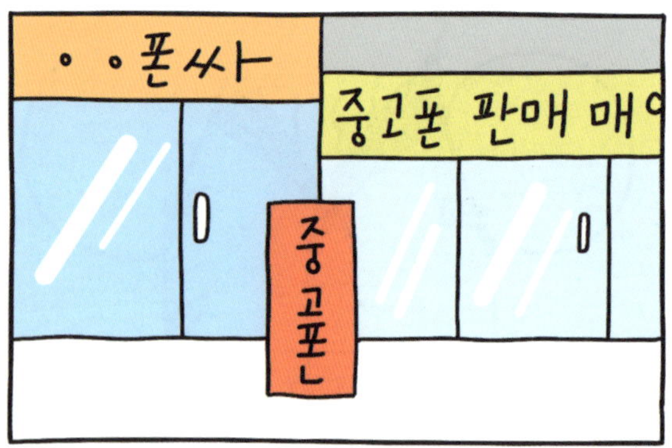

○○폰싸
중고폰 판매 매○
중고폰

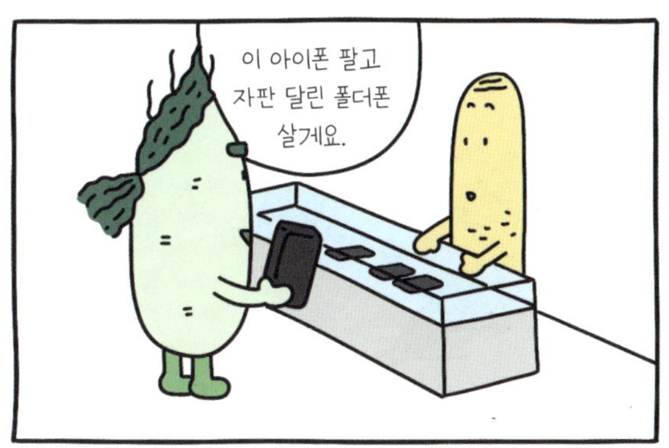

이 아이폰 팔고
자판 달린 폴더폰
살게요.

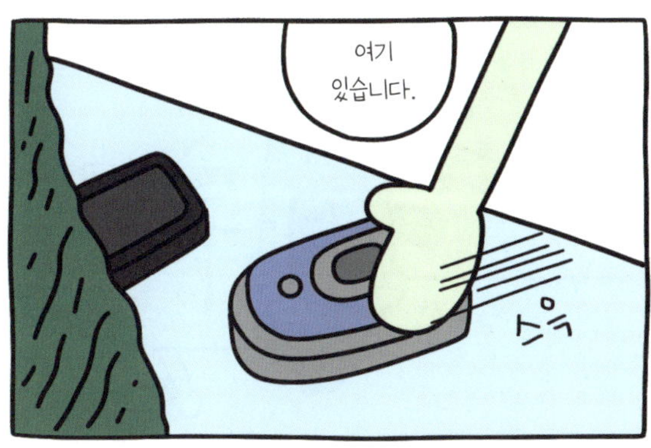

여기
있습니다.
스윽

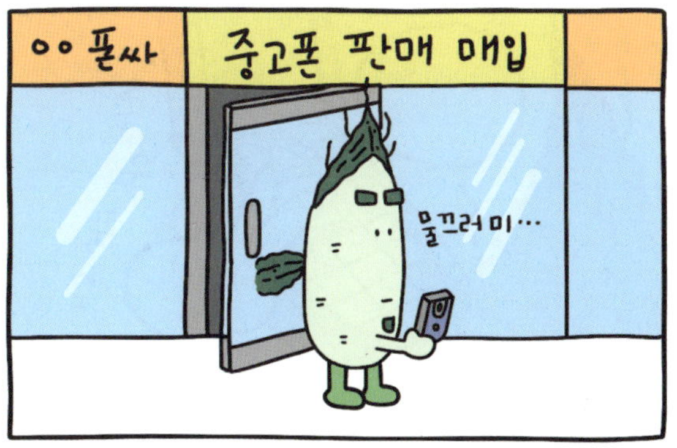

○○ 폰싸
중고폰 판매 매입
물끄러미…

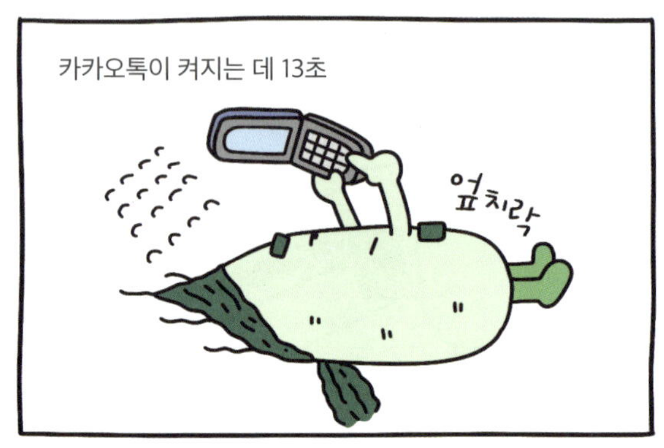

카카오톡이 켜지는 데 13초
엎치락

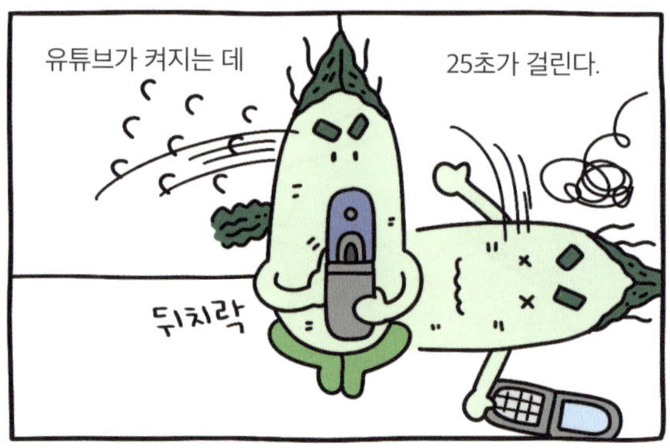

유튜브가 켜지는 데
25초가 걸린다.
뒤치락

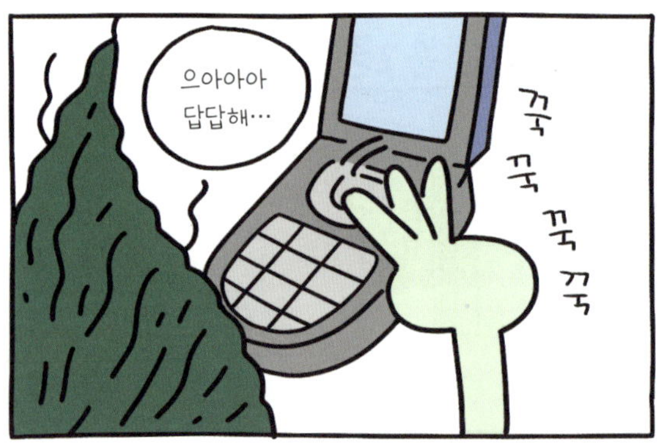

으아아아
답답해…
꾹
꾹
꾹

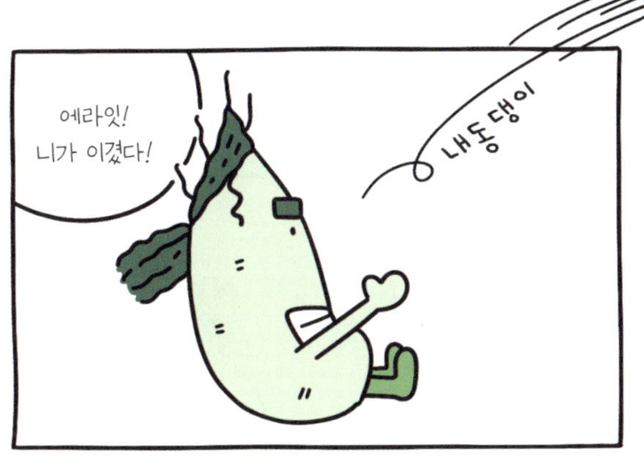

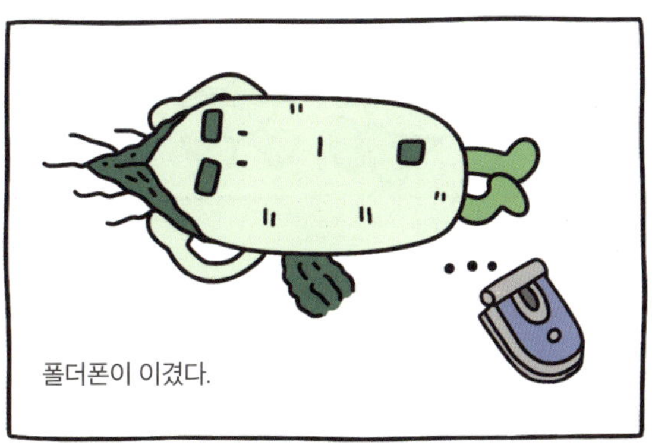

폴더폰이 이겼다.

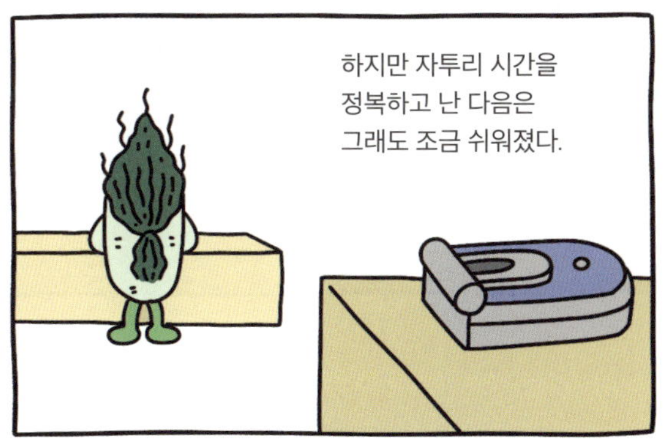

하지만 자투리 시간을
정복하고 난 다음은
그래도 조금 쉬워졌다.

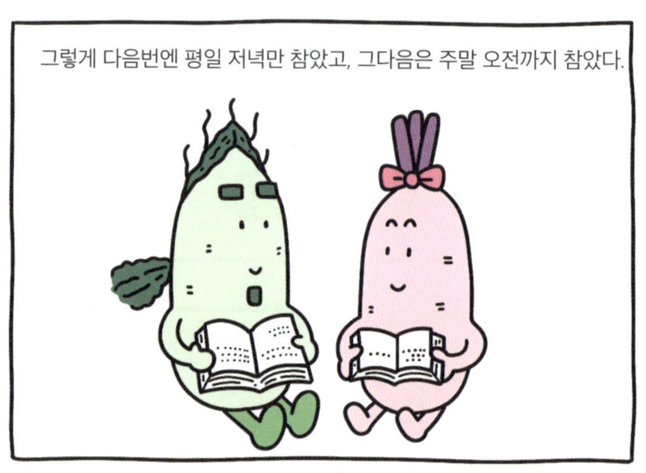

그렇게 다음번엔 평일 저녁만 참았고, 그다음은 주말 오전까지 참았다.

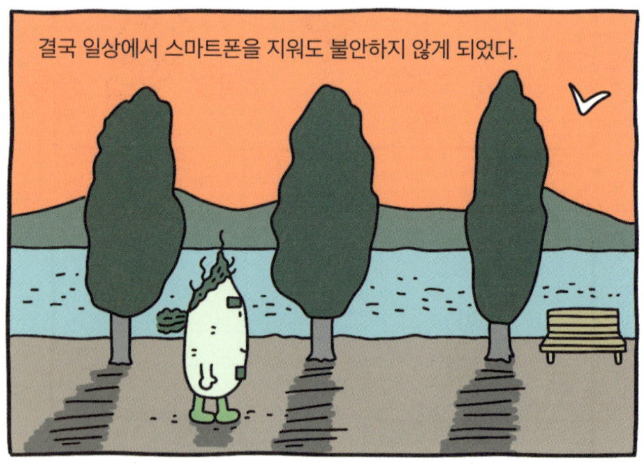

결국 일상에서 스마트폰을 지워도 불안하지 않게 되었다.

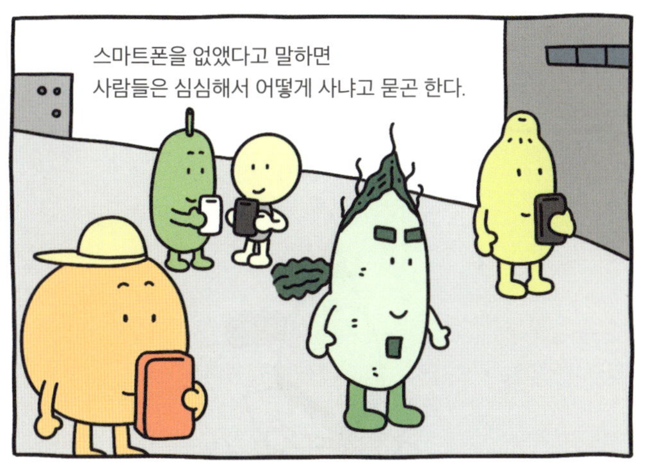

스마트폰을 없앴다고 말하면
사람들은 심심해서 어떻게 사냐고 묻곤 한다.

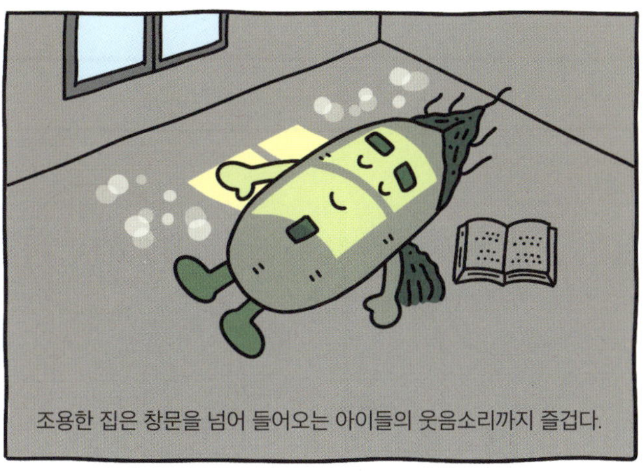

조용한 집은 창문을 넘어 들어오는 아이들의 웃음소리까지 즐겁다.

중심 잡기

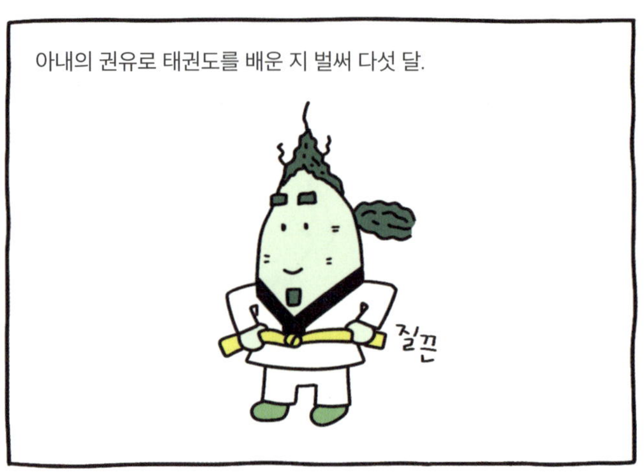

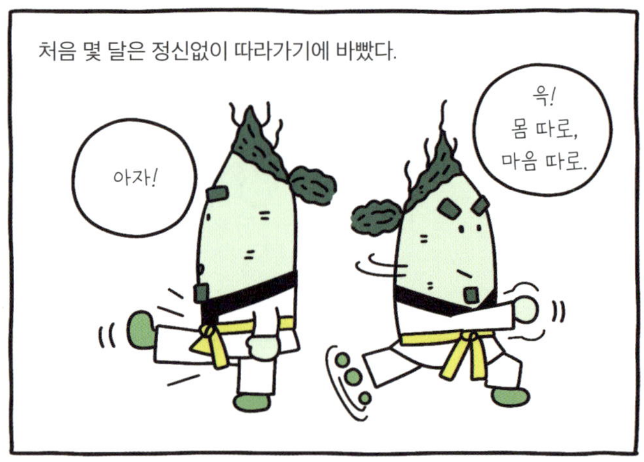

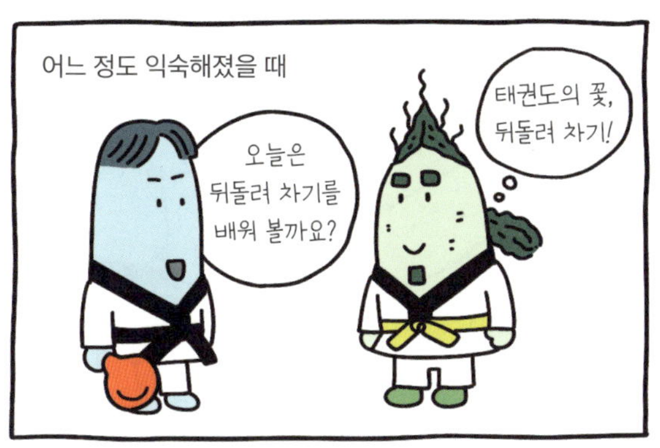

어느 정도 익숙해졌을 때
오늘은 뒤돌려 차기를 배워 볼까요?
태권도의 꽃, 뒤돌려 차기!

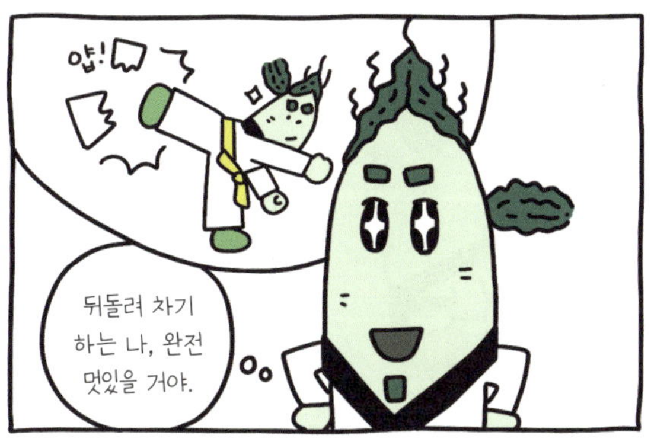

얍!
뒤돌려 차기 하는 나, 완전 멋있을 거야.

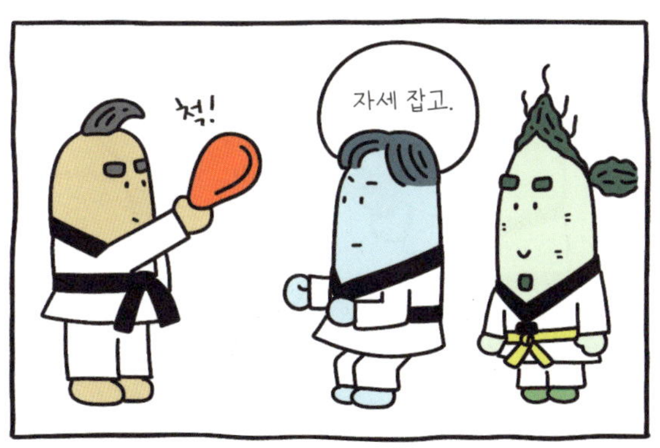

척!
자세 잡고.

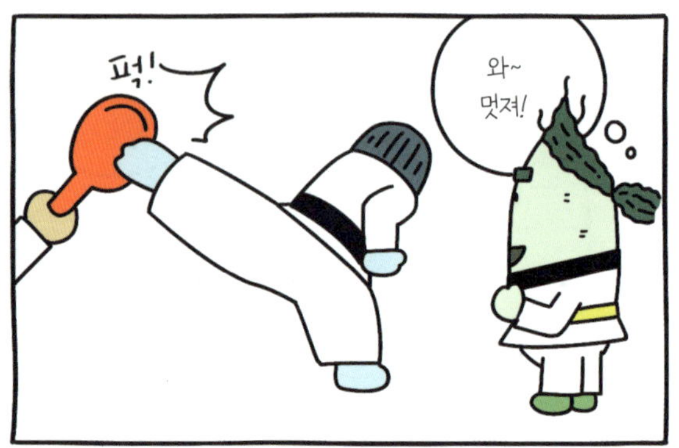
펑!
와~
멋져!

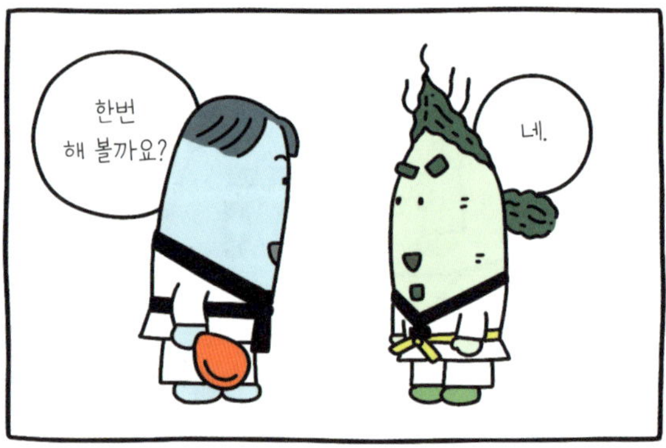
한번
해 볼까요?
네.

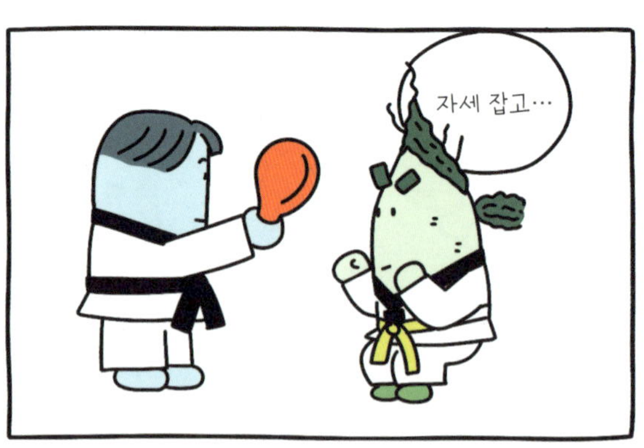
자세 잡고…

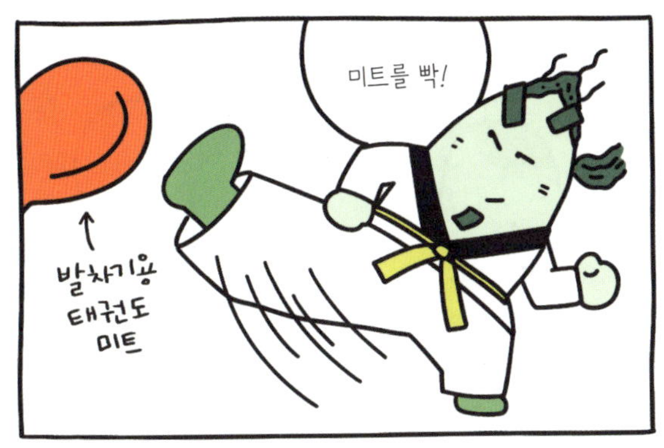

미트를 빡!
발차기용
태권도
미트

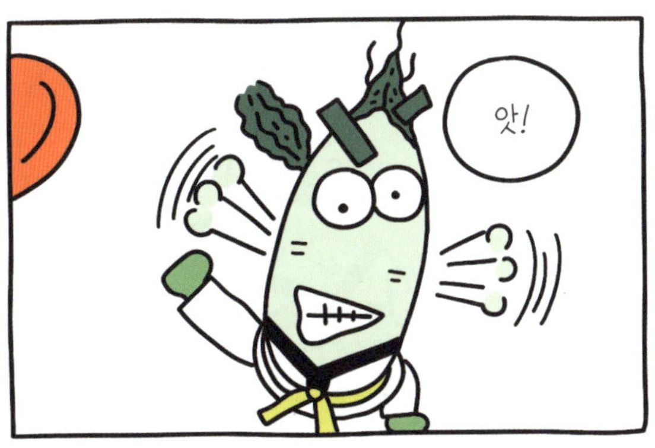

앗!

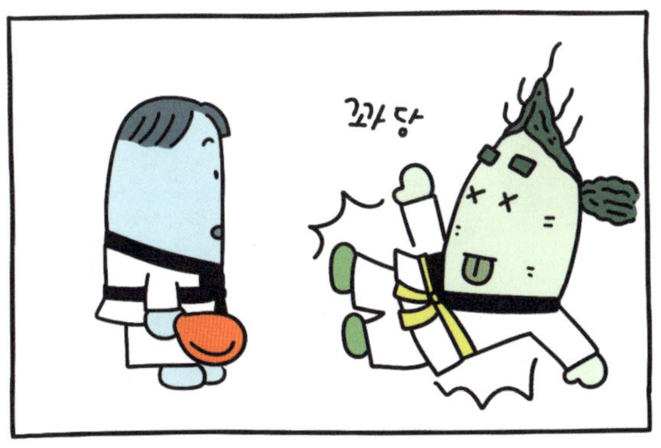

꽈당

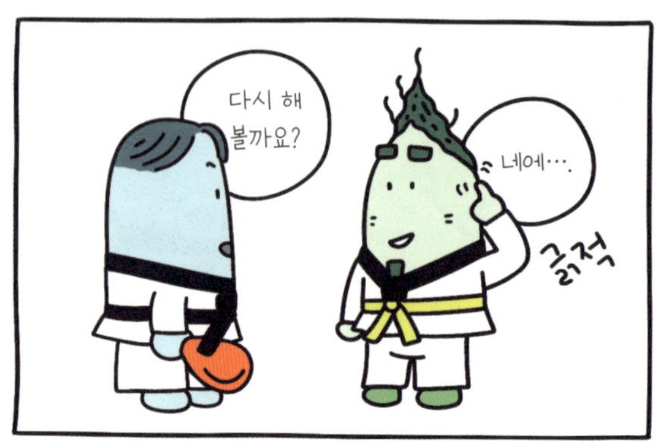

다시 해 볼까요?
네에….
긁적

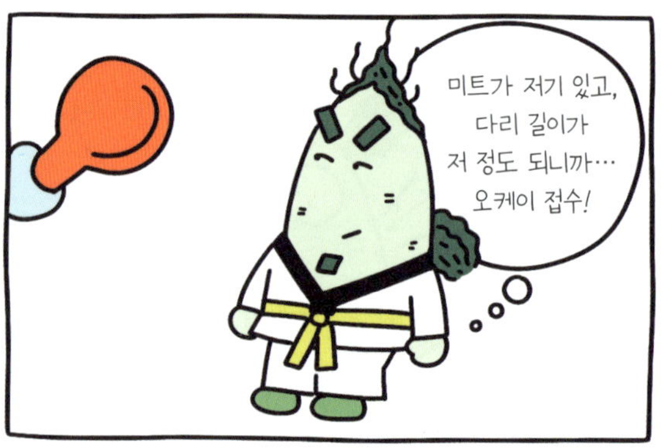

미트가 저기 있고,
다리 길이가
저 정도 되니까…
오케이 접수!

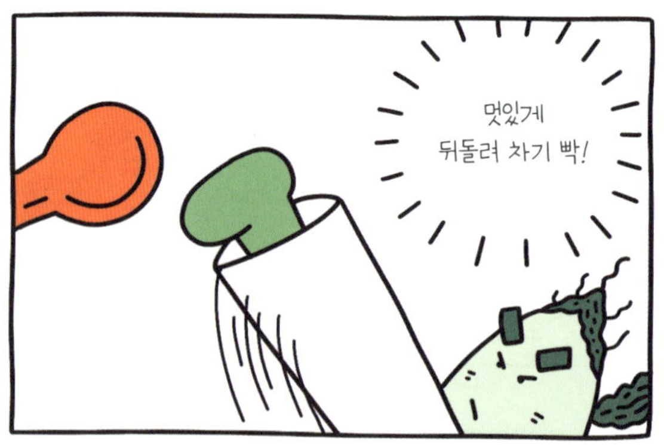

멋있게
뒤돌려 차기 빡!

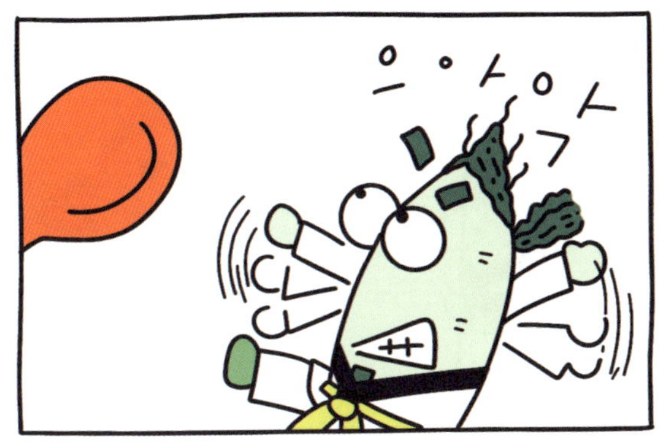
으아아악

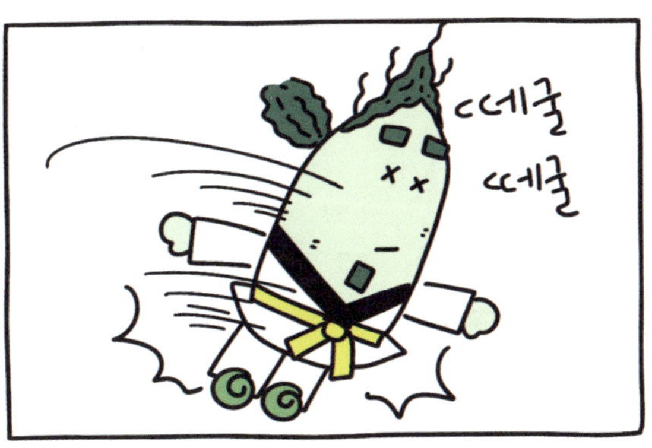
ㄷ데굴
ㄸ데굴

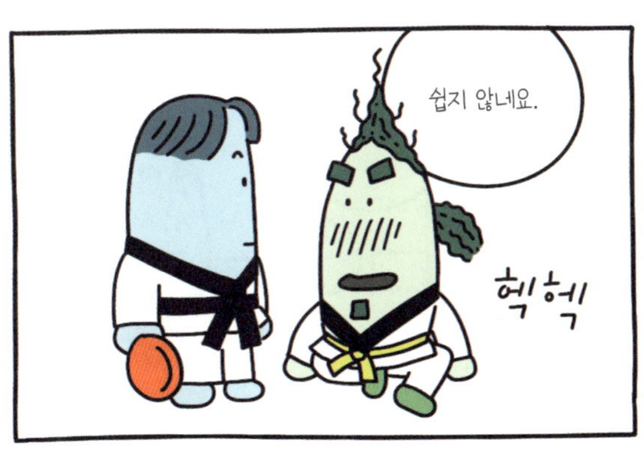
쉽지 않네요.
헉헉

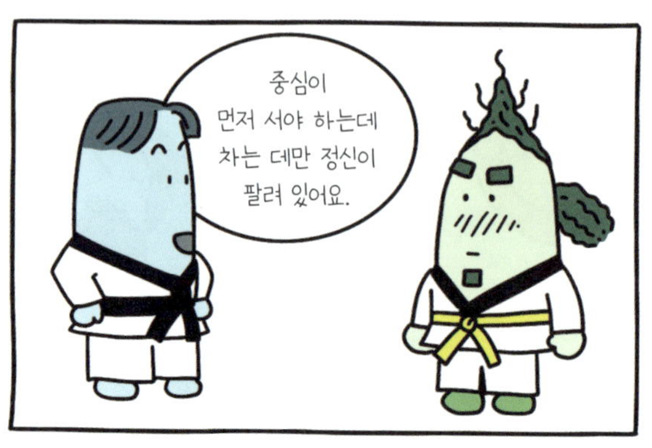

중심이
먼저 서야 하는데
차는 데만 정신이
팔려 있어요.

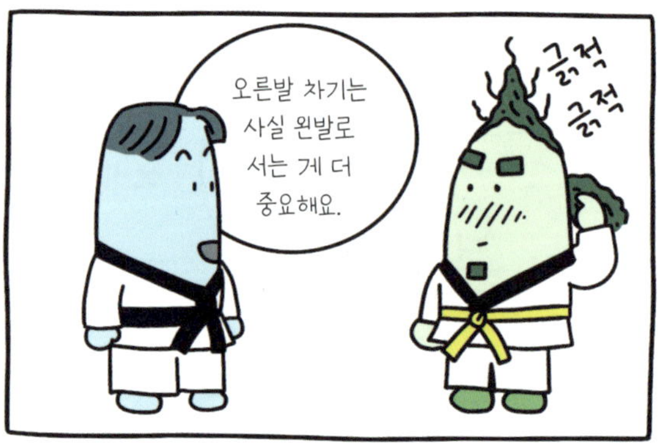

오른발 차기는
사실 왼발로
서는 게 더
중요해요.
굵적
굵적

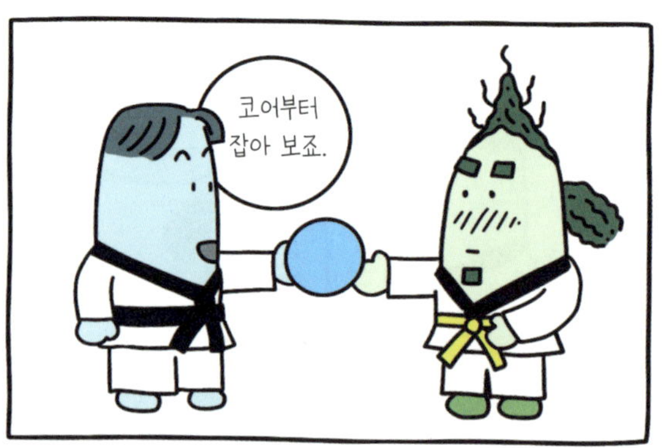

코어부터
잡아 보죠.

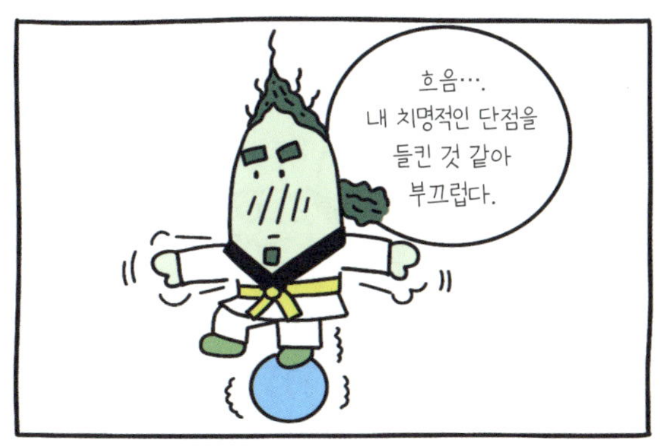

흐음….
내 치명적인 단점을
들킨 것 같아
부끄럽다.

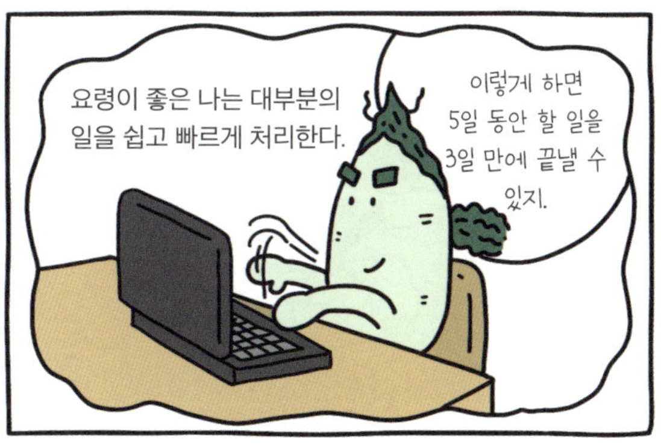

요령이 좋은 나는 대부분의
일을 쉽고 빠르게 처리한다.
이렇게 하면
5일 동안 할 일을
3일 만에 끝낼 수
있지.

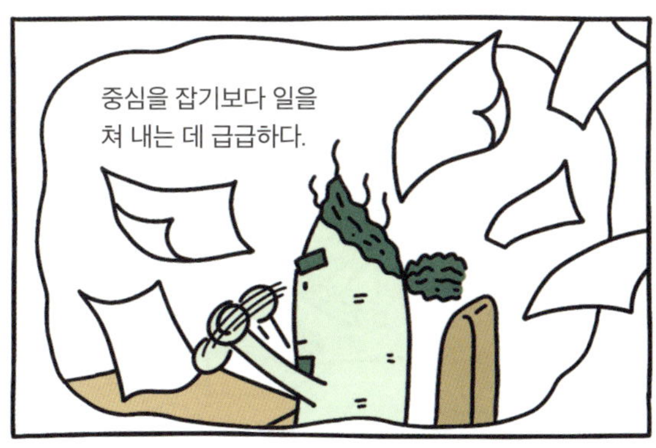

중심을 잡기보다 일을
쳐 내는 데 급급하다.

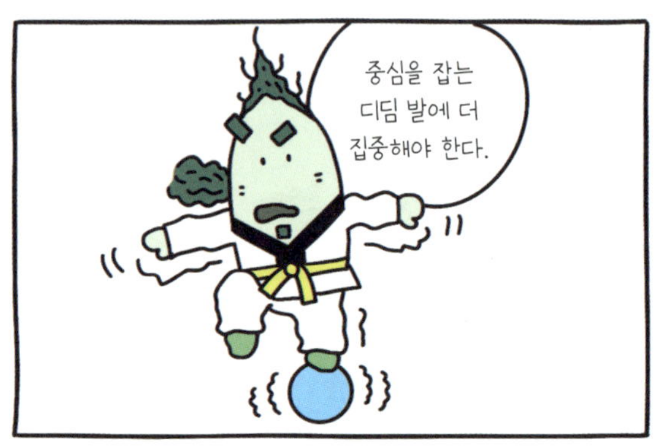
중심을 잡는
디딤 발에 더
집중해야 한다.

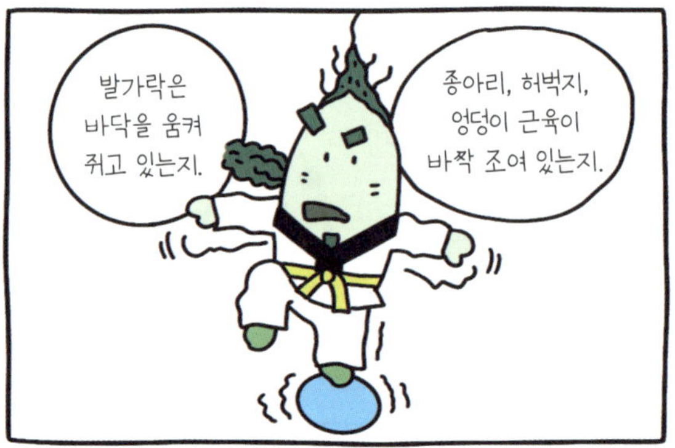
발가락은
바닥을 움켜
쥐고 있는지.
종아리, 허벅지,
엉덩이 근육이
바짝 조여 있는지.

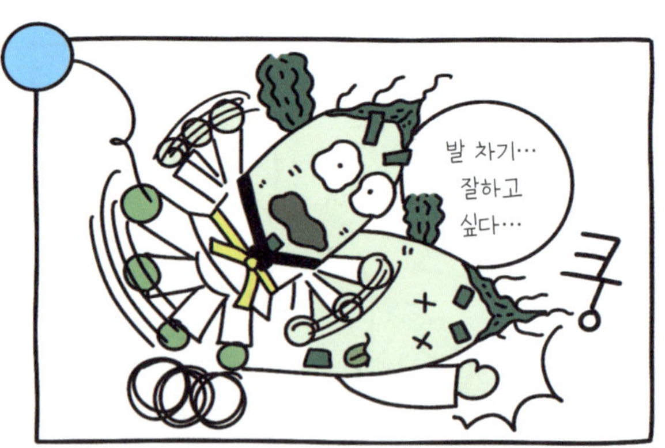
발 차기…
잘하고
싶다…
쿵

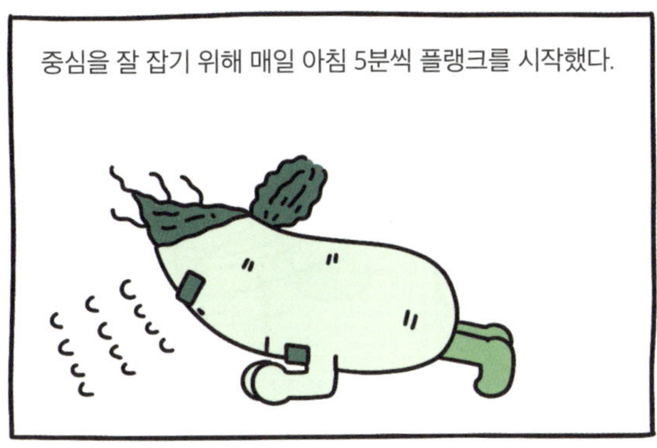

중심을 잘 잡기 위해 매일 아침 5분씩 플랭크를 시작했다.

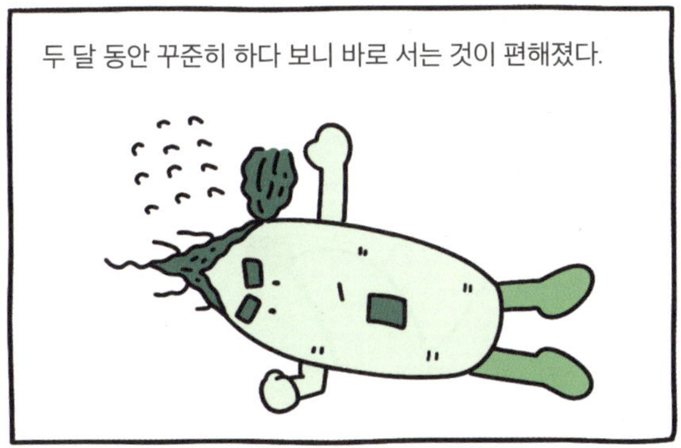

두 달 동안 꾸준히 하다 보니 바로 서는 것이 편해졌다.

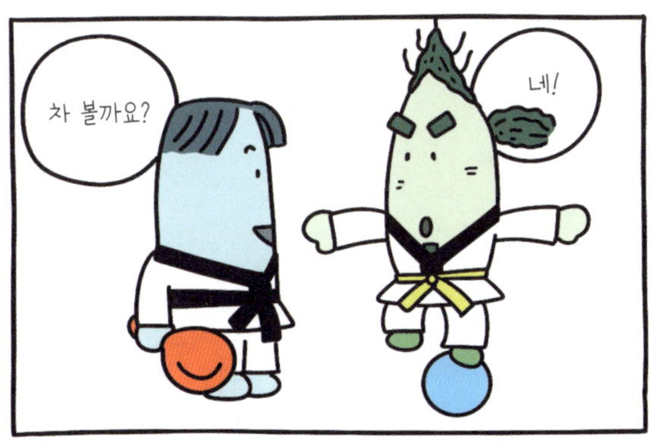

차 볼까요?
네!

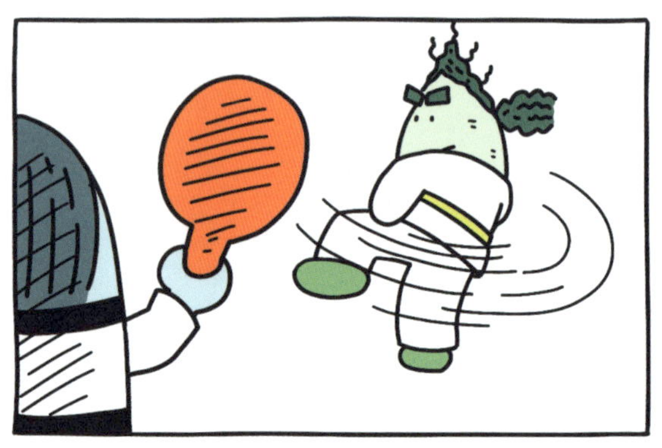

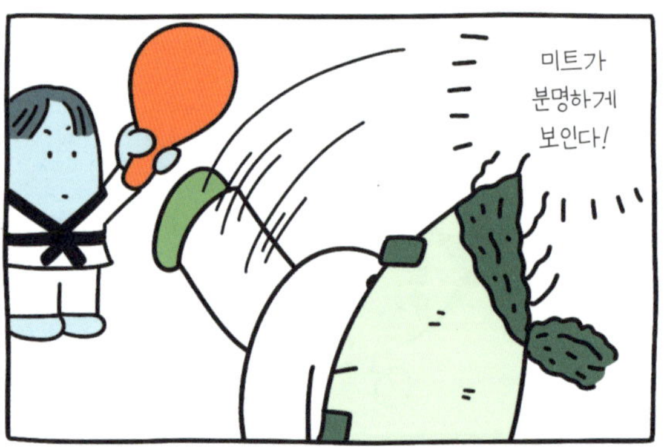
미트가
분명하게
보인다!

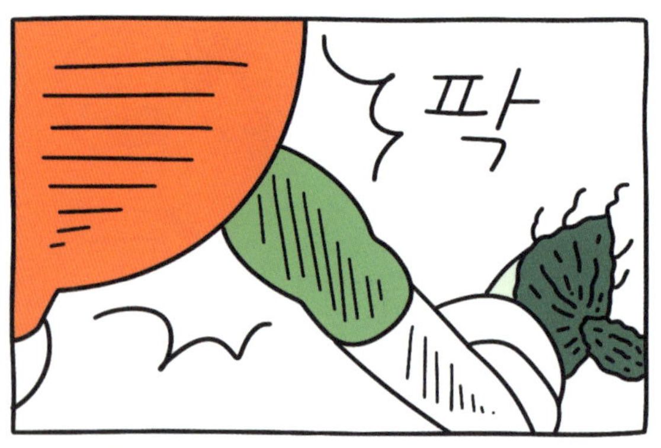
팍

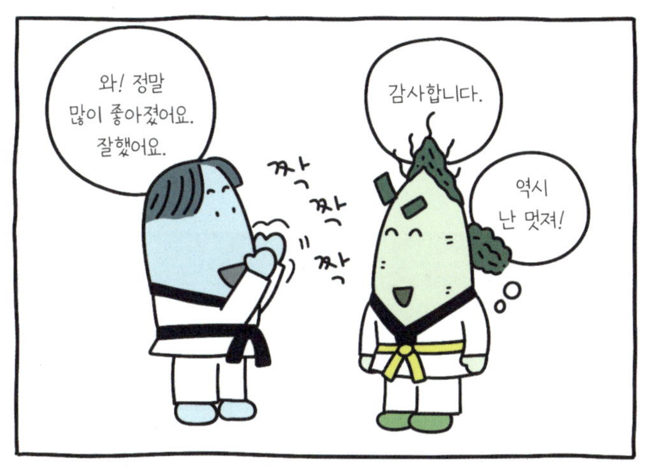

나를 바꾸는 건
생각보다 어렵지 않았다.

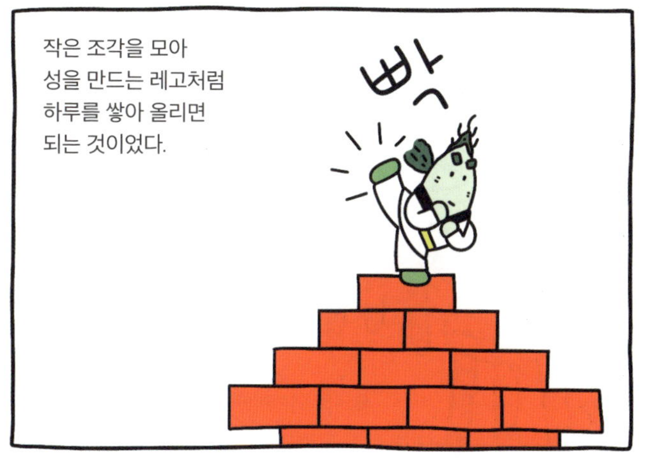

카페에서 한 생각

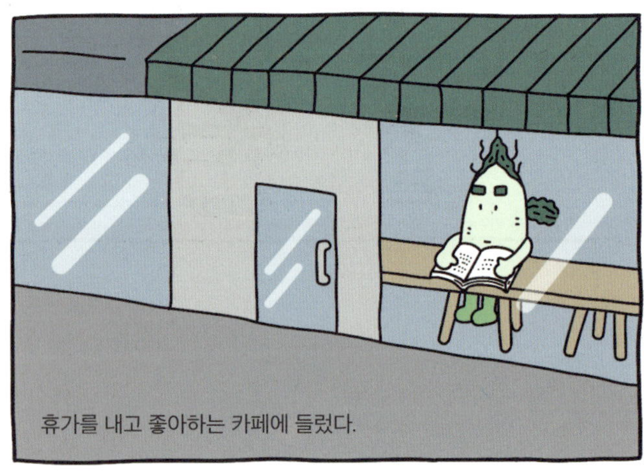

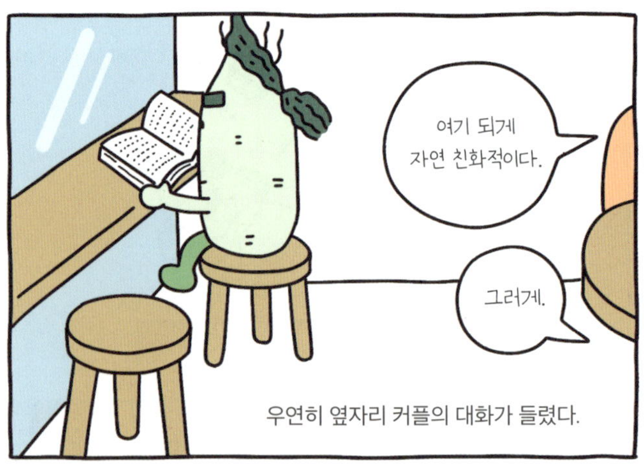

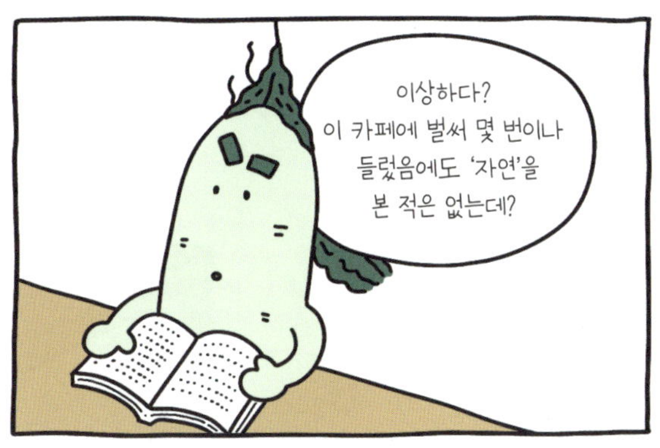

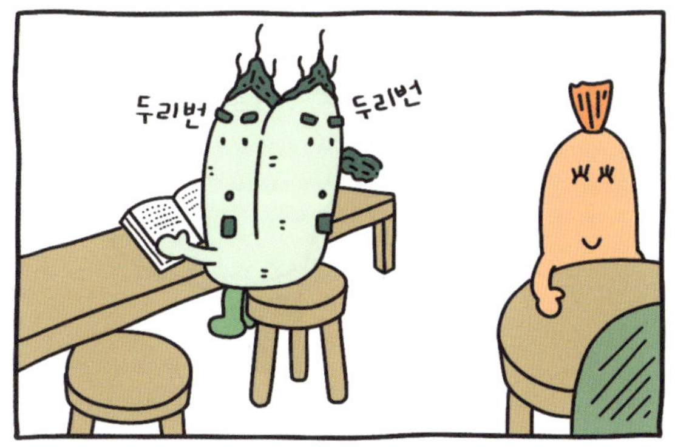

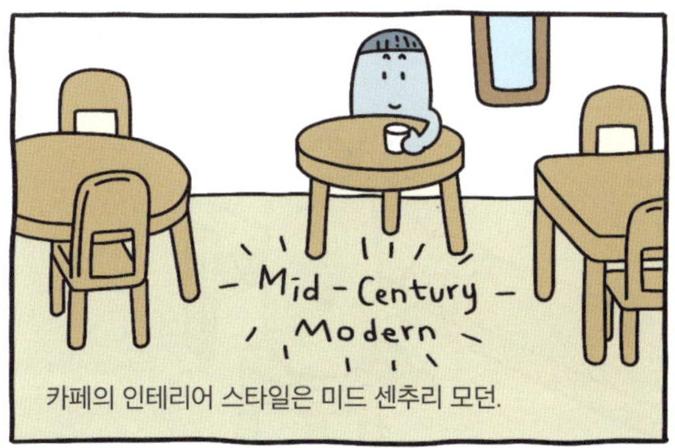

카페의 인테리어 스타일은 미드 센추리 모던.

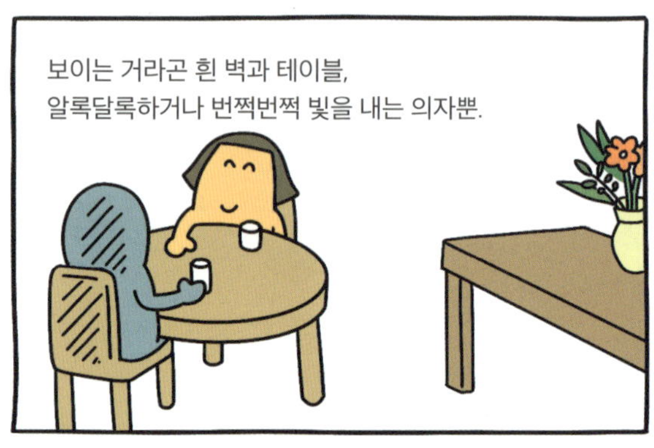
보이는 거라곤 흰 벽과 테이블,
알록달록하거나 번쩍번쩍 빛을 내는 의자뿐.

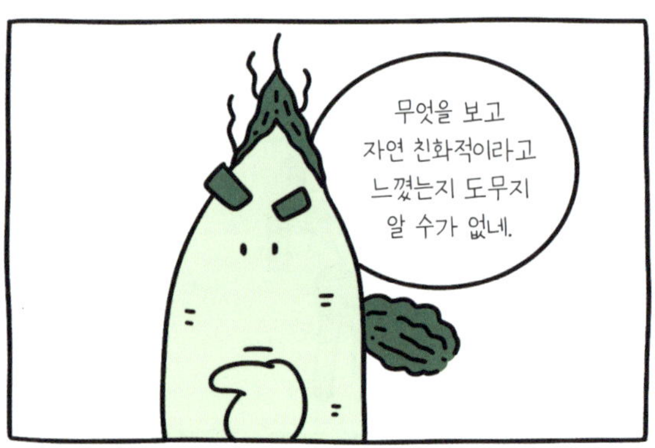
무엇을 보고
자연 친화적이라고
느꼈는지 도무지
알 수가 없네.

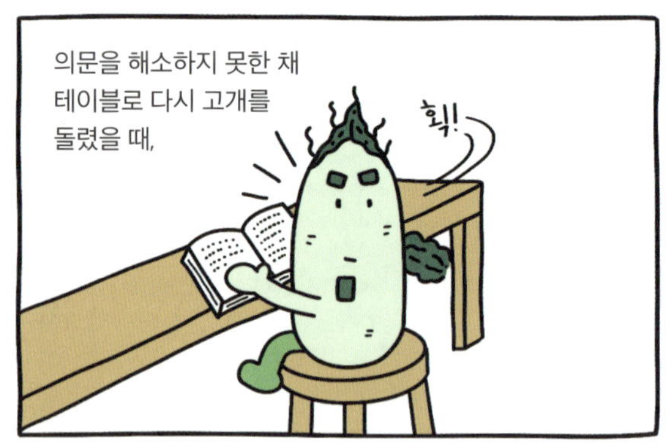
의문을 해소하지 못한 채
테이블로 다시 고개를
돌렸을 때,

휙!

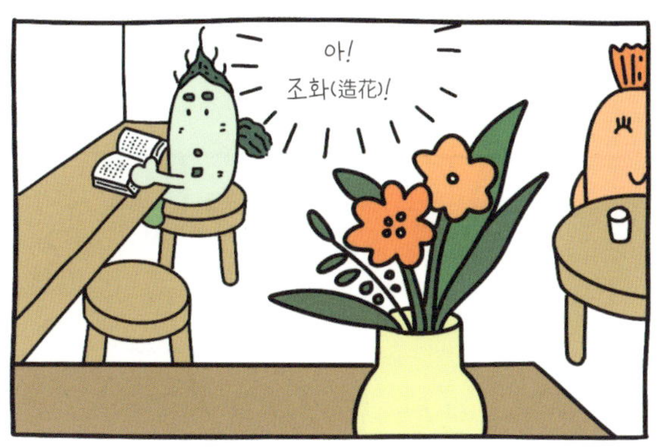

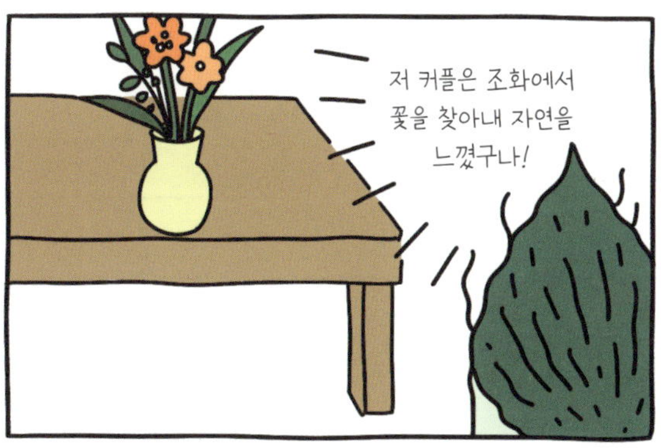

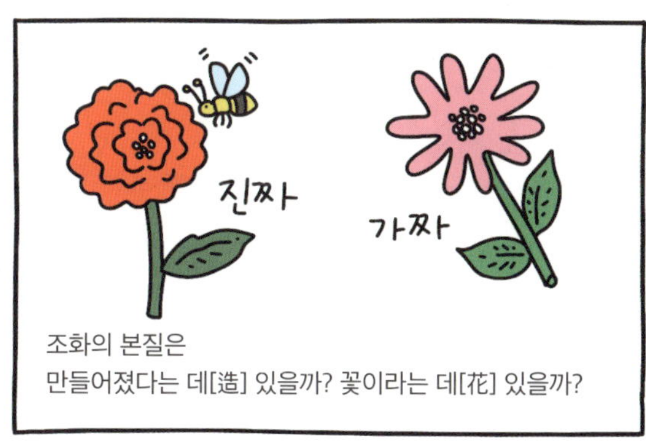

조화의 본질은
만들어졌다는 데[造] 있을까? 꽃이라는 데[花] 있을까?

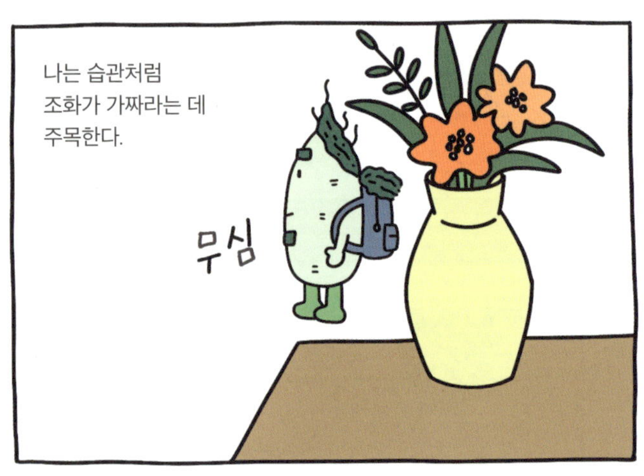
나는 습관처럼
조화가 가짜라는 데
주목한다.

무심

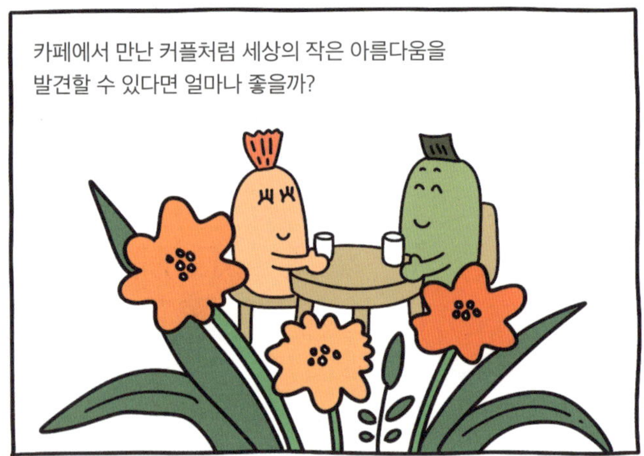
카페에서 만난 커플처럼 세상의 작은 아름다움을
발견할 수 있다면 얼마나 좋을까?

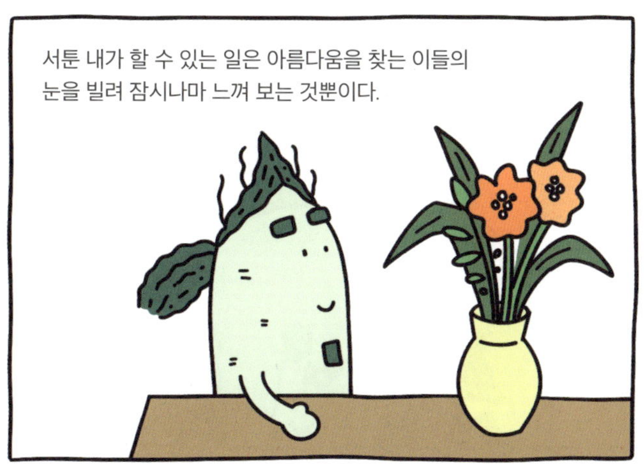
서툰 내가 할 수 있는 일은 아름다움을 찾는 이들의
눈을 빌려 잠시나마 느껴 보는 것뿐이다.

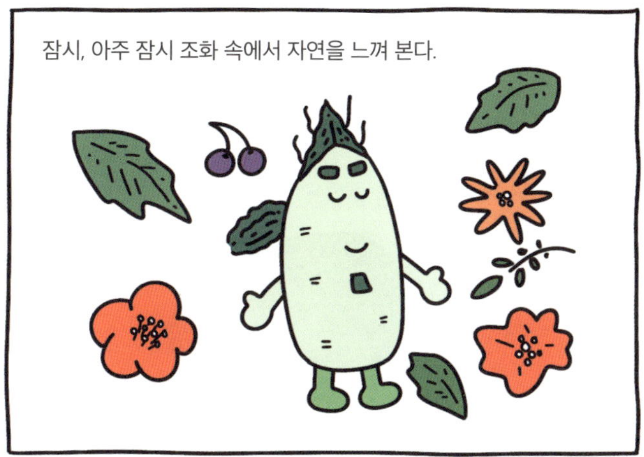
잠시, 아주 잠시 조화 속에서 자연을 느껴 본다.

우리 부부의 생일 축하 방식

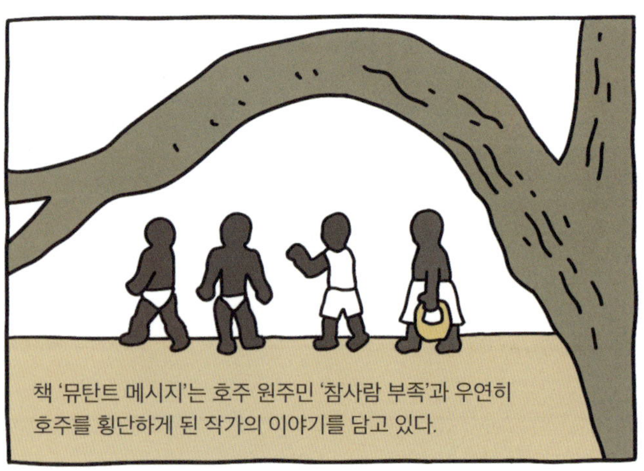

책 '뮤탄트 메시지'는 호주 원주민 '참사람 부족'과 우연히 호주를 횡단하게 된 작가의 이야기를 담고 있다.

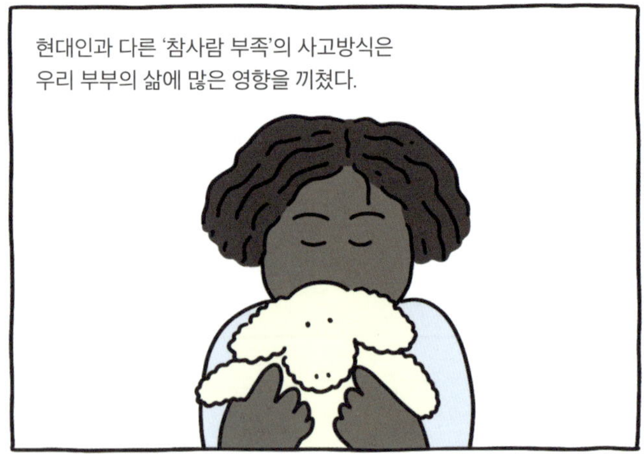

현대인과 다른 '참사람 부족'의 사고방식은 우리 부부의 삶에 많은 영향을 끼쳤다.

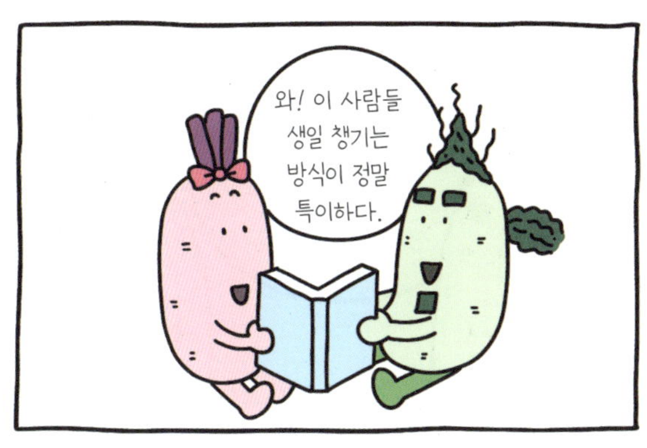

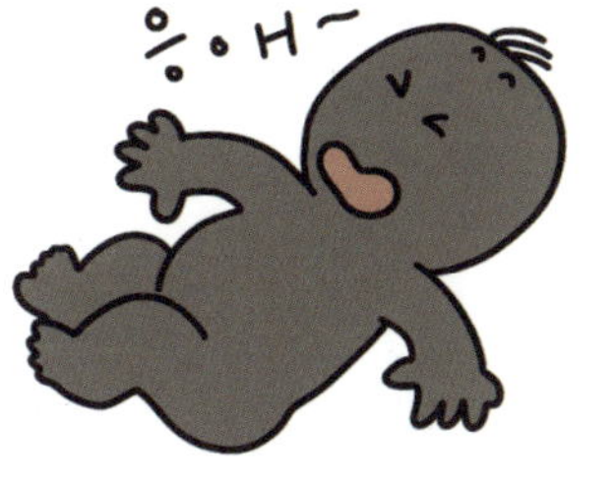

'참사람 부족'은 태어난 날을 기억하지도 기념하지도 않는다.

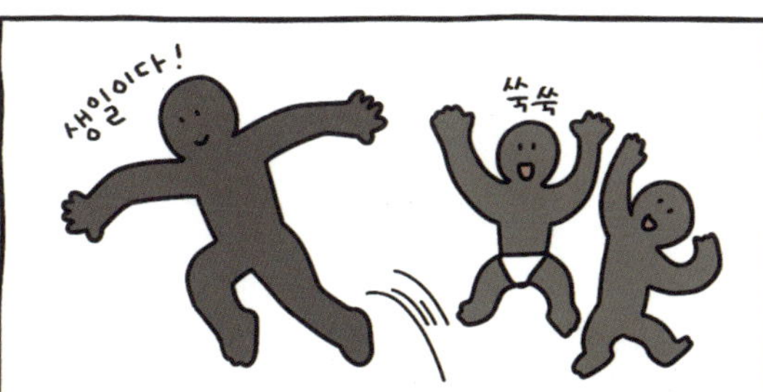

자신이 성장한 날이 다시 태어난 날이고 그날이 생일이다.
성장했음을 밝히고 축하를 받는다.

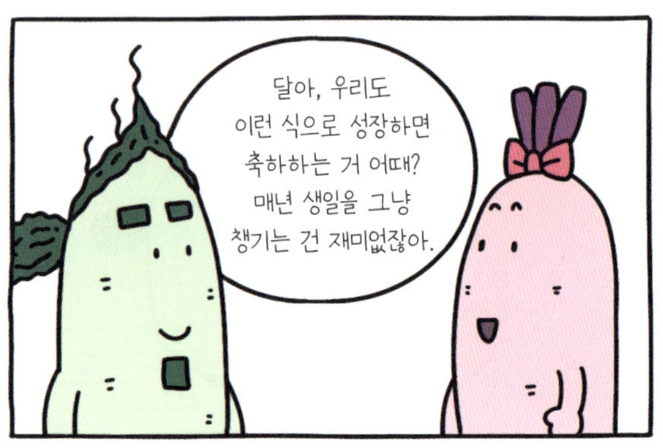

달아, 우리도
이런 식으로 성장하면
축하하는 거 어때?
매년 생일을 그냥
챙기는 건 재미없잖아.

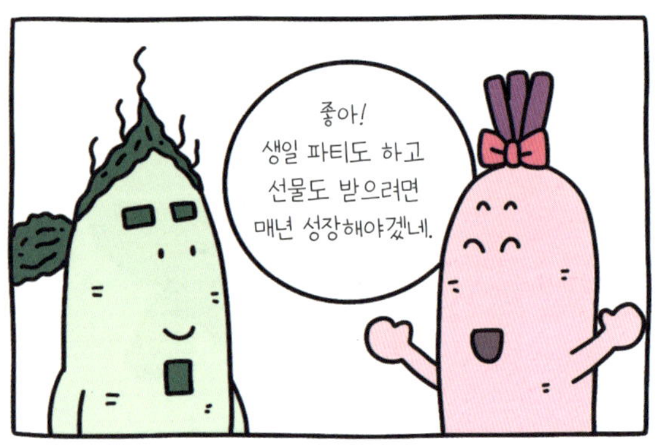

좋아!
생일 파티도 하고
선물도 받으려면
매년 성장해야겠네.

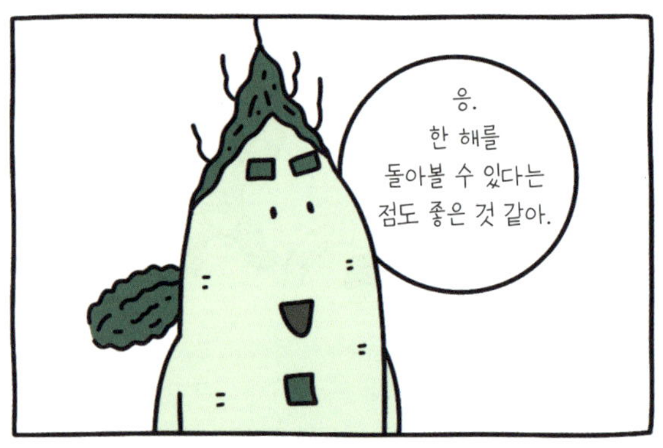

응.
한 해를
돌아볼 수 있다는
점도 좋은 것 같아.

생일 챙기기를 시작한 첫 두 해는 생일 파티를 못했다.

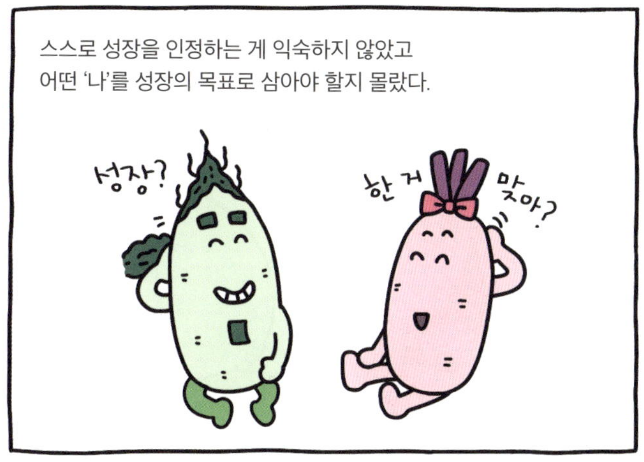

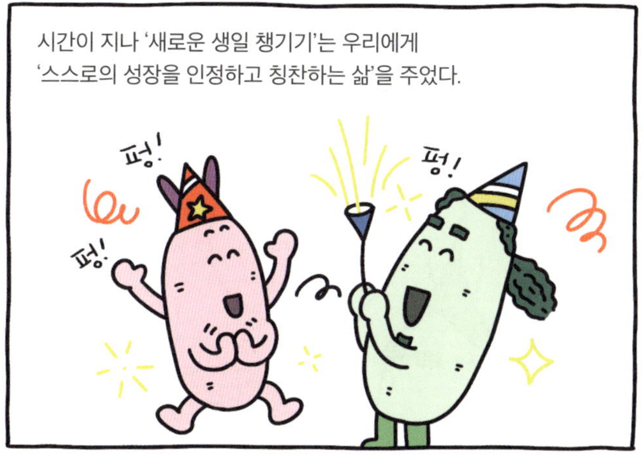

더 나아가 서로가 서로의 성장을 전적으로 지지하는 삶도.

좋은지 나쁜지 누가 아는가?

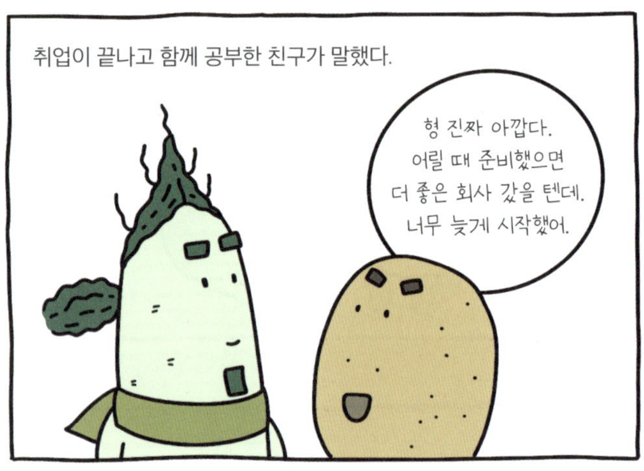

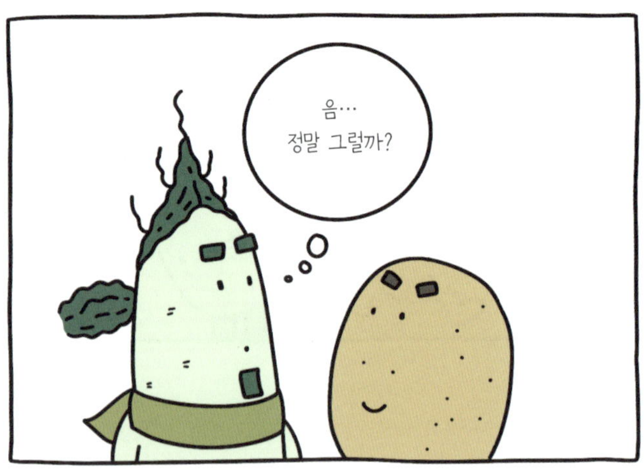

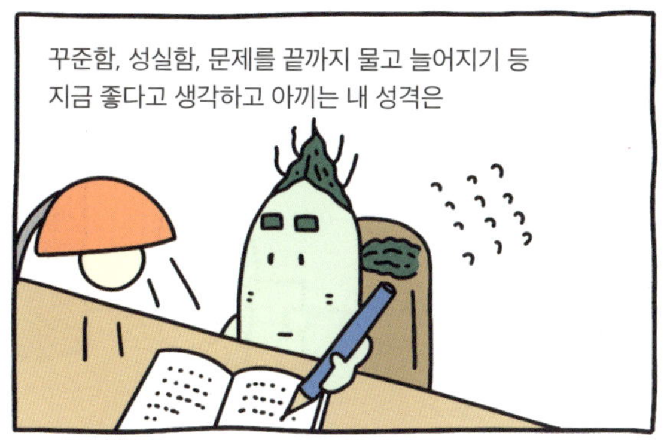

꾸준함, 성실함, 문제를 끝까지 물고 늘어지기 등
지금 좋다고 생각하고 아끼는 내 성격은

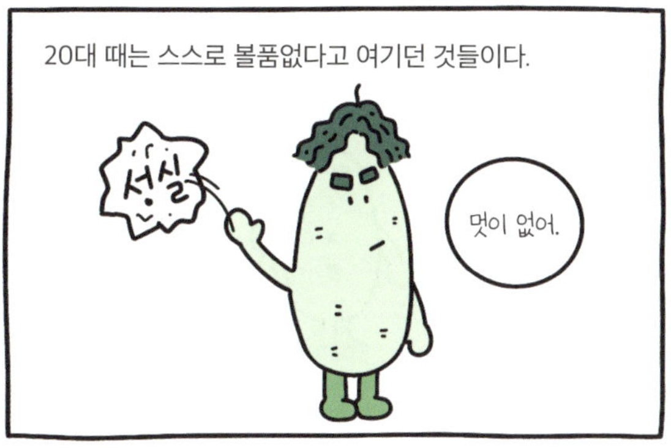

20대 때는 스스로 볼품없다고 여기던 것들이다.
성실
멋이 없어.

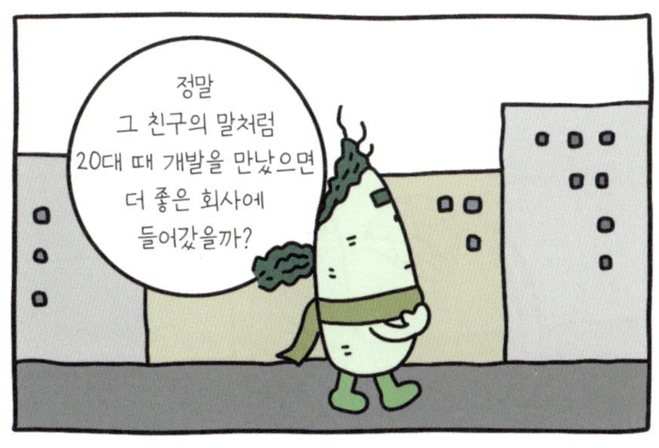

정말
그 친구의 말처럼
20대 때 개발을 만났으면
더 좋은 회사에
들어갔을까?

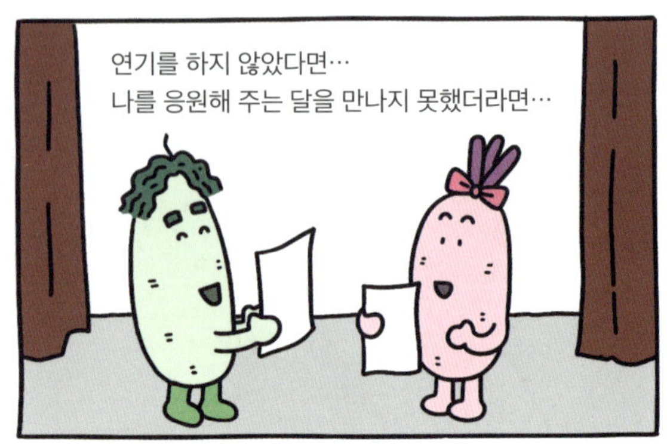

연기를 하지 않았다면…
나를 응원해 주는 달을 만나지 못했더라면…

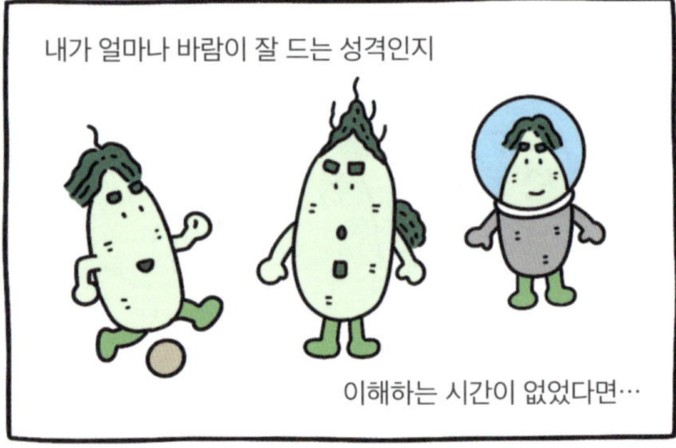

내가 얼마나 바람이 잘 드는 성격인지
이해하는 시간이 없었다면…

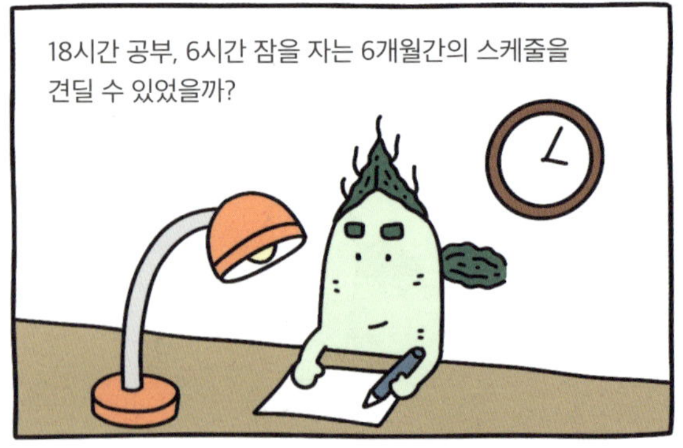

18시간 공부, 6시간 잠을 자는 6개월간의 스케줄을
견딜 수 있었을까?

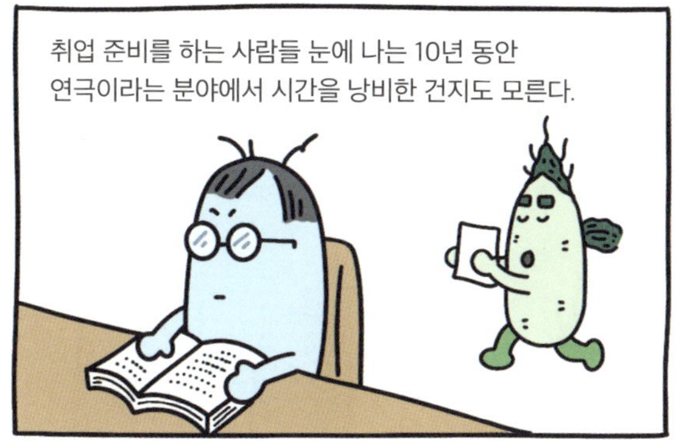

취업 준비를 하는 사람들 눈에 나는 10년 동안
연극이라는 분야에서 시간을 낭비한 건지도 모른다.

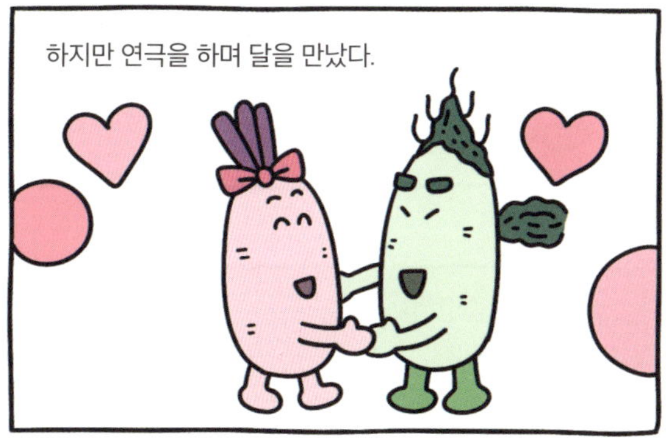

하지만 연극을 하며 달을 만났다.

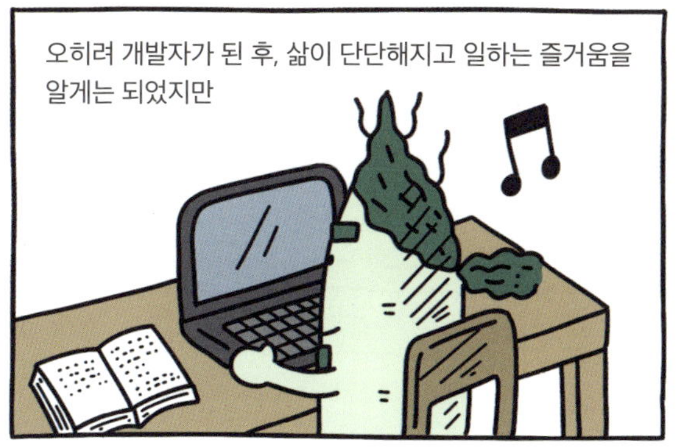

오히려 개발자가 된 후, 삶이 단단해지고 일하는 즐거움을
알게는 되었지만

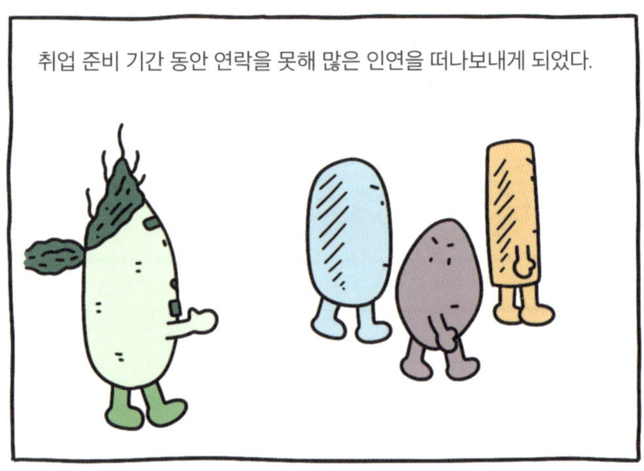

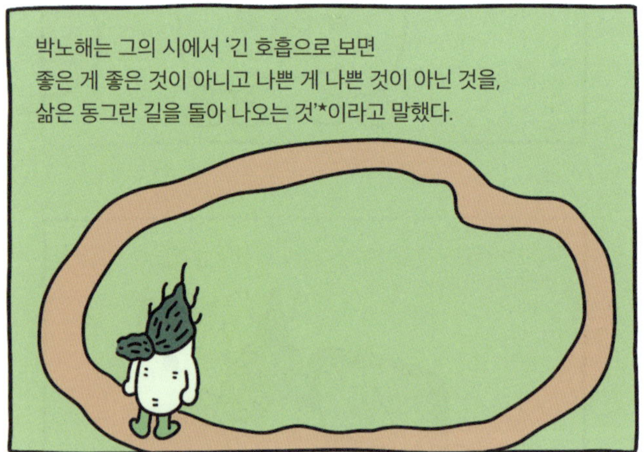

★ 박노해 시집 《너의 하늘을 보아》 느린걸음, 2022.

사람들은 때로 결과만 놓고
"이랬으면 좋았겠다, 저랬으면 좋았겠다." 라고 생각한다.

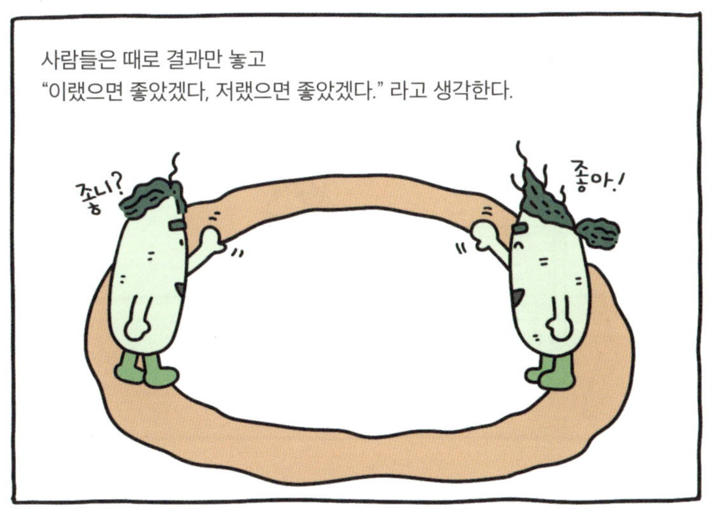

하지만 누군가 말했던 것처럼
그것이 정말로
'좋은지 나쁜지 누가 아는가?'

내 사랑의 방식

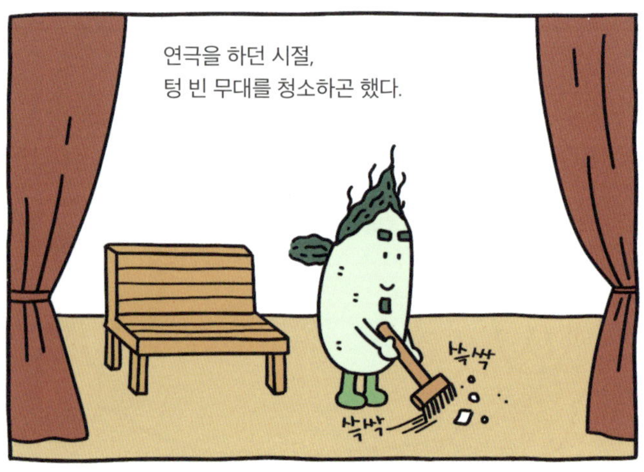

연극을 하던 시절,
텅 빈 무대를 청소하곤 했다.
쓱쓱
쓱쓱

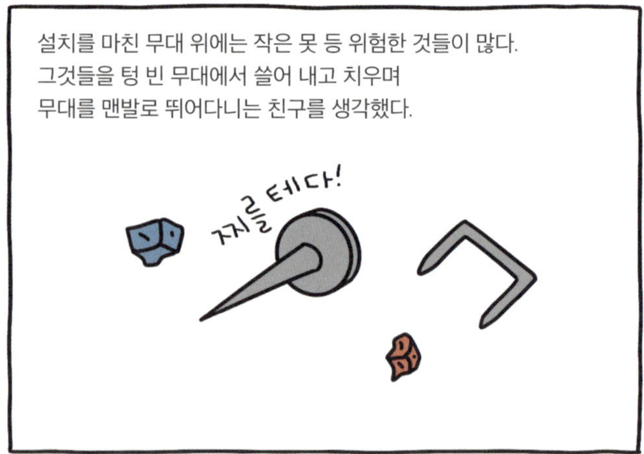

설치를 마친 무대 위에는 작은 못 등 위험한 것들이 많다.
그것들을 텅 빈 무대에서 쓸어 내고 치우며
무대를 맨발로 뛰어다니는 친구를 생각했다.
찌를 테다!

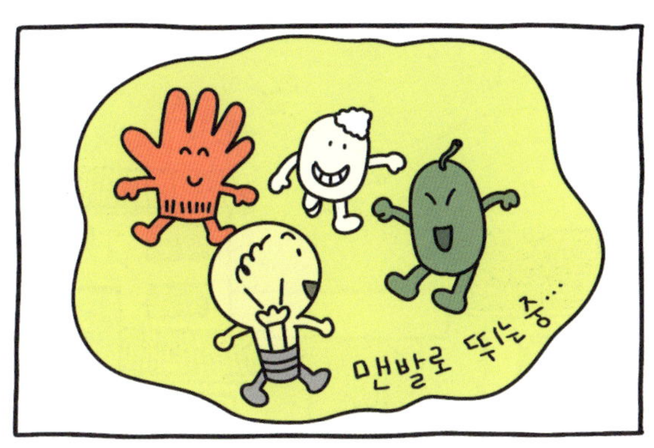

그렇게 열심히 쓸고 닦으면 연습이 더 잘되고
동료들이 더 예뻐 보였다.

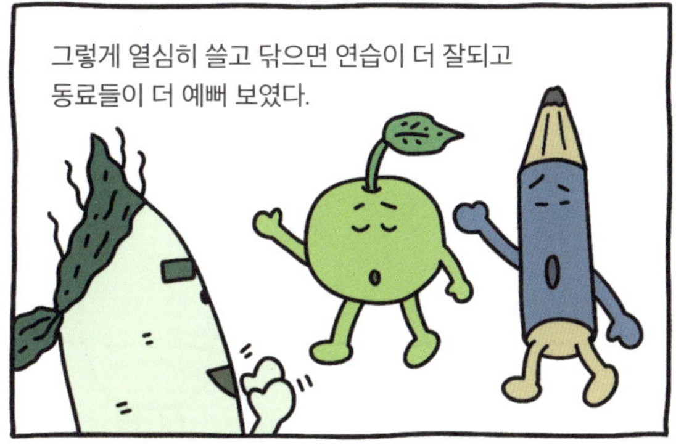

무대를 청소하는 것처럼 누군가를 떠올리며
가시를 치워 주고 먼지를 걷어 내 주는 것이

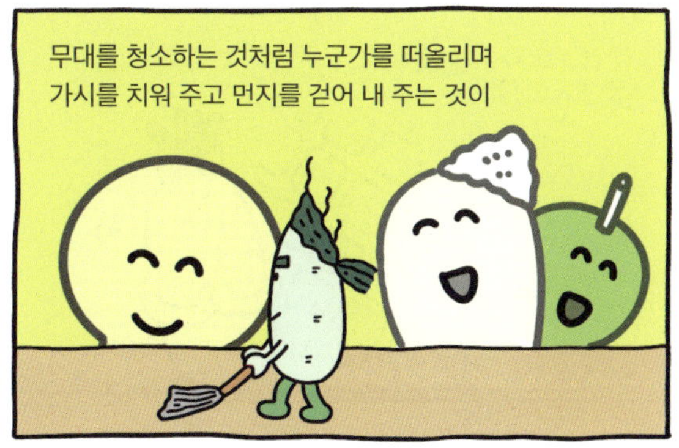

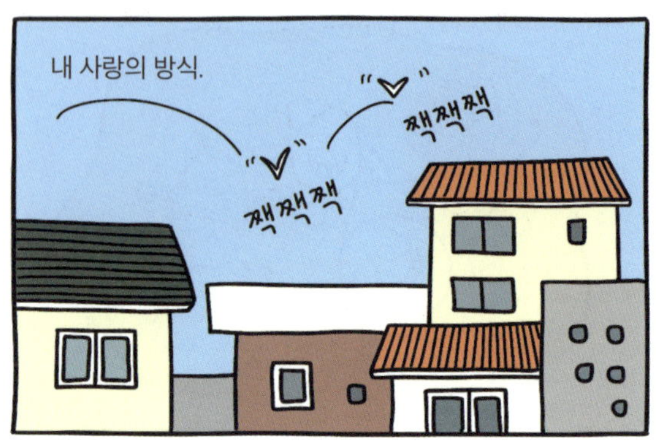

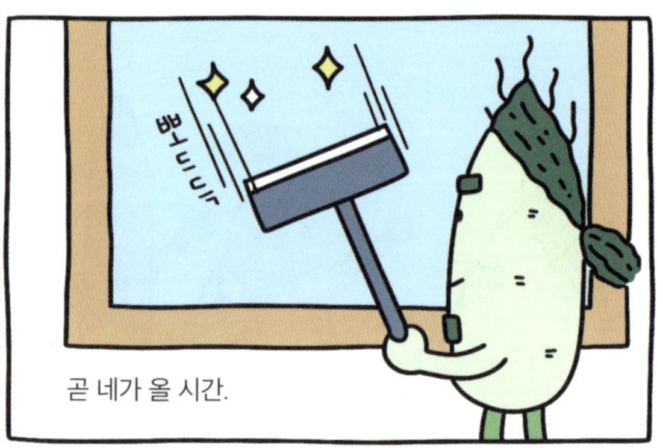

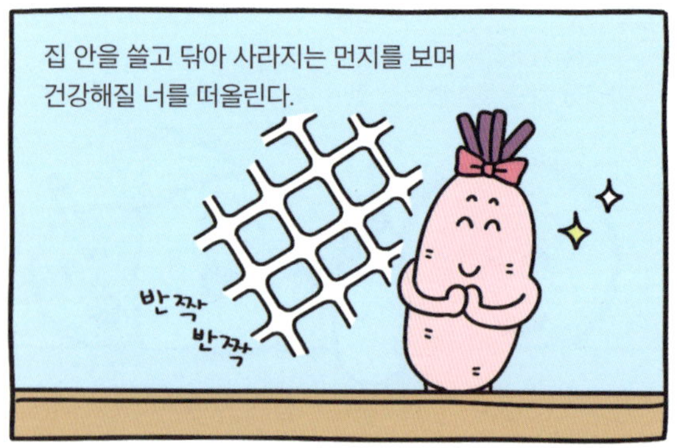
집 안을 쓸고 닦아 사라지는 먼지를 보며
건강해질 너를 떠올린다.

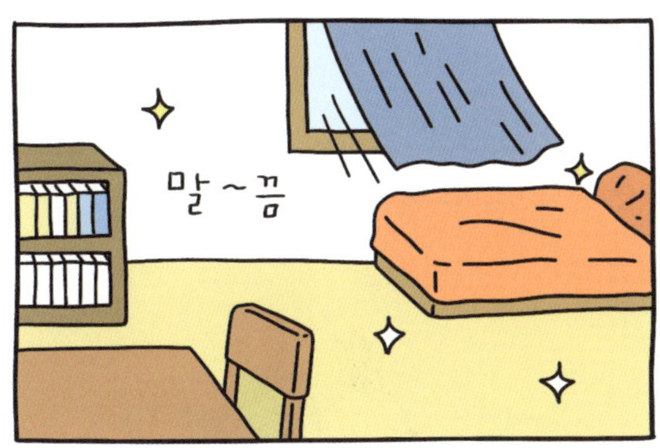

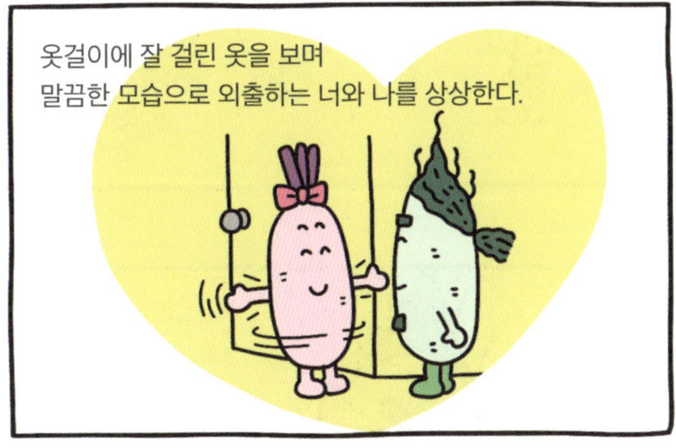
옷걸이에 잘 걸린 옷을 보며
말끔한 모습으로 외출하는 너와 나를 상상한다.

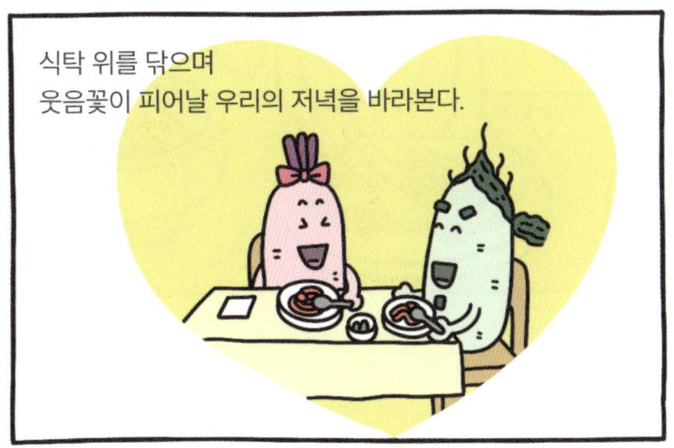
식탁 위를 닦으며
웃음꽃이 피어날 우리의 저녁을 바라본다.

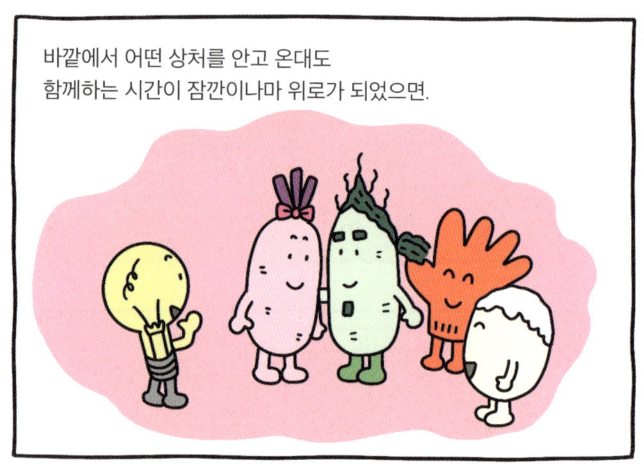

바깥에서 어떤 상처를 안고 온대도
함께하는 시간이 잠깐이나마 위로가 되었으면.

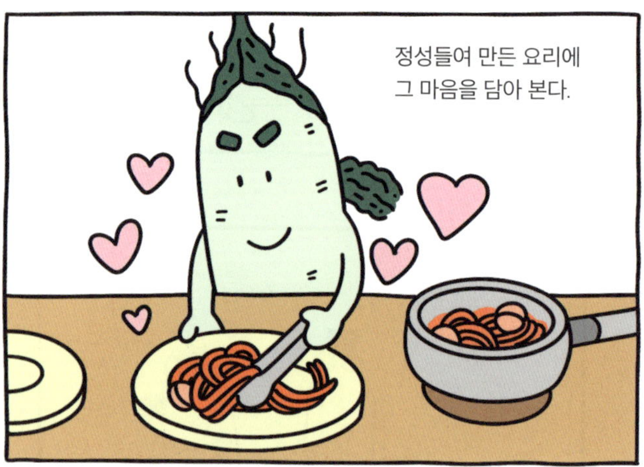

정성들여 만든 요리에
그 마음을 담아 본다.

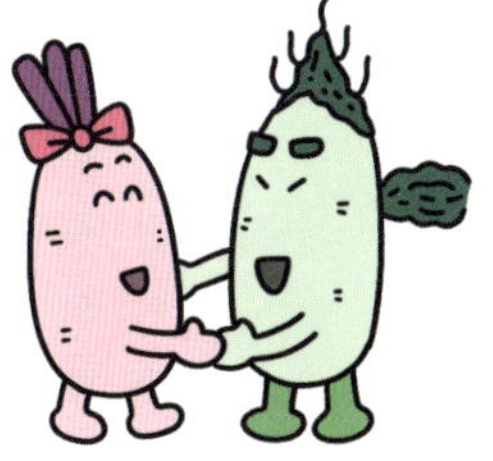

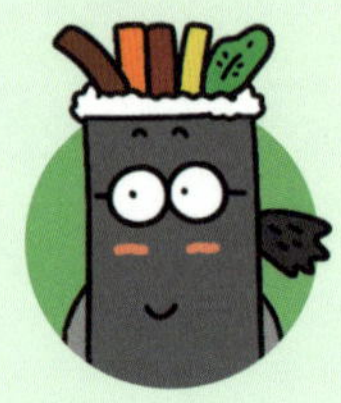

고군분투 김 작가,
나만의 속도를 찾다

30대 중후반. 솔로. 여성.
그녀는 노후 걱정으로 늘 불안했다.
그래서 주식에 급하게 투자했다가
모은 재산을 모조리 날리고 말았다.
절망 속에서 우연히 일구기 시작한 작은 밭은
그녀에게 희망을 가르쳐 주었다.

1. 이름 옆구리 터진 김밥

2. 생일 2월 2일

3. MBTI INFJ였으나 지금은 INTP이다

4. 일어나자마자 하는 일 5:30분쯤 일어나 밭으로 달려간다

5. 요즘 빠져 있는 것 그림 그리는 일을 10여 년간 생업으로 삼
았는데, 새삼 목적 없는 그림을 그리는 데에 푹 빠졌다

6. 인생 노래 장기하 〈우리는 느리게 걷자〉

7. 여행하고 싶은 나라 이 나라 저 나라를 떠돌며 살고 싶었지만
지금은 밭을 거니는 게 더 좋다. 작은 밭을 가져 아침마다
그 사이를 걷는 게 꿈이다

8. 스트레스 해소법 마라 감바스를 잘하는 홍대 맛집에서 친구
와 한잔하며 재잘대고 나면 마음이 어느새 씩씩해져 있다

9. 싫어하는 음식 물에 빠진 고기

10. 인생의 좌우명 끝날 때까지 끝난 게 아니다

옆구리 터진 김밥

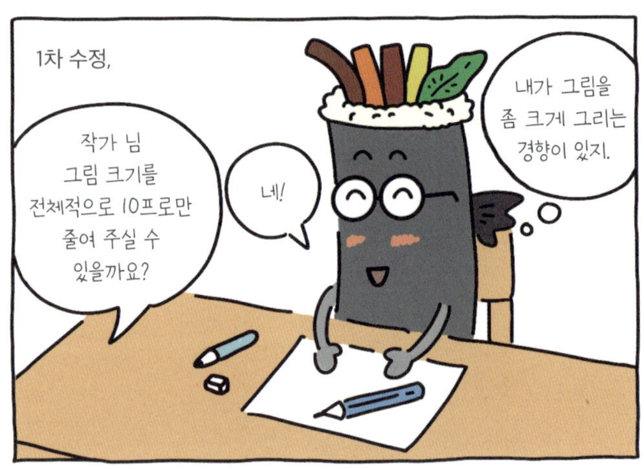

1차 수정,
작가 님 그림 크기를 전체적으로 10프로만 줄여 주실 수 있을까요?
네!
내가 그림을 좀 크게 그리는 경향이 있지.

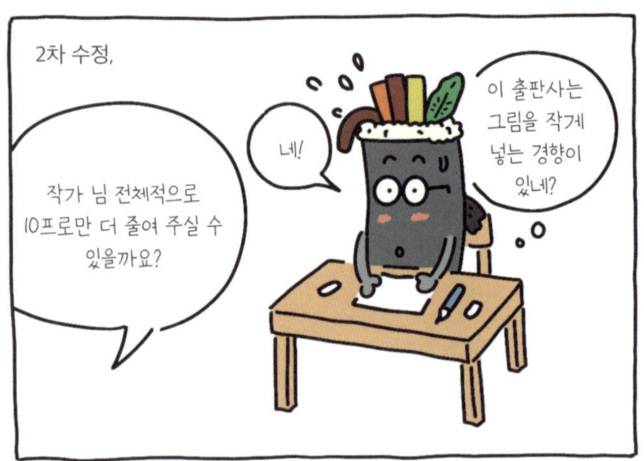

2차 수정,
작가 님 전체적으로 10프로만 더 줄여 주실 수 있을까요?
네!
이 출판사는 그림을 작게 넣는 경향이 있네?

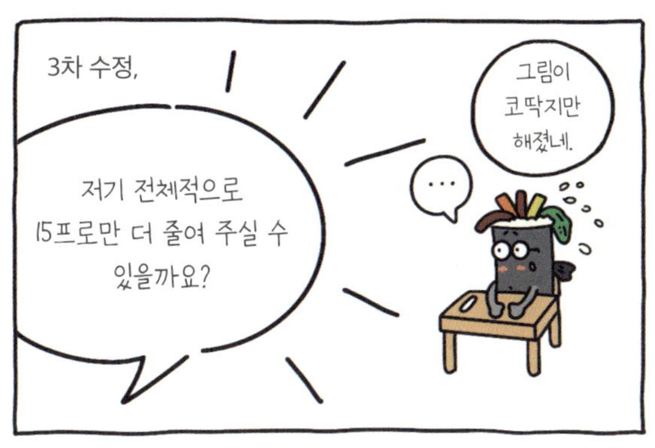

3차 수정,
저기 전체적으로 15프로만 더 줄여 주실 수 있을까요?
…
그림이 코딱지만 해졌네.

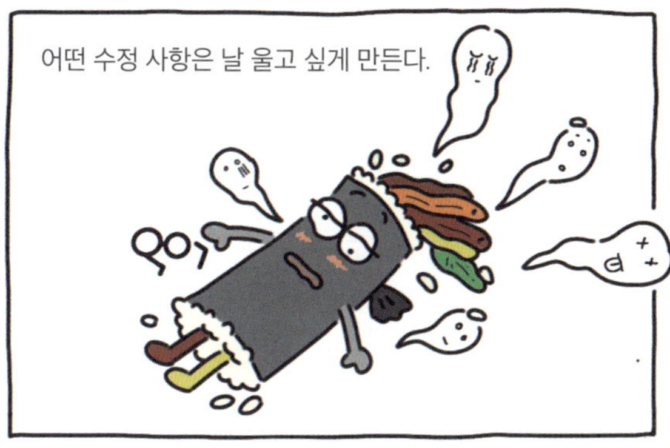

어떤 수정 사항은 날 울고 싶게 만든다.

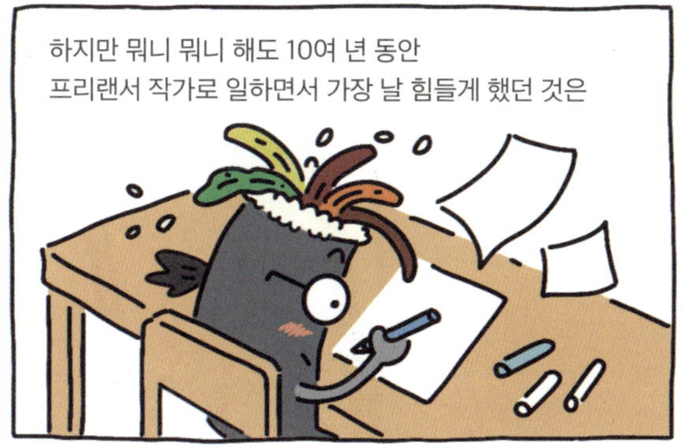

하지만 뭐니 뭐니 해도 10여 년 동안 프리랜서 작가로 일하면서 가장 날 힘들게 했던 것은

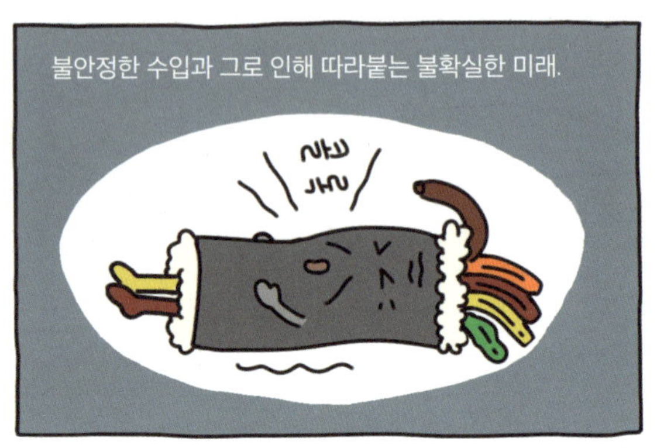

불안정한 수입과 그로 인해 따라붙는 불확실한 미래.
삐끗

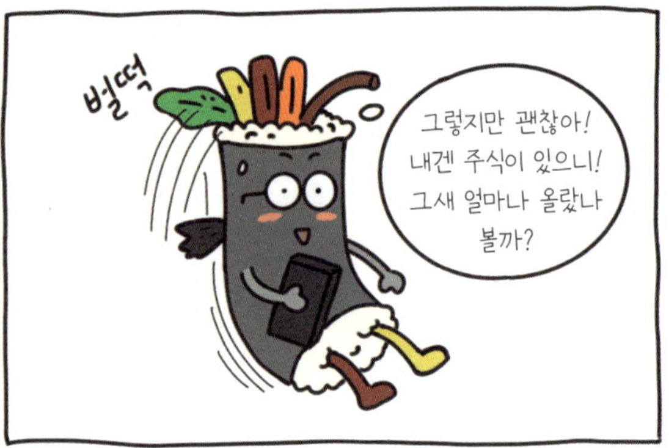

벌떡
그렇지만 괜찮아!
내겐 주식이 있으니!
그새 얼마나 올랐나
볼까?

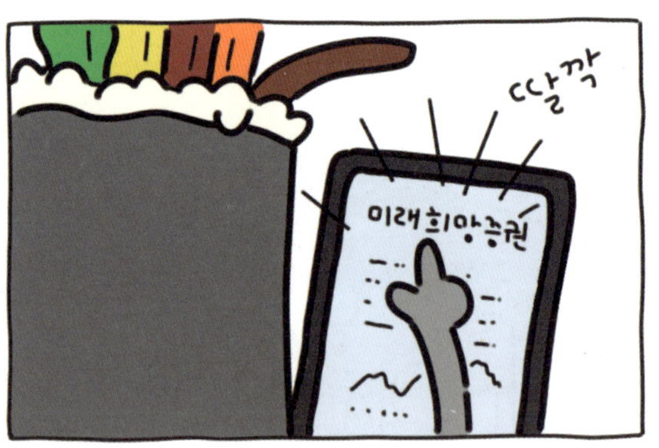

따깍
미래희망즈권

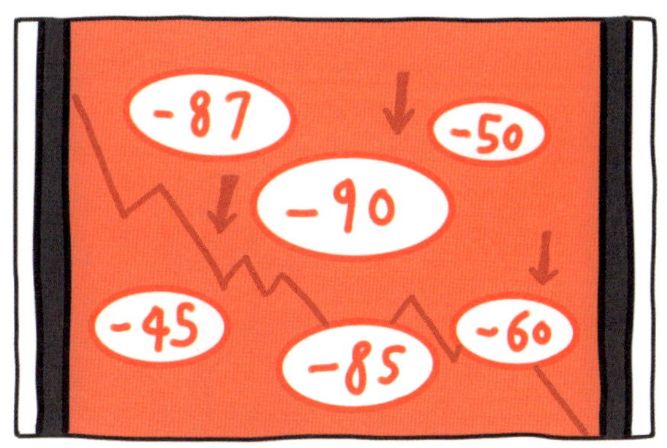

-87
-50
-90
-45
-85
-60

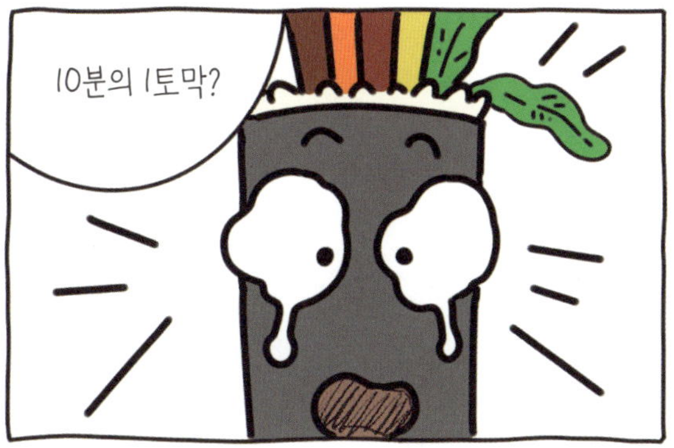

10분의 1토막?

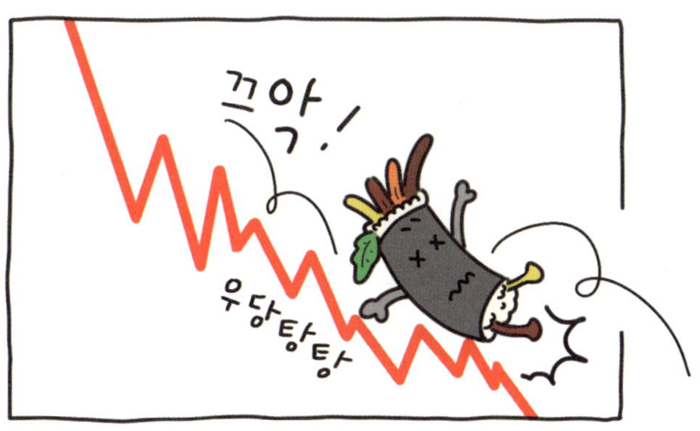

끄악!
우당탕탕

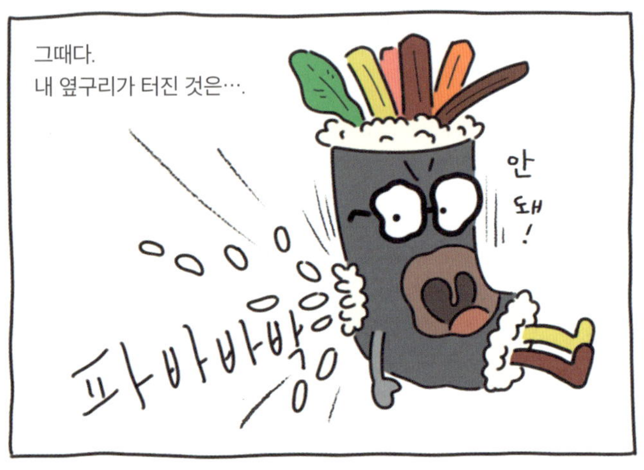

그때다.
내 옆구리가 터진 것은….
안
돼
!
파바바빡

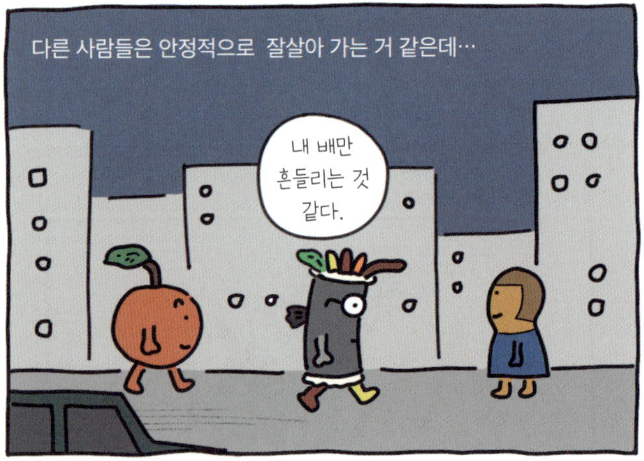

다른 사람들은 안정적으로 잘살아 가는 거 같은데…
내 배만
흔들리는 것
같다.

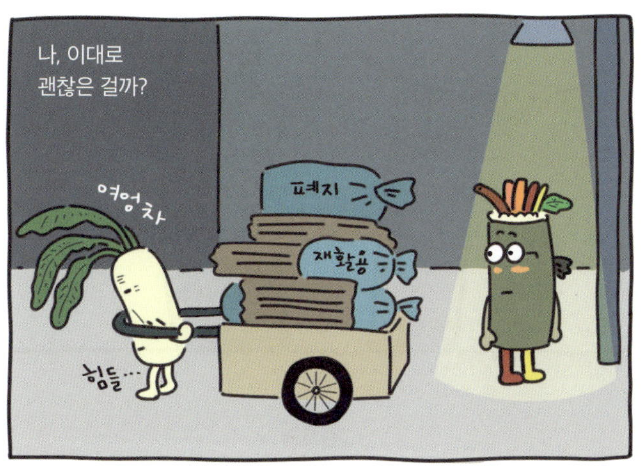

나, 이대로
괜찮은 걸까?
여엉차
폐지
재활용
힘들…

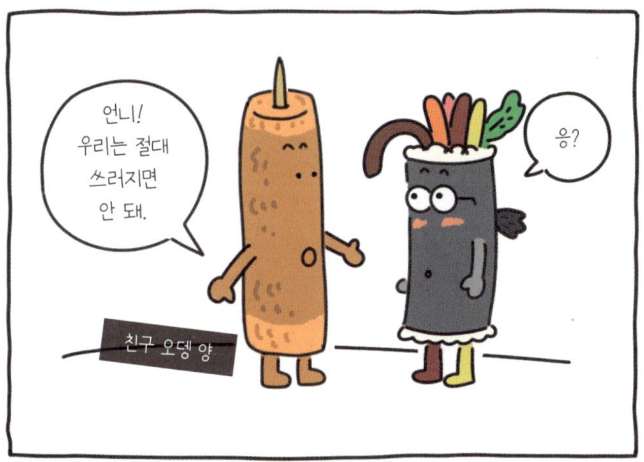

언니!
우리는 절대
쓰러지면
안 돼.
응?
친구 오뎅 양

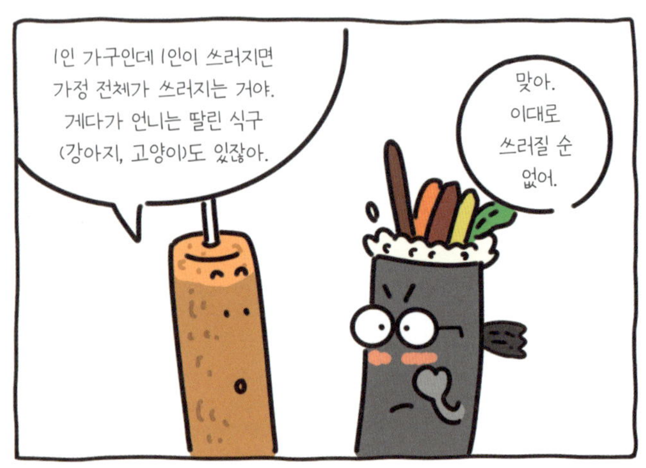

그래서…

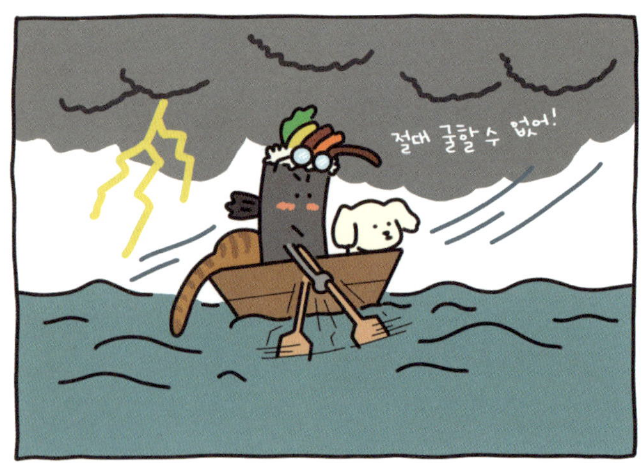

나는 오늘도, 열심히 노를 젓는다.

한 뼘의 정원

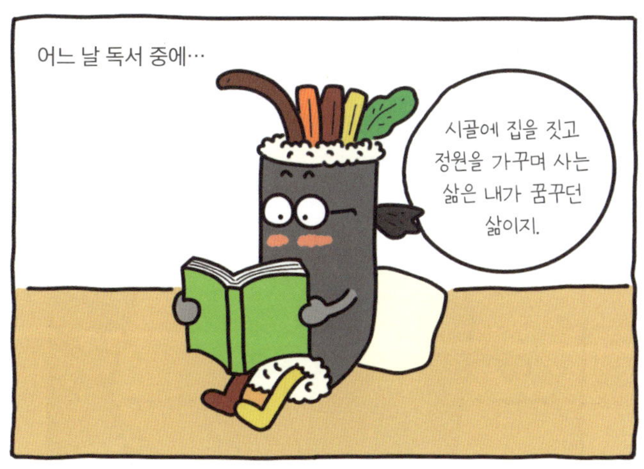

어느 날 독서 중에…
시골에 집을 짓고 정원을 가꾸며 사는 삶은 내가 꿈꾸던 삶이지.

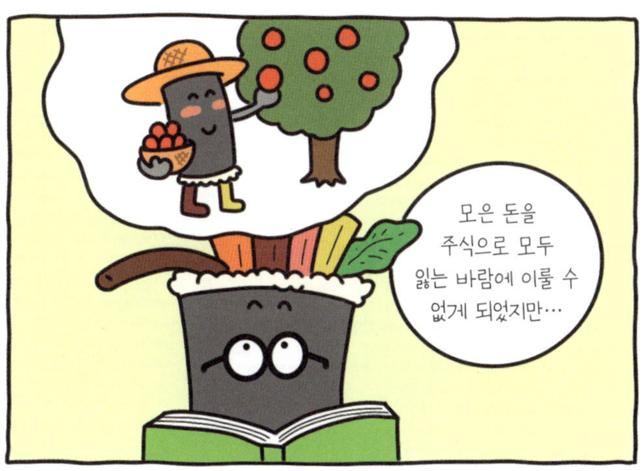

모은 돈을 주식으로 모두 잃는 바람에 이룰 수 없게 되었지만…

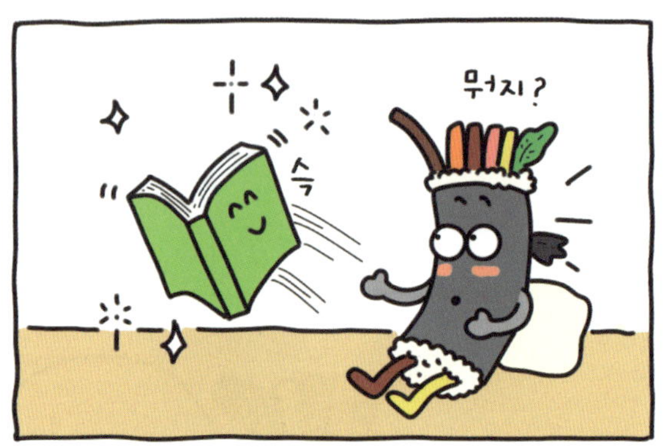

무지?
슥

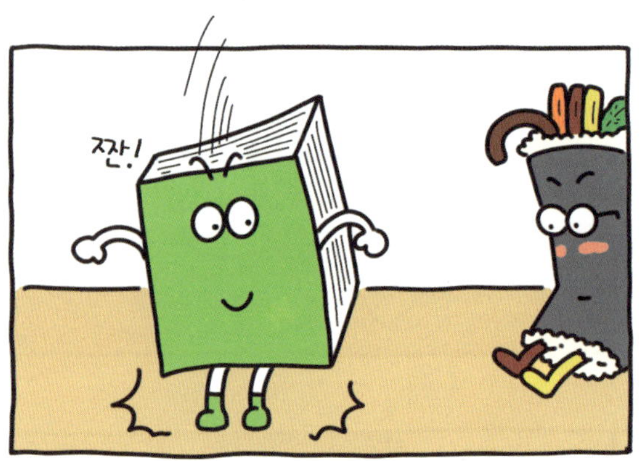

짠!

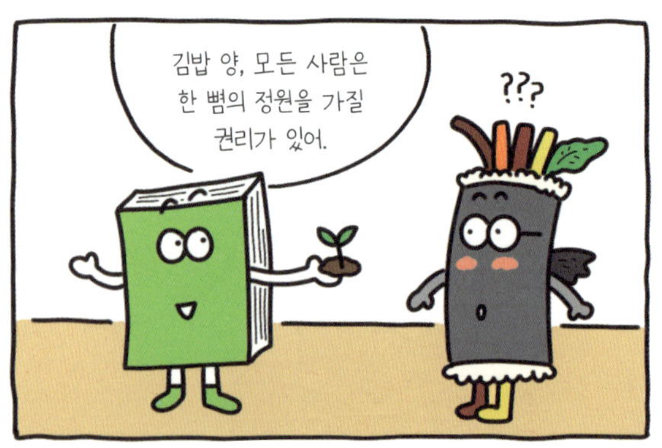

김밥 양, 모든 사람은
한 뼘의 정원을 가질
권리가 있어.
???

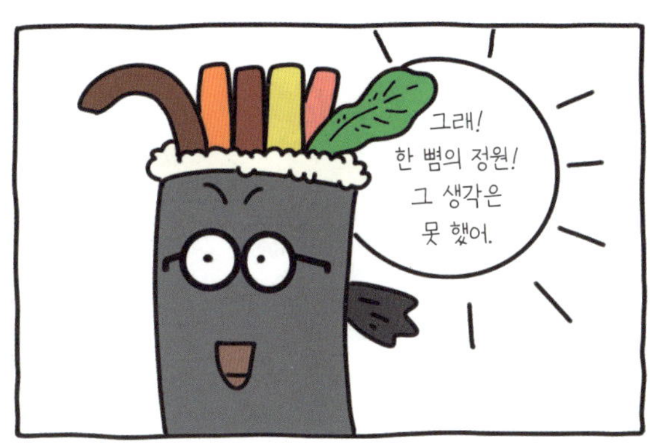

그래!
한 뼘의 정원!
그 생각은
못 했어.

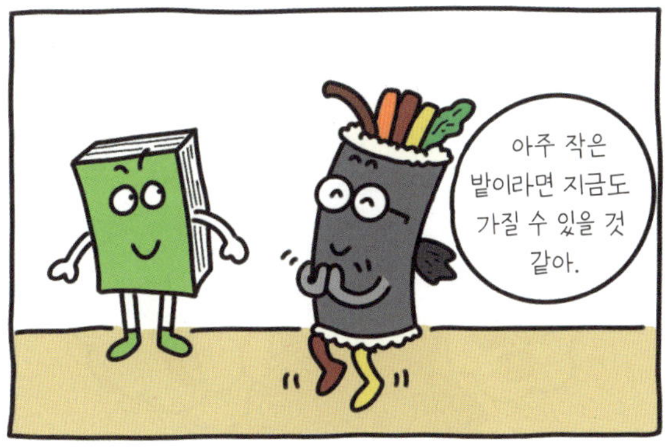

아주 작은
밭이라면 지금도
가질 수 있을 것
같아.

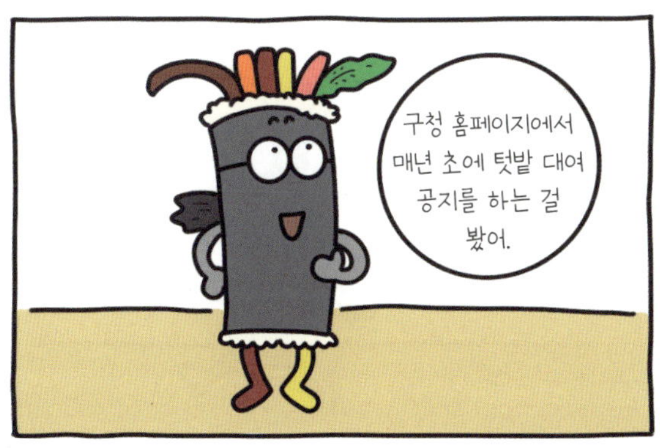

구청 홈페이지에서
매년 초에 텃밭 대여
공지를 하는 걸
봤어.

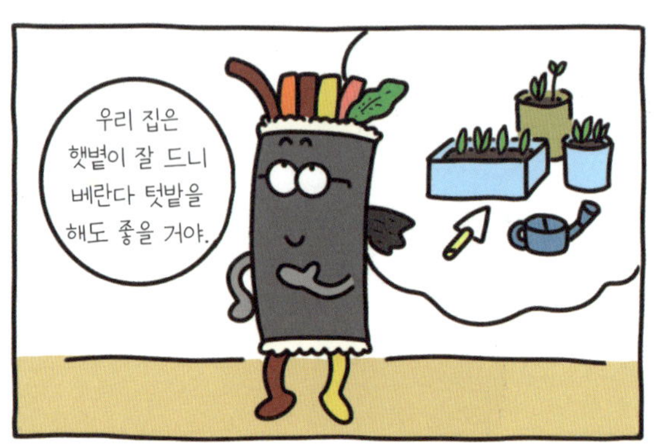

우리 집은
햇볕이 잘 드니
베란다 텃밭을
해도 좋을 거야.

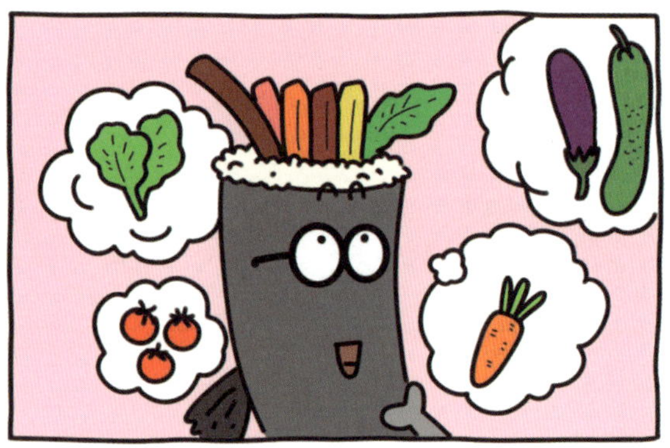

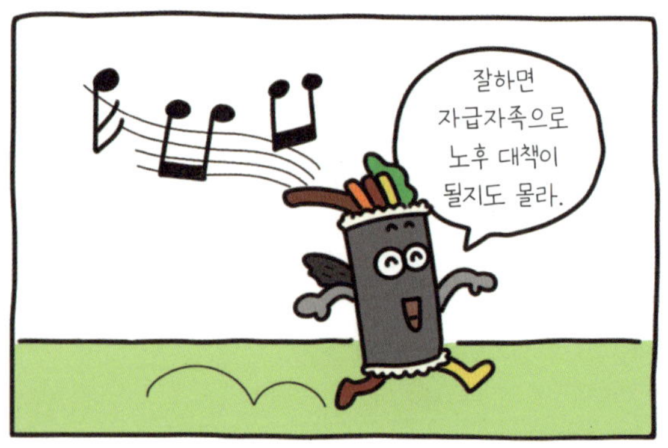

잘하면
자급자족으로
노후 대책이
될지도 몰라.

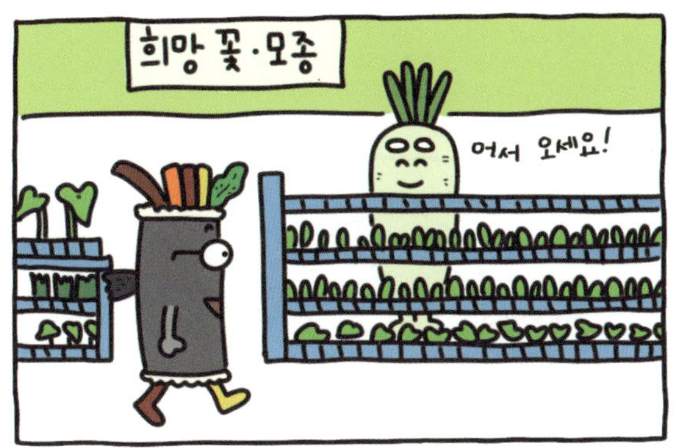

희망 꽃·모종
어서 오세요!

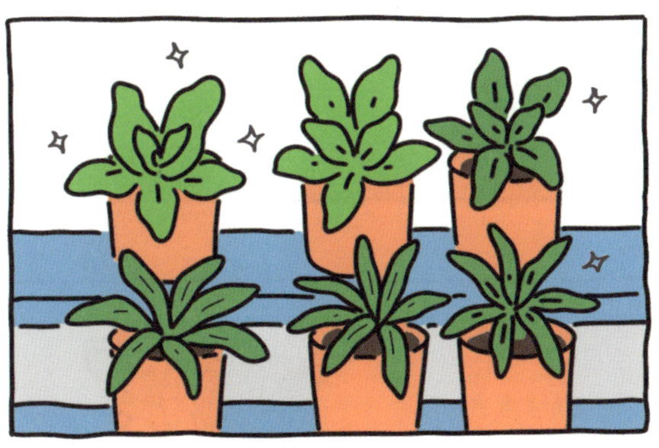

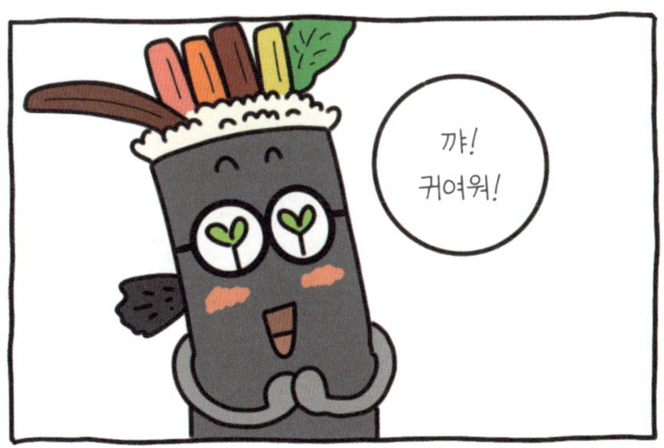

꺄!
귀여워!

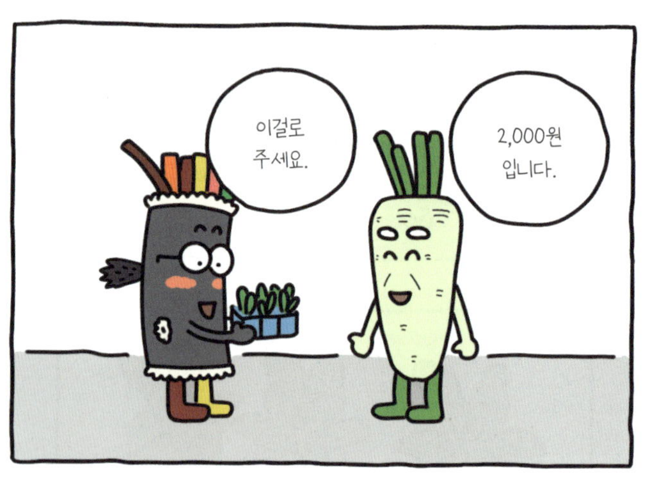

이걸로
주세요.
2,000원
입니다.

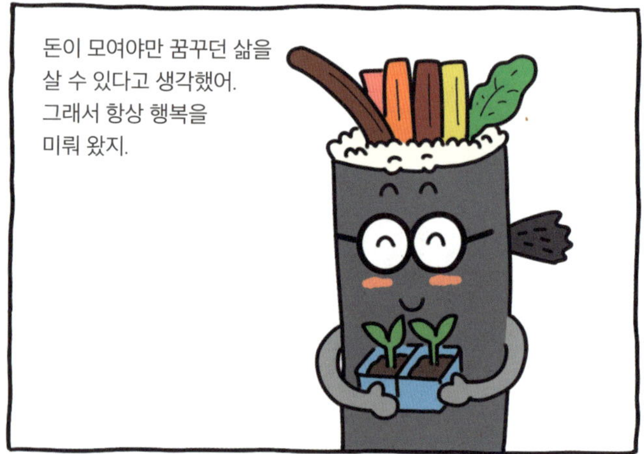

돈이 모여야만 꿈꾸던 삶을
살 수 있다고 생각했어.
그래서 항상 행복을
미뤄 왔지.

그런데 어쩌면 행복이라는 것은,

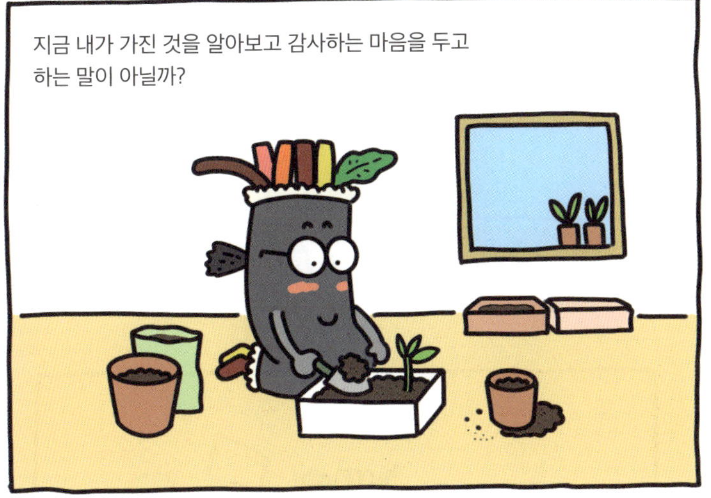

안녕? 나의 도시

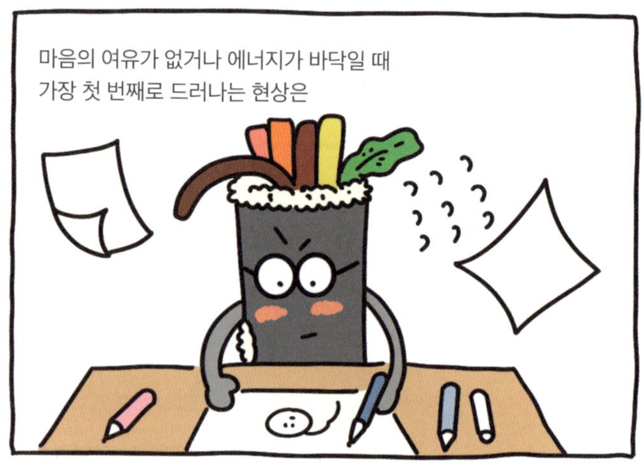

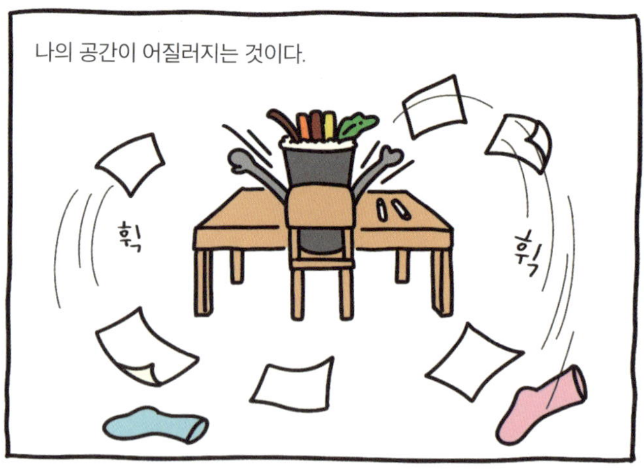

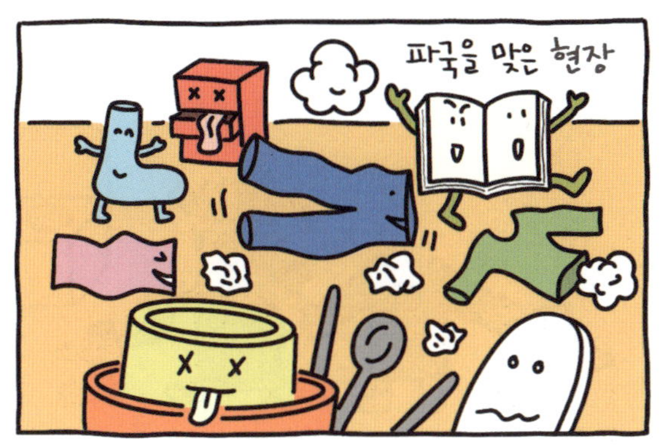

파국을 맞은 현장

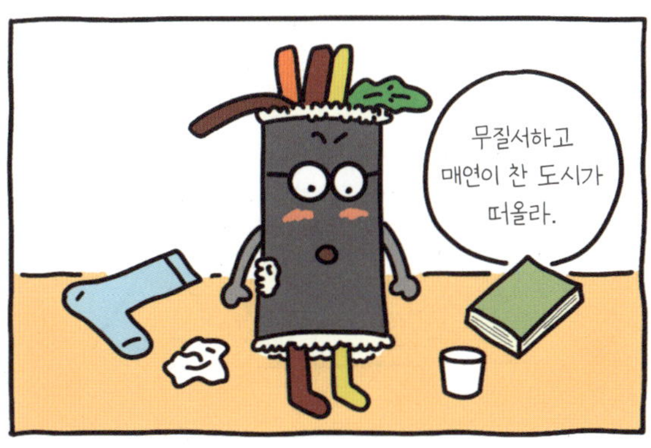

무질서하고
매연이 찬 도시가
떠올라.

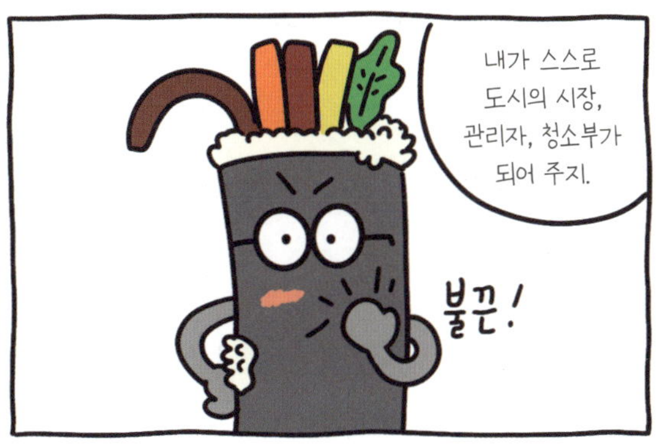

내가 스스로
도시의 시장,
관리자, 청소부가
되어 주지.
불끈!

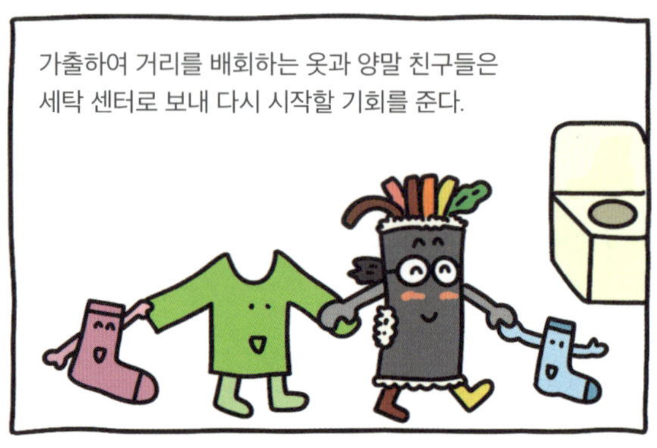

가출하여 거리를 배회하는 옷과 양말 친구들은
세탁 센터로 보내 다시 시작할 기회를 준다.

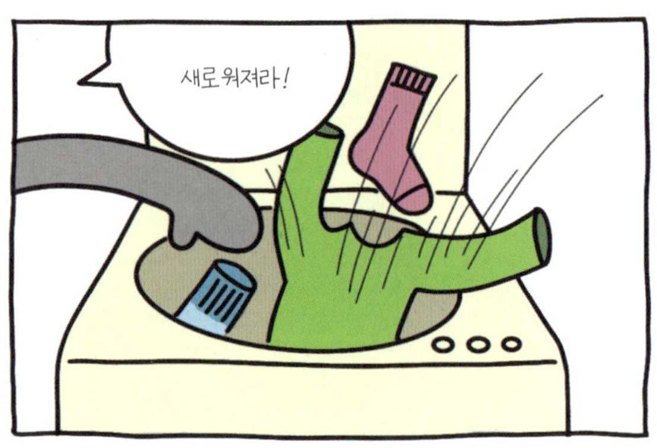

깨끗하지만 한구석에 널브러져 있는 옷 친구들은
몸가짐을 바르고 단정하게 하여 집으로 돌려보낸다.

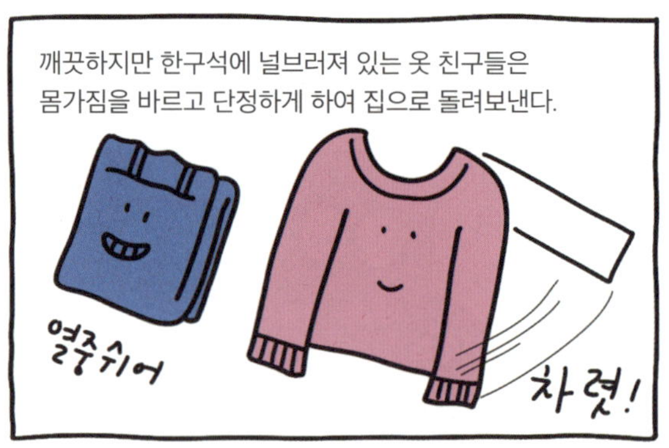

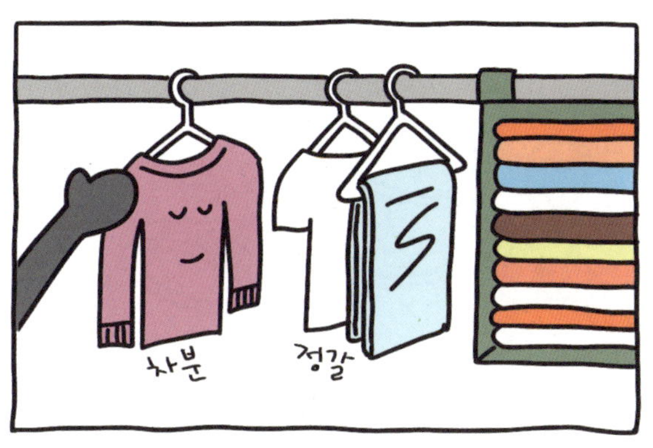

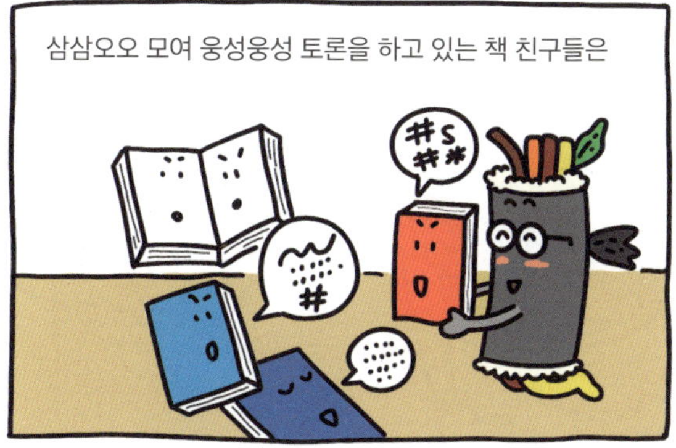
삼삼오오 모여 웅성웅성 토론을 하고 있는 책 친구들은

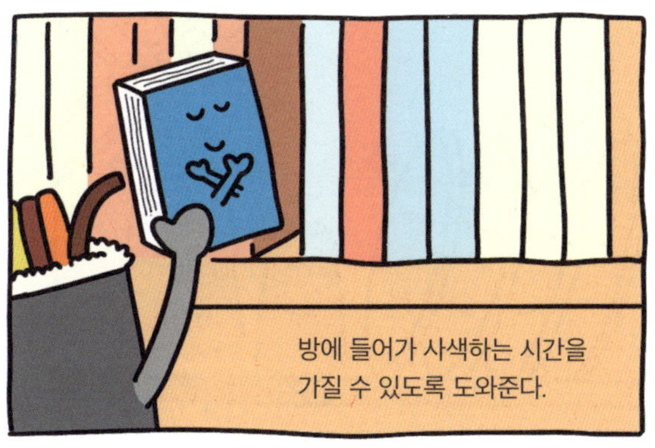
방에 들어가 사색하는 시간을
가질 수 있도록 도와준다.

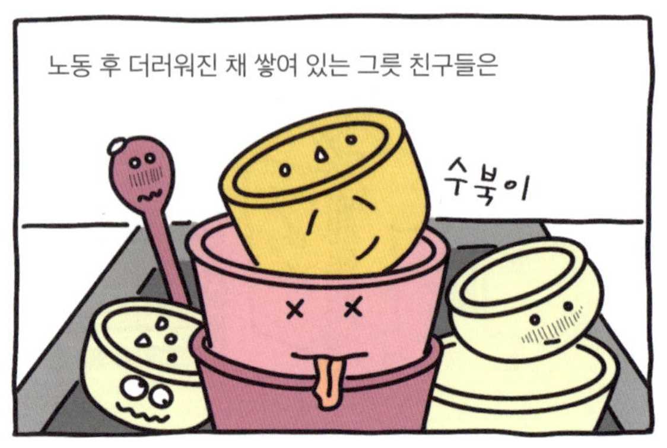

노동 후 더러워진 채 쌓여 있는 그릇 친구들은
수북이

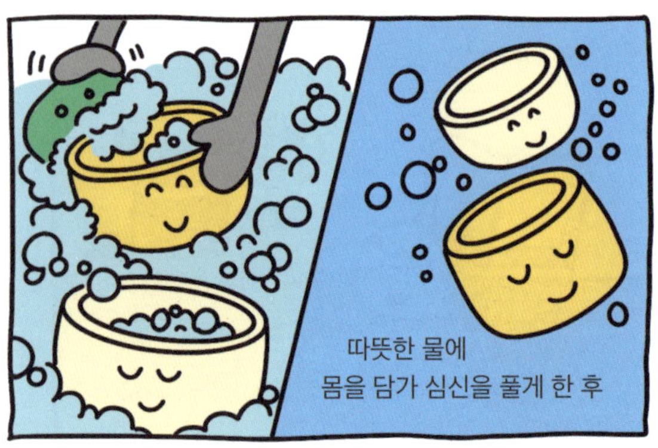

따뜻한 물에
몸을 담가 심신을 풀게 한 후

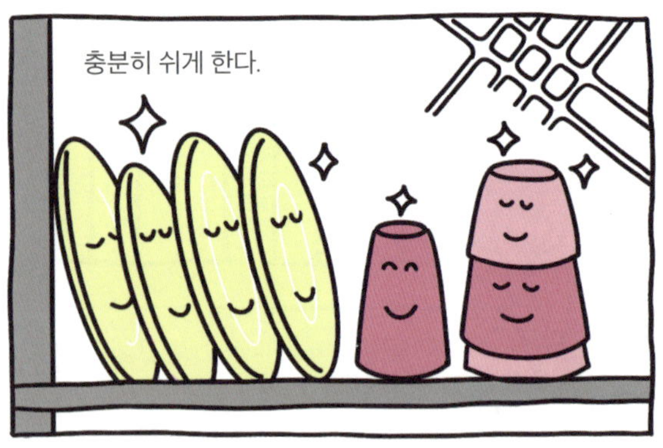

충분히 쉬게 한다.

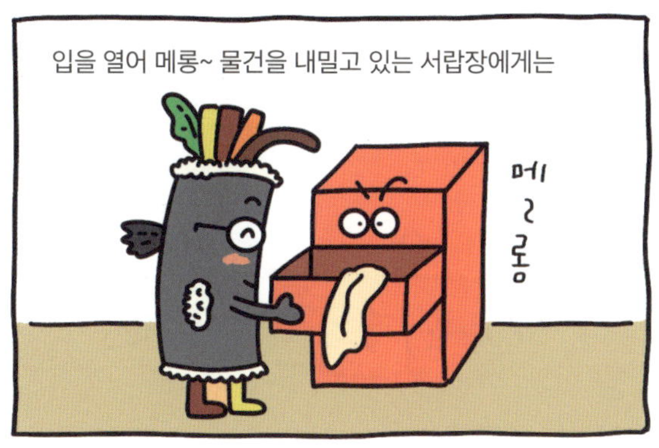

입을 열어 메롱~ 물건을 내밀고 있는 서랍장에게는
메
롱

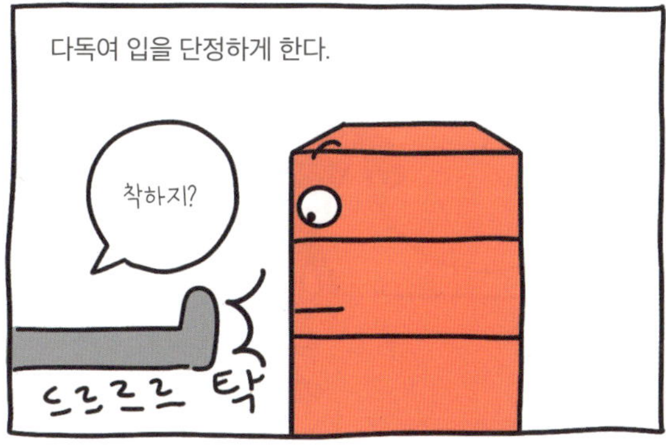

다독여 입을 단정하게 한다.
착하지?
드르르르 탁

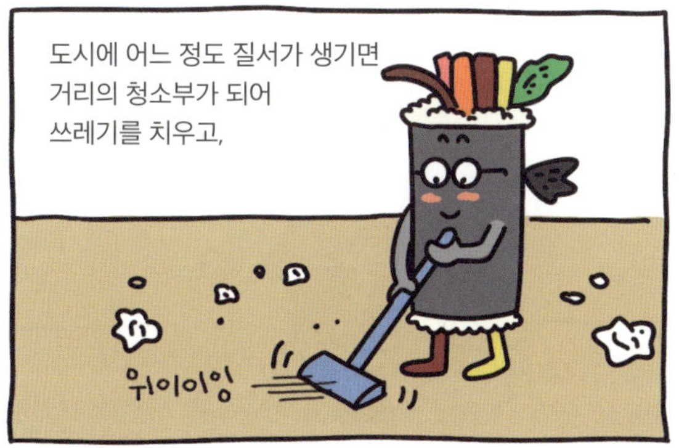

도시에 어느 정도 질서가 생기면
거리의 청소부가 되어
쓰레기를 치우고,
위이이잉

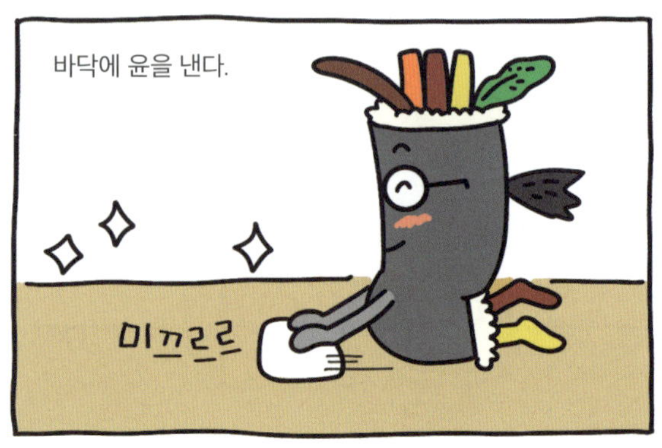

바닥에 윤을 낸다.
미끄르르

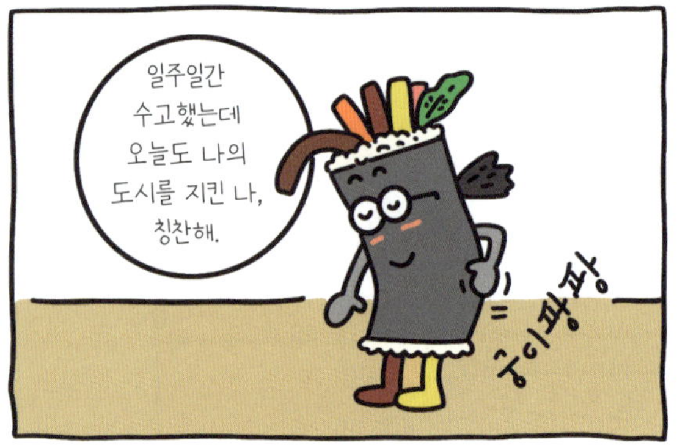

일주일간
수고했는데
오늘도 나의
도시를 지킨 나,
칭찬해.
힘이팡팡

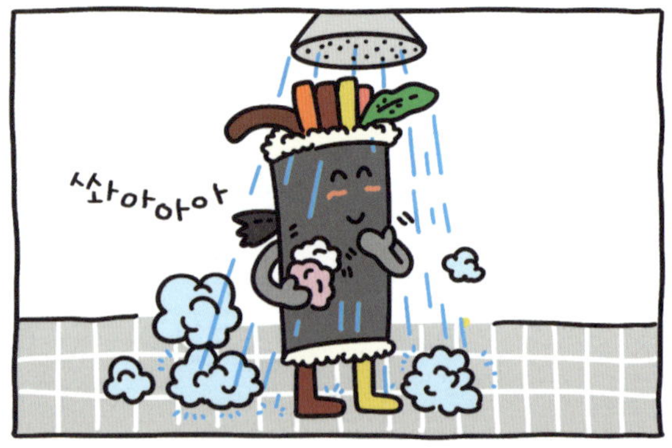

쏴아아아

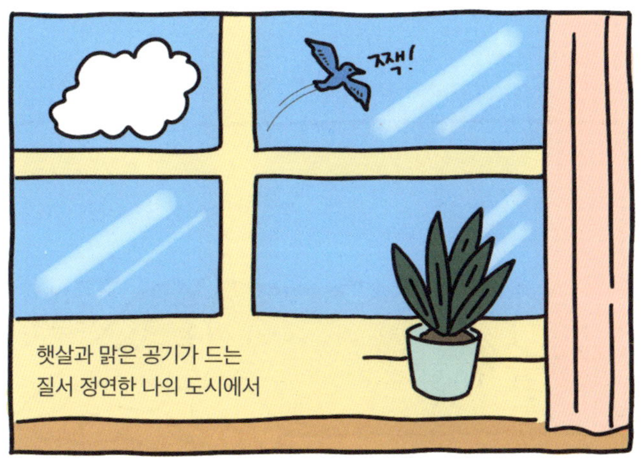

짹!
햇살과 맑은 공기가 드는
질서 정연한 나의 도시에서

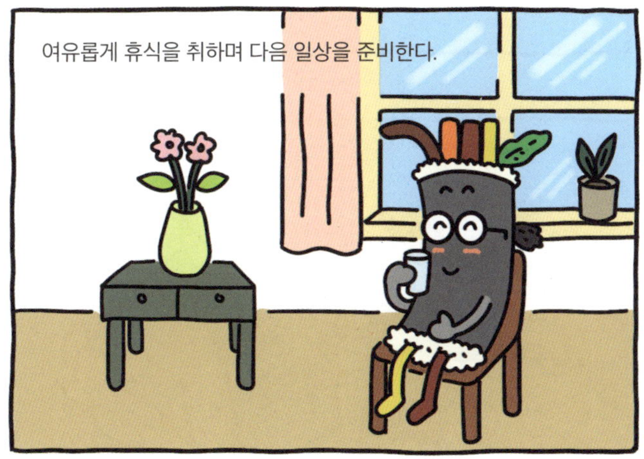

여유롭게 휴식을 취하며 다음 일상을 준비한다.

사물의 온기

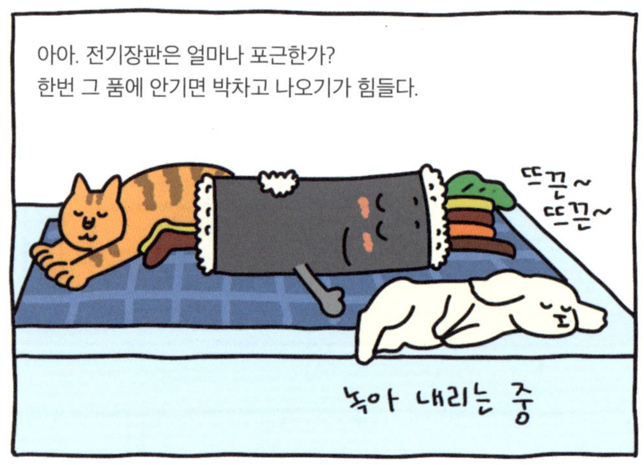

아아. 전기장판은 얼마나 포근한가?
한번 그 품에 안기면 박차고 나오기가 힘들다.
뜨끈~
뜨끈~
녹아 내리는 중

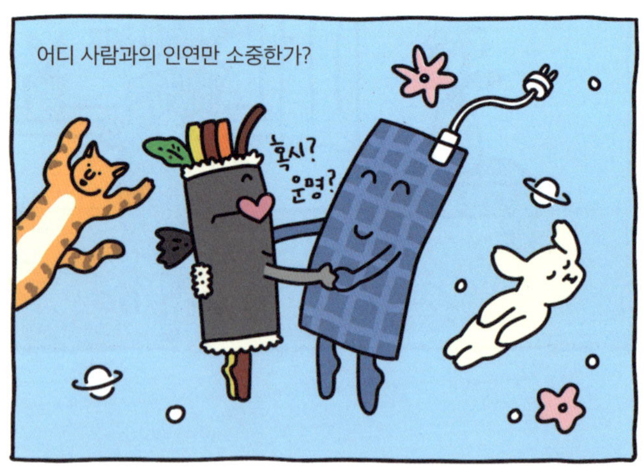

어디 사람과의 인연만 소중한가?
혹시?
운명?

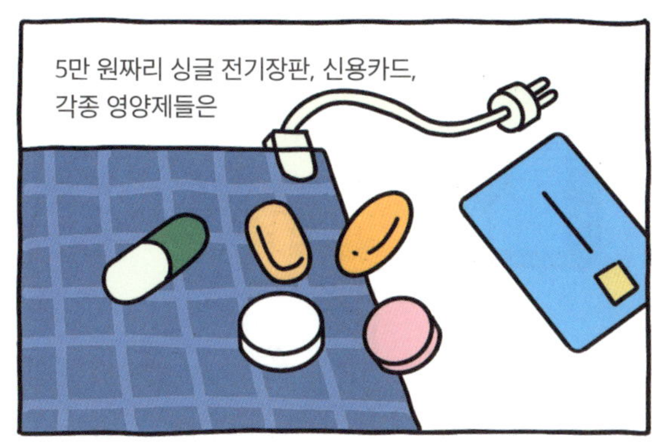

5만 원짜리 싱글 전기장판, 신용카드,
각종 영양제들은

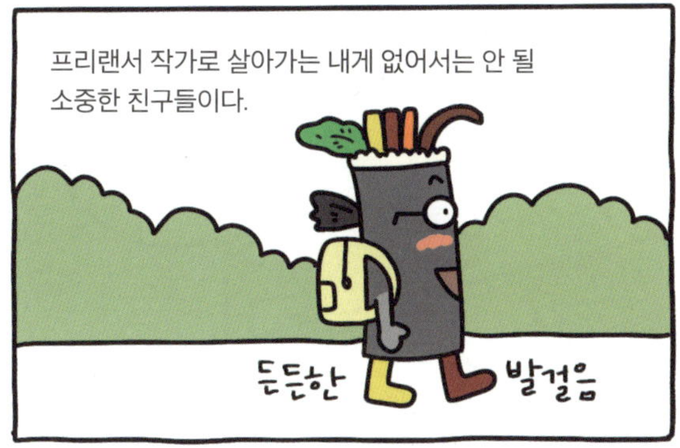

프리랜서 작가로 살아가는 내게 없어서는 안 될
소중한 친구들이다.
든든한
발걸음

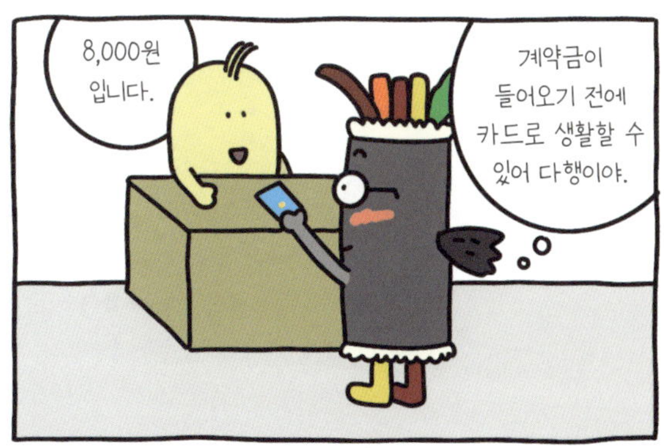

8,000원
입니다.
계약금이
들어오기 전에
카드로 생활할 수
있어 다행이야.

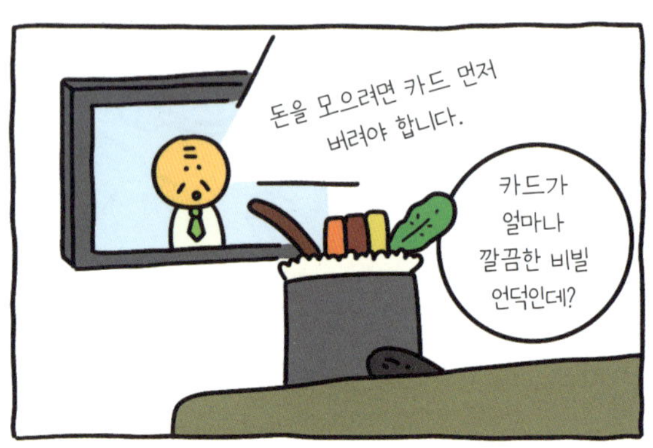

돈을 모으려면 카드 먼저 버려야 합니다.
카드가 얼마나 깔끔한 비빌 언덕인데?

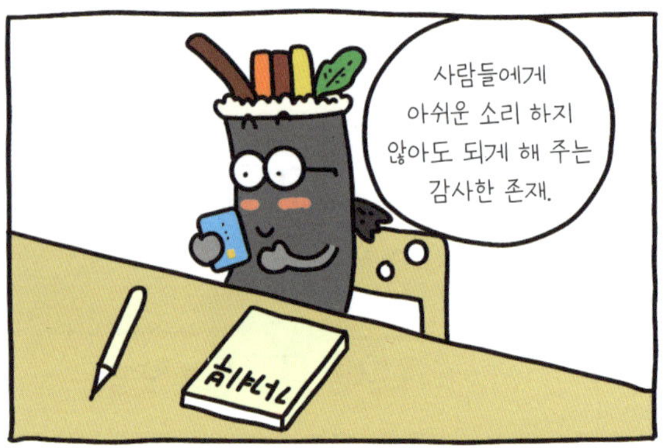

사람들에게 아쉬운 소리 하지 않아도 되게 해 주는 감사한 존재.

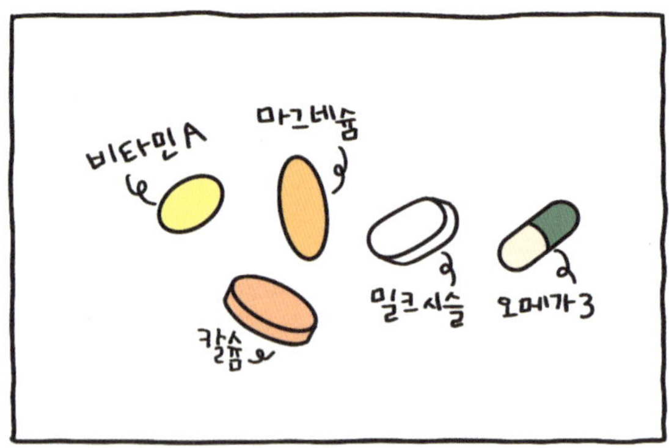

비타민A
마그네슘
밀크시슬
오메가3
칼슘

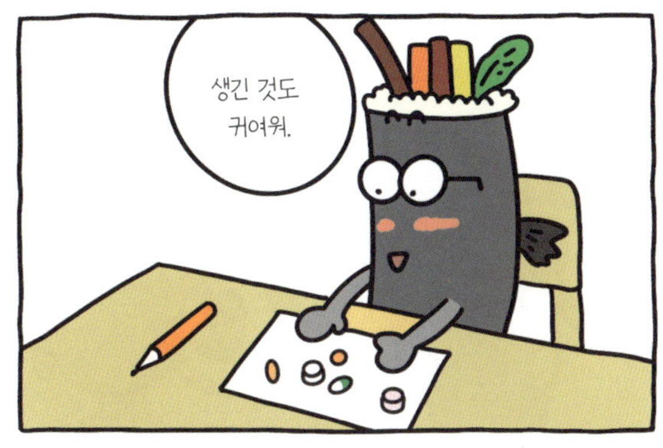

생긴 것도
귀여워.

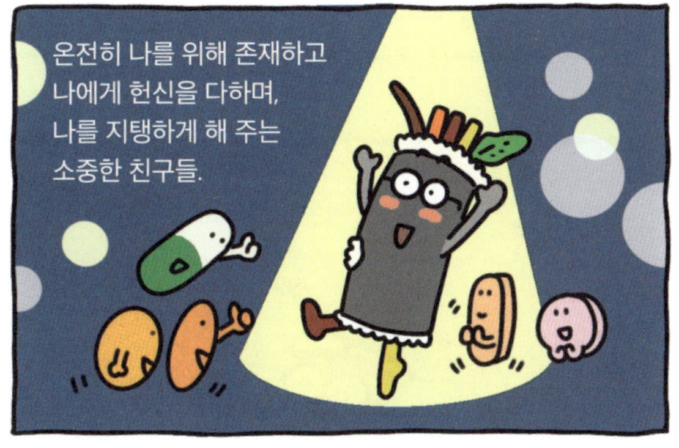

온전히 나를 위해 존재하고
나에게 헌신을 다하며,
나를 지탱하게 해 주는
소중한 친구들.

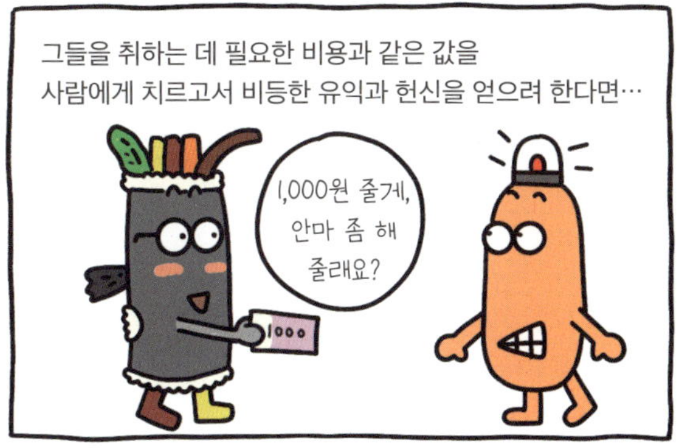

그들을 취하는 데 필요한 비용과 같은 값을
사람에게 치르고서 비등한 유익과 헌신을 얻으려 한다면…
1,000원 줄게,
안마 좀 해
줄래요?

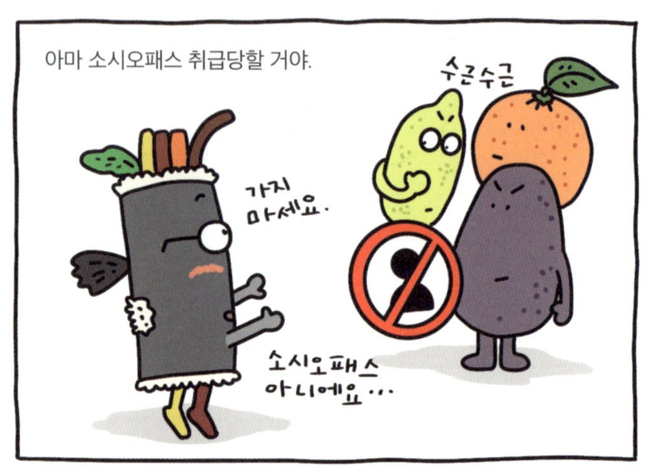

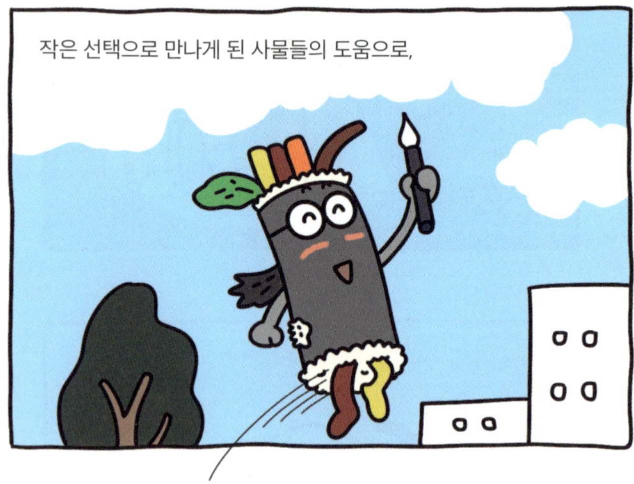

오늘도 하루를 거뜬히 살아 낸다.

밭을 만나다

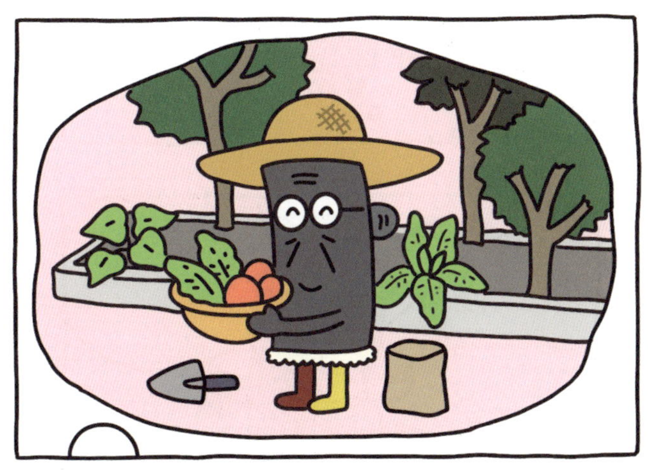

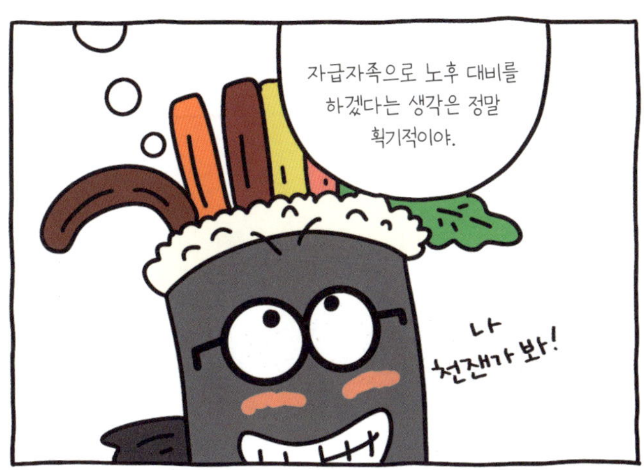

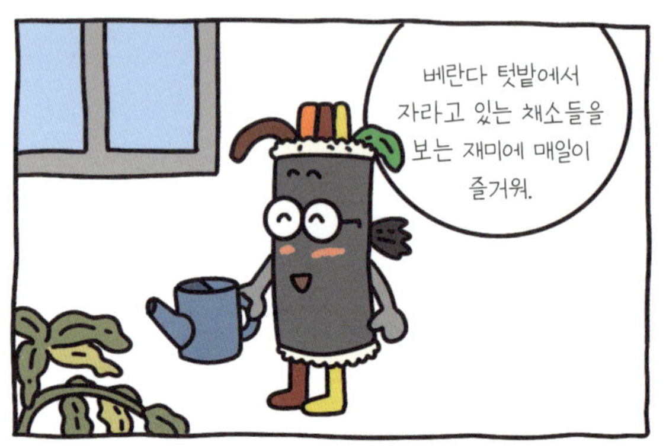

베란다 텃밭에서
자라고 있는 채소들을
보는 재미에 매일이
즐거워.

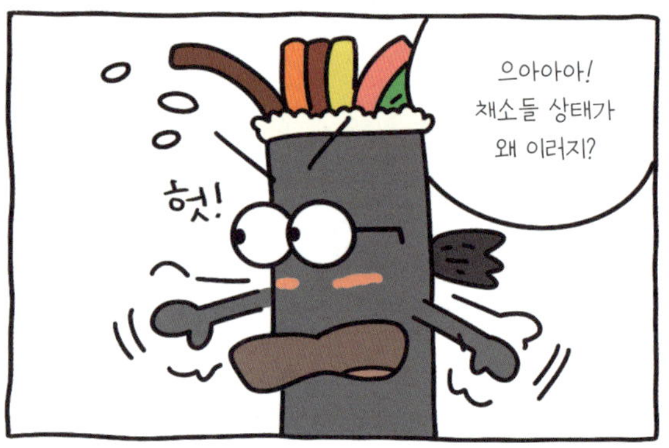

으아아아!
채소들 상태가
왜 이러지?
헛!

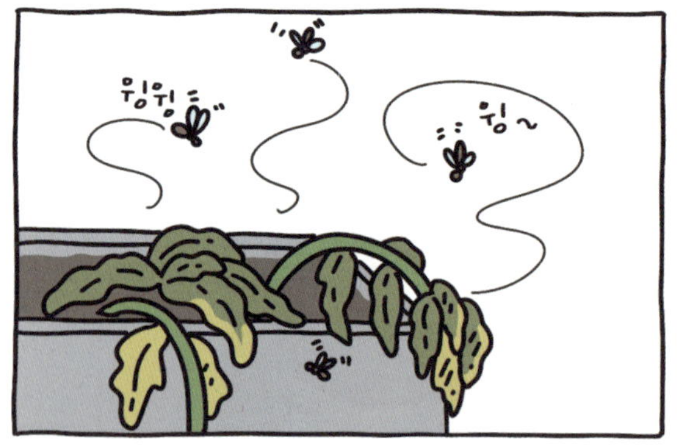

윙윙=
윙~

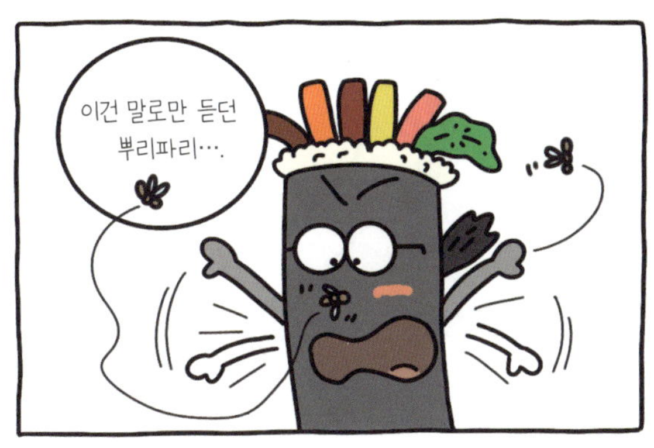

이건 말로만 듣던
뿌리파리….

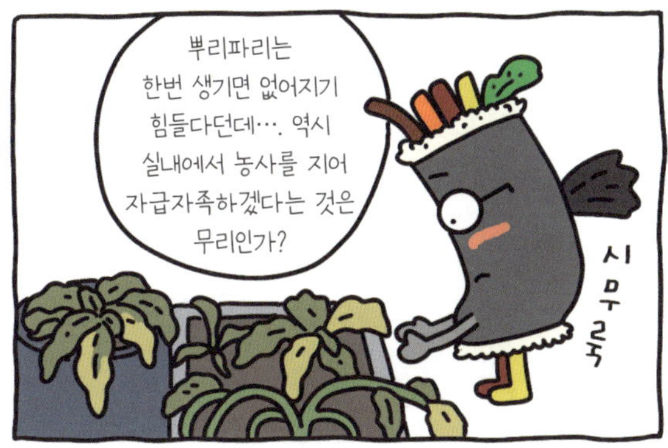

뿌리파리는
한번 생기면 없어지기
힘들다던데…. 역시
실내에서 농사를 지어
자급자족하겠다는 것은
무리인가?
시무룩

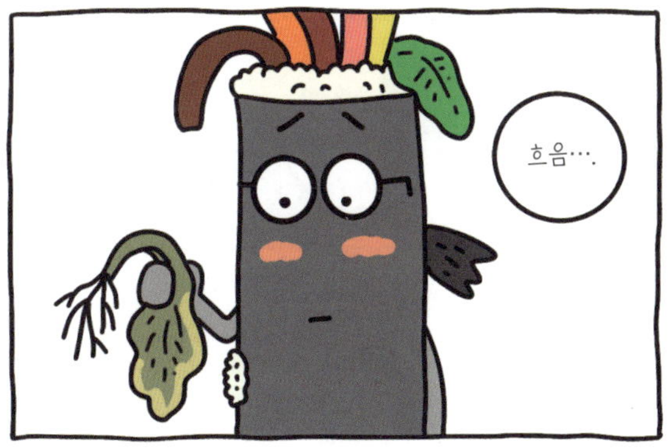

흐음….

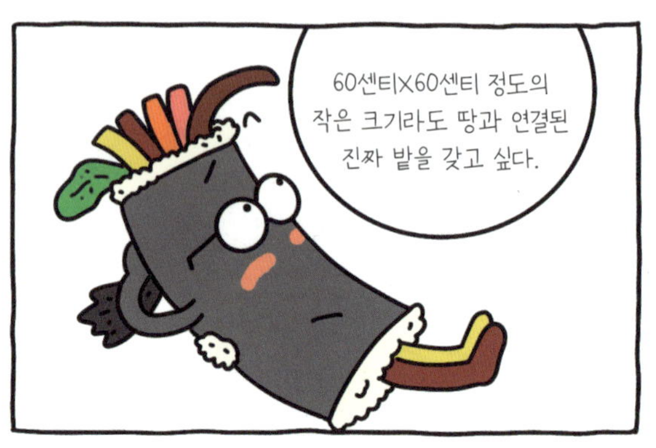

60센티X60센티 정도의 작은 크기라도 땅과 연결된 진짜 밭을 갖고 싶다.

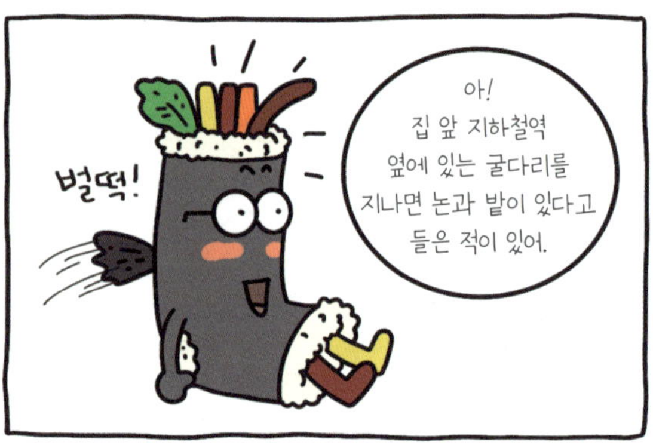

아!
집 앞 지하철역 옆에 있는 굴다리를 지나면 논과 밭이 있다고 들은 적이 있어.
벌떡!

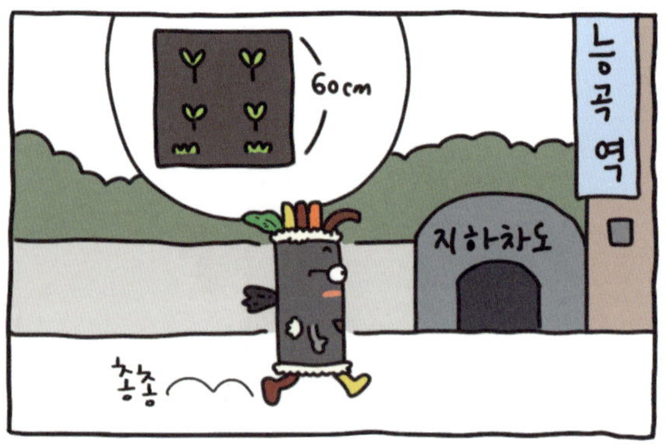

60cm
능곡역
지하차도
총총

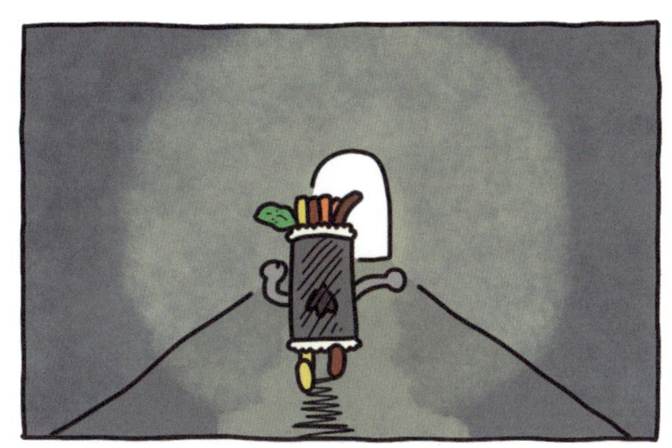
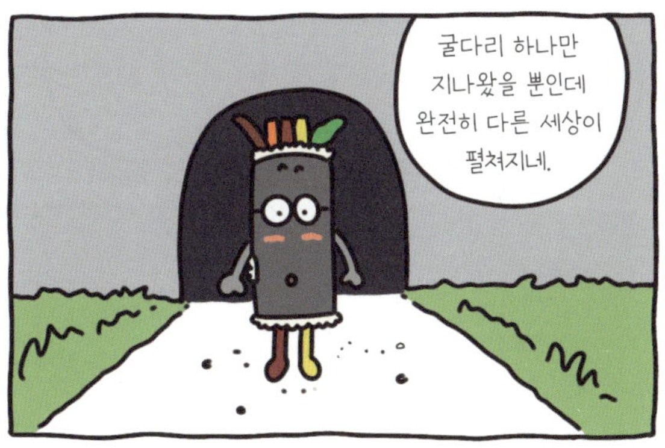

굴다리 하나만 지나왔을 뿐인데 완전히 다른 세상이 펼쳐지네.

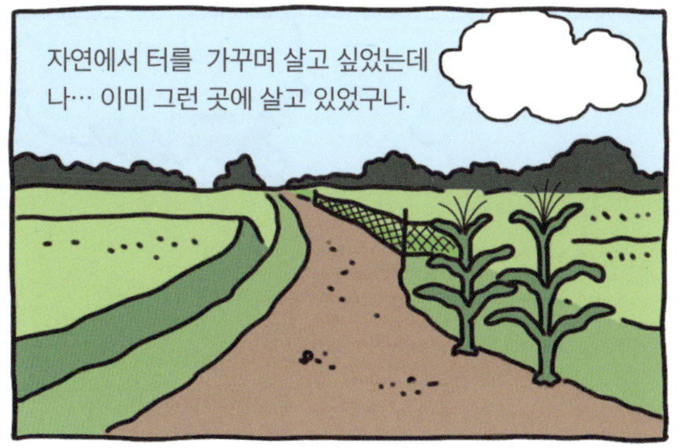

자연에서 터를 가꾸며 살고 싶었는데 나… 이미 그런 곳에 살고 있었구나.

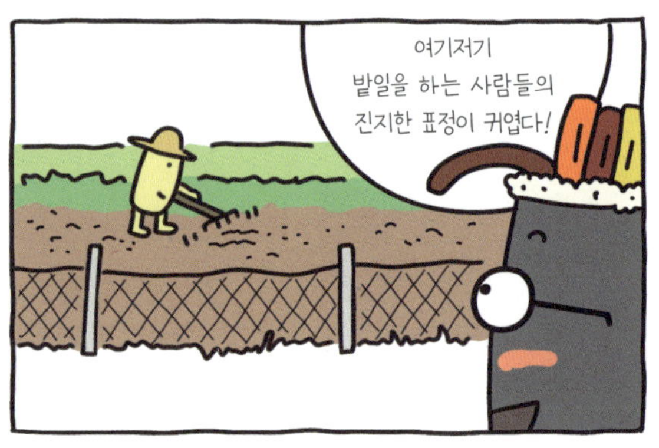

여기저기
밭일을 하는 사람들의
진지한 표정이 귀엽다!

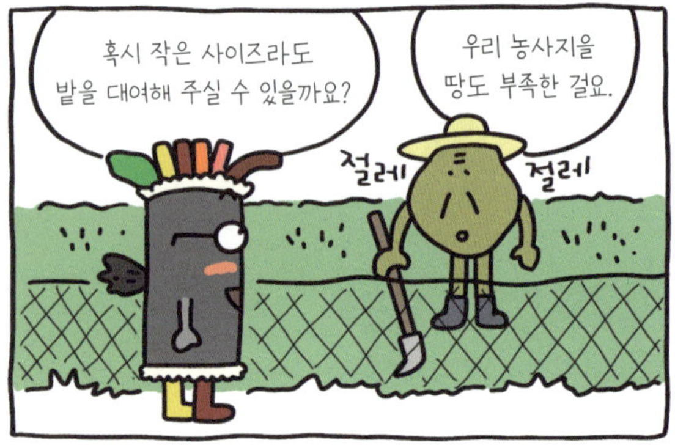

혹시 작은 사이즈라도
밭을 대여해 주실 수 있을까요?
우리 농사지을
땅도 부족한 걸요.
절레
절레

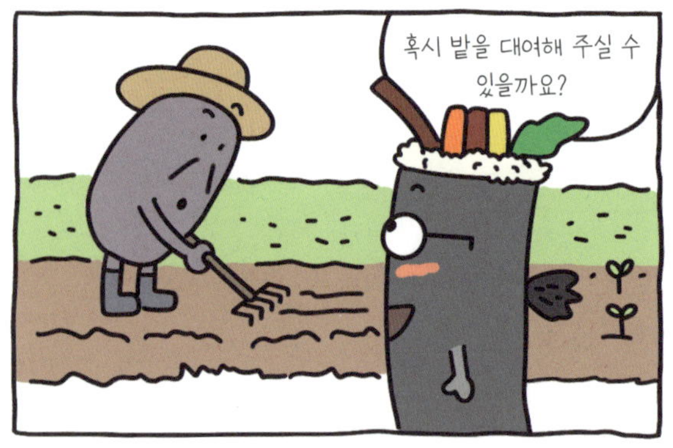

혹시 밭을 대여해 주실 수
있을까요?

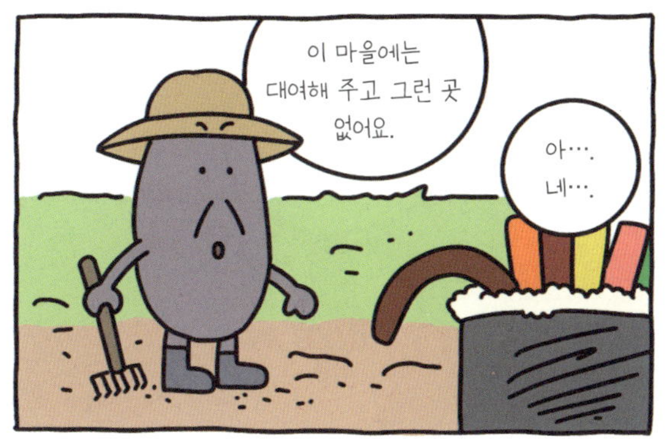

이 마을에는 대여해 주고 그런 곳 없어요.
아…. 네….

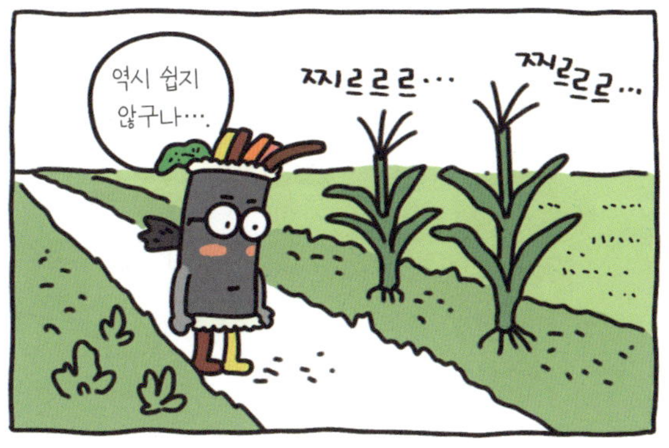

역시 쉽지 않구나….
쩌지르르르…
쩌지르르르…

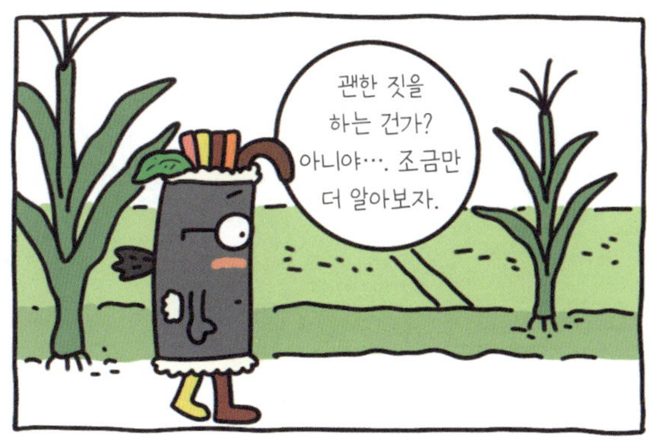

괜한 짓을 하는 건가? 아니야…. 조금만 더 알아보자.

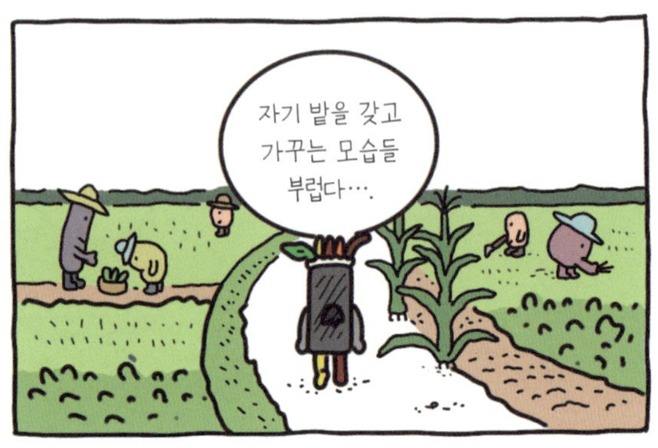

자기 밭을 갖고
가꾸는 모습들
부럽다….

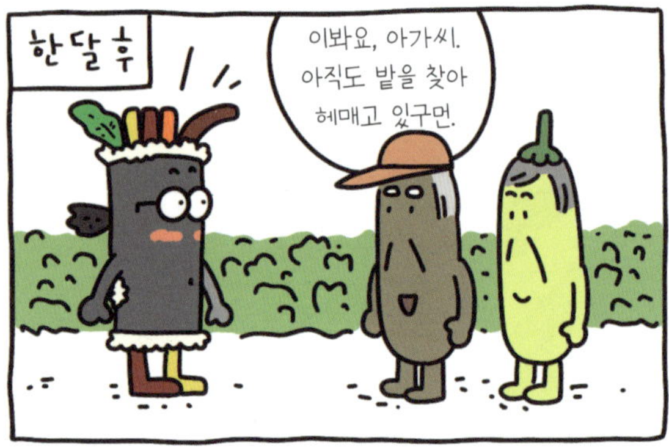

한달 후
이봐요, 아가씨.
아직도 밭을 찾아
헤매고 있구먼.

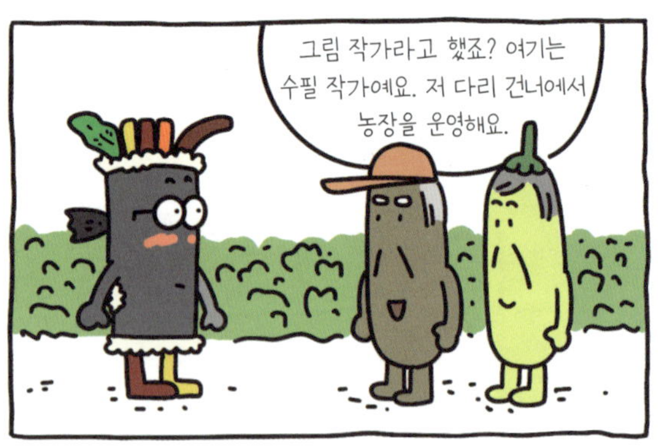

그림 작가라고 했죠? 여기는
수필 작가예요. 저 다리 건너에서
농장을 운영해요.

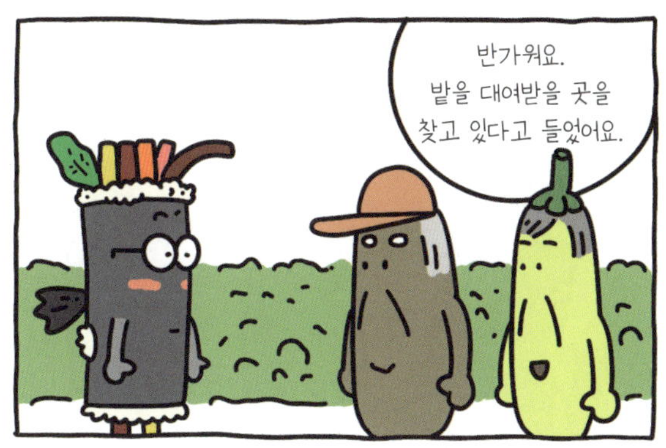

반가워요.
밭을 대여받을 곳을
찾고 있다고 들었어요.

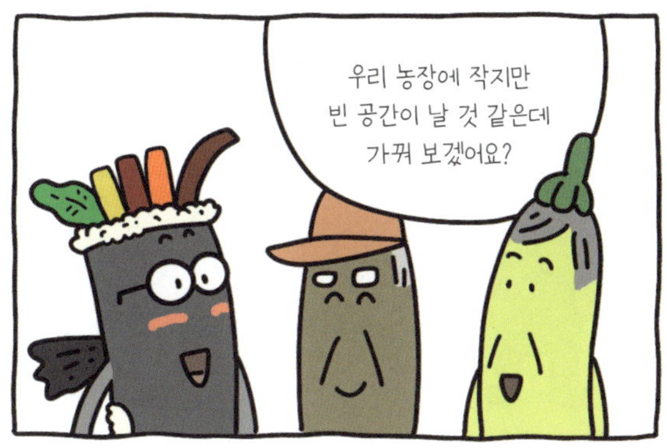

우리 농장에 작지만
빈 공간이 날 것 같은데
가꿔 보겠어요?

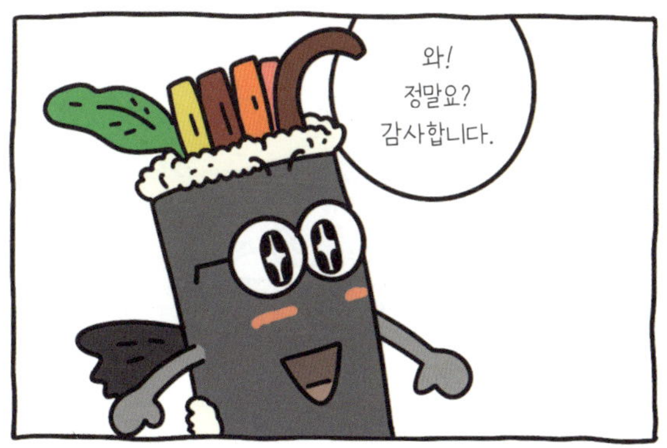

와!
정말요?
감사합니다.

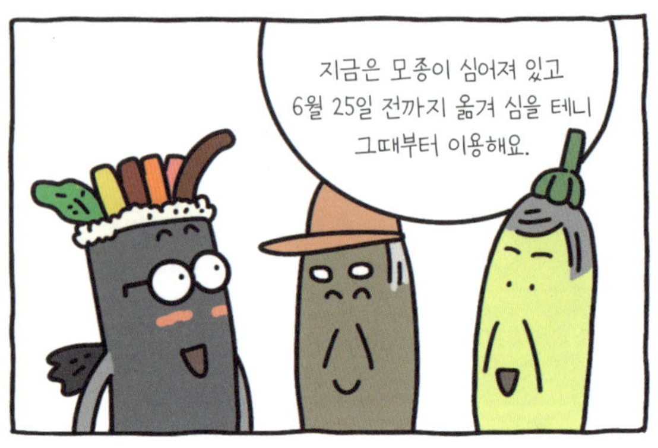

지금은 모종이 심어져 있고
6월 25일 전까지 옮겨 심을 테니
그때부터 이용해요.

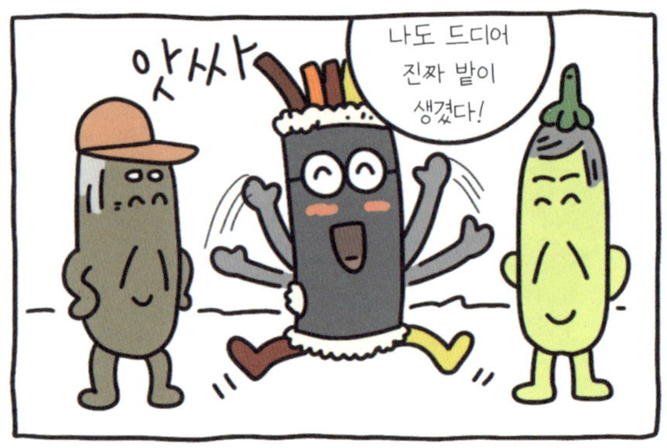

앗싸
나도 드디어
진짜 밭이
생겼다!

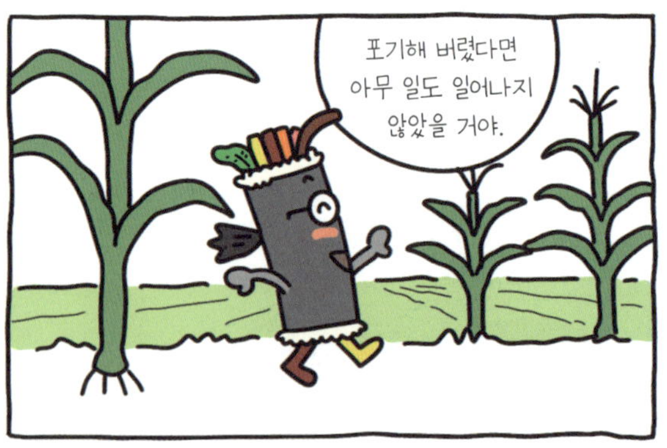

포기해 버렸다면
아무 일도 일어나지
않았을 거야.

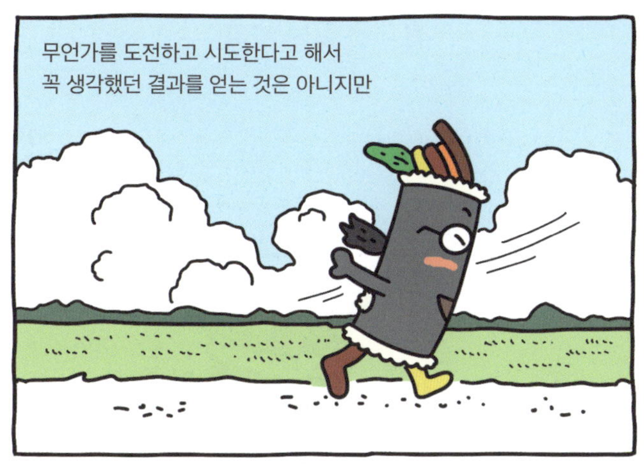

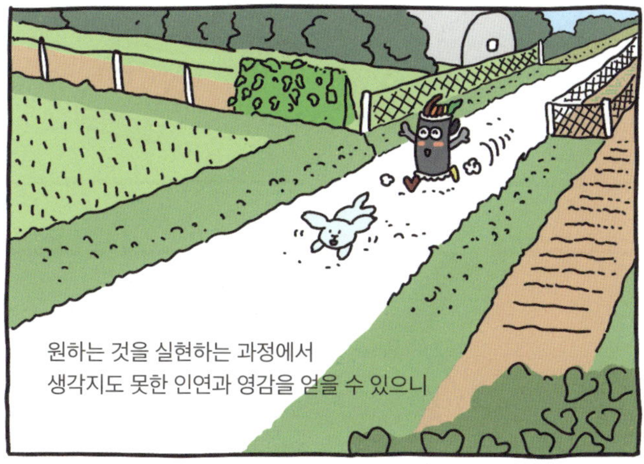

뭔가를 '시작'하는 것은 충분히 가치로운 일인 것 같아.

뜬구름 잡는 생각

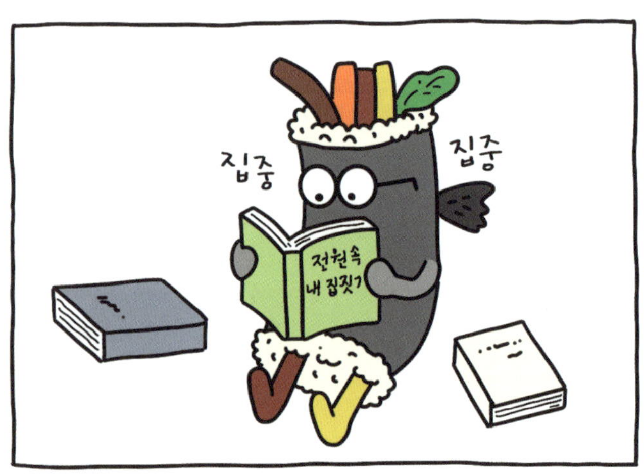

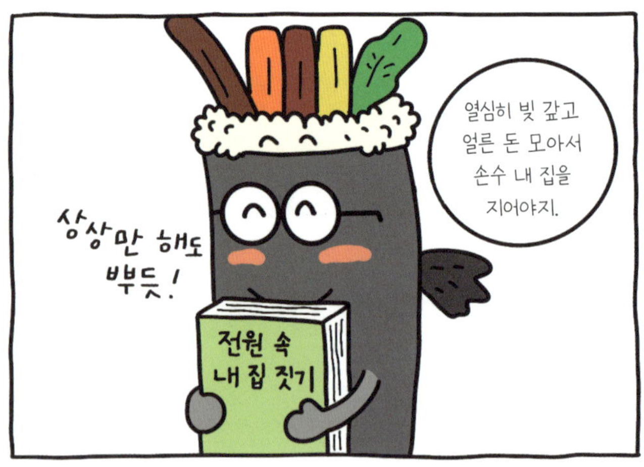

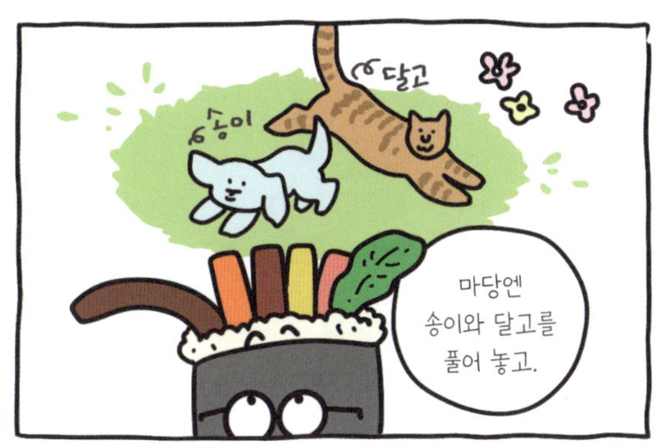

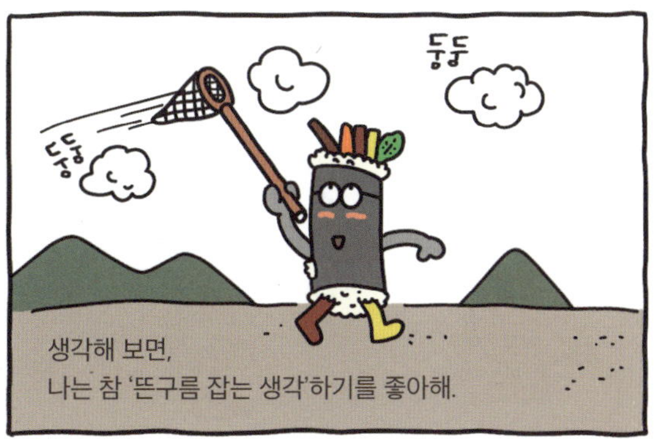

생각해 보면,
나는 참 '뜬구름 잡는 생각'하기를 좋아해.

재수를 시작으로 미대 진학을 결심한 것도.

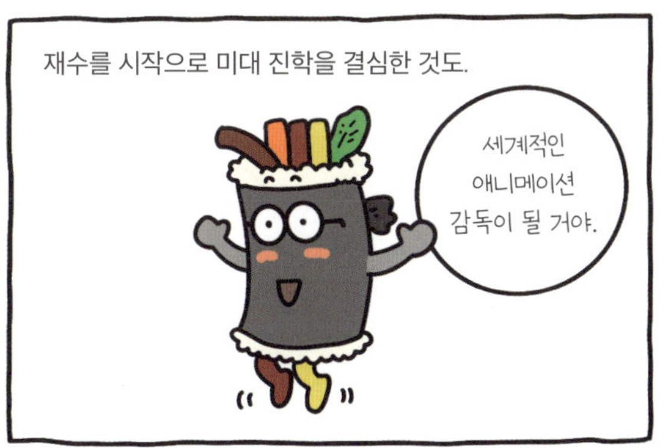

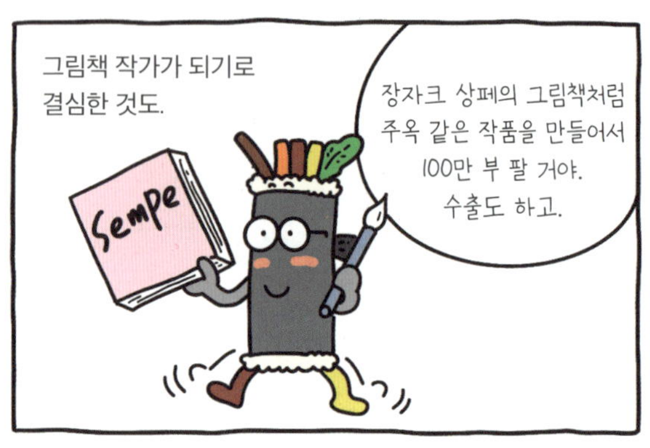

그림책 작가가 되기로
결심한 것도.
장자크 상페의 그림책처럼
주옥 같은 작품을 만들어서
100만 부 팔 거야.
수출도 하고.
Sempe

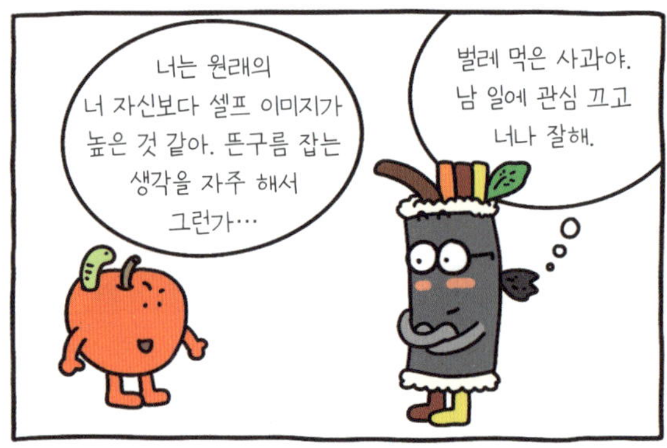

너는 원래의
너 자신보다 셀프 이미지가
높은 것 같아. 뜬구름 잡는
생각을 자주 해서
그런가…
벌레 먹은 사과야.
남 일에 관심 끄고
너나 잘해.

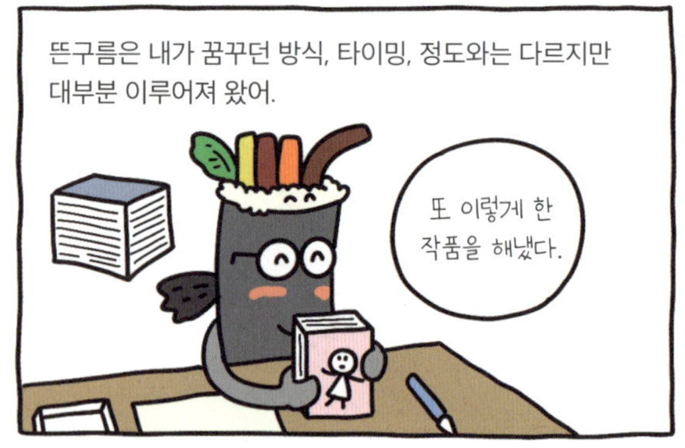

뜬구름은 내가 꿈꾸던 방식, 타이밍, 정도와는 다르지만
대부분 이루어져 왔어.
또 이렇게 한
작품을 해냈다.

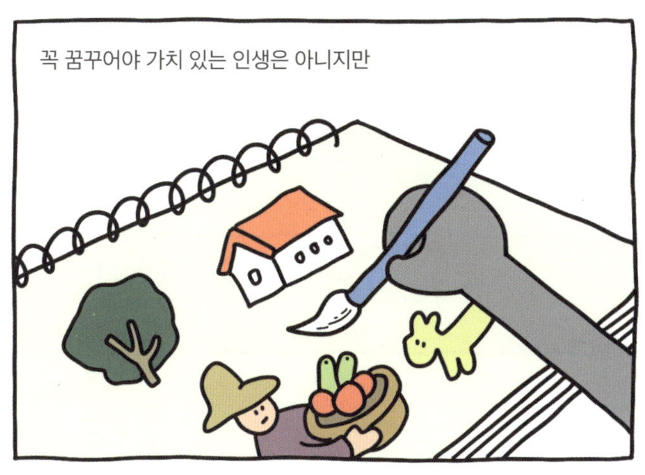

꼭 꿈꾸어야 가치 있는 인생은 아니지만

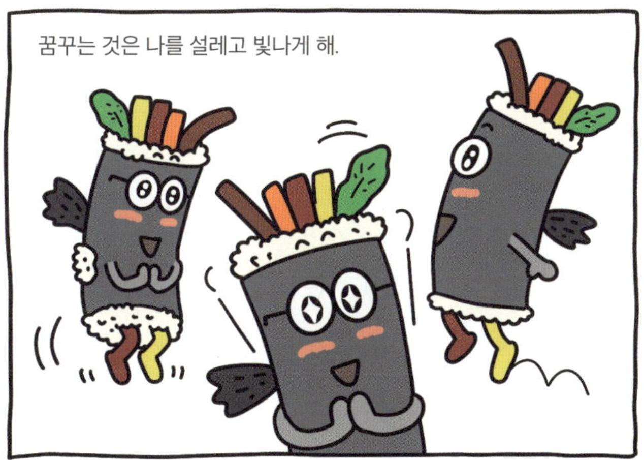

꿈꾸는 것은 나를 설레고 빛나게 해.

앞으로 내딛는 발걸음의 이정표가 되어 주고

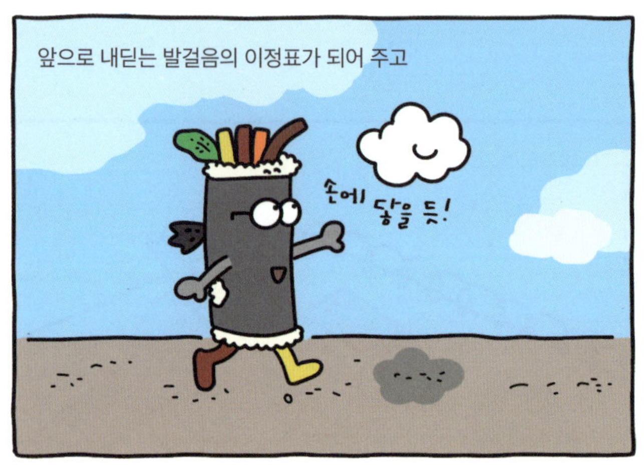

어느새 더 이상 뜬구름이 아닌

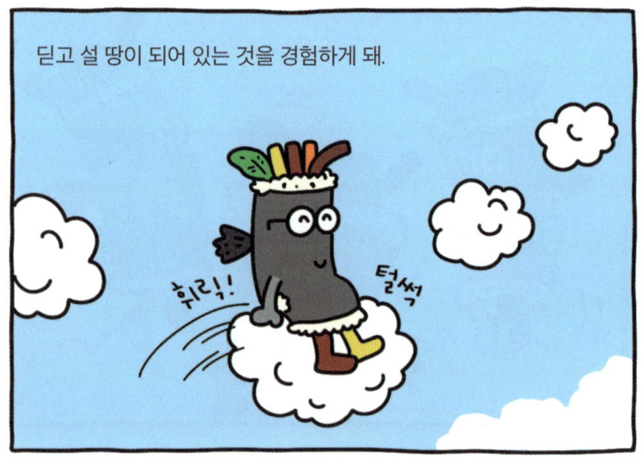

딛고 설 땅이 되어 있는 것을 경험하게 돼.

기네스 펠트로의 턱

어느 출판사 미팅하는 날

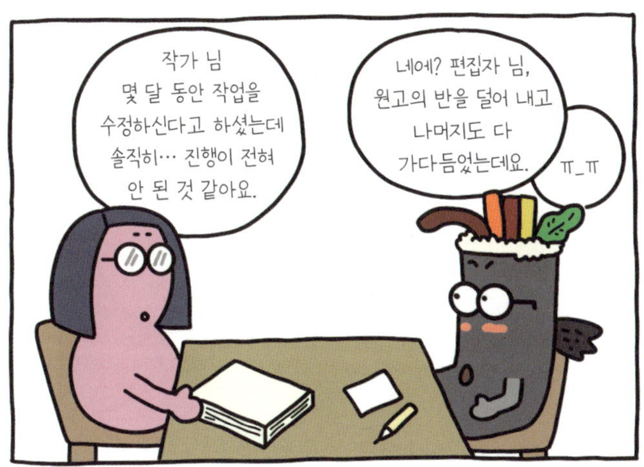

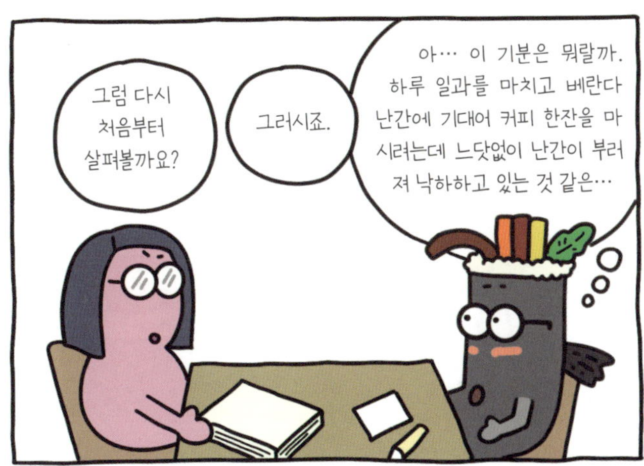

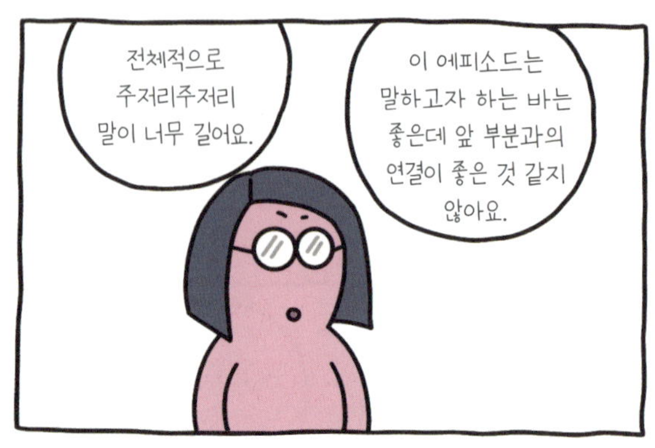

전체적으로 주저리주저리 말이 너무 길어요.
이 에피소드는 말하고자 하는 바는 좋은데 앞 부분과의 연결이 좋은 것 같지 않아요.

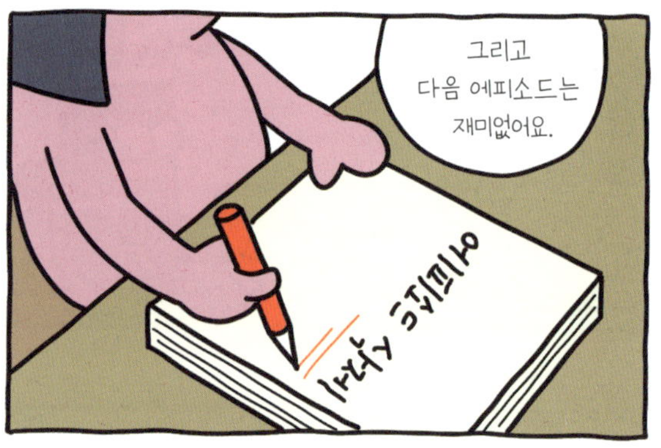

그리고 다음 에피소드는 재미없어요.

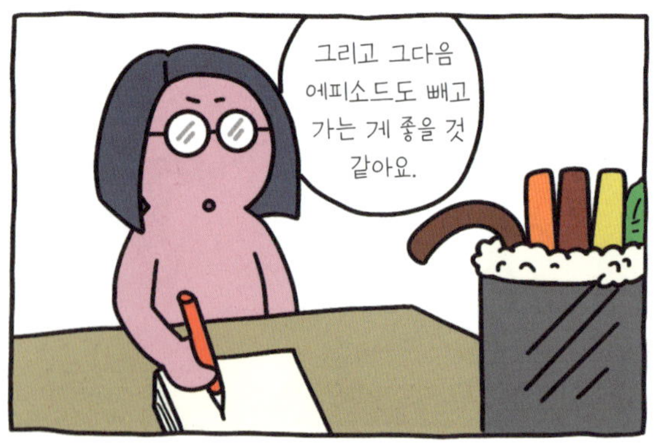

그리고 그다음 에피소드도 빼고 가는 게 좋을 것 같아요.
전체적으로 주저리주저리 말이 너무 길어요.

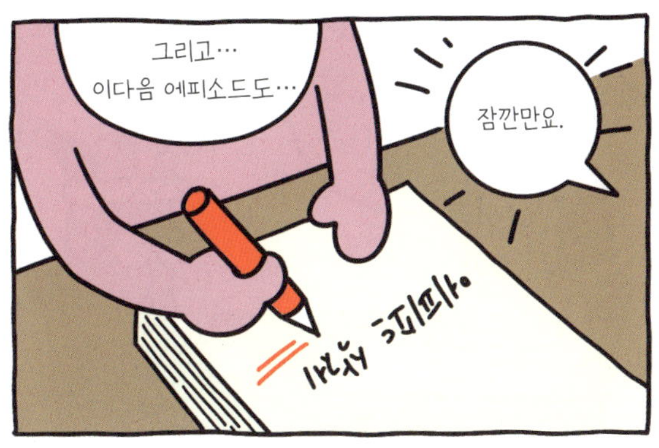

그리고…
이다음 에피소드도…
잠깐만요.
매력적이래

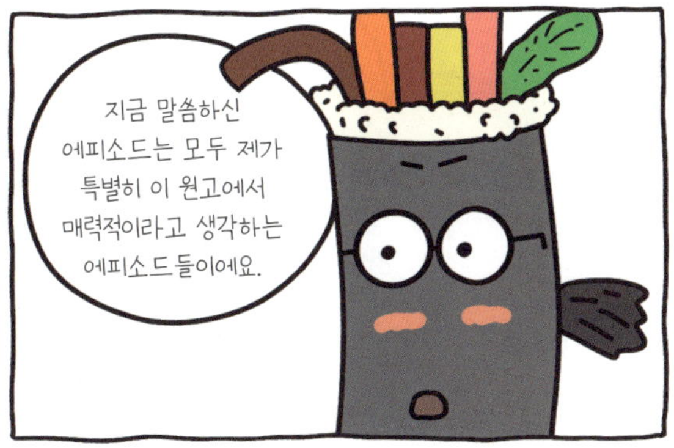

지금 말씀하신
에피소드는 모두 제가
특별히 이 원고에서
매력적이라고 생각하는
에피소드 들이에요.

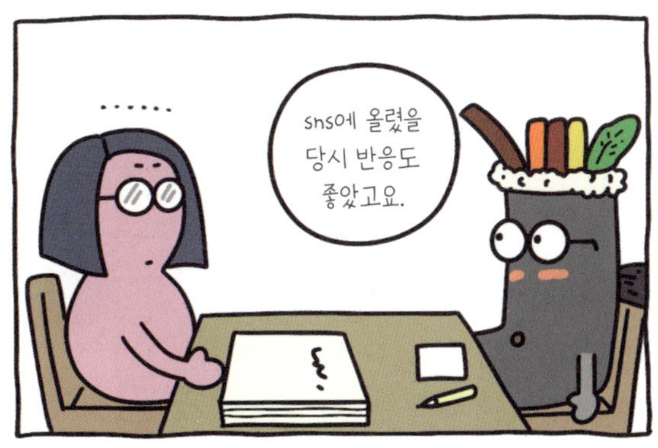

……
sns에 올렸을
당시 반응도
좋았고요.

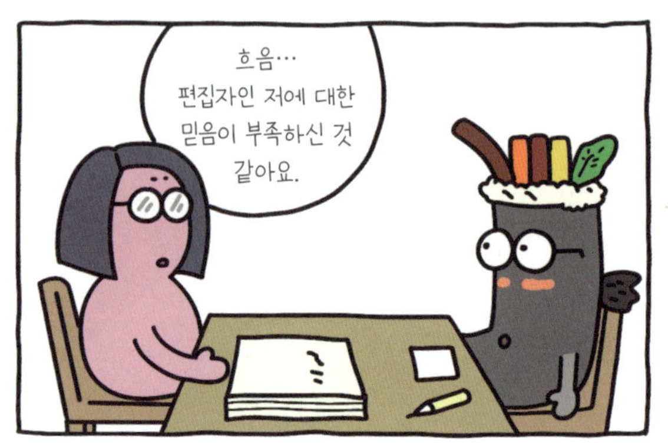

흐음…
편집자인 저에 대한
믿음이 부족하신 것
같아요.

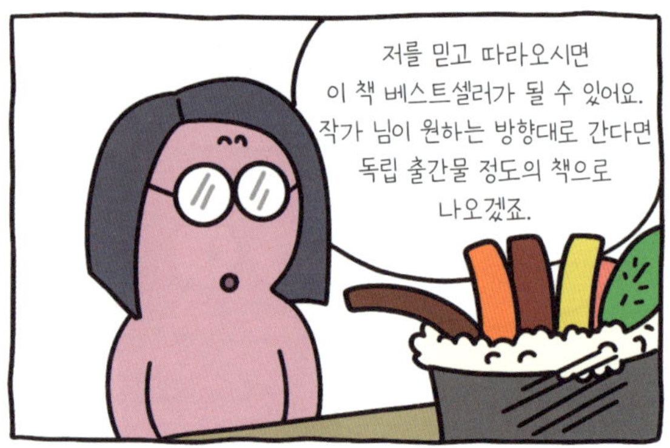

저를 믿고 따라오시면
이 책 베스트셀러가 될 수 있어요.
작가 님이 원하는 방향대로 간다면
독립 출간물 정도의 책으로
나오겠죠.

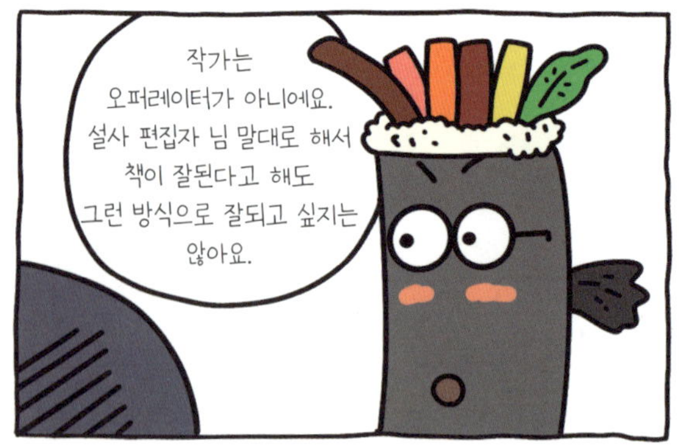

작가는
오퍼레이터가 아니에요.
설사 편집자 님 말대로 해서
책이 잘된다고 해도
그런 방식으로 잘되고 싶지는
않아요.

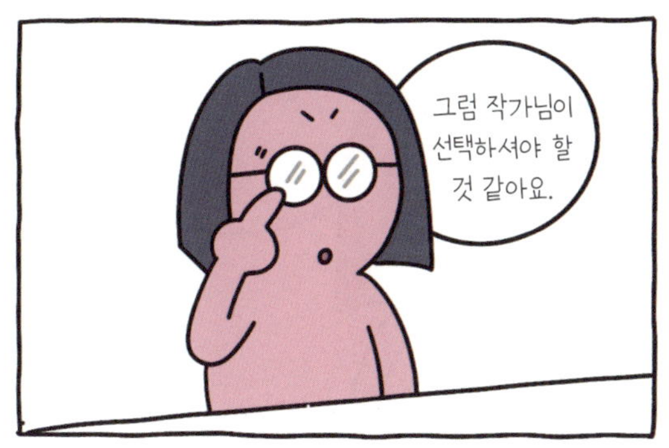
그럼 작가님이
선택하셔야 할
것 같아요.

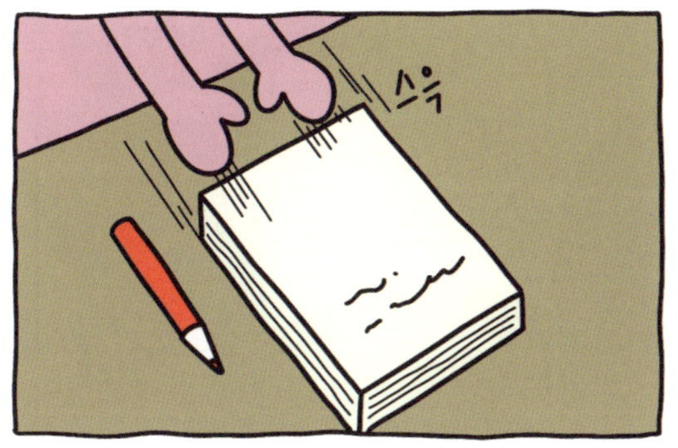
스윽

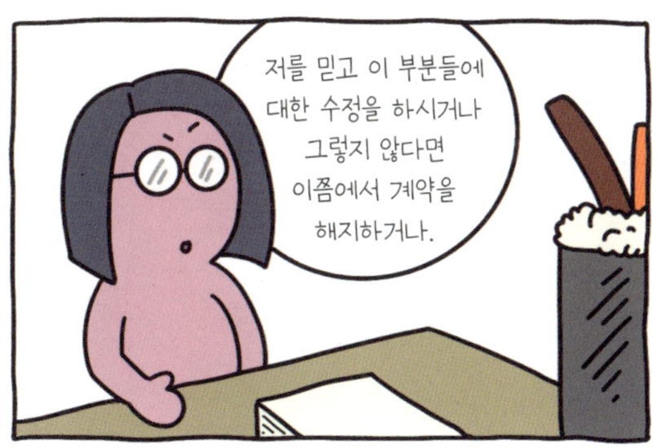
저를 믿고 이 부분들에
대한 수정을 하시거나
그렇지 않다면
이쯤에서 계약을
해지하거나.

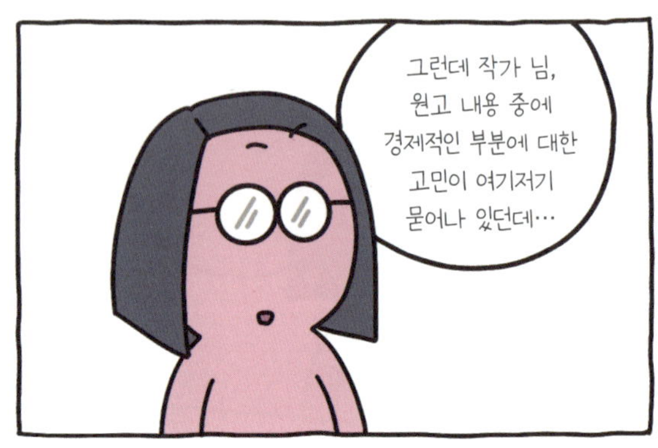

그런데 작가 님, 원고 내용 중에 경제적인 부분에 대한 고민이 여기저기 묻어나 있던데…

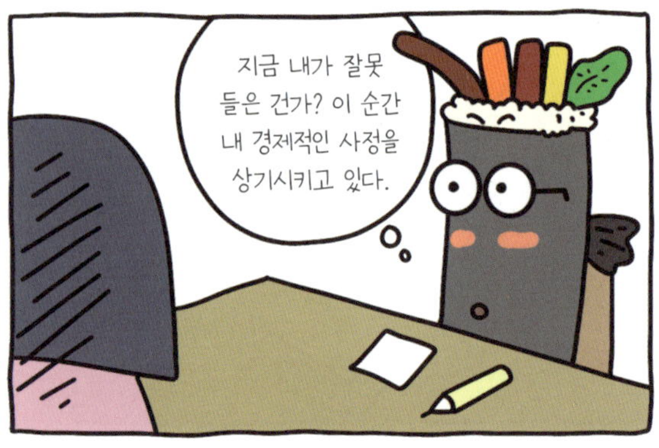

지금 내가 잘못 들은 건가? 이 순간 내 경제적인 사정을 상기시키고 있다.

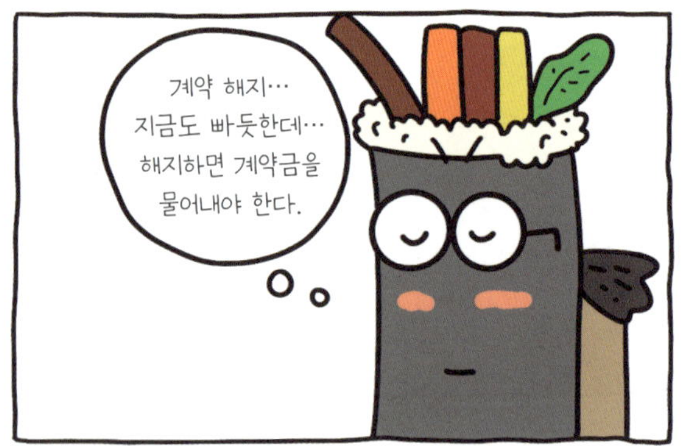

계약 해지… 지금도 빠듯한데… 해지하면 계약금을 물어내야 한다.

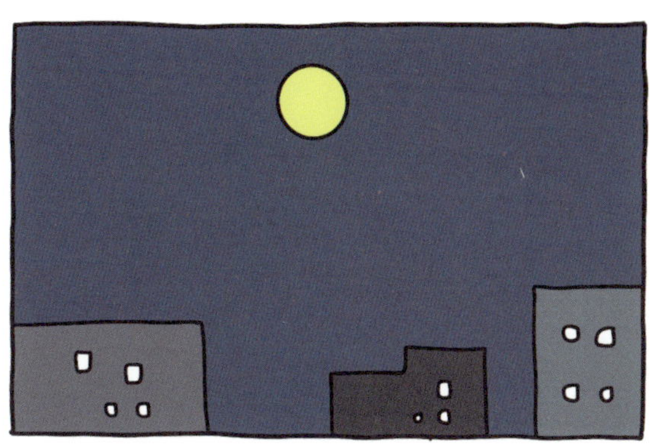

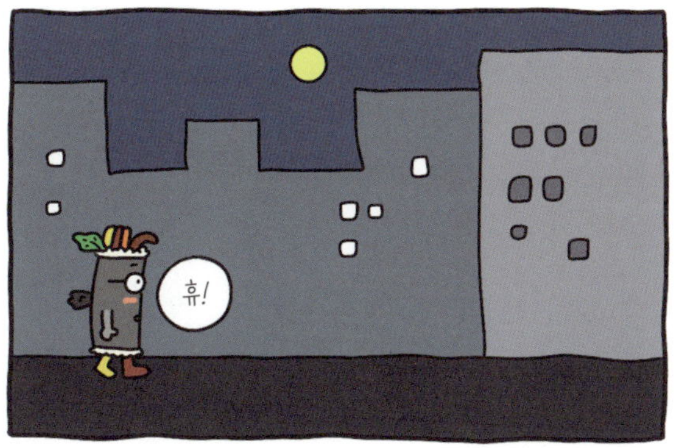

간혹 '편집자와의 의견을 어떻게 조율하시나요?
수정을 어디까지 허락하시나요?'라는 질문을 받는다.

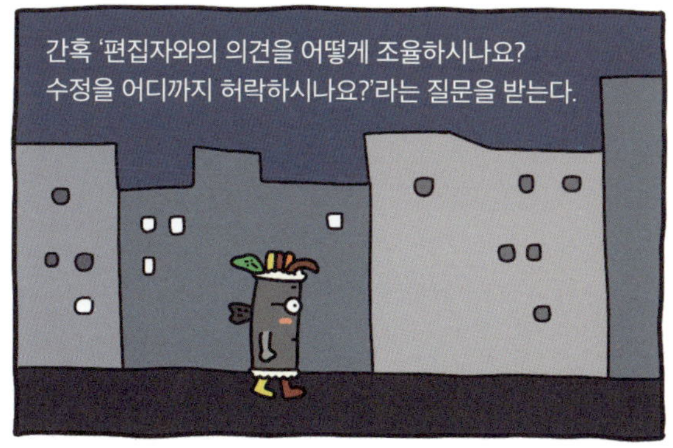

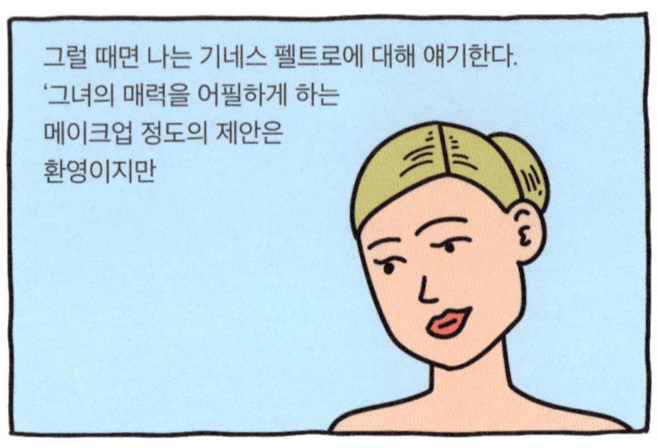

그럴 때면 나는 기네스 펠트로에 대해 얘기한다.
'그녀의 매력을 어필하게 하는
메이크업 정도의 제안은
환영이지만

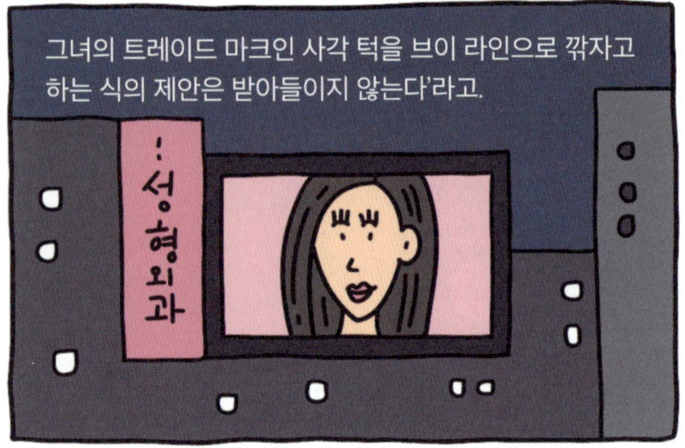

그녀의 트레이드 마크인 사각 턱을 브이 라인으로 깎자고
하는 식의 제안은 받아들이지 않는다'라고.
··성형외과

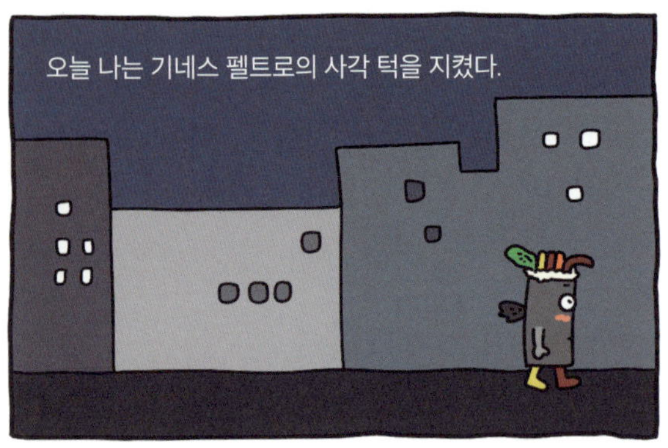

오늘 나는 기네스 펠트로의 사각 턱을 지켰다.

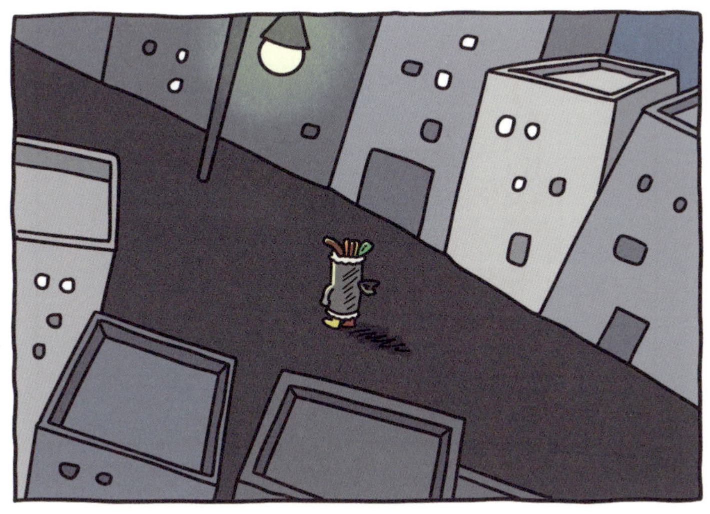

나를 지켰다.

가볍게 나아가기

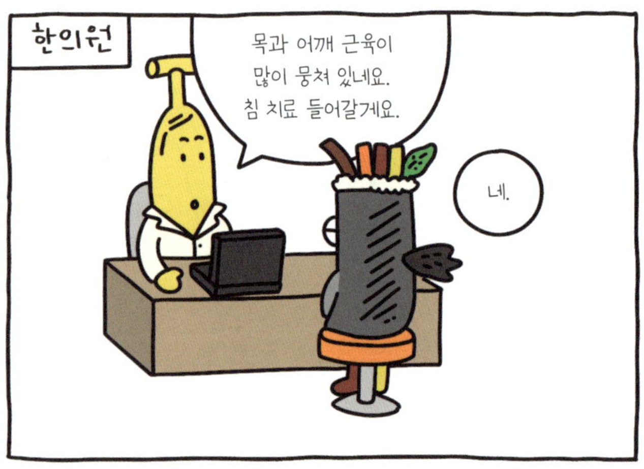

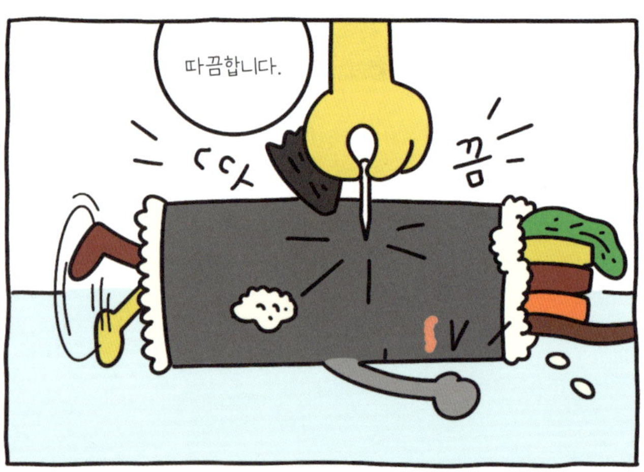

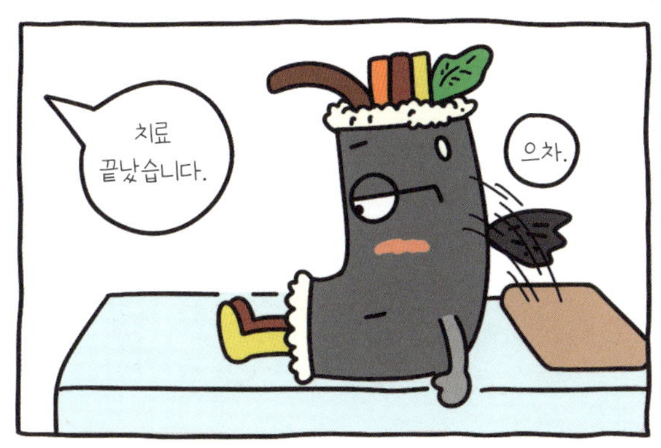
치료
끝났습니다.
으차.

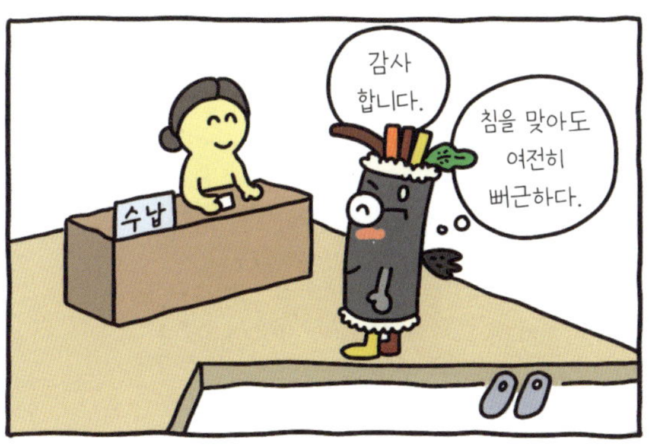
감사
합니다.
침을 맞아도
여전히
뻐근하다.
수납

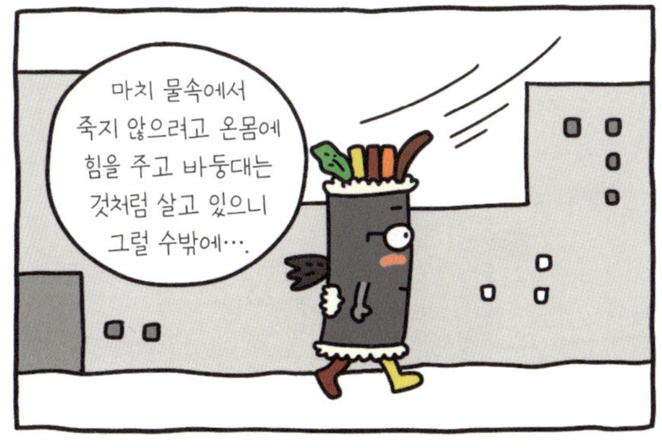
마치 물속에서
죽지 않으려고 온몸에
힘을 주고 바둥대는
것처럼 살고 있으니
그럴 수밖에…

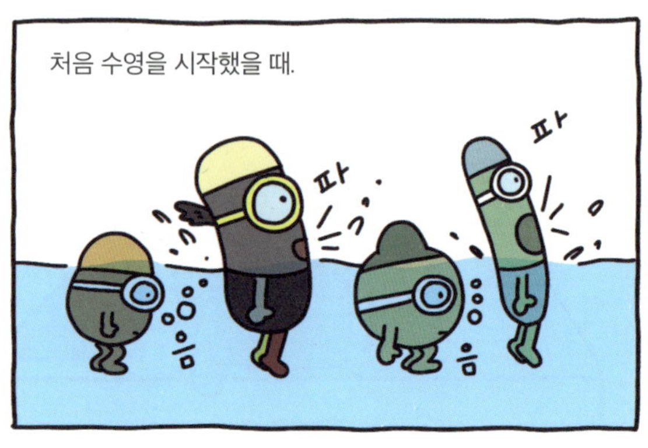
처음 수영을 시작했을 때.
파
파
으음
으음

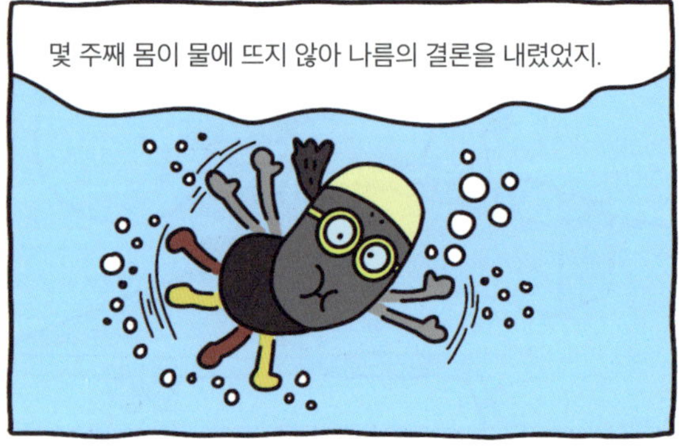
몇 주째 몸이 물에 뜨지 않아 나름의 결론을 내렸었지.

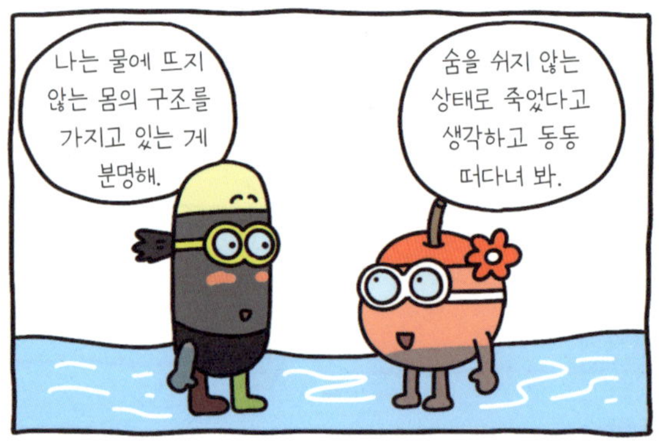
나는 물에 뜨지
않는 몸의 구조를
가지고 있는 게
분명해.
숨을 쉬지 않는
상태로 죽었다고
생각하고 둥둥
떠다녀 봐.

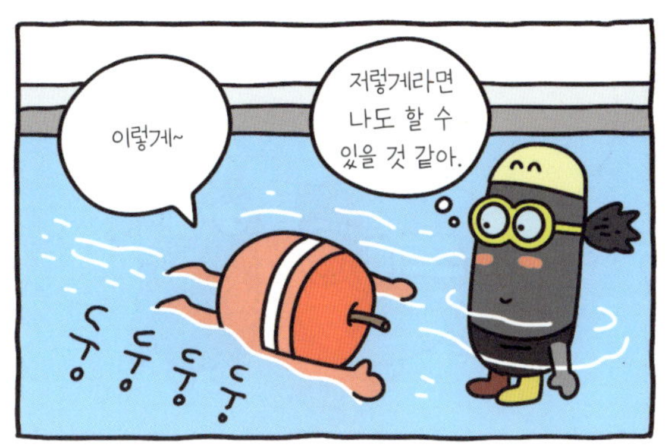

이렇게~
저렇게라면
나도 할 수
있을 것 같아.
둥둥둥둥

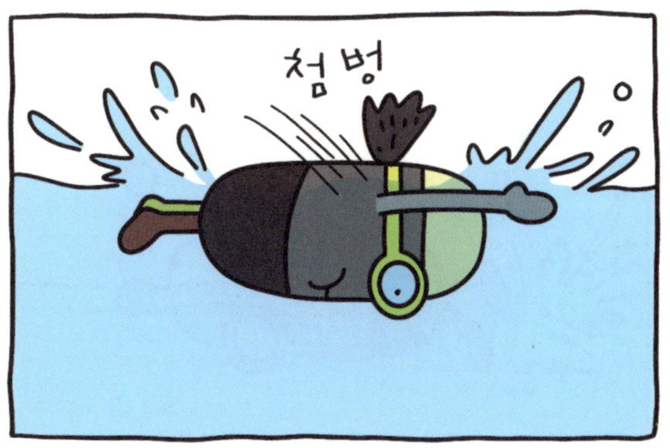

첨벙

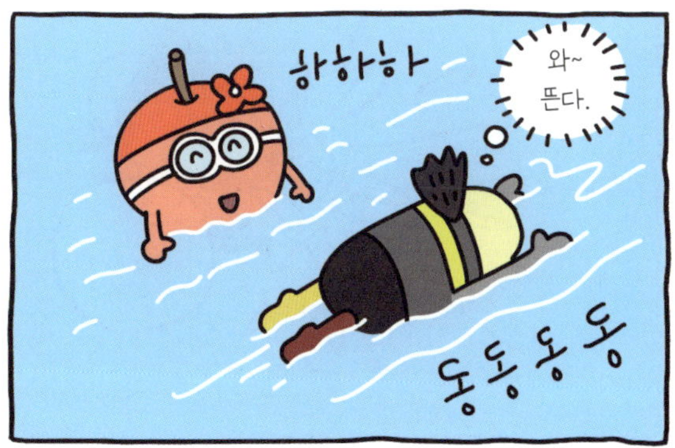

하하하하
와~
뜬다.
동동동동

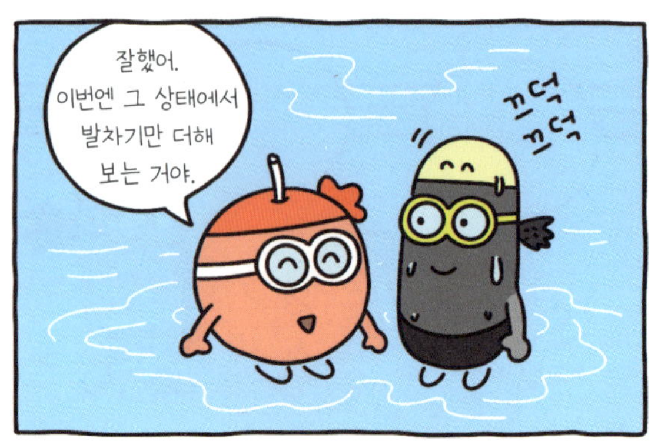

잘했어.
이번엔 그 상태에서
발차기만 더해
보는 거야.
끄덕
끄덕

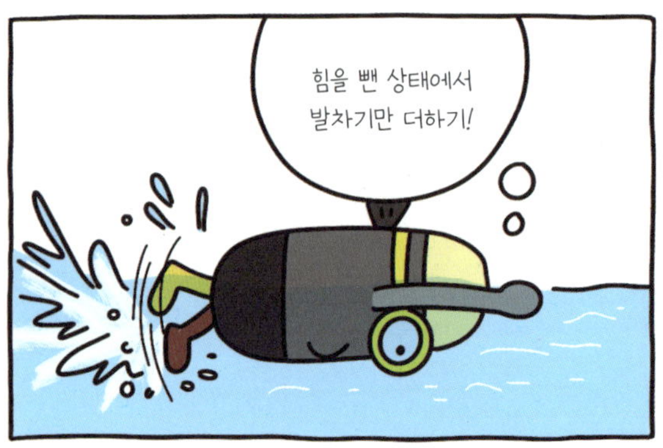

힘을 뺀 상태에서
발차기만 더하기!

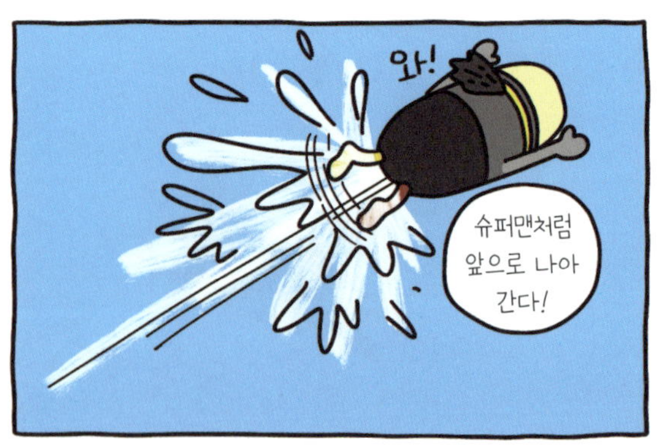

와!
슈퍼맨처럼
앞으로 나아
간다!

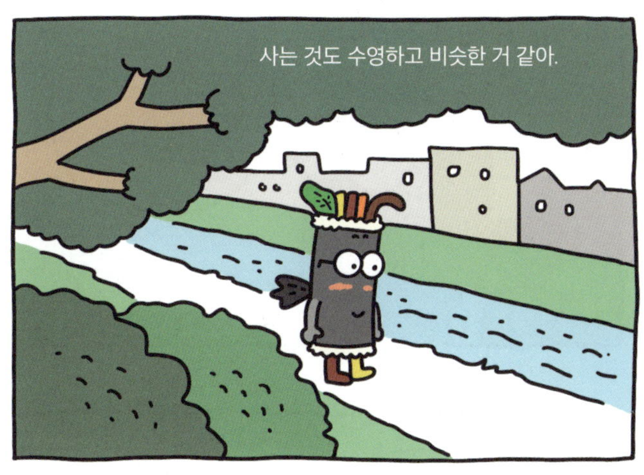

사는 것도 수영하고 비슷한 거 같아.

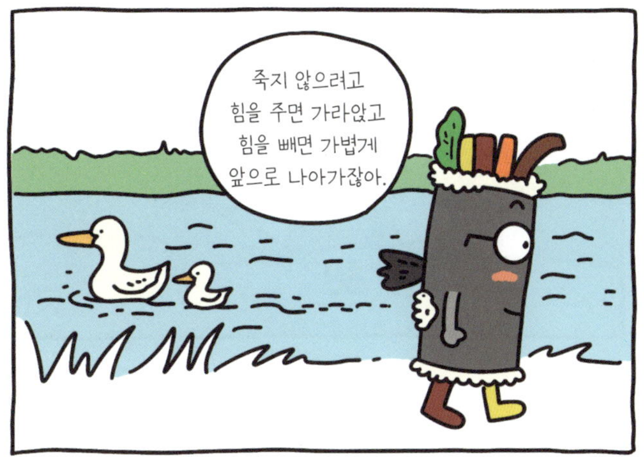

죽지 않으려고
힘을 주면 가라앉고
힘을 빼면 가볍게
앞으로 나아가잖아.

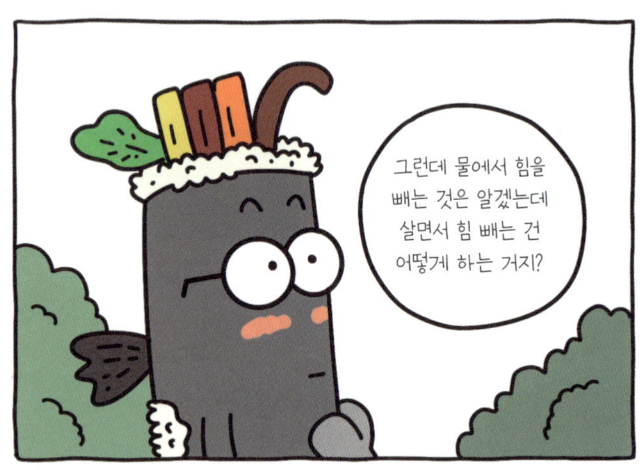

그런데 물에서 힘을
빼는 것은 알겠는데
살면서 힘 빼는 건
어떻게 하는 거지?

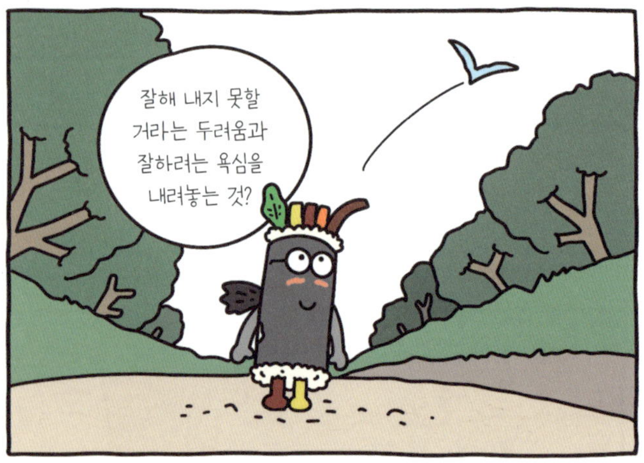

잘해 내지 못할
거라는 두려움과
잘하려는 욕심을
내려놓는 것?

콩 심은 데 콩, 팥 심은 데 팥

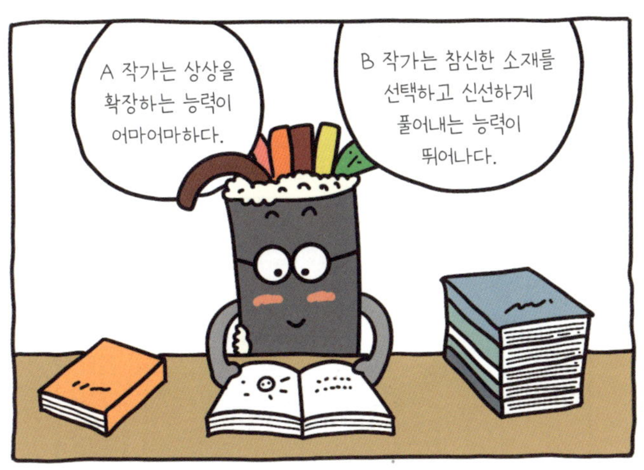

A 작가는 상상을 확장하는 능력이 어마어마하다.
B 작가는 참신한 소재를 선택하고 신선하게 풀어내는 능력이 뛰어나다.

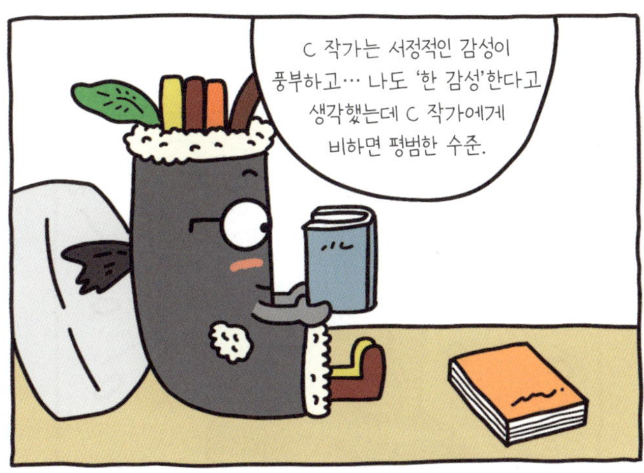

C 작가는 서정적인 감성이 풍부하고… 나도 '한 감성'한다고 생각했는데 C 작가에게 비하면 평범한 수준.

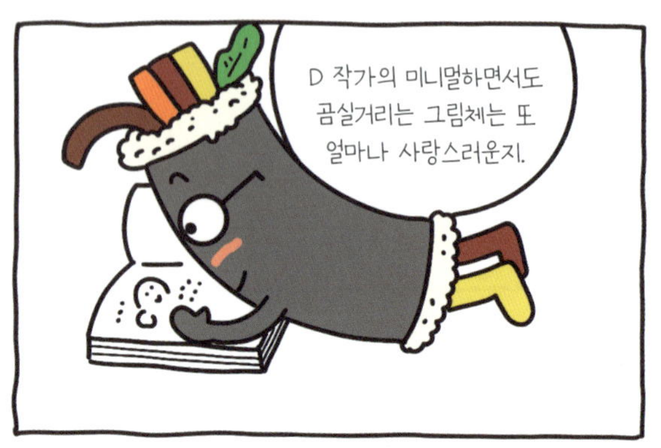

D 작가의 미니멀하면서도
곰실거리는 그림체는 또
얼마나 사랑스러운지.

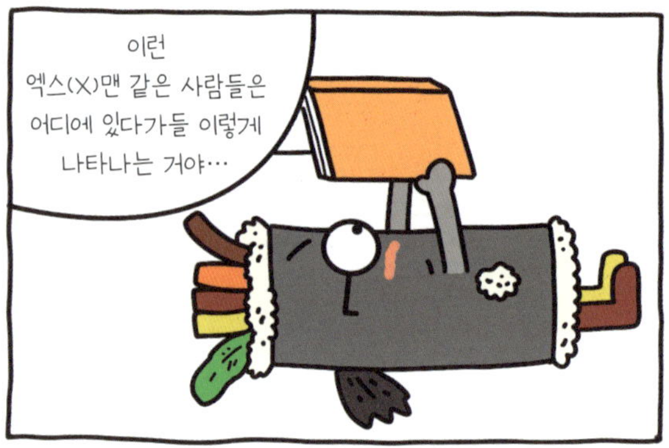

이런
엑스(X)맨 같은 사람들은
어디에 있다가들 이렇게
나타나는 거야…

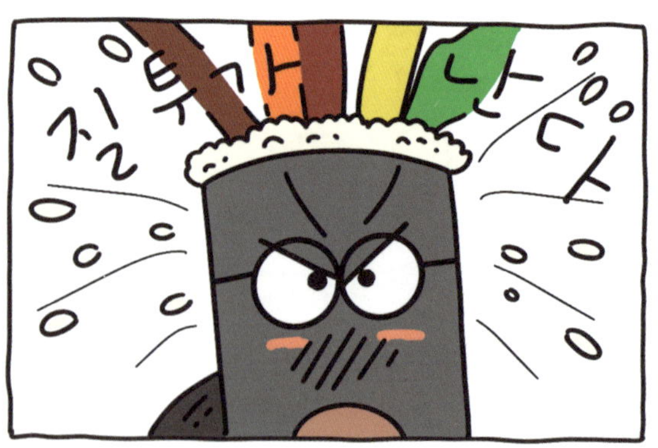

질투
난다

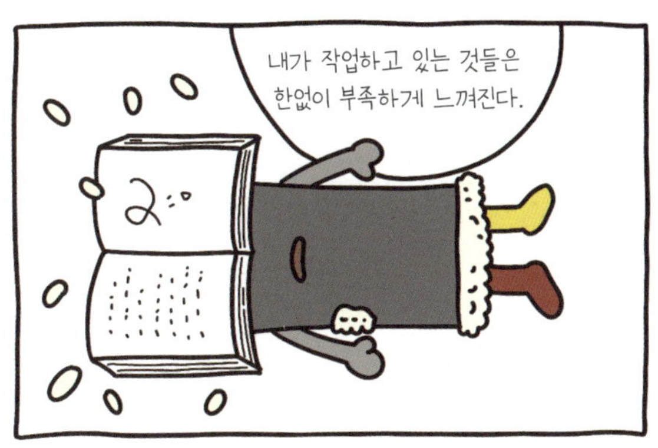

내가 작업하고 있는 것들은
한없이 부족하게 느껴진다.

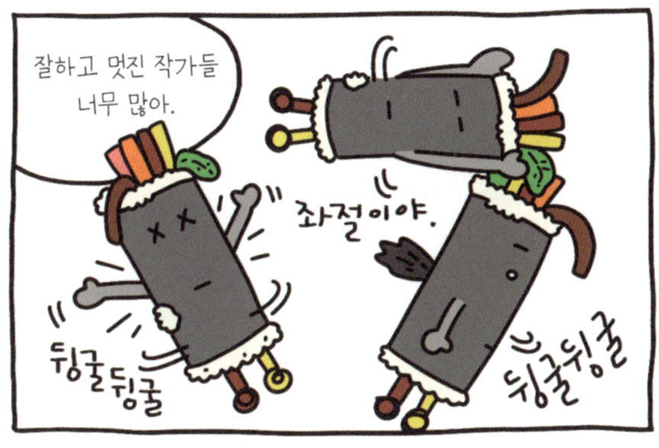

잘하고 멋진 작가들
너무 많아.
좌절이야.
뒹굴뒹굴
뒹굴뒹굴

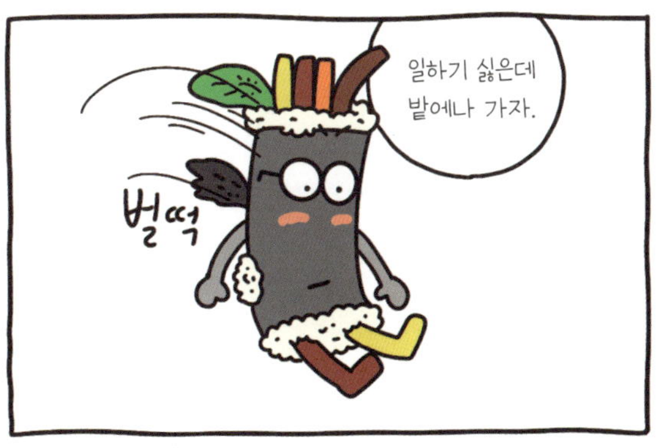

일하기 싫은데
밭에나 가자.
벌떡

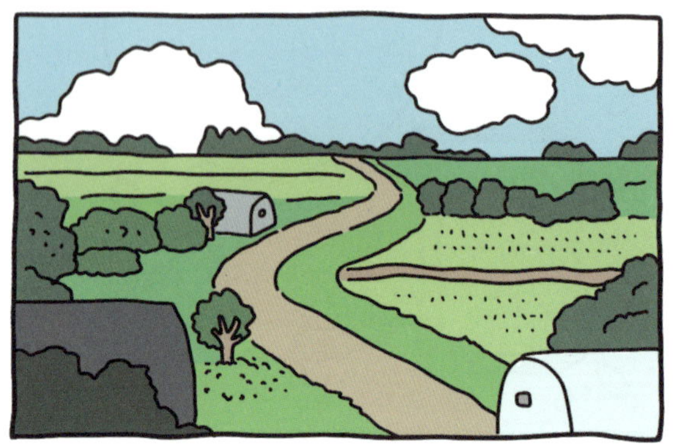

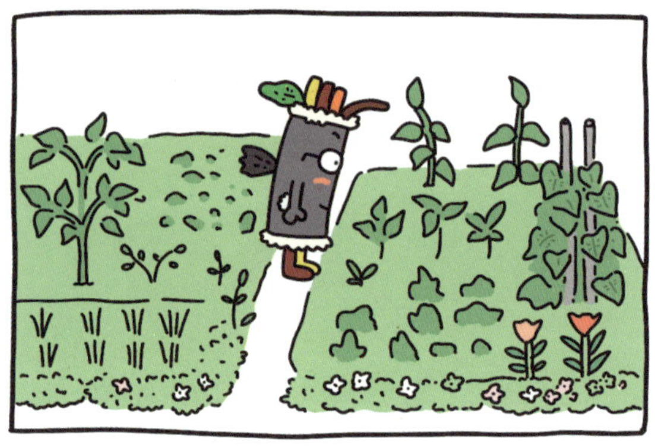

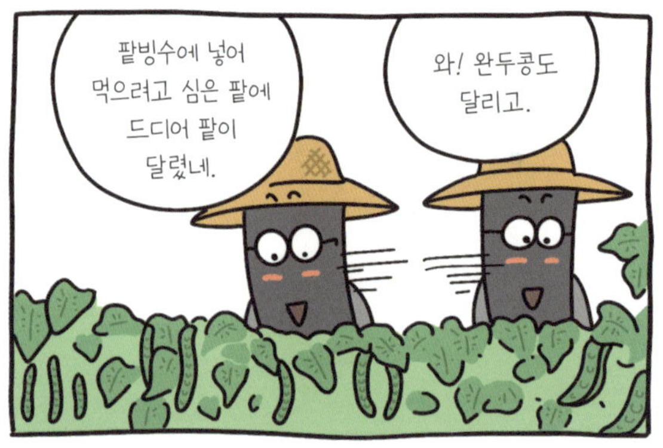

팥빙수에 넣어
먹으려고 심은 팥에
드디어 팥이
달렸네.
와! 완두콩도
달리고.

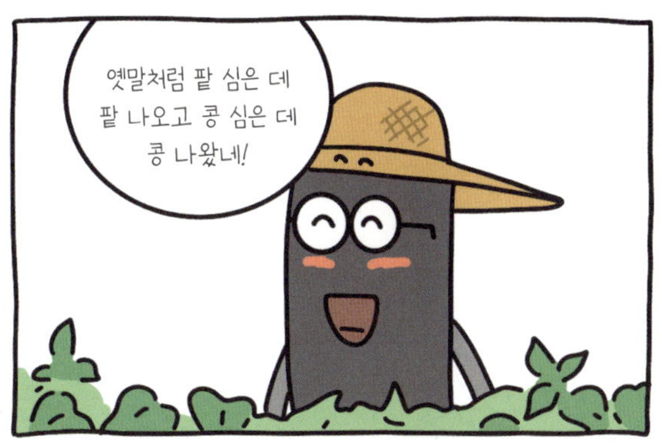

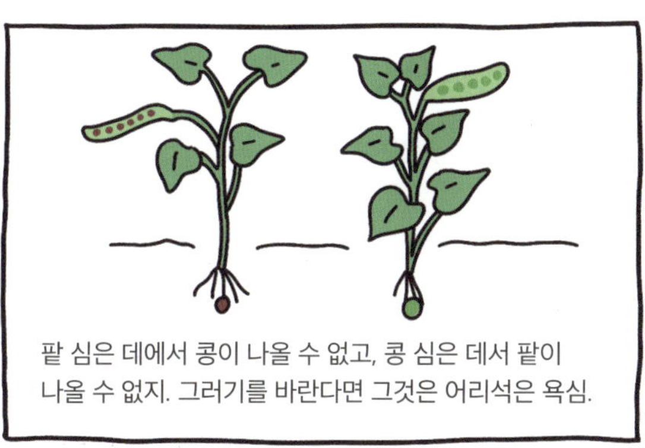

팥 심은 데에서 콩이 나올 수 없고, 콩 심은 데서 팥이
나올 수 없지. 그러기를 바란다면 그것은 어리석은 욕심.

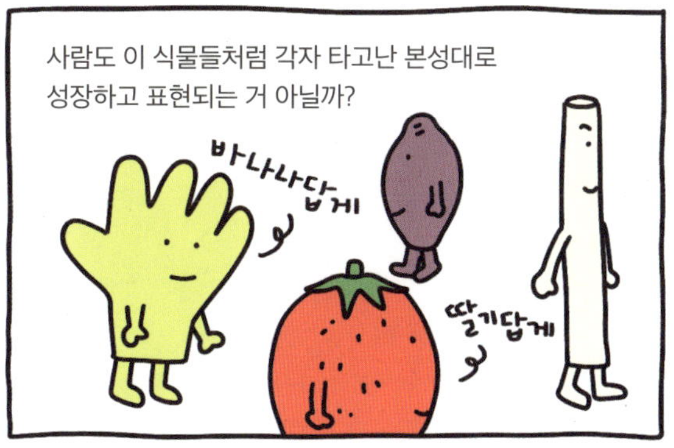

사람도 이 식물들처럼 각자 타고난 본성대로
성장하고 표현되는 거 아닐까?

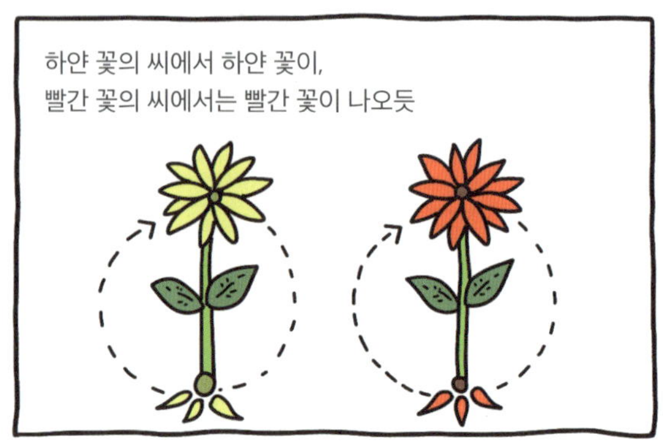

하얀 꽃의 씨에서 하얀 꽃이,
빨간 꽃의 씨에서는 빨간 꽃이 나오듯

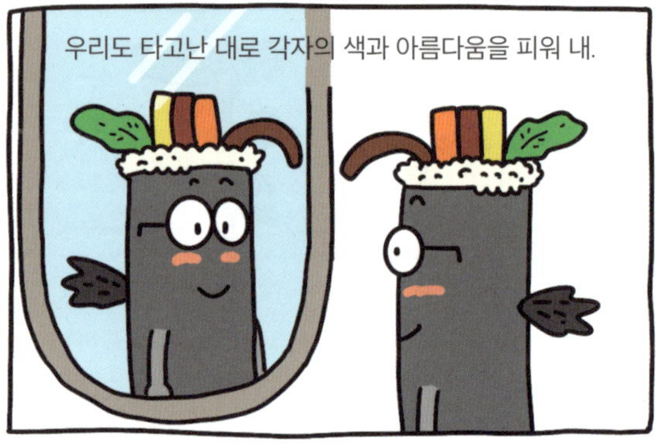

우리도 타고난 대로 각자의 색과 아름다움을 피워 내.

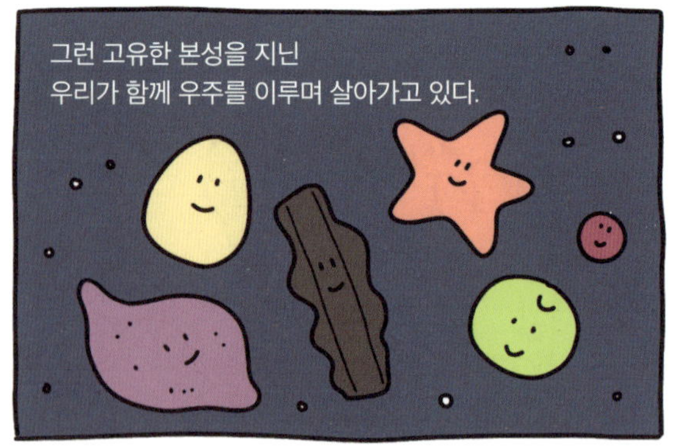

그런 고유한 본성을 지닌
우리가 함께 우주를 이루며 살아가고 있다.

메리 올리버의 문장이 떠오른다.

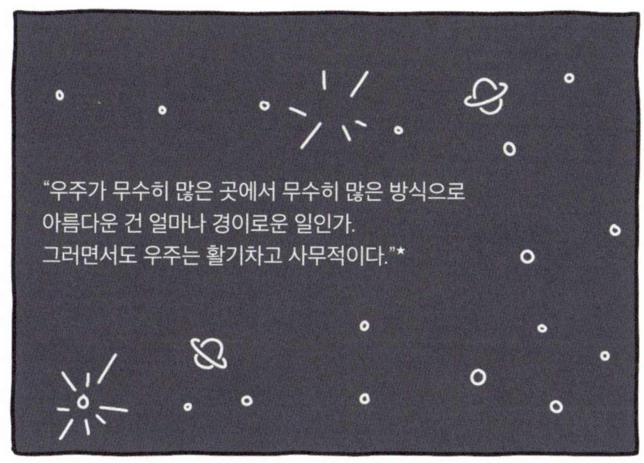

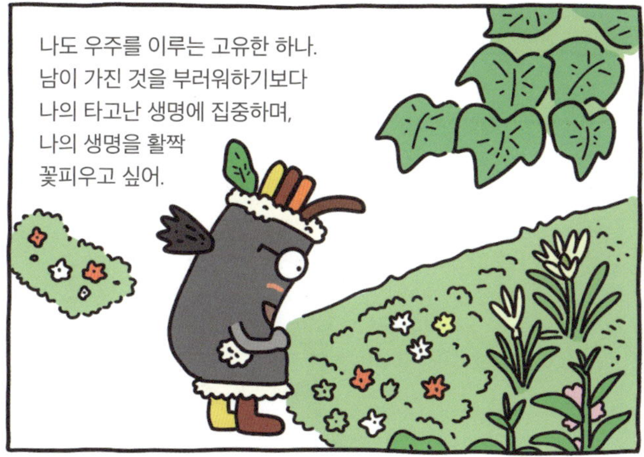

★ 메리 올리버 산문집 《완벽한 날들》 마음산책, 2013.

배지 만들기

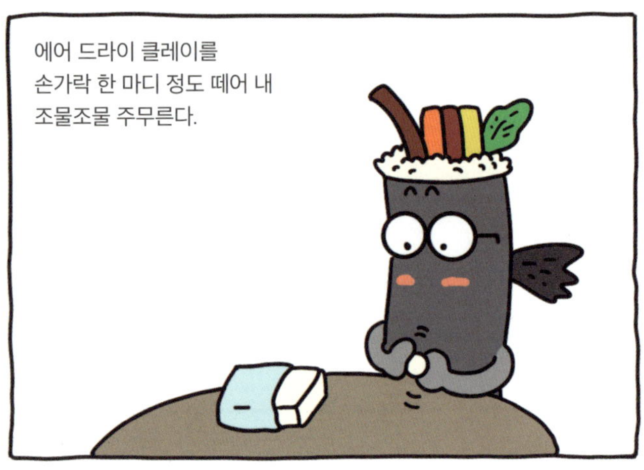

에어 드라이 클레이를
손가락 한 마디 정도 떼어 내
조물조물 주무른다.

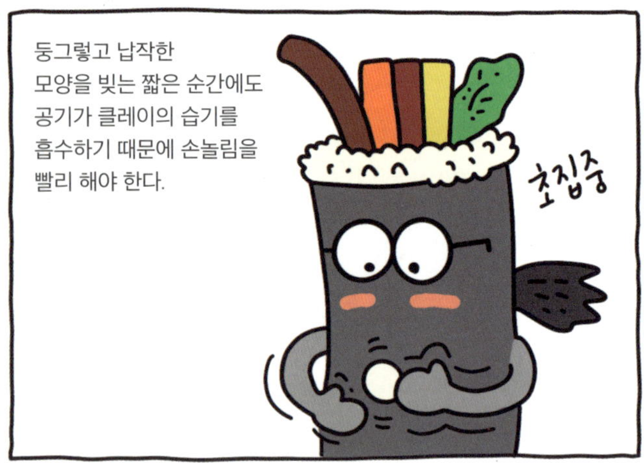

둥그렇고 납작한
모양을 빚는 짧은 순간에도
공기가 클레이의 습기를
흡수하기 때문에 손놀림을
빨리 해야 한다.
초집중

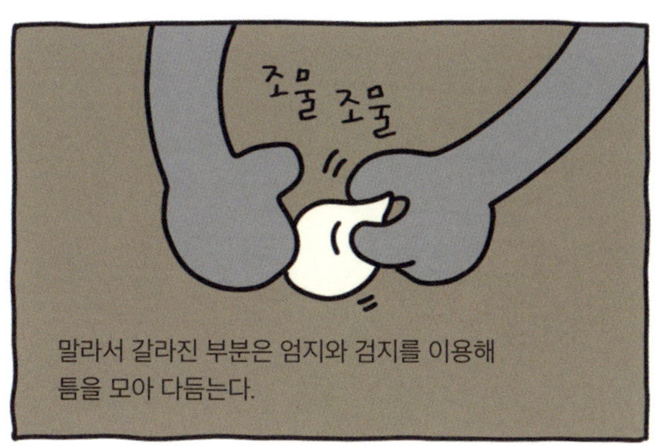

말라서 갈라진 부분은 엄지와 검지를 이용해
틈을 모아 다듬는다.

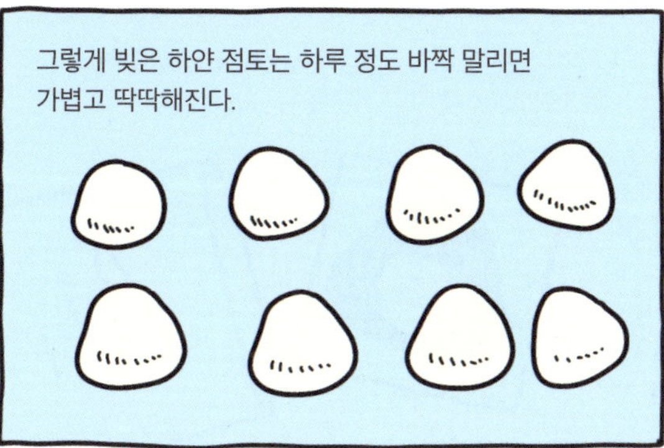

그렇게 빚은 하얀 점토는 하루 정도 바짝 말리면
가볍고 딱딱해진다.

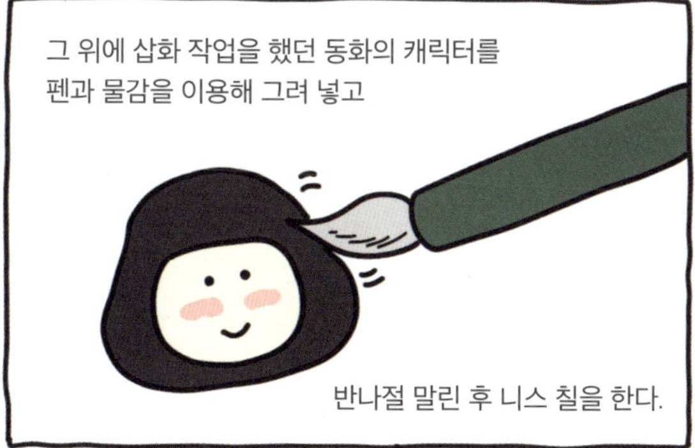

그 위에 삽화 작업을 했던 동화의 캐릭터를
펜과 물감을 이용해 그려 넣고

반나절 말린 후 니스 칠을 한다.

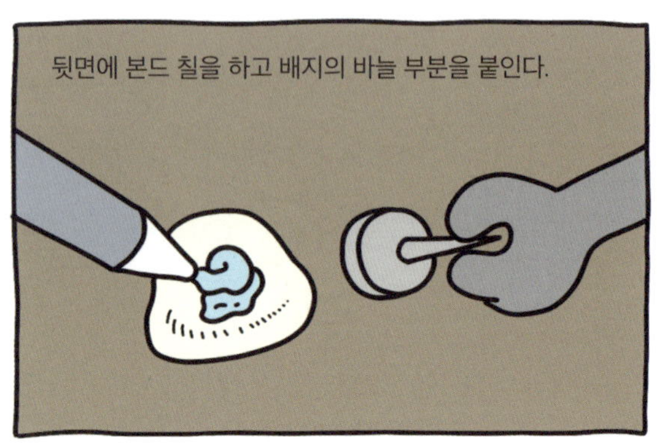

뒷면에 본드 칠을 하고 배지의 바늘 부분을 붙인다.

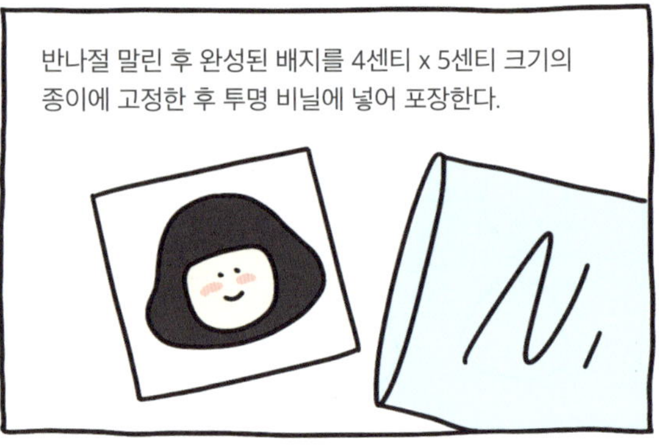

반나절 말린 후 완성된 배지를 4센티 x 5센티 크기의
종이에 고정한 후 투명 비닐에 넣어 포장한다.

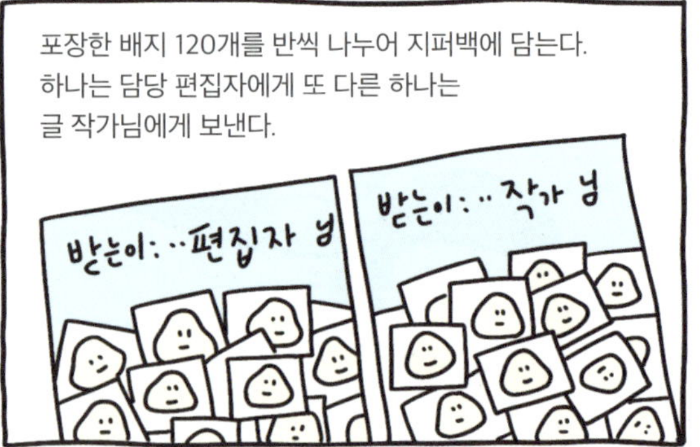

포장한 배지 120개를 반씩 나누어 지퍼백에 담는다.
하나는 담당 편집자에게 또 다른 하나는
글 작가님에게 보낸다.

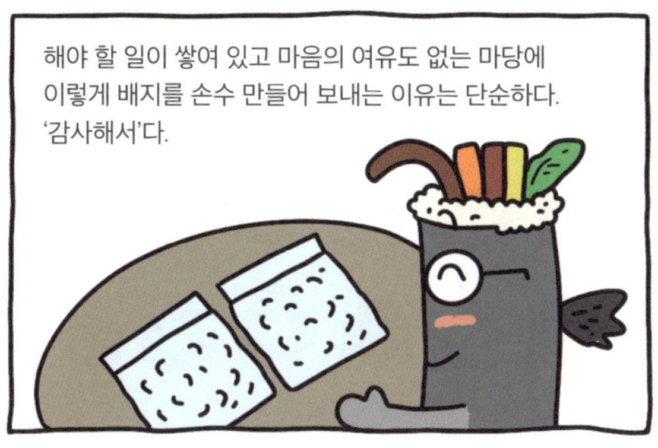

해야 할 일이 쌓여 있고 마음의 여유도 없는 마당에
이렇게 배지를 손수 만들어 보내는 이유는 단순하다.
'감사해서'다.

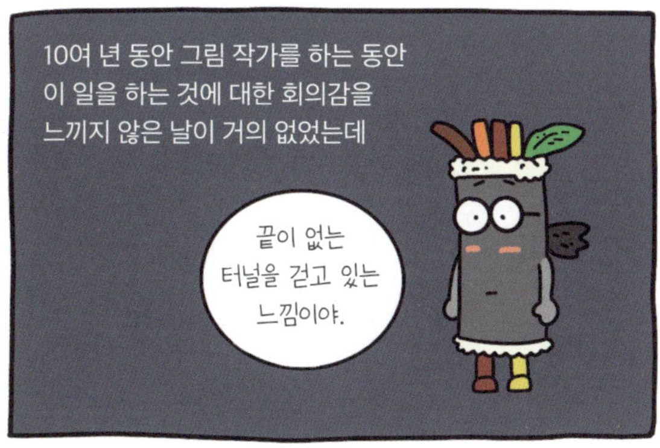

10여 년 동안 그림 작가를 하는 동안
이 일을 하는 것에 대한 회의감을
느끼지 않은 날이 거의 없었는데
끝이 없는
터널을 걷고 있는
느낌이야.

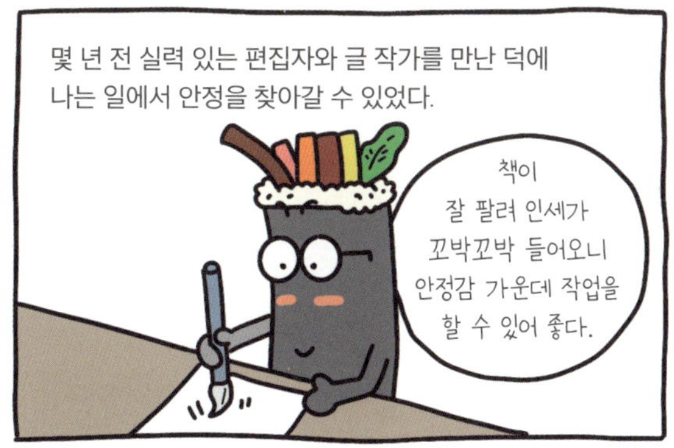

몇 년 전 실력 있는 편집자와 글 작가를 만난 덕에
나는 일에서 안정을 찾아갈 수 있었다.
책이
잘 팔려 인세가
꼬박꼬박 들어오니
안정감 가운데 작업을
할 수 있어 좋다.

이번에 그 동화의 후속편이 나오는 것을 기념하여
출간 이벤트에 쓸 독자 선물로 편집자와 글 작가에게
배지 120개를 손수 만들어 보내는 것이다.

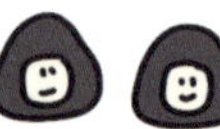

어떤 사람은 말한다.

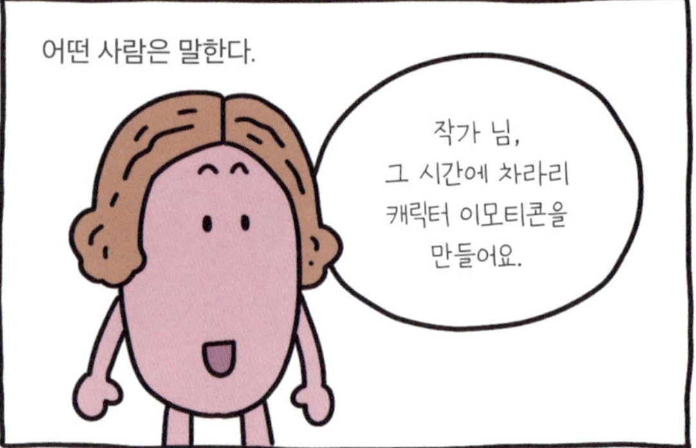

먹고 사는 문제도 중요하지만 때론 돈 버는 일보다
중요한 것들도 있다.

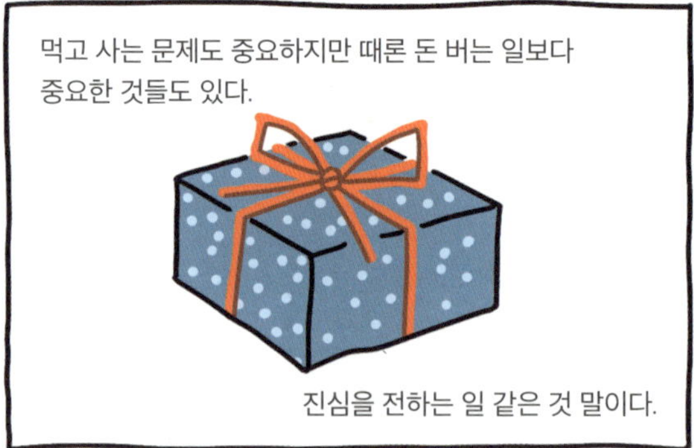

진심을 전하는 일 같은 것 말이다.

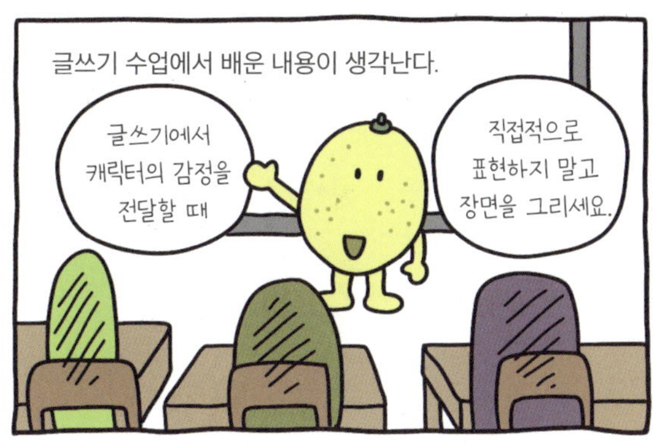

글쓰기 수업에서 배운 내용이 생각난다.
글쓰기에서 캐릭터의 감정을 전달할 때
직접적으로 표현하지 말고 장면을 그리세요.

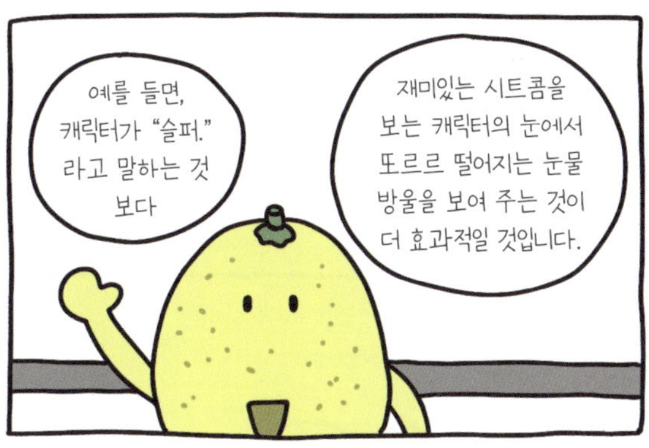

예를 들면, 캐릭터가 "슬퍼." 라고 말하는 것 보다
재미있는 시트콤을 보는 캐릭터의 눈에서 또르르 떨어지는 눈물 방울을 보여 주는 것이 더 효과적일 것입니다.

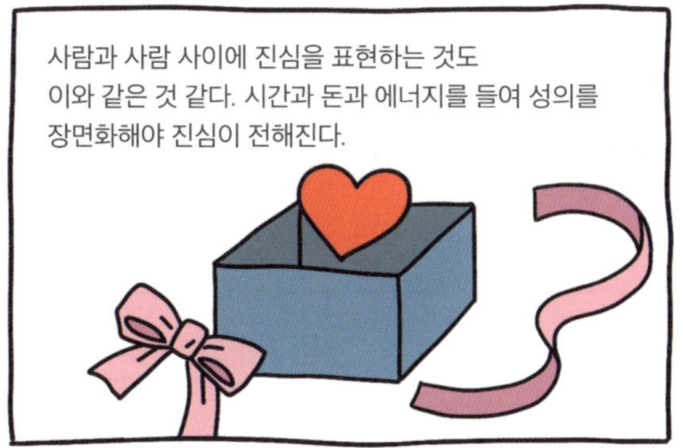

사람과 사람 사이에 진심을 표현하는 것도 이와 같은 것 같다. 시간과 돈과 에너지를 들여 성의를 장면화해야 진심이 전해진다.

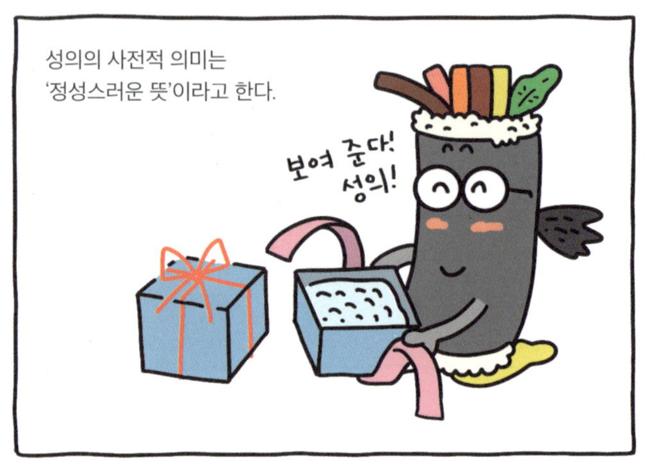

성의의 사전적 의미는
'정성스러운 뜻'이라고 한다.

그렇기에 성의가 담긴 것에는

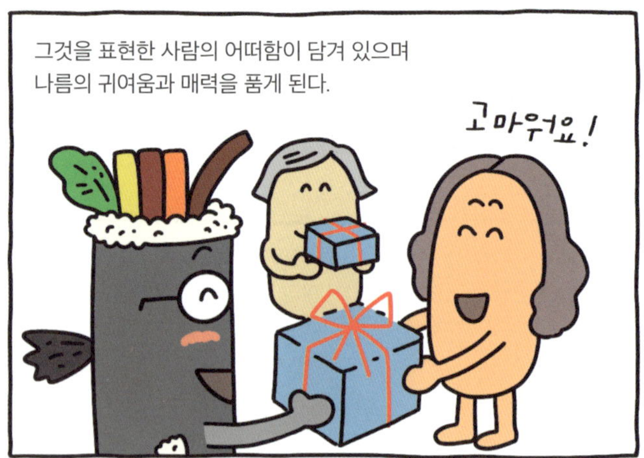

그것을 표현한 사람의 어떠함이 담겨 있으며
나름의 귀여움과 매력을 품게 된다.

고추 모종을 심으며

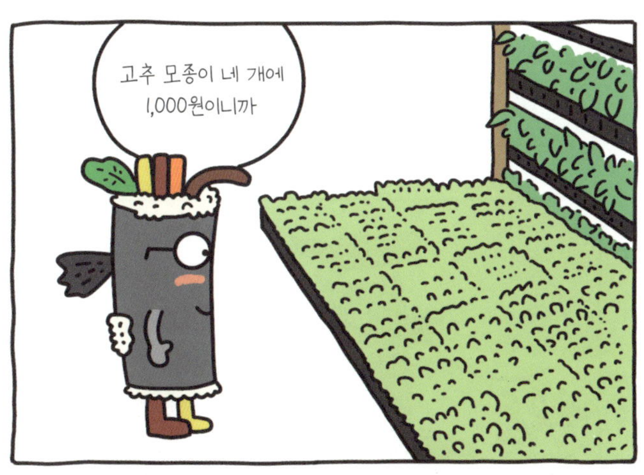

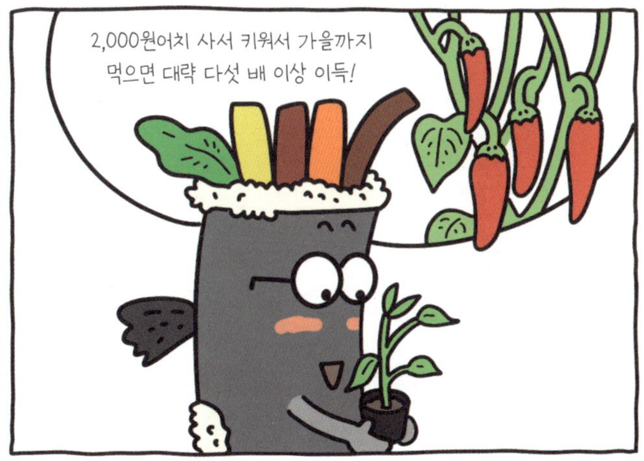

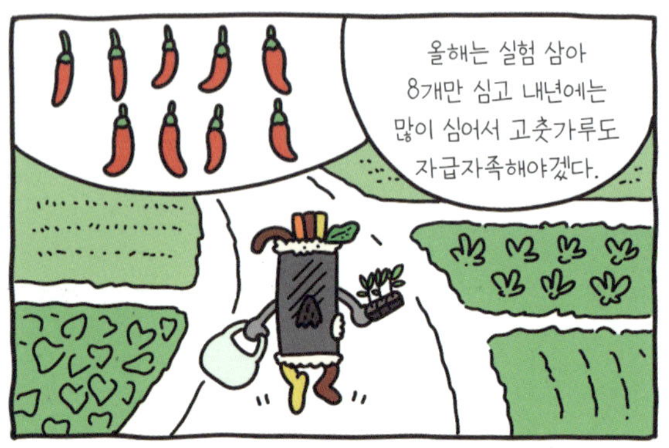

올해는 실험 삼아 8개만 심고 내년에는 많이 심어서 고춧가루도 자급자족해야겠다.

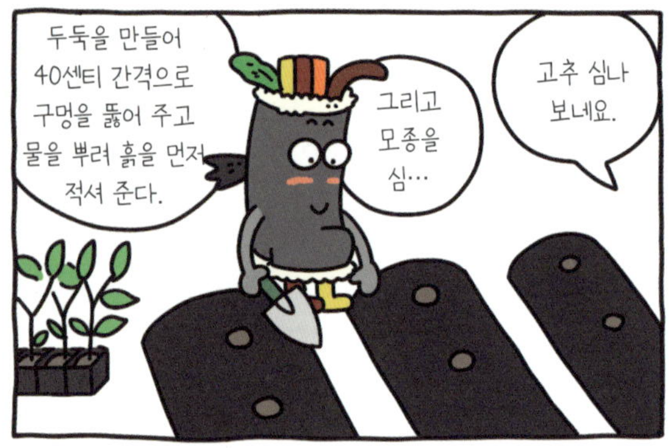

두둑을 만들어 40센티 간격으로 구멍을 뚫어 주고 물을 뿌려 흙을 먼저 적셔 준다.
그리고 모종을 심…
고추 심나 보네요.

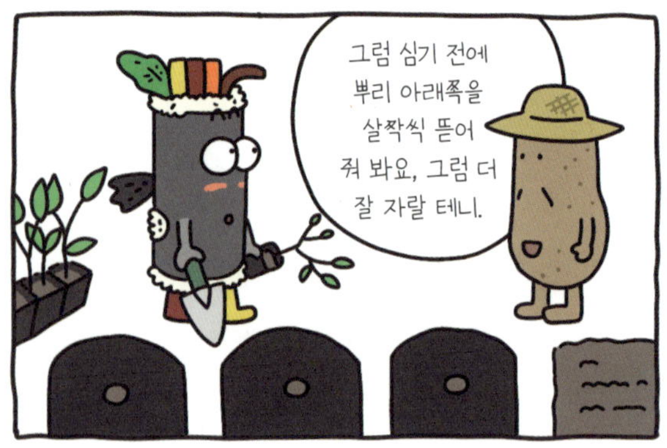

그럼 심기 전에 뿌리 아래쪽을 살짝씩 뜯어 줘 봐요, 그럼 더 잘 자랄 테니.

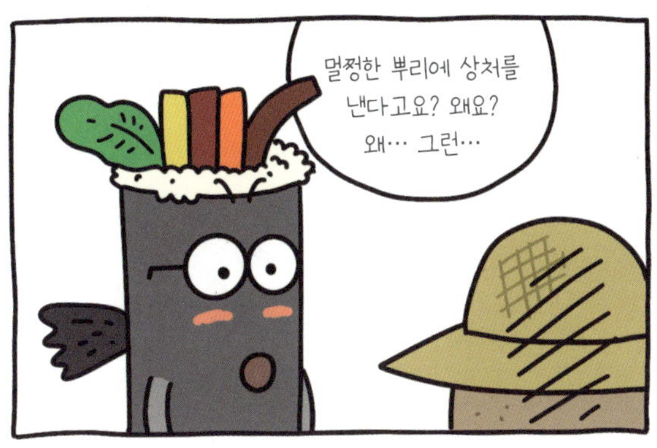

멀쩡한 뿌리에 상처를
낸다고요? 왜요?
왜… 그런…

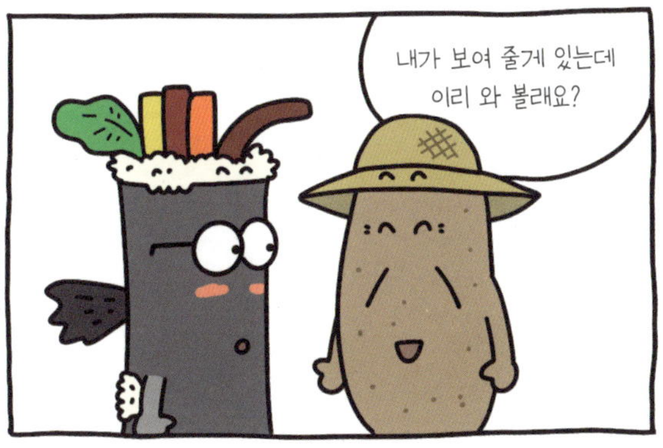

내가 보여 줄게 있는데
이리 와 볼래요?

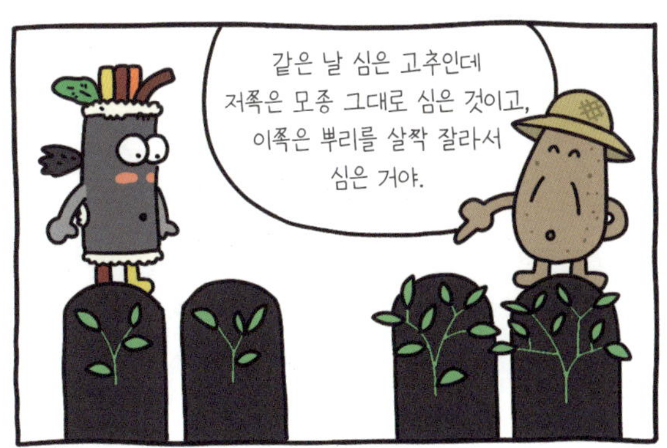

같은 날 심은 고추인데
저쪽은 모종 그대로 심은 것이고,
이쪽은 뿌리를 살짝 잘라서
심은 거야.

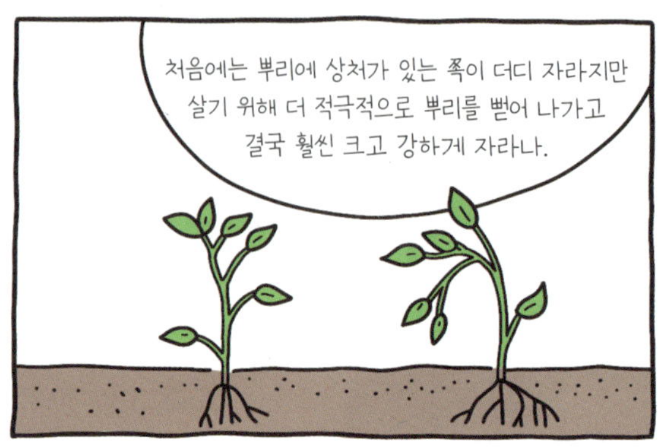
처음에는 뿌리에 상처가 있는 쪽이 더디 자라지만
살기 위해 더 적극적으로 뿌리를 뻗어 나가고
결국 훨씬 크고 강하게 자라나.

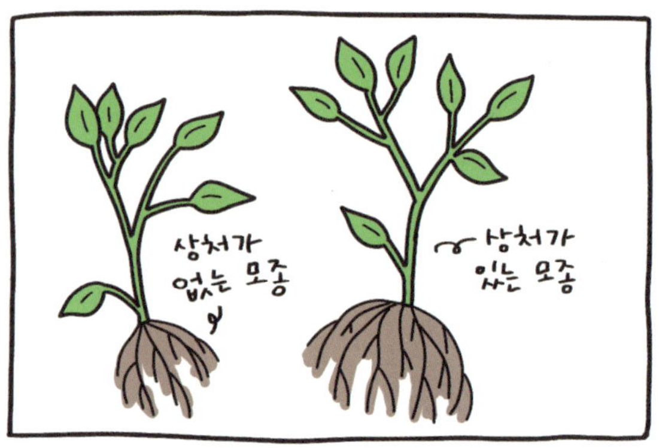
상처가
없는 모종
상처가
있는 모종

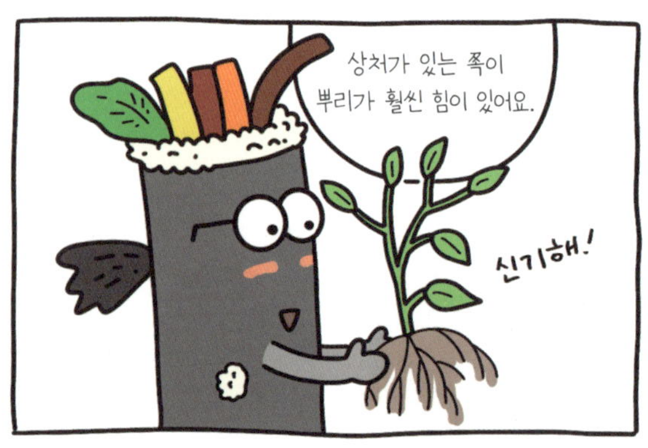
상처가 있는 쪽이
뿌리가 훨씬 힘이 있어요.
신기해!

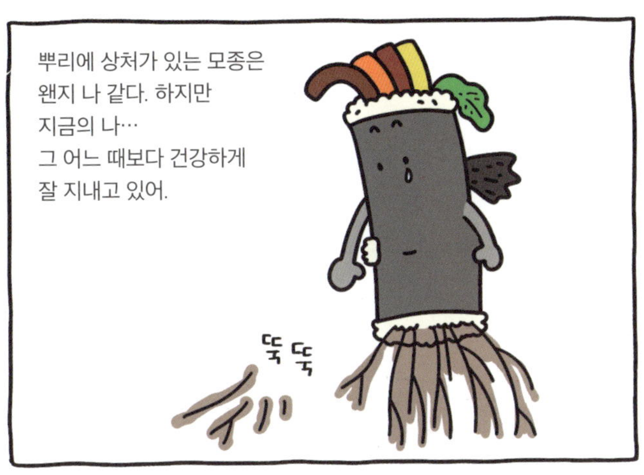

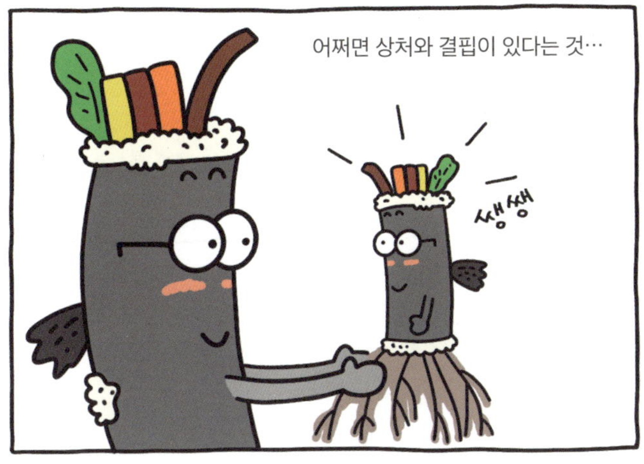

꼭 나쁜 것만은 아닐지 몰라.

내가 나에게 주는 마음

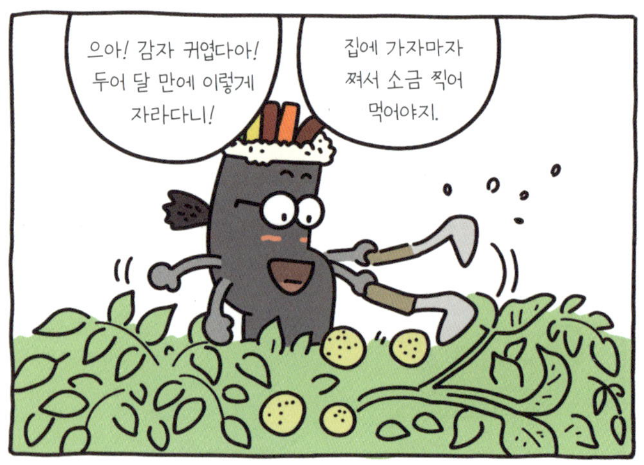

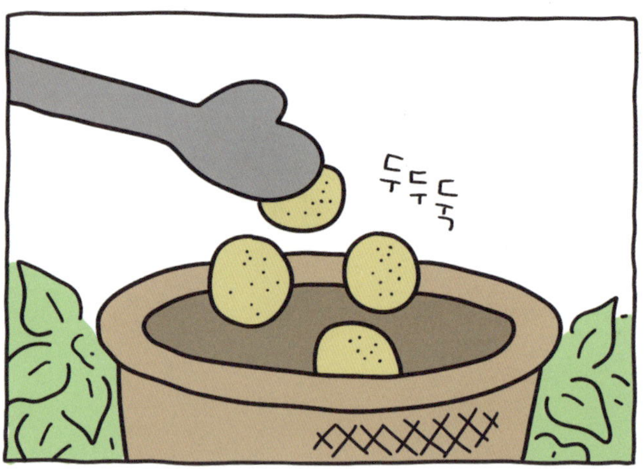

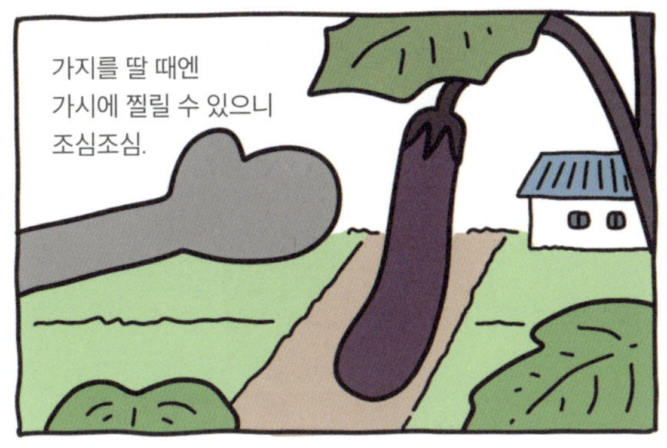

가지를 딸 때엔
가시에 찔릴 수 있으니
조심조심.

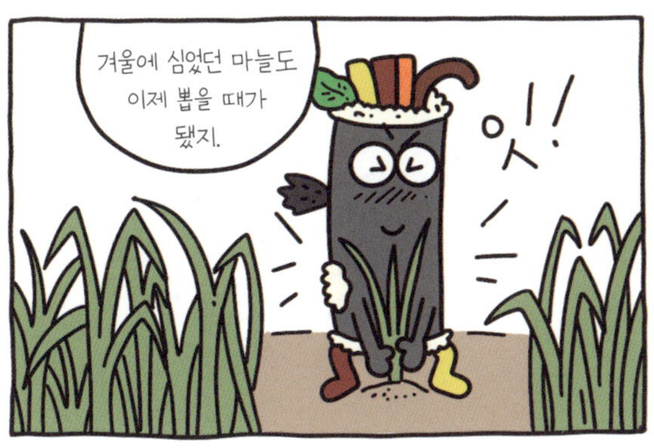

겨울에 심었던 마늘도
이제 뽑을 때가
됐지.
앗!!

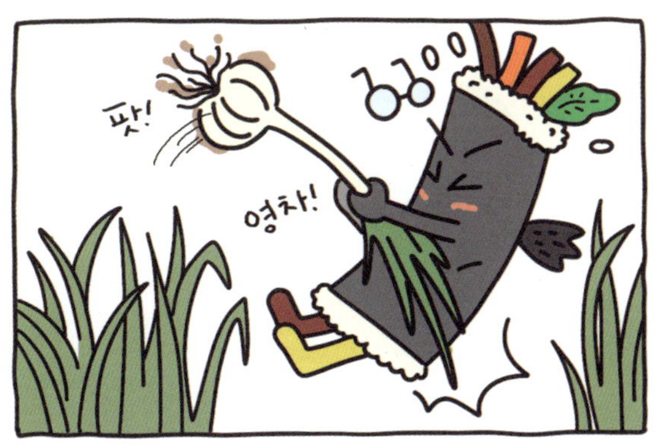

팡!
영차!

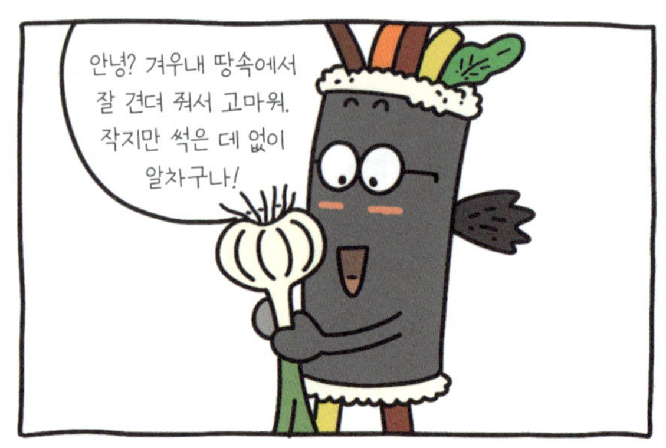
안녕? 겨우내 땅속에서
잘 견뎌 줘서 고마워.
작지만 썩은 데 없이
알차구나!

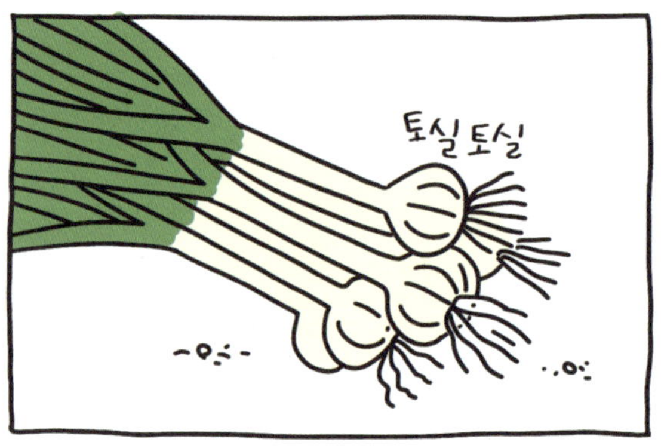
토실토실

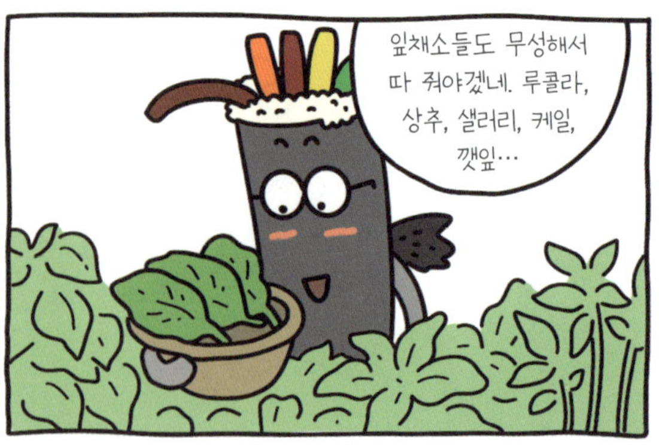
잎채소들도 무성해서
따 줘야겠네. 루콜라,
상추, 샐러리, 케일,
깻잎…

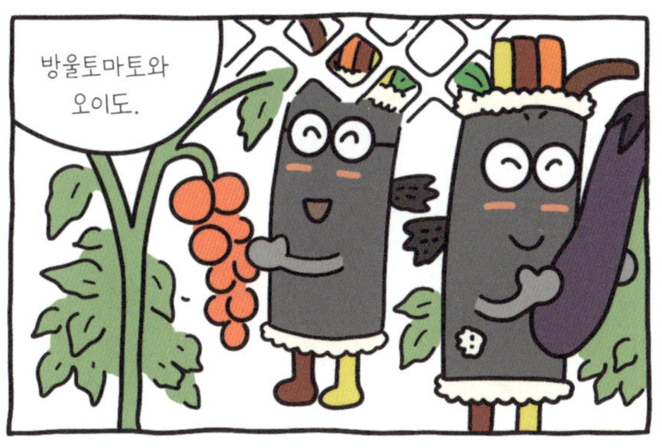

방울토마토와
오이도.

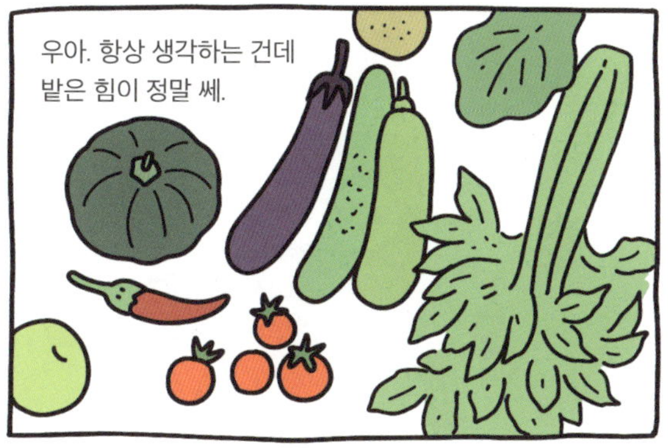

우아. 항상 생각하는 건데
밭은 힘이 정말 쎄.

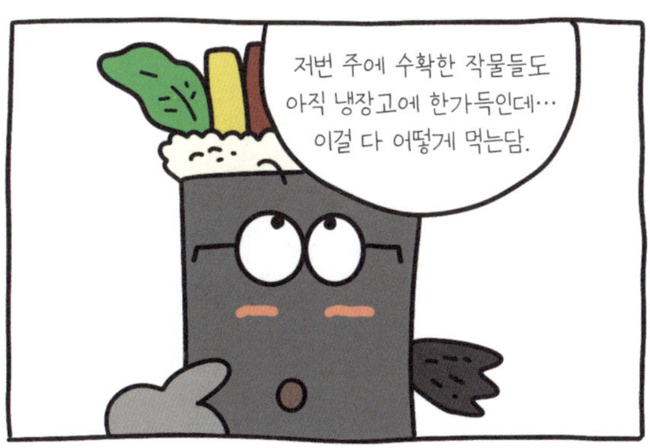

저번 주에 수확한 작물들도
아직 냉장고에 한가득인데…
이걸 다 어떻게 먹는담.

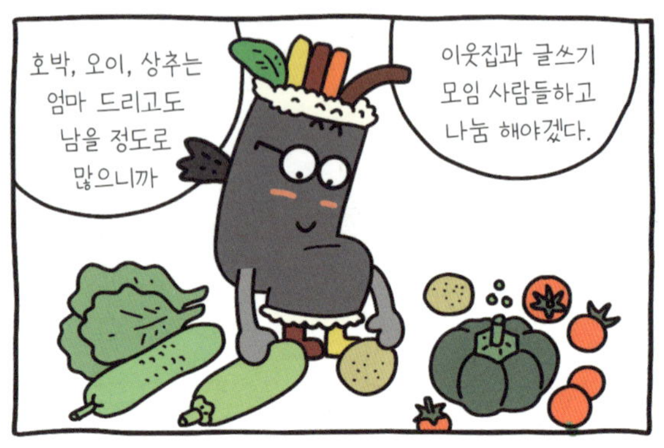

호박, 오이, 상추는 엄마 드리고도 남을 정도로 많으니까
이웃집과 글쓰기 모임 사람들하고 나눔 해야겠다.

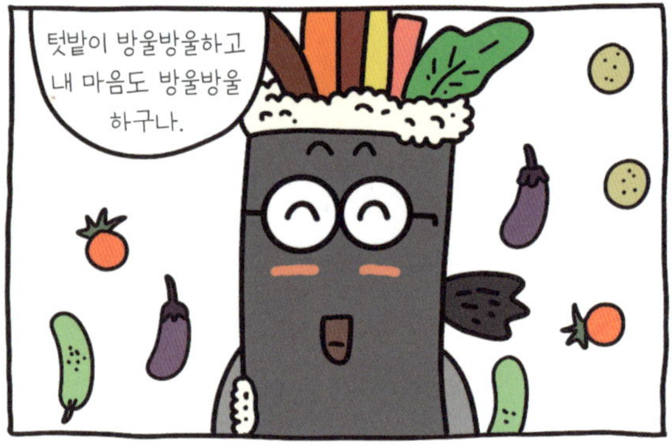

텃밭이 방울방울하고 내 마음도 방울방울하구나.

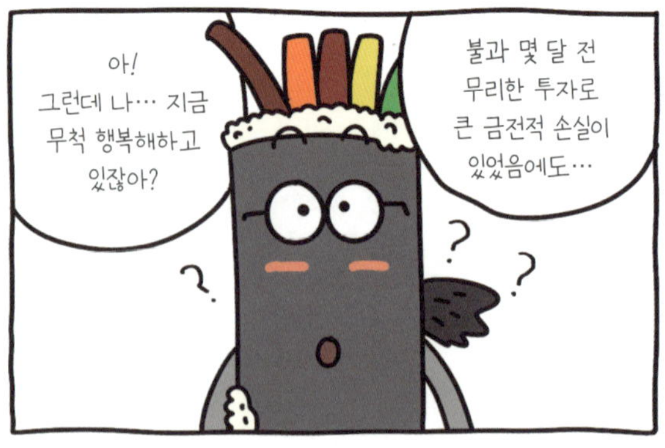

아! 그런데 나… 지금 무척 행복해하고 있잖아?
불과 몇 달 전 무리한 투자로 큰 금전적 손실이 있었음에도…

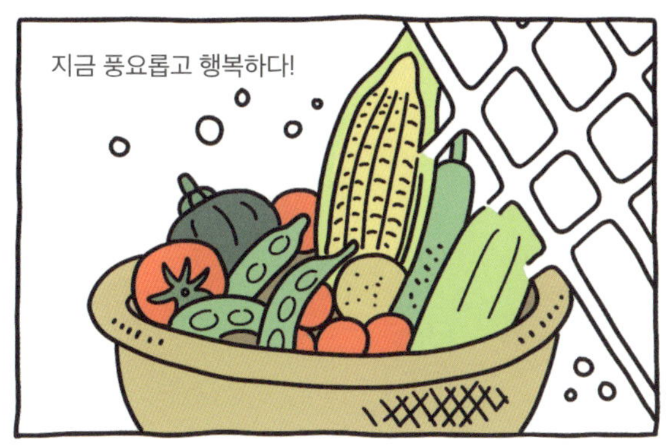
지금 풍요롭고 행복하다!

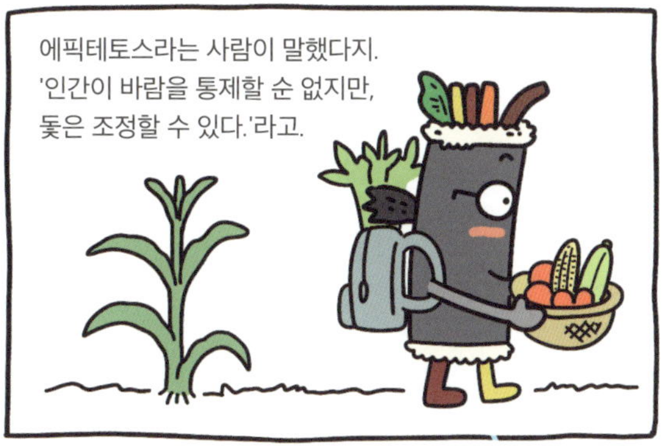
에픽테토스라는 사람이 말했다지.
'인간이 바람을 통제할 순 없지만,
돛은 조정할 수 있다.'라고.

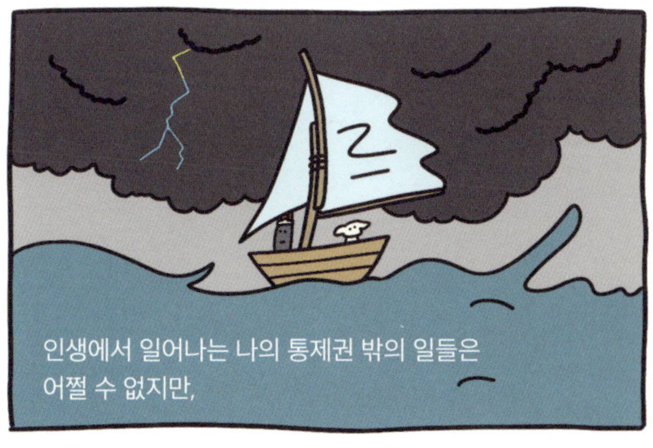
인생에서 일어나는 나의 통제권 밖의 일들은
어쩔 수 없지만,

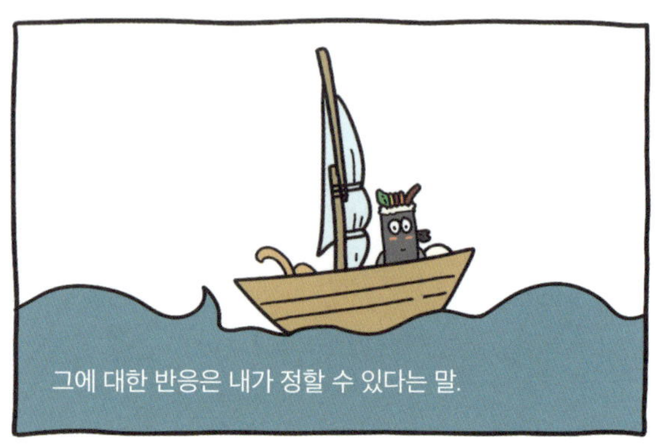
그에 대한 반응은 내가 정할 수 있다는 말.

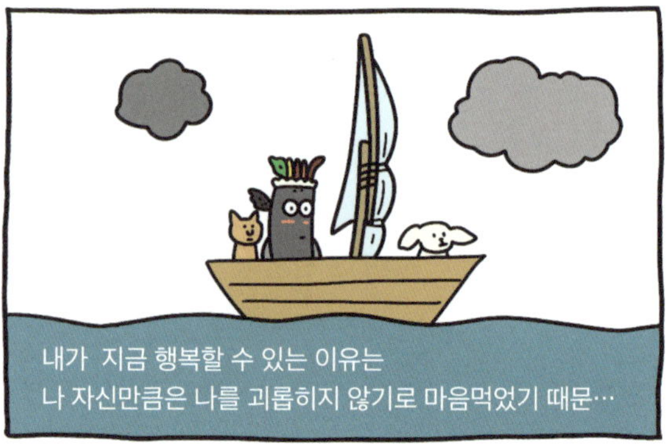
내가 지금 행복할 수 있는 이유는
나 자신만큼은 나를 괴롭히지 않기로 마음먹었기 때문…

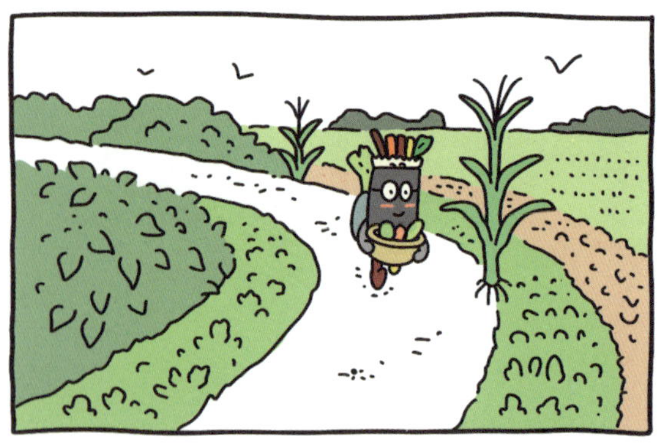

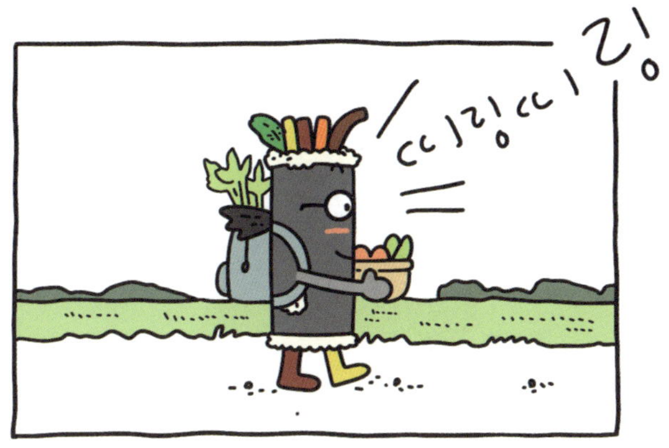

띠링띠용!

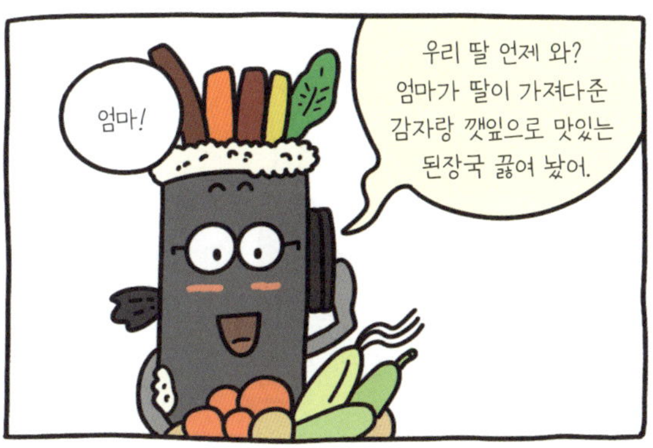

엄마!
우리 딸 언제 와?
엄마가 딸이 가져다준
감자랑 깻잎으로 맛있는
된장국 끓여 놨어.

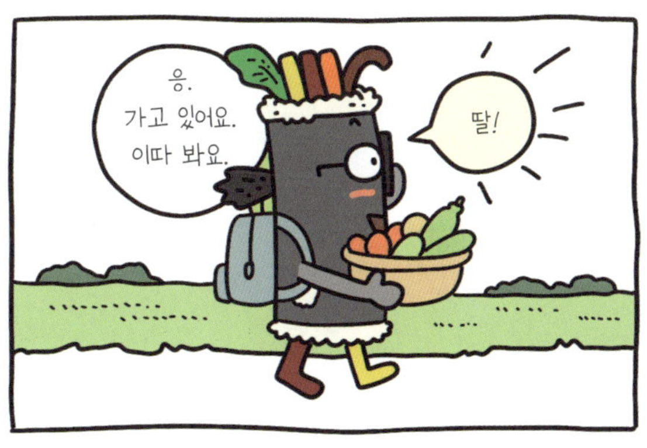

응.
가고 있어요.
이따 봐요.
딸!

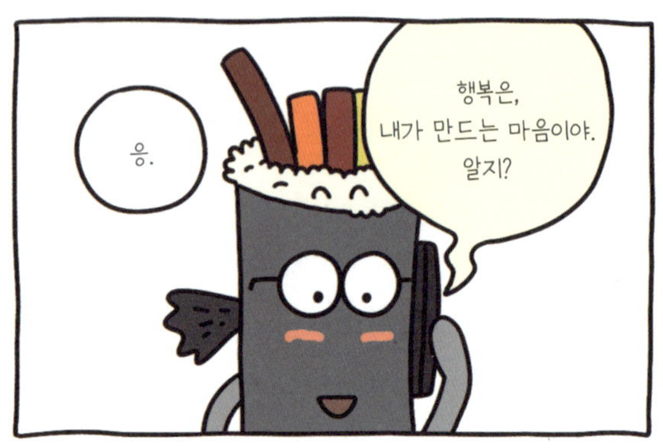

행복은,
내가 만드는 마음이야.
알지?

응.

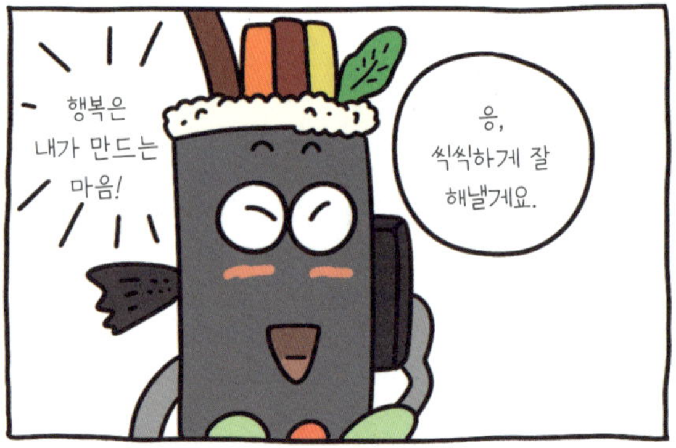

행복은
내가 만드는
마음!

응,
씩씩하게 잘
해낼게요.

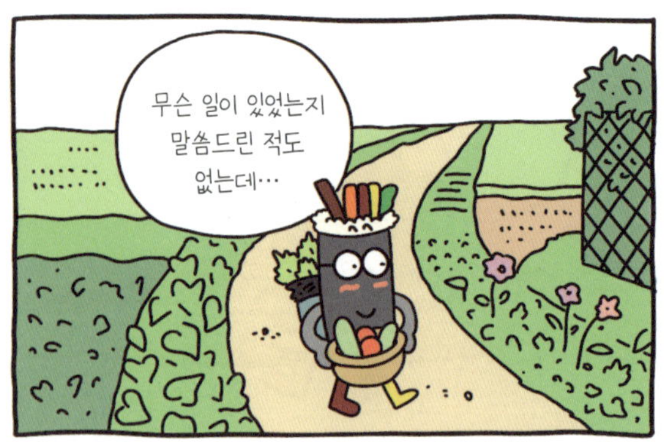

무슨 일이 있었는지
말씀드린 적도
없는데…

역시 엄마의 촉은 대단해.

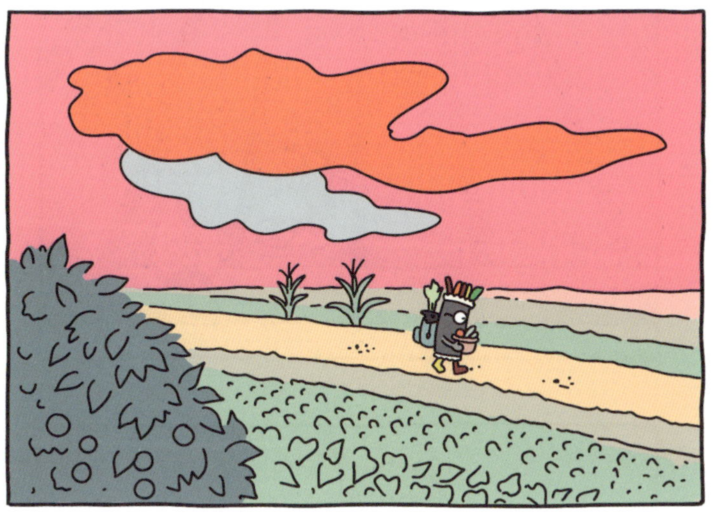

샹마이웨이

수영 레슨이 있던 어느 날.

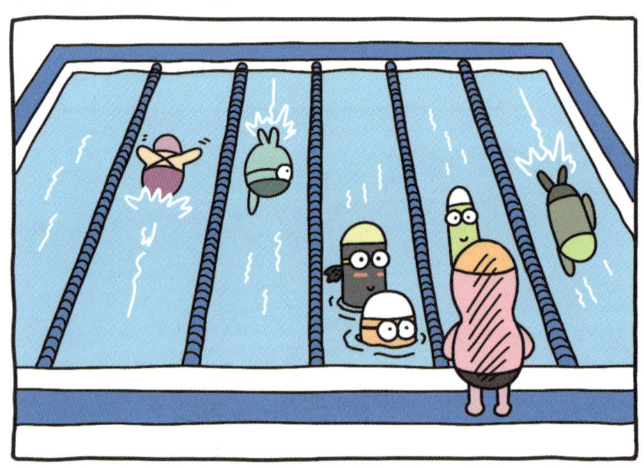

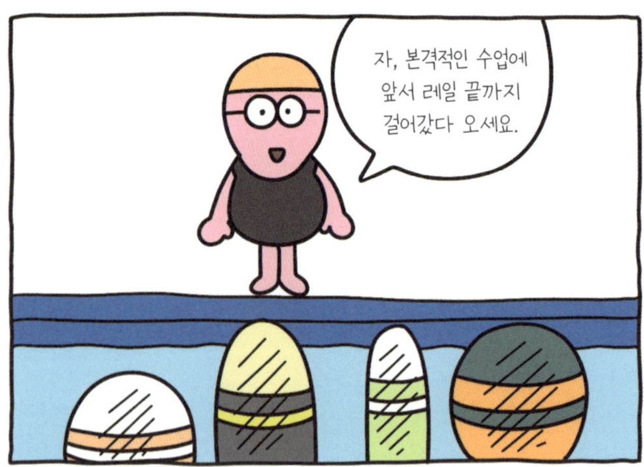

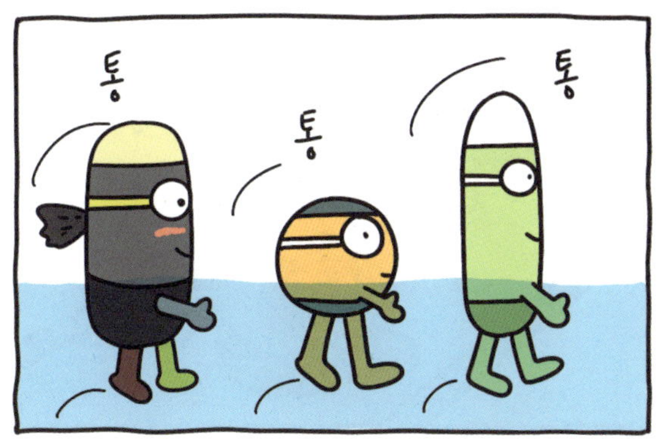

통
통
통

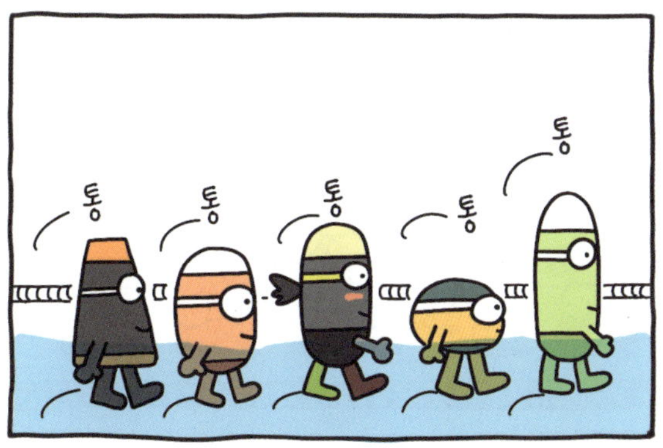

통
통
통
통
통

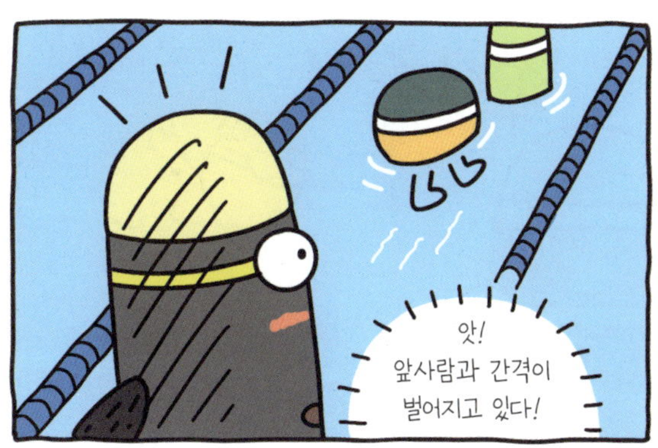

앗!
앞사람과 간격이
벌어지고 있다!

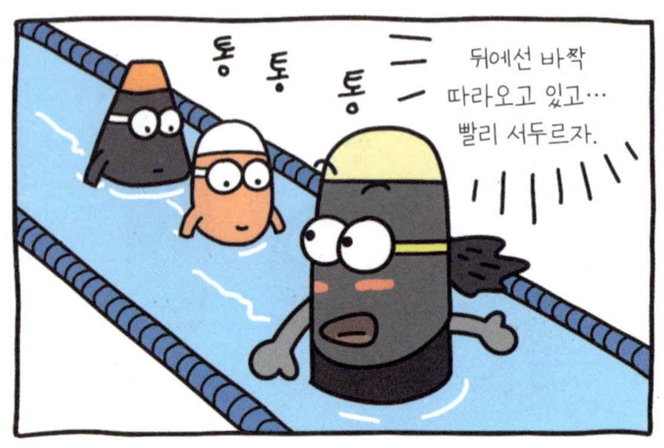

통 통 통
뒤에선 바짝
따라오고 있고…
빨리 서두르자.

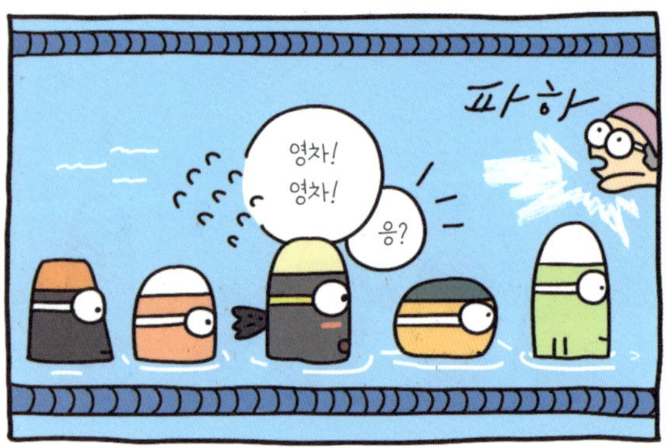

파하
영차!
영차!
응?

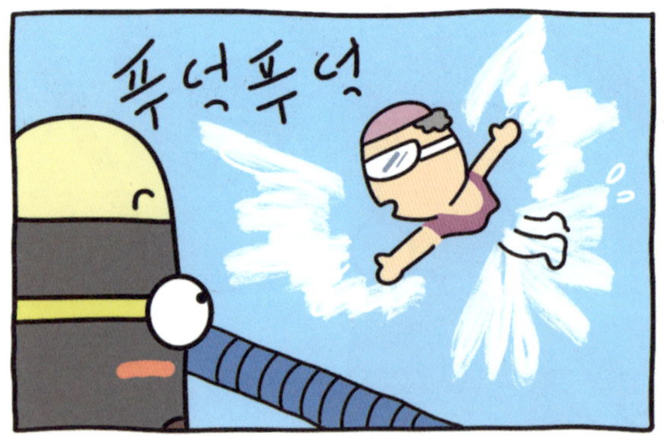

푹덕푹덕

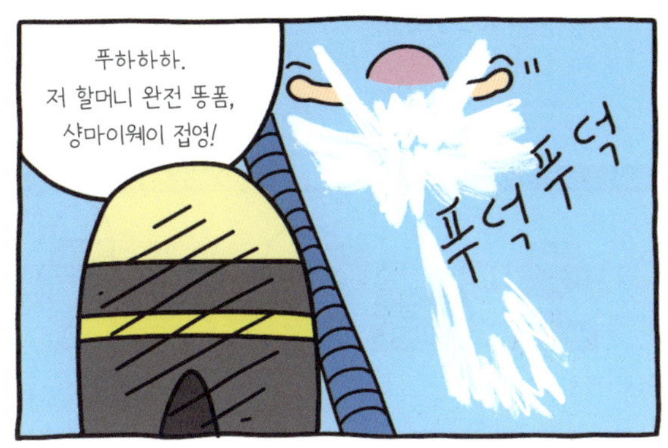

푸하하하.
저 할머니 완전 똥폼,
샹마이웨이 접영!
푸덕 푸덕

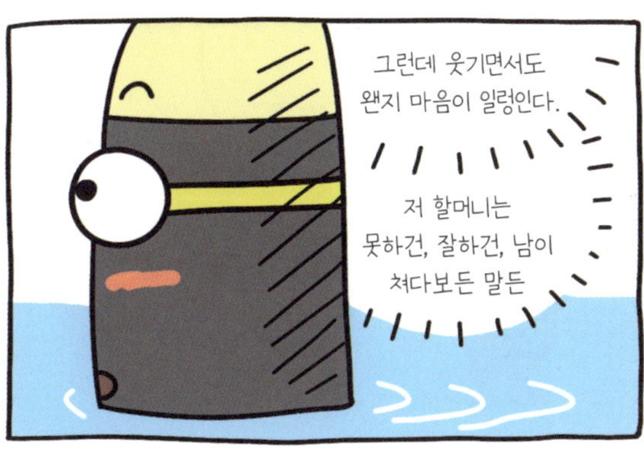

그런데 웃기면서도
왠지 마음이 일렁인다.

저 할머니는
못하건, 잘하건, 남이
쳐다보든 말든

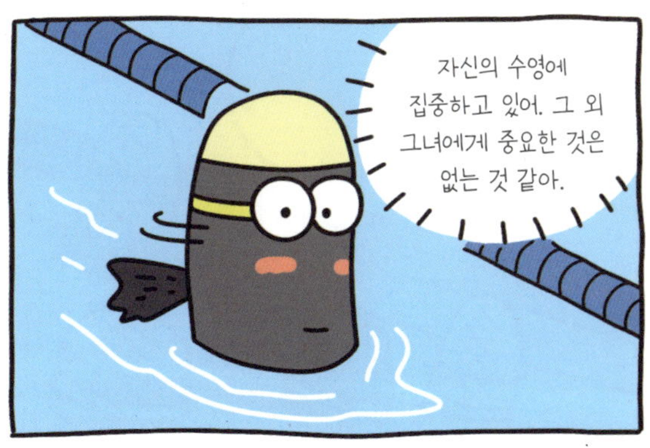

자신의 수영에
집중하고 있어. 그 외
그녀에게 중요한 것은
없는 것 같아.

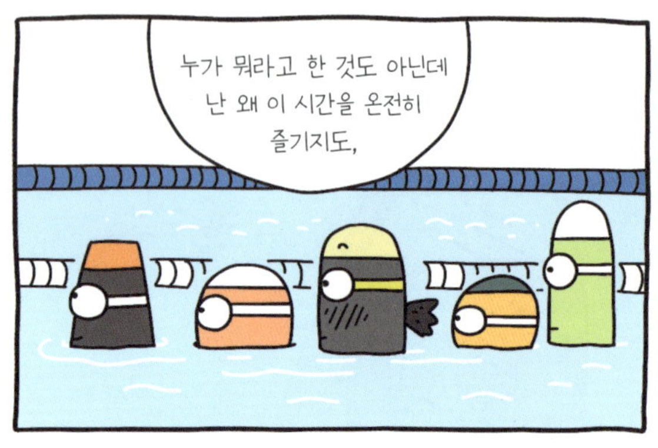

누가 뭐라고 한 것도 아닌데
난 왜 이 시간을 온전히
즐기지도,

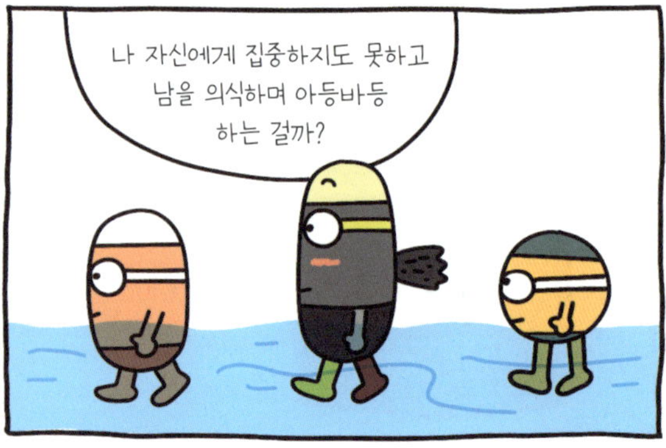

나 자신에게 집중하지도 못하고
남을 의식하며 아등바등
하는 걸까?

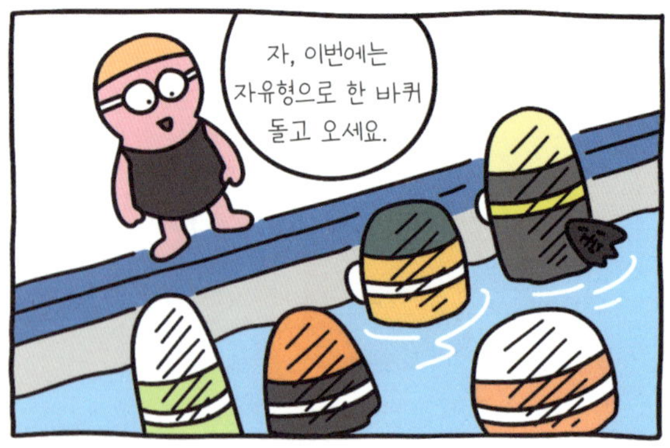

자, 이번에는
자유형으로 한 바퀴
돌고 오세요.

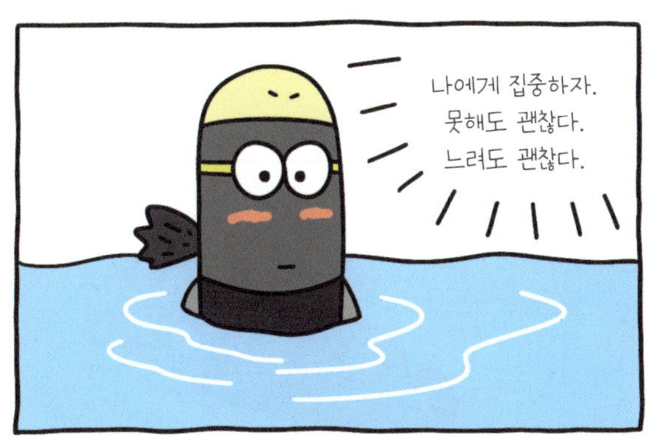

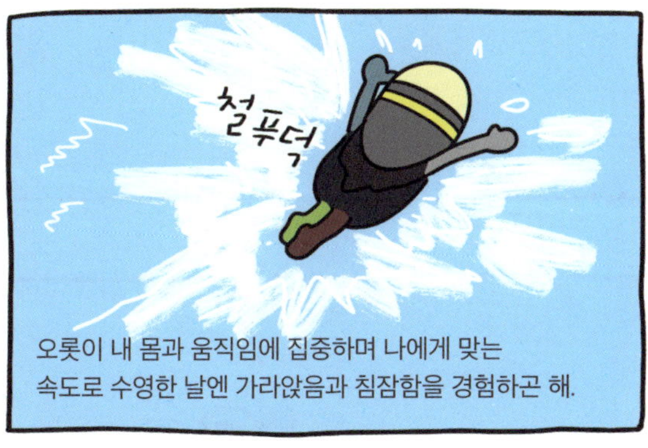

오롯이 내 몸과 움직임에 집중하며 나에게 맞는
속도로 수영한 날엔 가라앉음과 침잠함을 경험하곤 해.

삶도 마찬가지 아닐까?

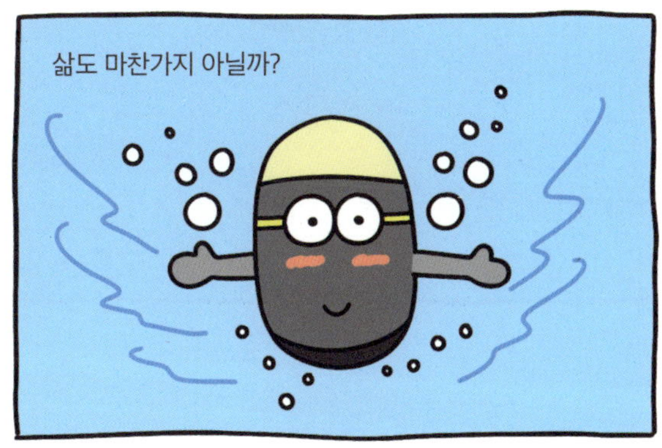

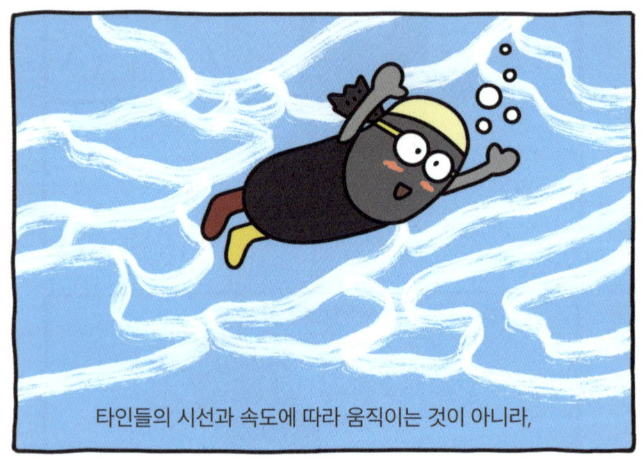

타인들의 시선과 속도에 따라 움직이는 것이 아니라,

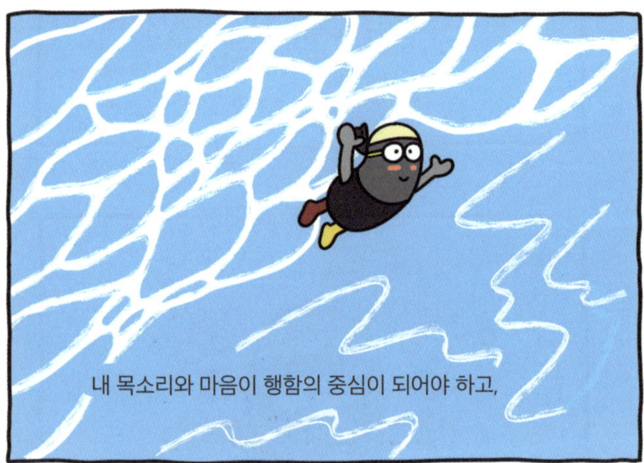

내 목소리와 마음이 행함의 중심이 되어야 하고,

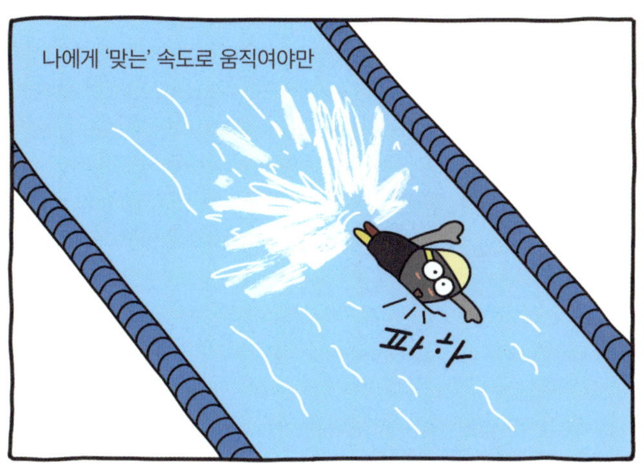

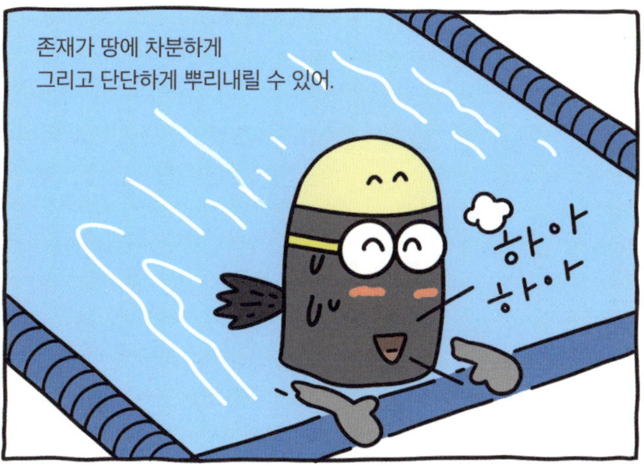

★ 이 에피소드는 문혜진 문우님의 이야기를 바탕으로 구성하였습니다.

회사원 조 대리의
현대 생활 가이드

30대 초반의 평범한 여성 직장인, 조랭이 떡.
이름처럼, 외모처럼 말랑한 영혼의 소유자다.
말랑하다고 다 물렁할 줄 알았지?
사회생활이 그녀만의 쫄깃한 뚝심을 야무지게 키워 냈다.
감정의 쓰레기는 퇴근과 함께 로그아웃!
때론 능글맞게 툭 던지는 소신 한 마디.

"나는 아무에게도 흔들리고 싶지 않아!"

1. **이름** 조랭이 떡

2. **생일** 5월 5일

3. **MBTI** INFP(조직에 순응하는 척하지만, 사실은 '샤마이웨이파'의 잠입 스파이)

4. **일어나자마자 하는 일** 눈알 굴리기 운동

5. **요즘 빠져 있는 것** 골목 탐방

6. **인생 노래** Sia의 〈Snow man〉

7. **여행하고 싶은 나라** 스페인

8. **스트레스 해소법** 맛난 거 먹고 배부른 상태에서 발로 빨래 하기

9. **싫어하는 음식** 곱창

10. **인생의 좌우명** 작은 깨달음을 발견하는 하루를 살자

은밀한 찰칵 폴더

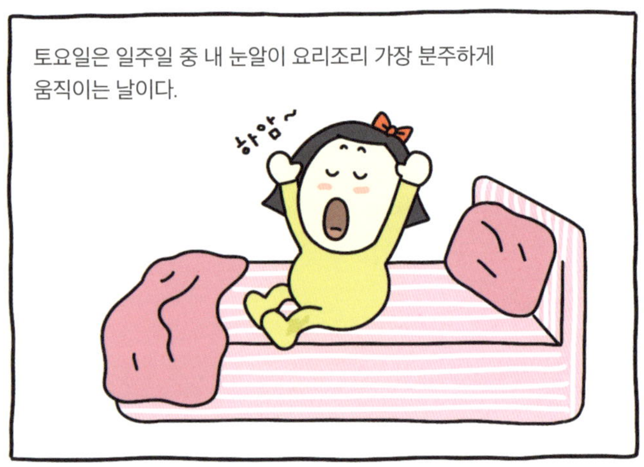

토요일은 일주일 중 내 눈알이 요리조리 가장 분주하게
움직이는 날이다.

하암~

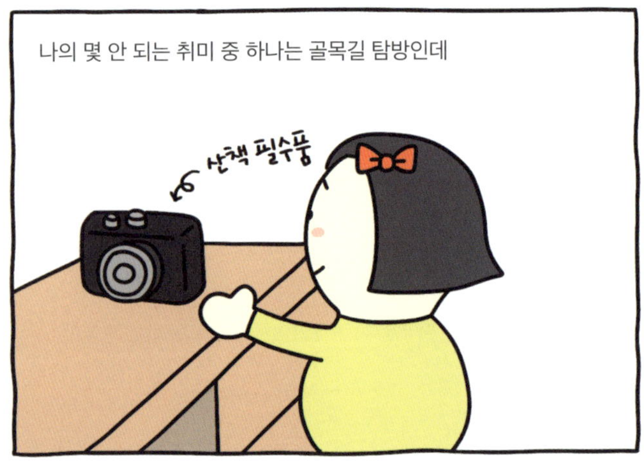

나의 몇 안 되는 취미 중 하나는 골목길 탐방인데

산책 필수품

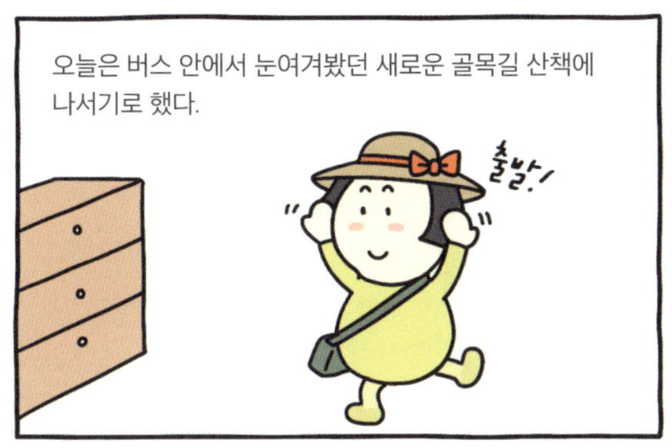

오늘은 버스 안에서 눈여겨봤던 새로운 골목길 산책에
나서기로 했다.
출발!

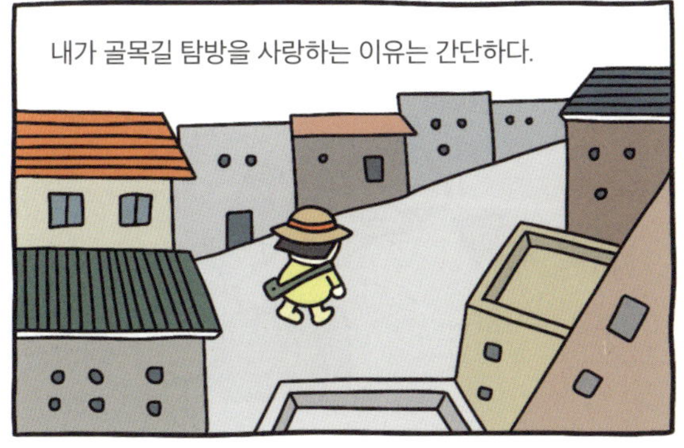

내가 골목길 탐방을 사랑하는 이유는 간단하다.

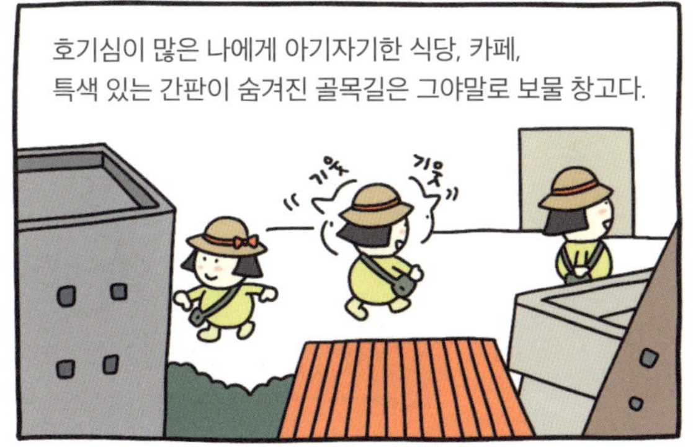

호기심이 많은 나에게 아기자기한 식당, 카페,
특색 있는 간판이 숨겨진 골목길은 그야말로 보물 창고다.
기웃
기웃

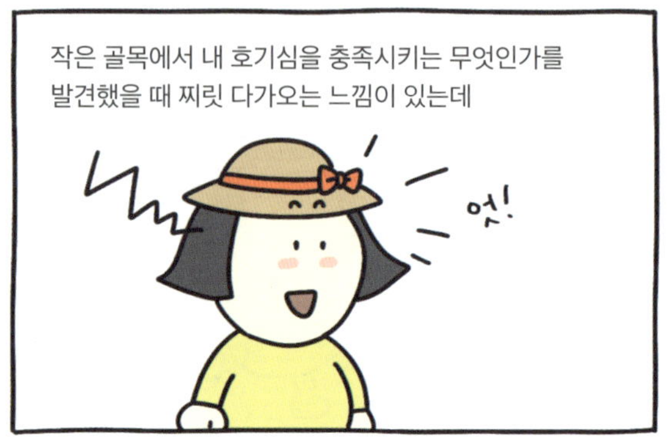

작은 골목에서 내 호기심을 충족시키는 무엇인가를
발견했을 때 찌릿 다가오는 느낌이 있는데
엇!

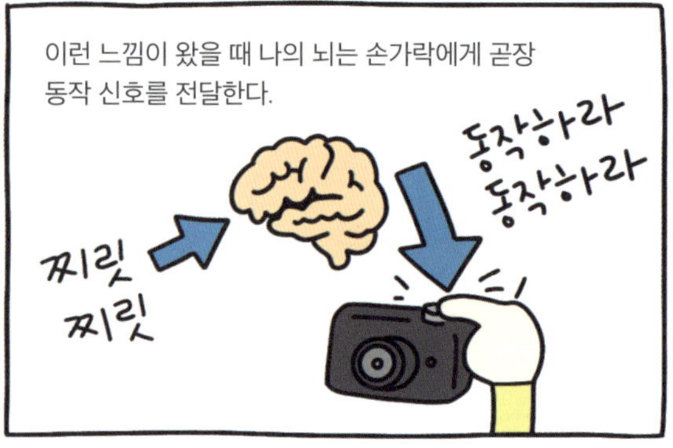

이런 느낌이 왔을 때 나의 뇌는 손가락에게 곧장
동작 신호를 전달한다.
동작하라
동작하라
찌릿
찌릿

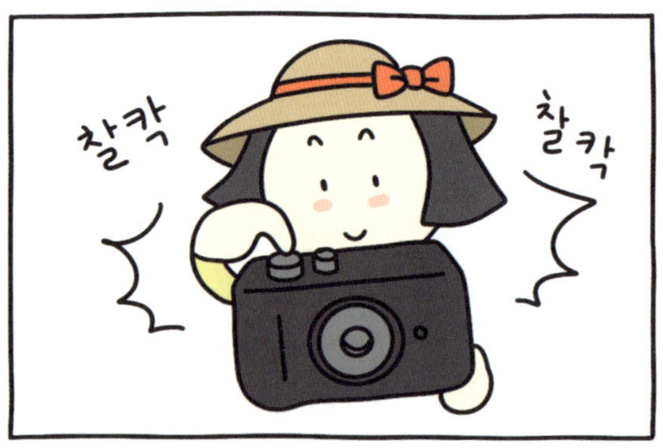

찰칵
찰칵

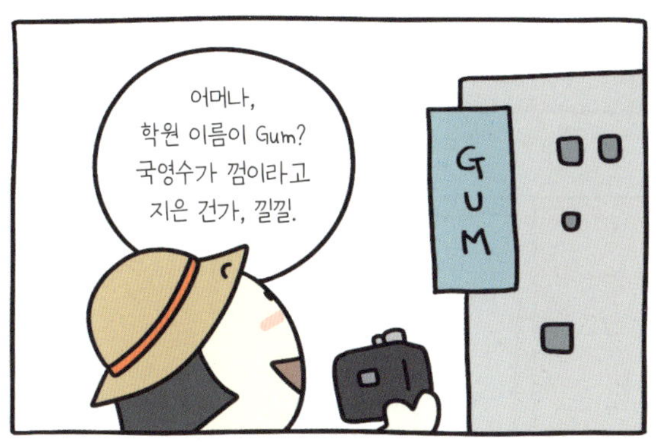

어머나,
학원 이름이 Gum?
국영수가 껌이라고
지은 건가, 낄낄.
GUM

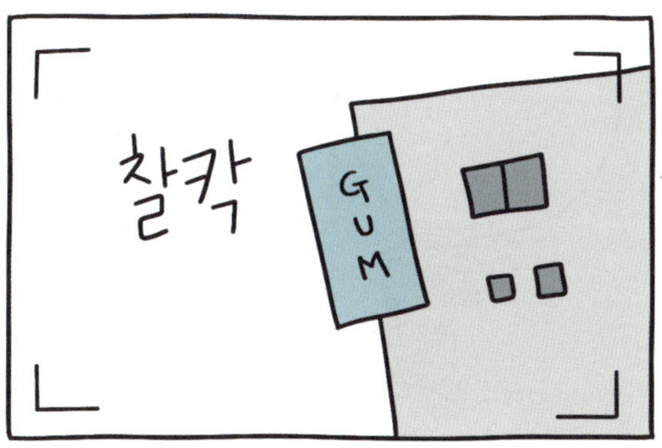

찰칵
GUM

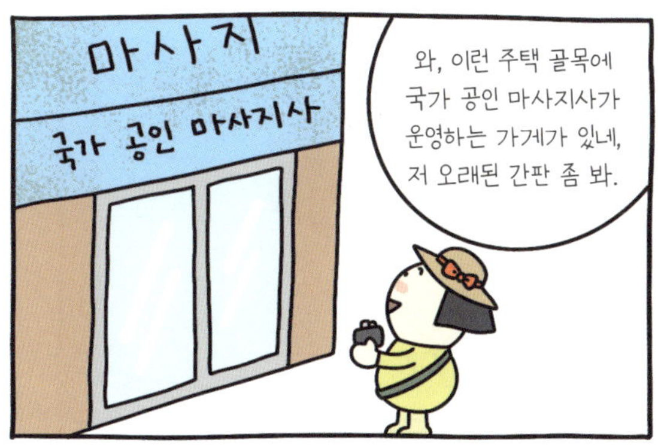

마사지
국가 공인 마사지사
와, 이런 주택 골목에
국가 공인 마사지사가
운영하는 가게가 있네,
저 오래된 간판 좀 봐.

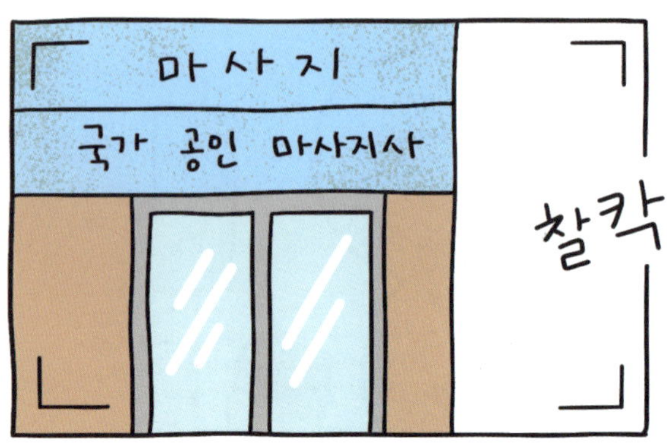

마 사 지
국가 공인 마사지사
찰칵

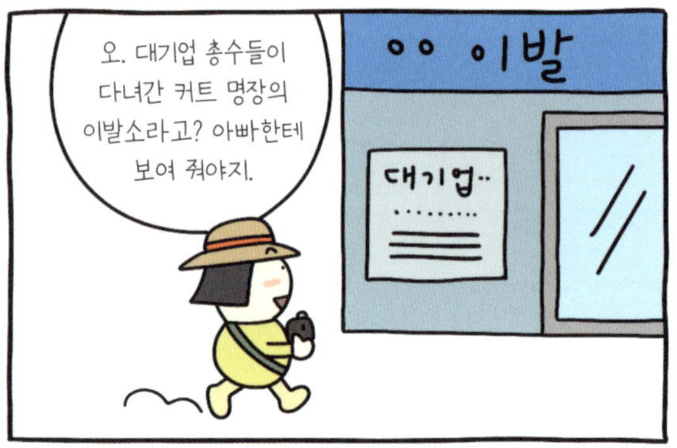

오. 대기업 총수들이
다녀간 커트 명장의
이발소라고? 아빠한테
보여 줘야지.
ㅇㅇ 이발
대기업‥

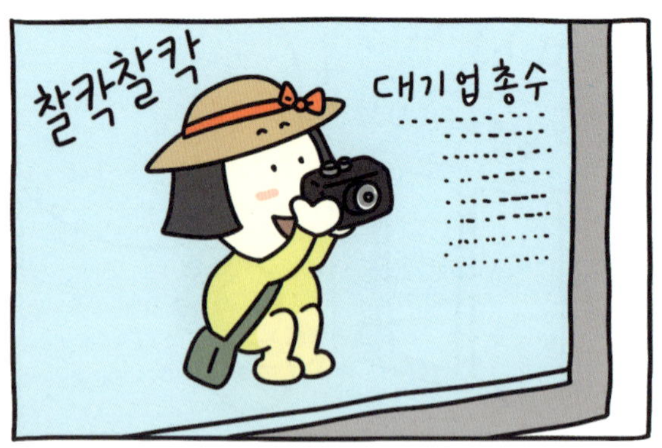

찰칵찰칵
대기업 총수

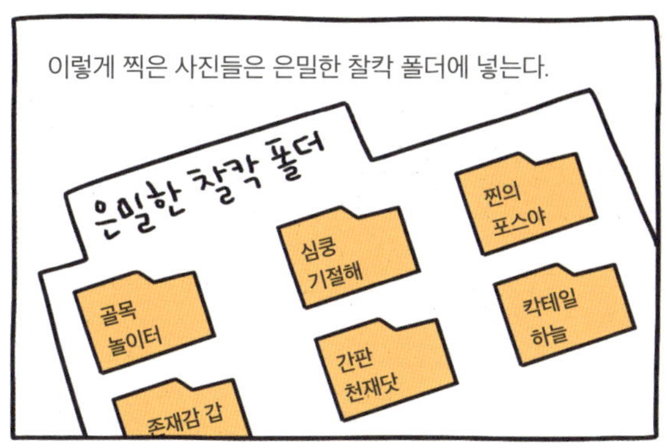

이렇게 찍은 사진들은 은밀한 찰칵 폴더에 넣는다.
은밀한 찰칵 폴더
찐의 포스야
심쿵 기절해
골목 놀이터
칵테일 하늘
간판 천재닷
존재감 갑

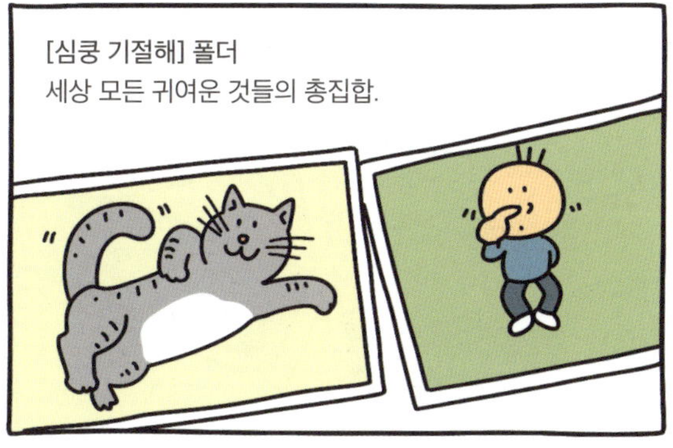

[심쿵 기절해] 폴더
세상 모든 귀여운 것들의 총집합.

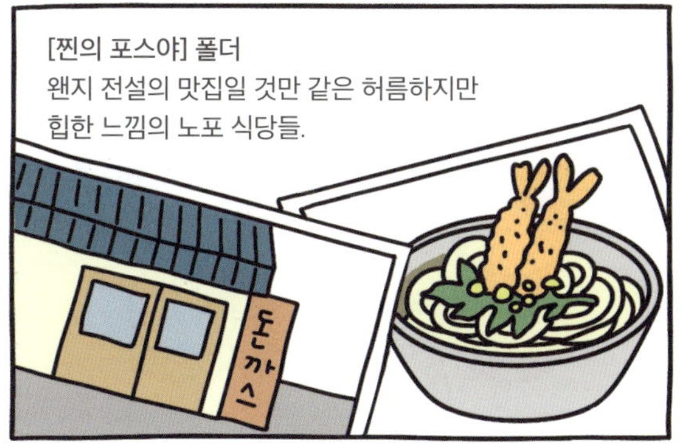

[찐의 포스야] 폴더
왠지 전설의 맛집일 것만 같은 허름하지만
힙한 느낌의 노포 식당들.
돈까스

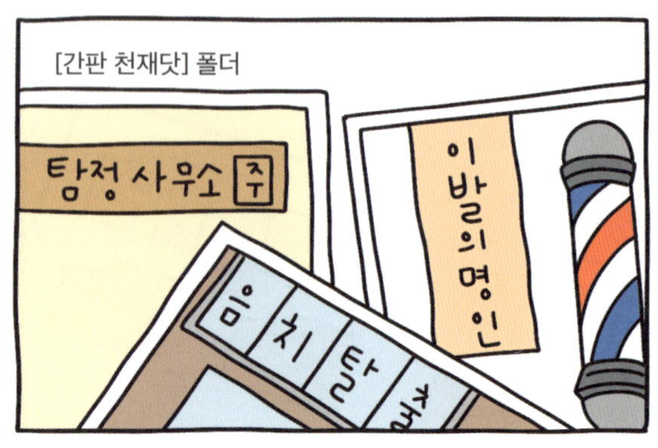

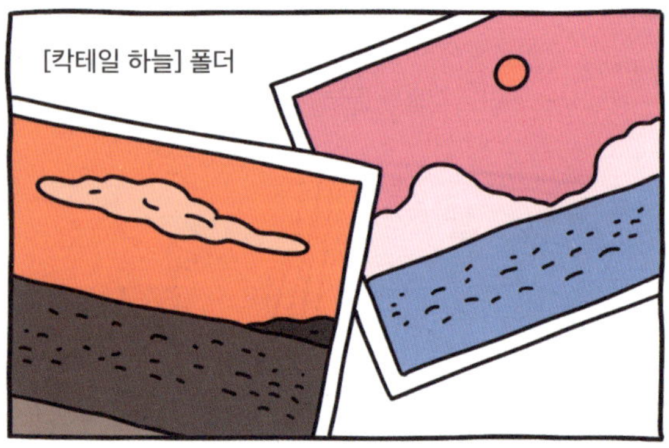

가끔 폴더 속 사진들을 꺼내 보며 그때 그 산책길을
회상하며 낄낄거리곤 한다.

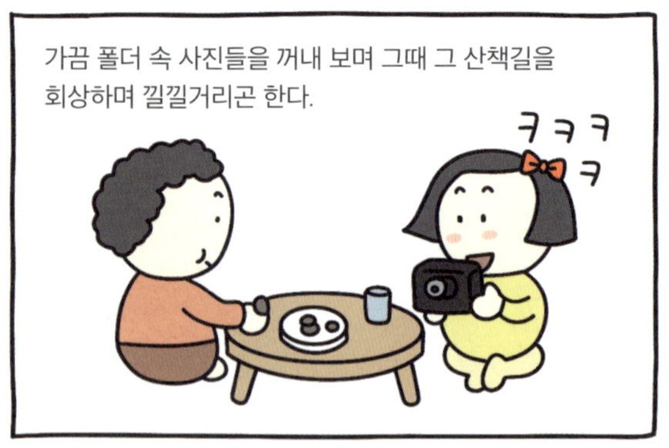

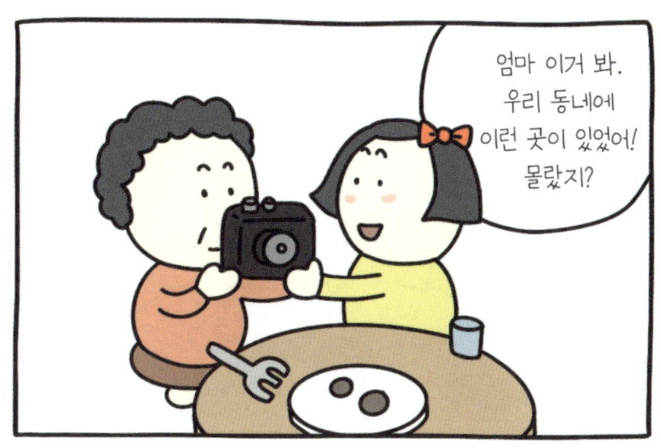

엄마 이거 봐.
우리 동네에
이런 곳이 있었어!
몰랐지?

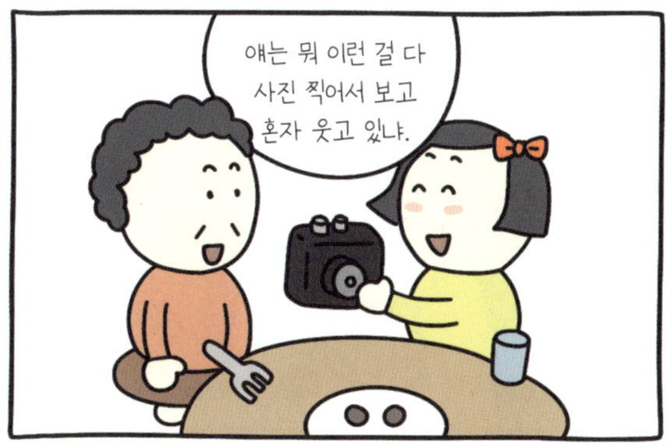

얘는 뭐 이런 걸 다
사진 찍어서 보고
혼자 웃고 있냐.

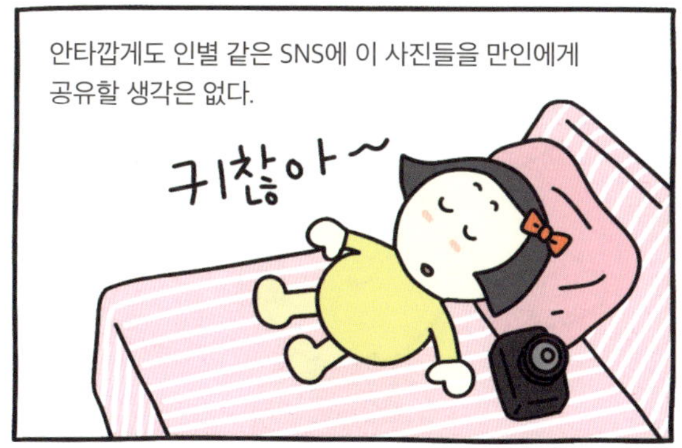

안타깝게도 인별 같은 SNS에 이 사진들을 만인에게
공유할 생각은 없다.
귀찮아~

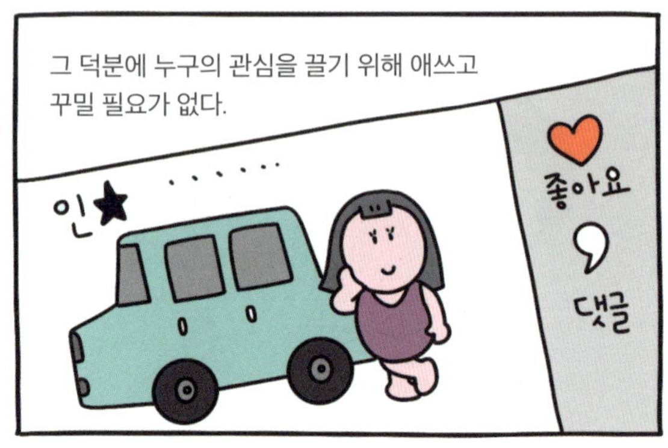

그 덕분에 누구의 관심을 끌기 위해 애쓰고
꾸밀 필요가 없다.

인★

좋아요
댓글

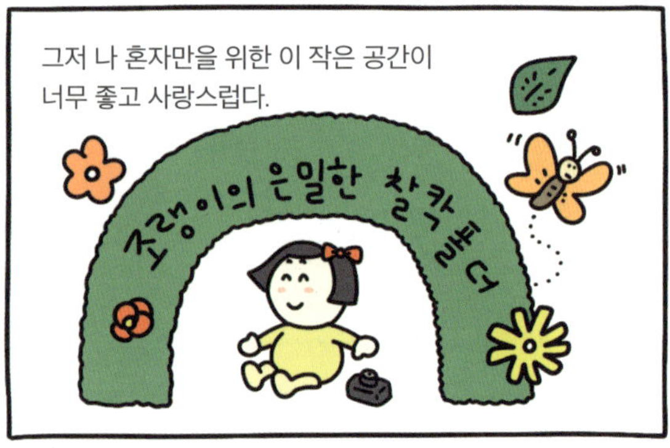

그저 나 혼자만을 위한 이 작은 공간이
너무 좋고 사랑스럽다.

조랭이의 은밀한 찰칵찰칵

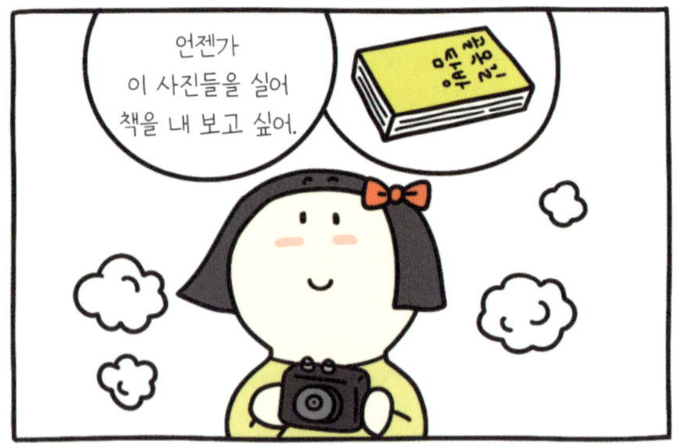

언젠가
이 사진들을 실어
책을 내 보고 싶어.

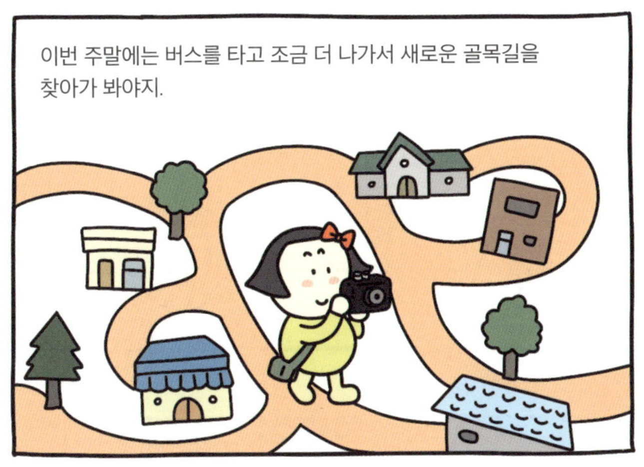

나의 눈과 얼굴이 초롱초롱해질 그 시간이 벌써 기다려져.

거미

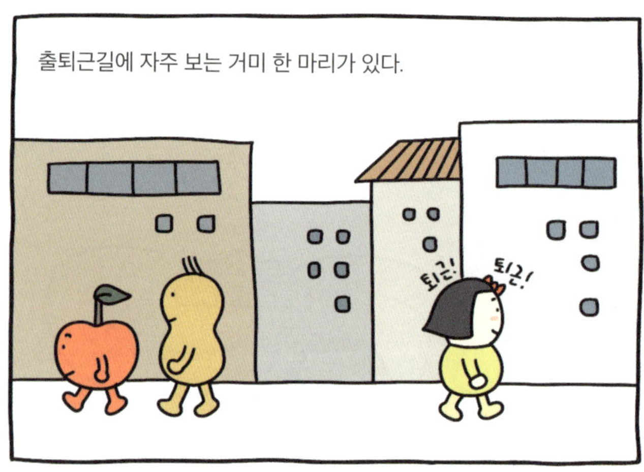

출퇴근길에 자주 보는 거미 한 마리가 있다.
퇴근!
퇴근!

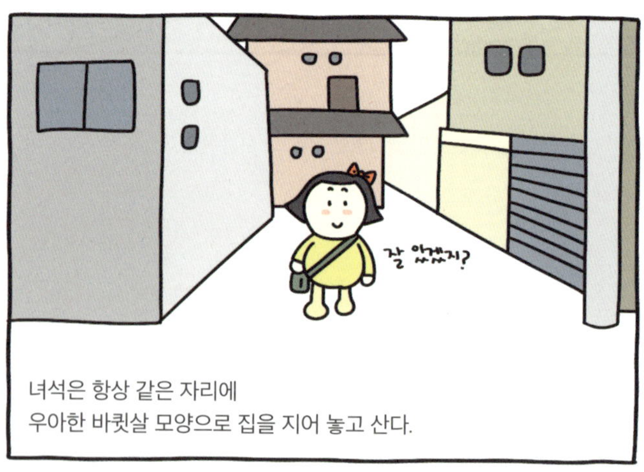

잘 있겠지?
녀석은 항상 같은 자리에
우아한 바큇살 모양으로 집을 지어 놓고 산다.

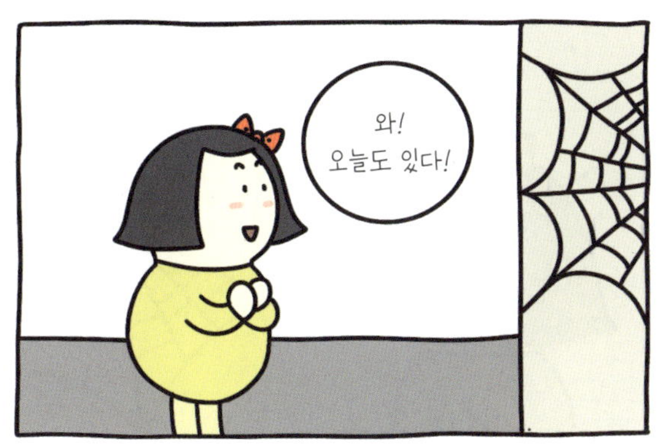

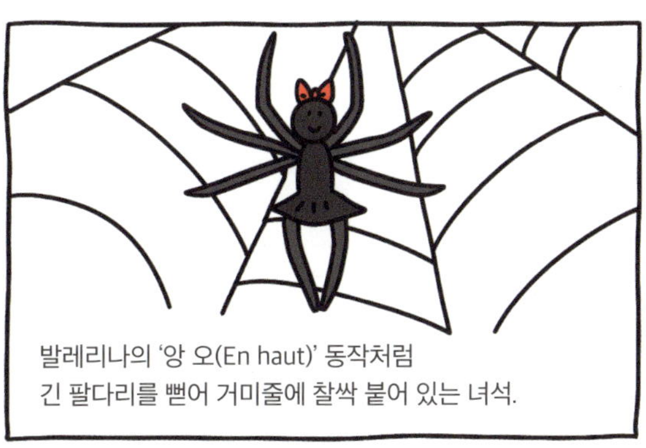

발레리나의 '앙 오(En haut)' 동작처럼
긴 팔다리를 뻗어 거미줄에 찰싹 붙어 있는 녀석.

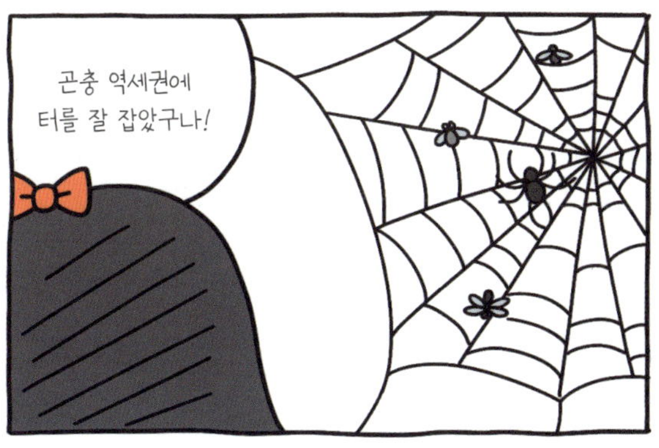

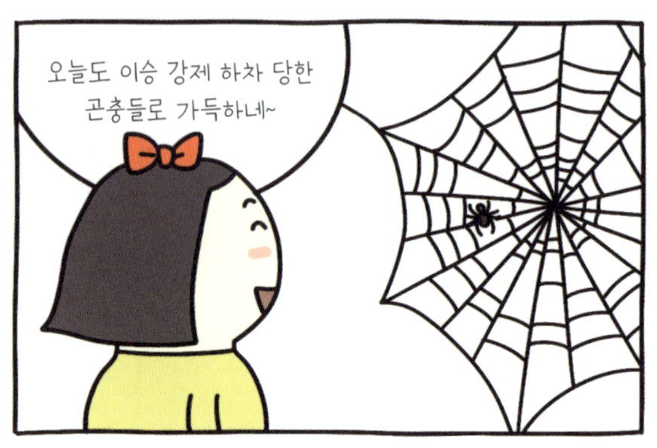

오늘도 이승 강제 하차 당한 곤충들로 가득하네~

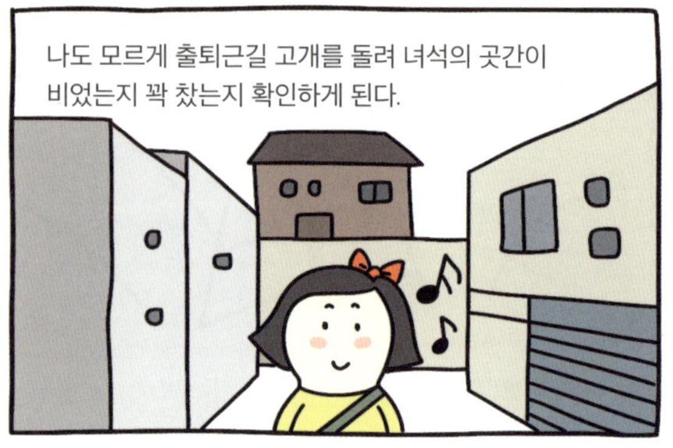

나도 모르게 출퇴근길 고개를 돌려 녀석의 곳간이 비었는지 꽉 찼는지 확인하게 된다.

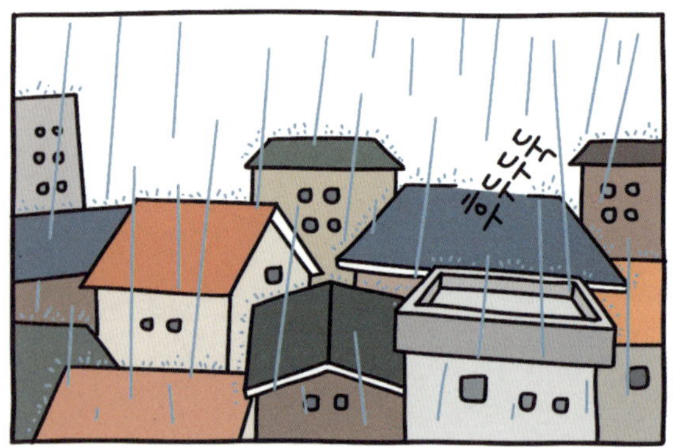

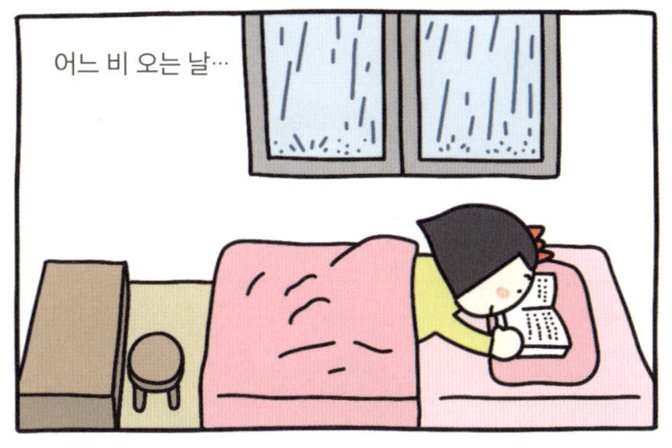
어느 비 오는 날…

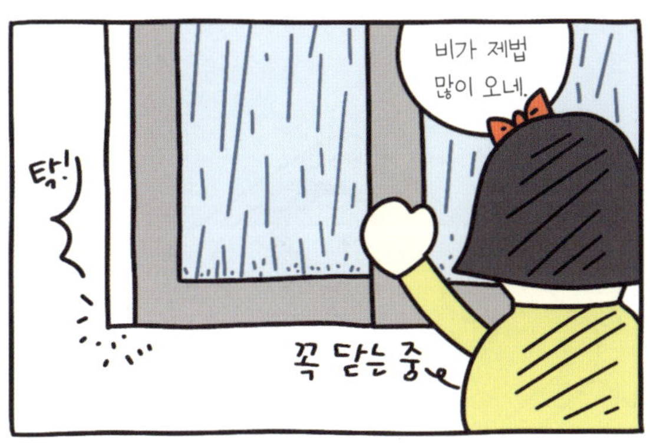
비가 제법
많이 오네.
탁!
꼭 닫는 중.

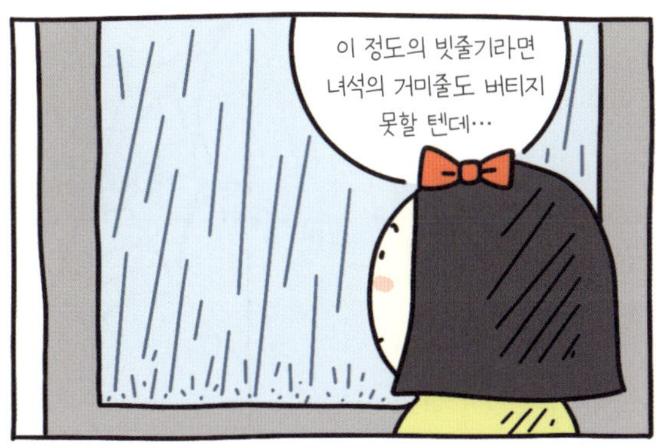
이 정도의 빗줄기라면
녀석의 거미줄도 버티지
못할 텐데…

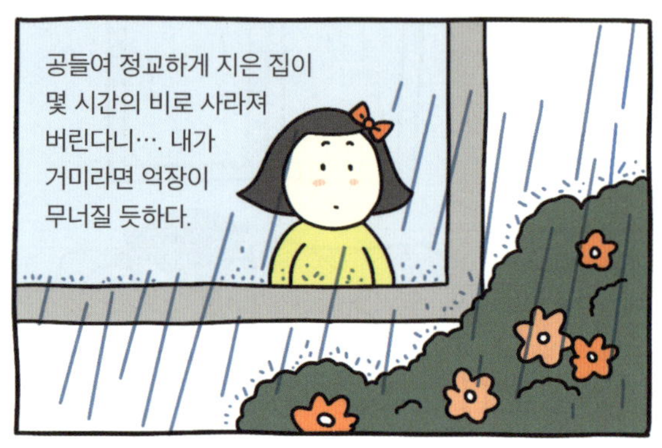

공들여 정교하게 지은 집이
몇 시간의 비로 사라져
버린다니…. 내가
거미라면 억장이
무너질 듯하다.

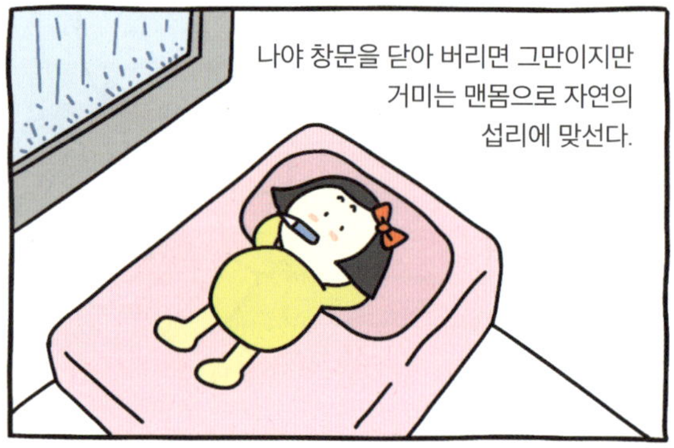

나야 창문을 닫아 버리면 그만이지만
거미는 맨몸으로 자연의
섭리에 맞선다.

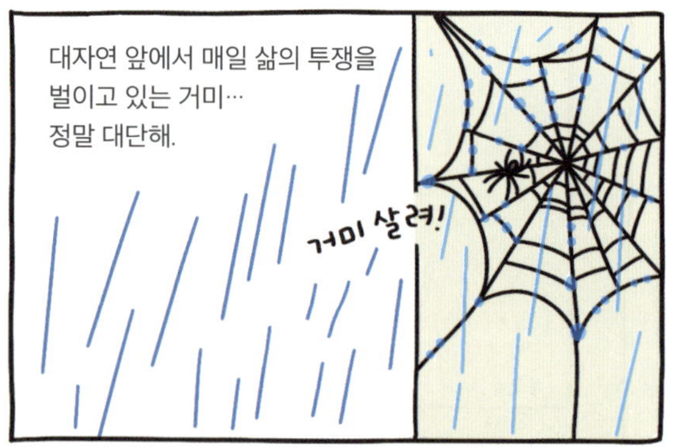

대자연 앞에서 매일 삶의 투쟁을
벌이고 있는 거미…
정말 대단해.
거미 살려!

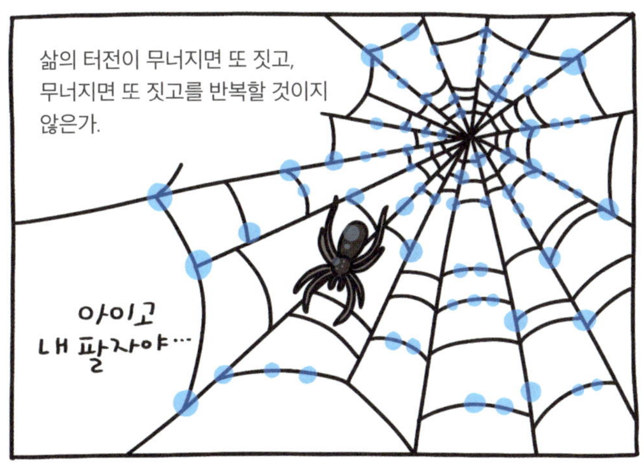

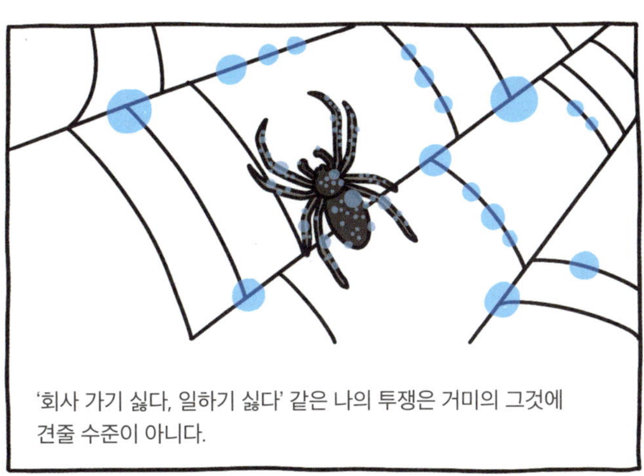

'회사 가기 싫다, 일하기 싫다' 같은 나의 투쟁은 거미의 그것에
견줄 수준이 아니다.

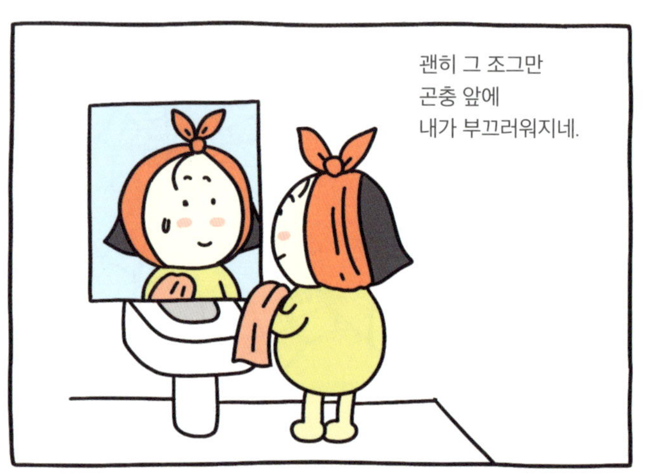
괜히 그 조그만
곤충 앞에
내가 부끄러워지네.

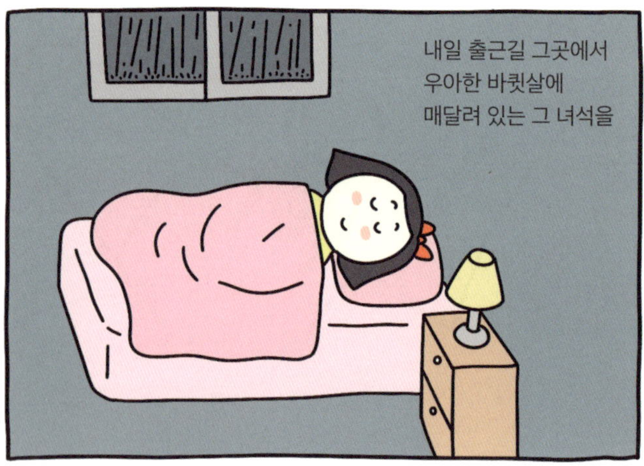
내일 출근길 그곳에서
우아한 바큇살에
매달려 있는 그 녀석을

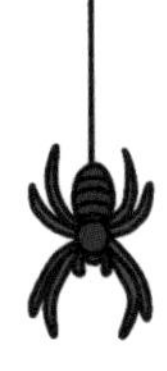

다시 만나면 좋겠어.

빨래와 춤을

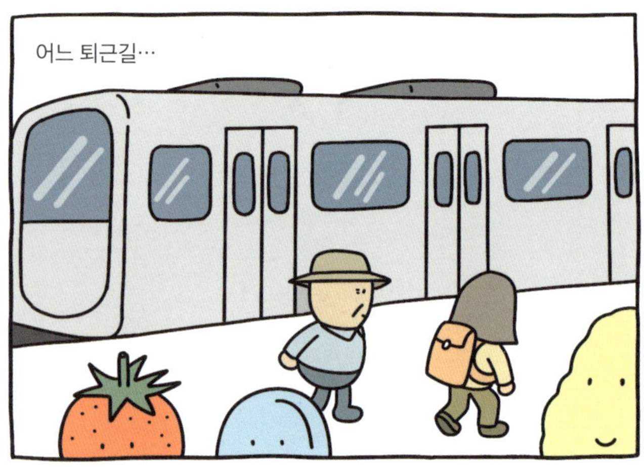

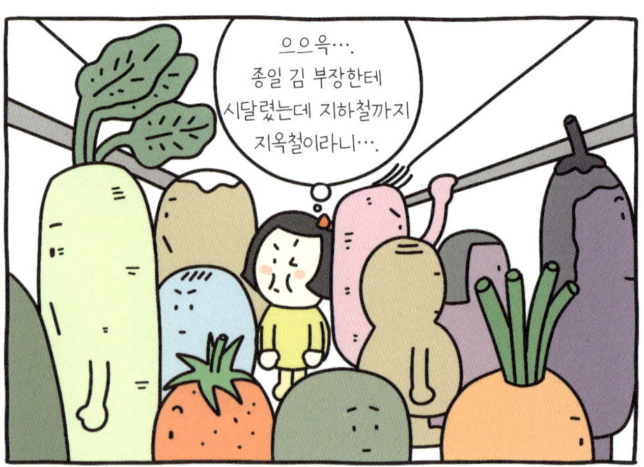

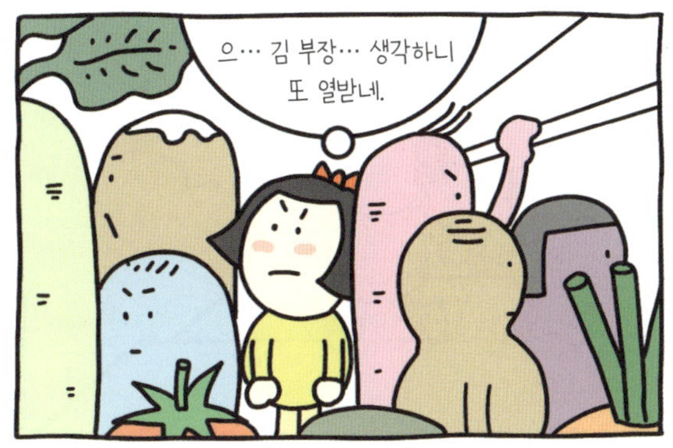

으… 김 부장… 생각하니
또 열받네.

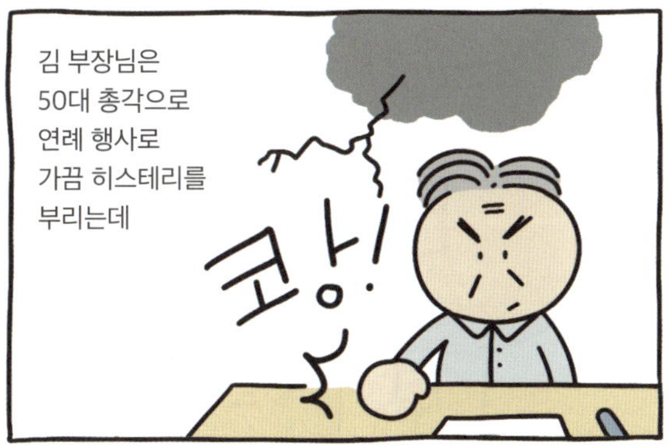

김 부장님은
50대 총각으로
연례 행사로
가끔 히스테리를
부리는데
쾅!

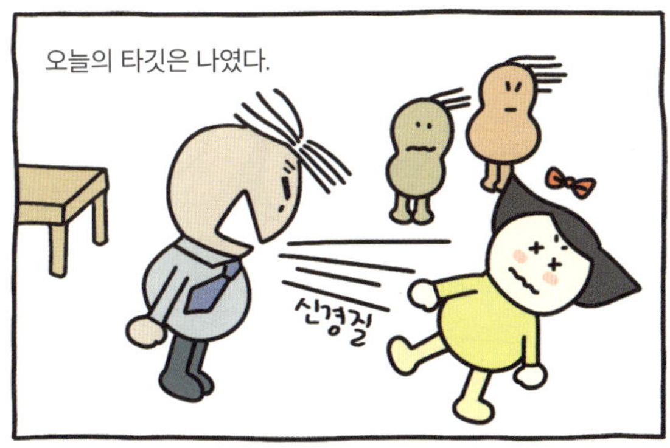

오늘의 타깃은 나였다.
신경질

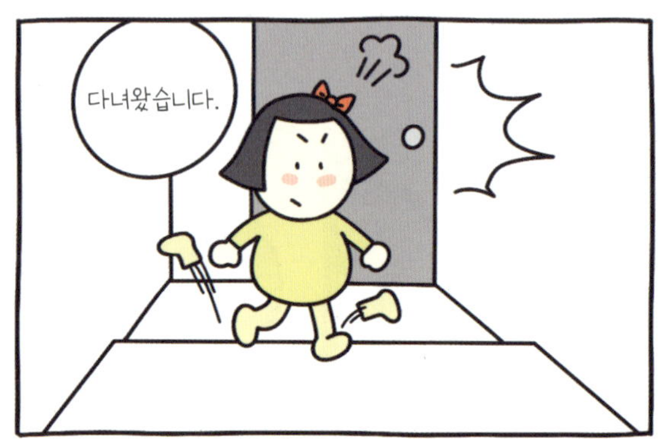

다녀왔습니다.

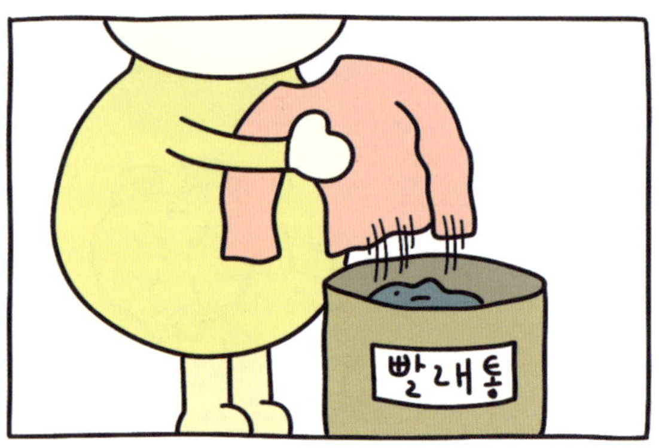

빨래통

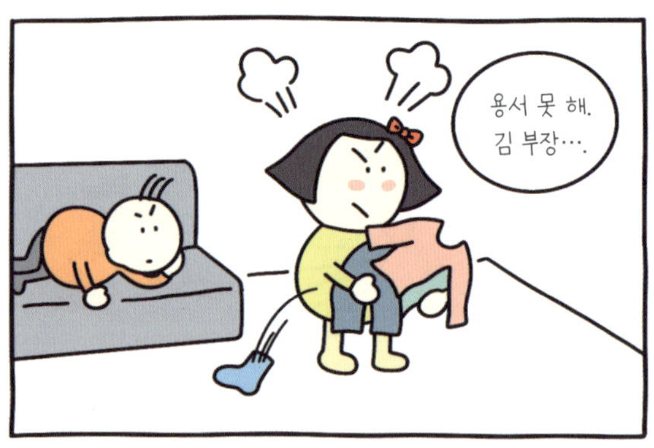

용서 못 해.
김 부장….
다녀왔습니다.

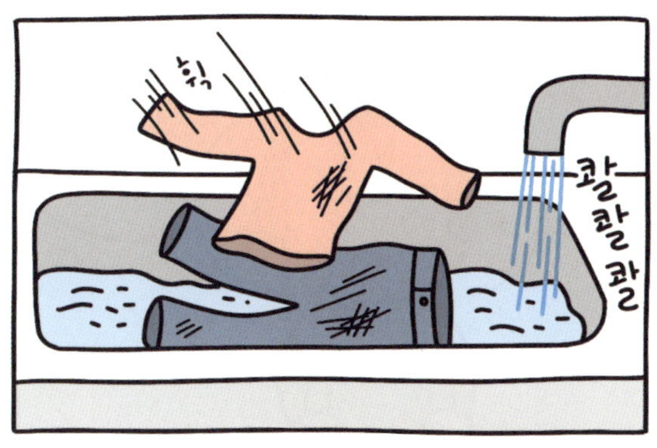

휙
콸
콸
콸

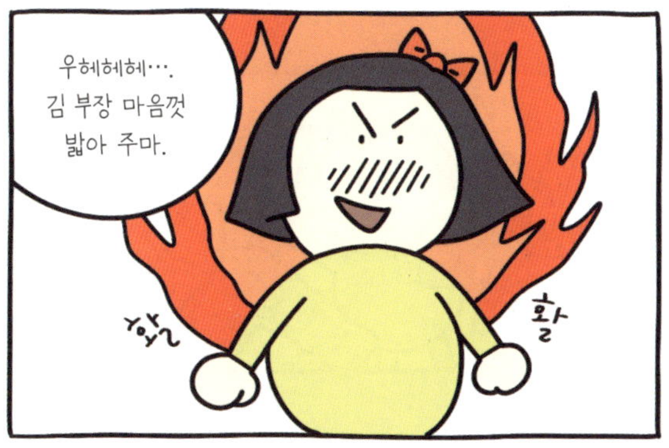

우헤헤헤….
김 부장 마음껏
밟아 주마.
활
활

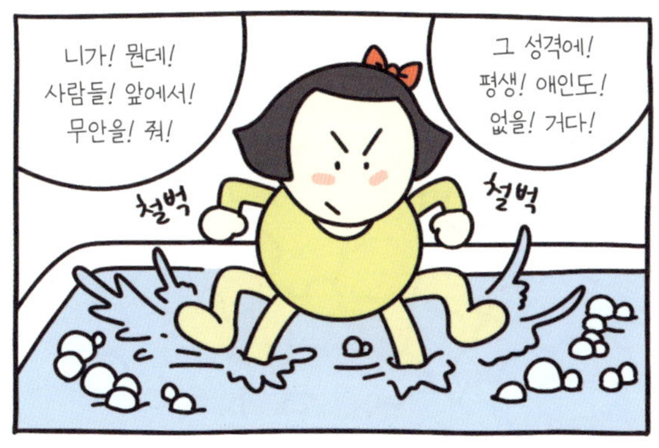

니가! 뭔데!
사람들! 앞에서!
무안을! 줘!
그 성격에!
평생! 애인도!
없을! 거다!
철벅
철벅

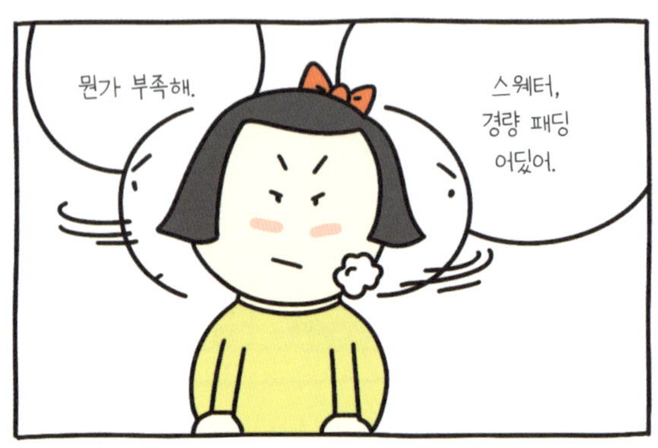
뭔가 부족해.
스웨터,
경량 패딩
어딨어.

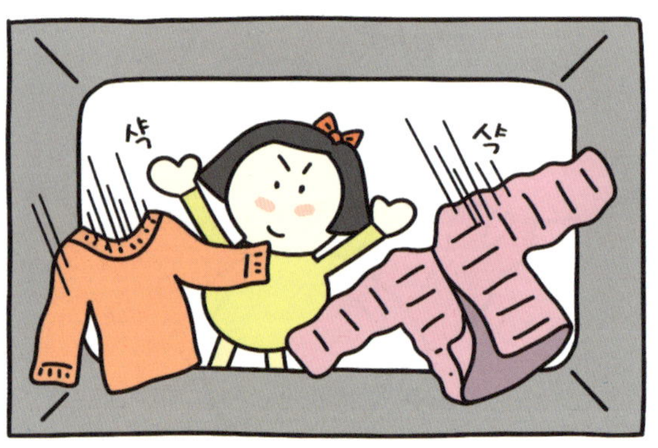
샥
샥

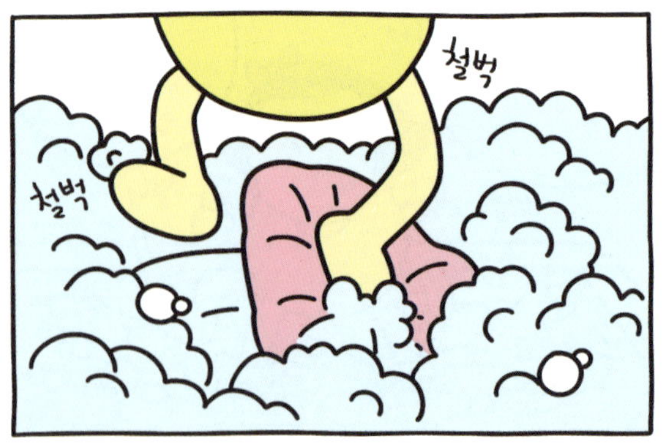
철벅
철벅

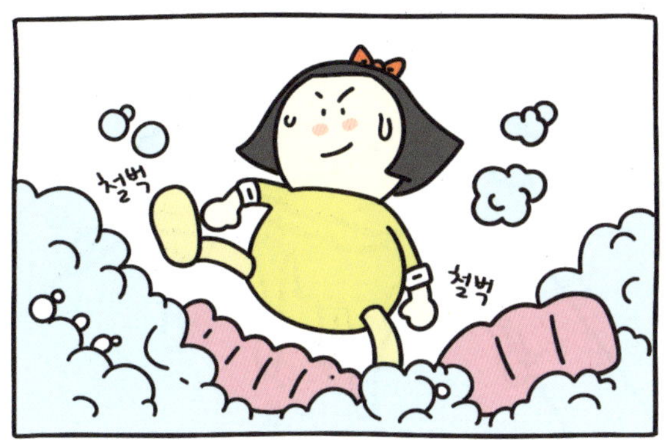

철벅
철벅

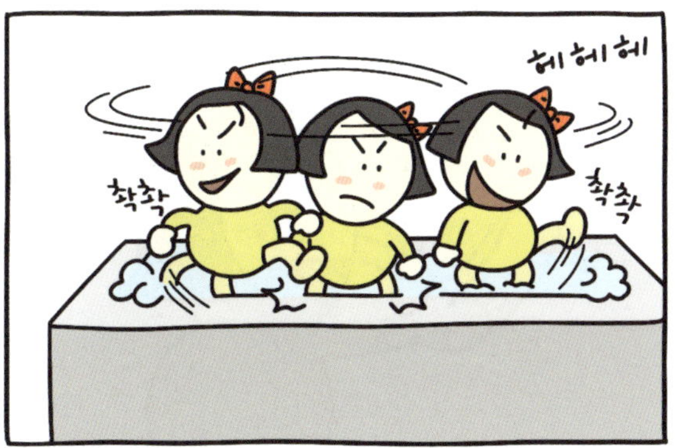

헤헤헤
촤촤
촤촤

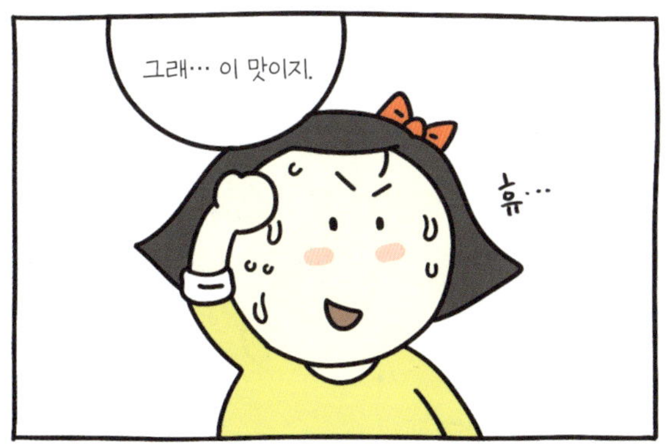

그래… 이 맛이지.
휴…

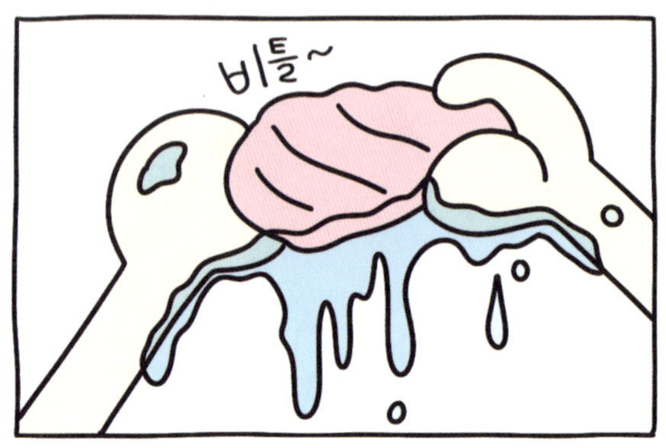

비틀~

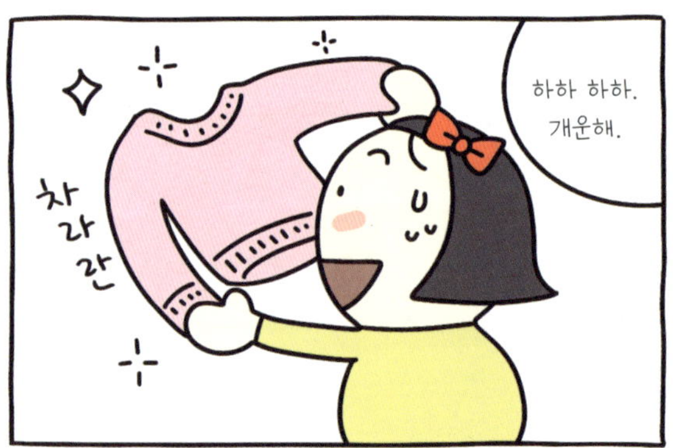

차라란
하하 하하.
개운해.

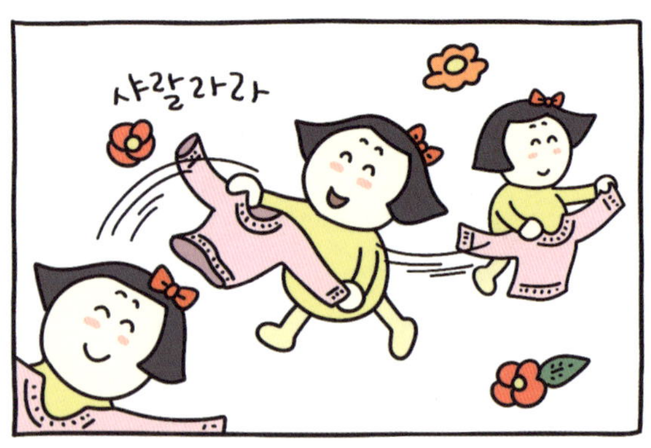

샤랄라라

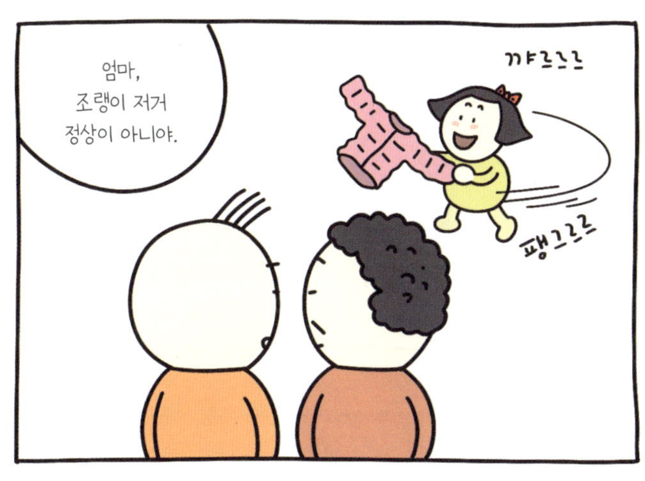
엄마,
조랭이 저거
정상이 아니야.
까르르르
팽그르르

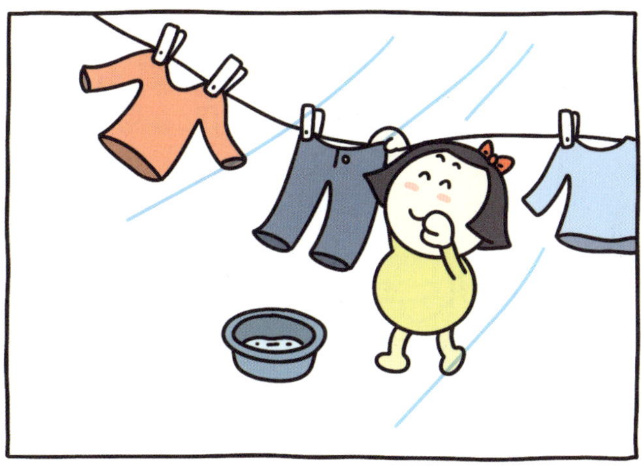

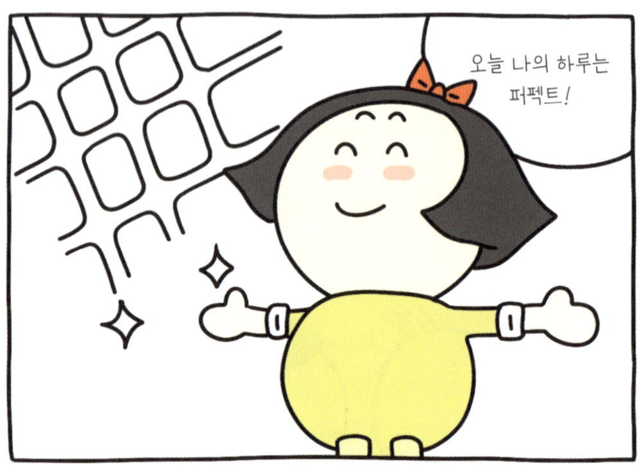
오늘 나의 하루는
퍼펙트!

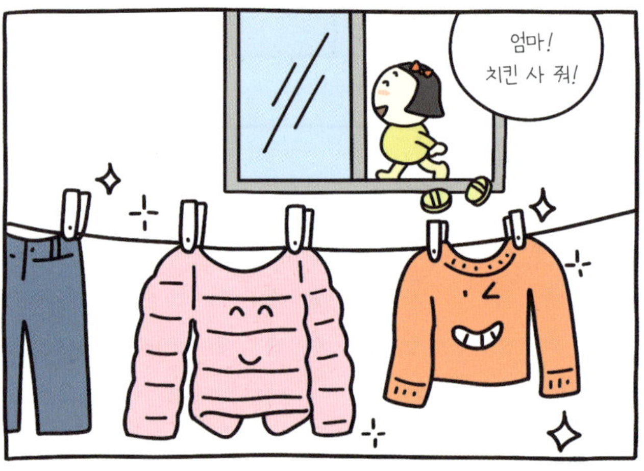
엄마!
치킨 사 줘!

소모품

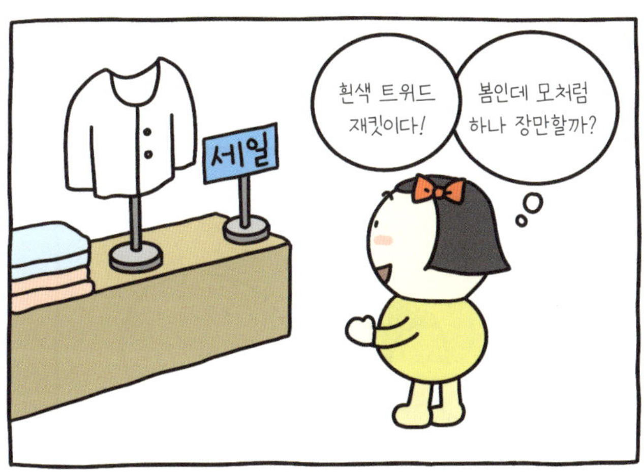

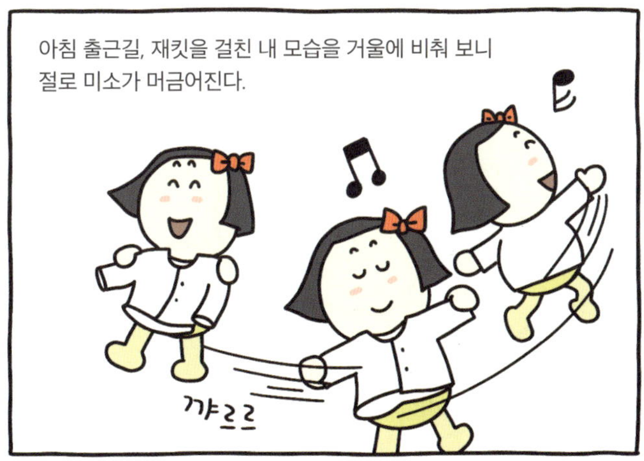
아침 출근길, 재킷을 걸친 내 모습을 거울에 비춰 보니 절로 미소가 머금어진다.

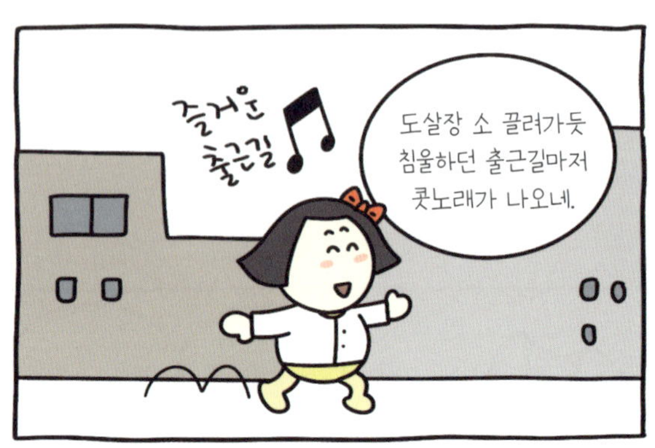

즐거운
출근길
도살장 소 끌려가듯
침울하던 출근길마저
콧노래가 나오네.

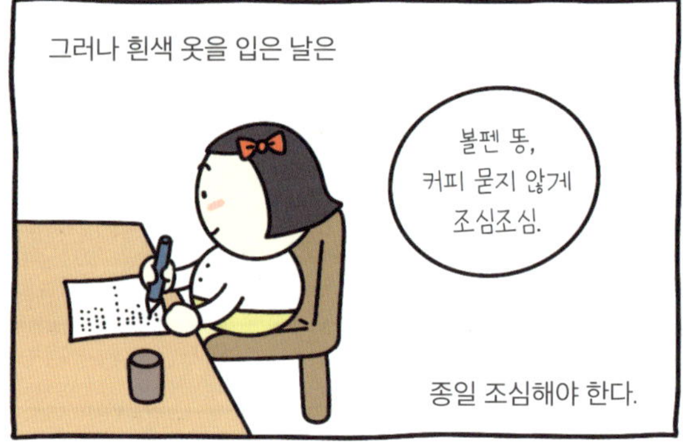

그러나 흰색 옷을 입은 날은
볼펜 똥,
커피 묻지 않게
조심조심.
종일 조심해야 한다.

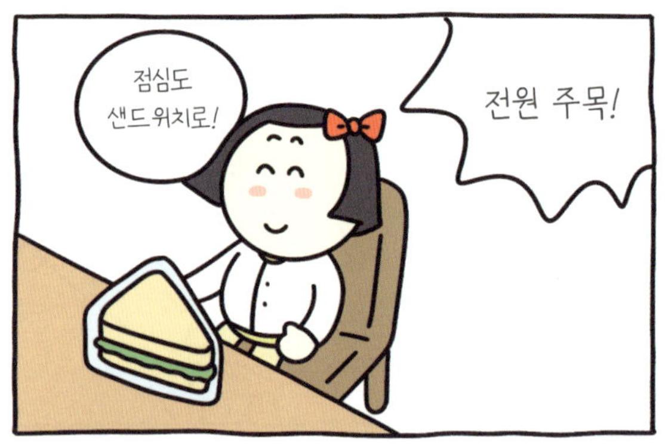

점심도
샌드위치로!
전원 주목!

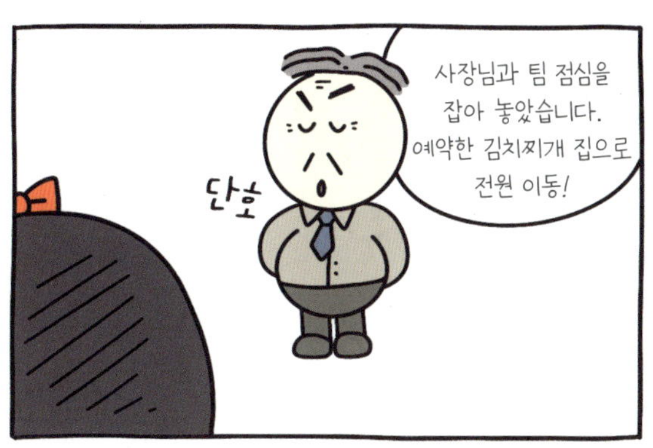

단호
사장님과 팀 점심을 잡아 놓았습니다. 예약한 김치찌개 집으로 전원 이동!

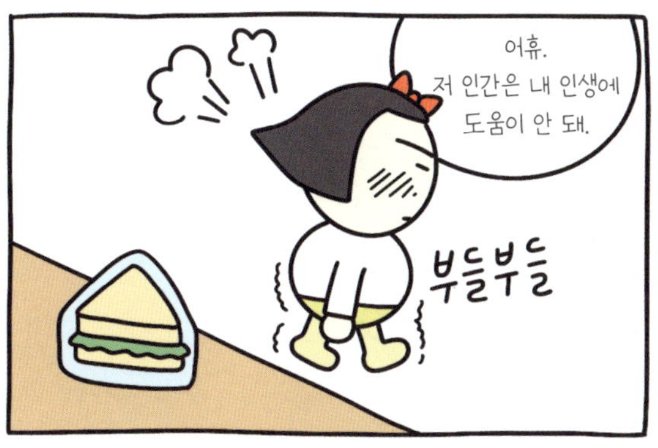

어휴.
저 인간은 내 인생에 도움이 안 돼.
부들부들

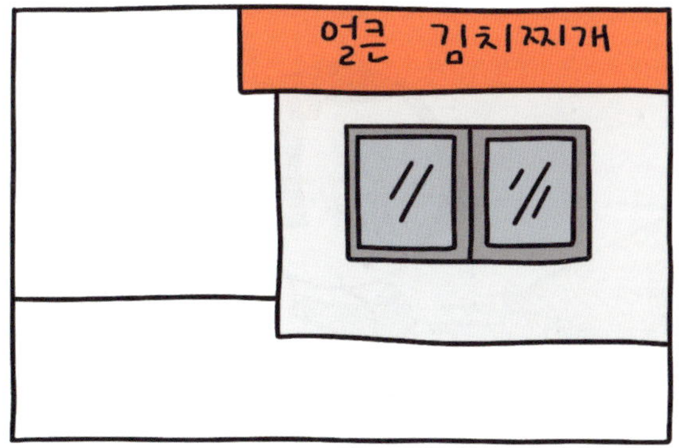

얼큰 김치찌개

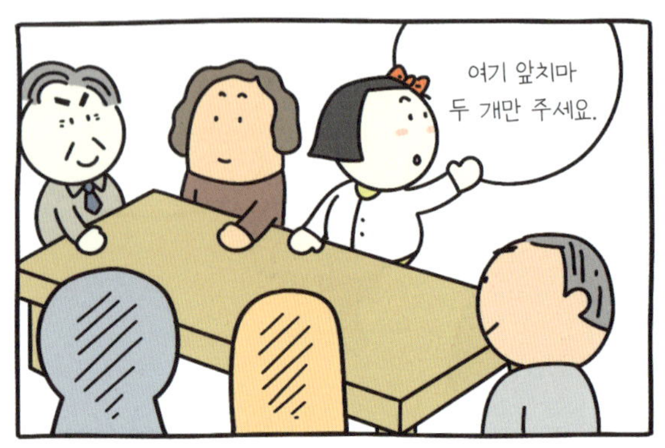

여기 앞치마
두 개만 주세요.

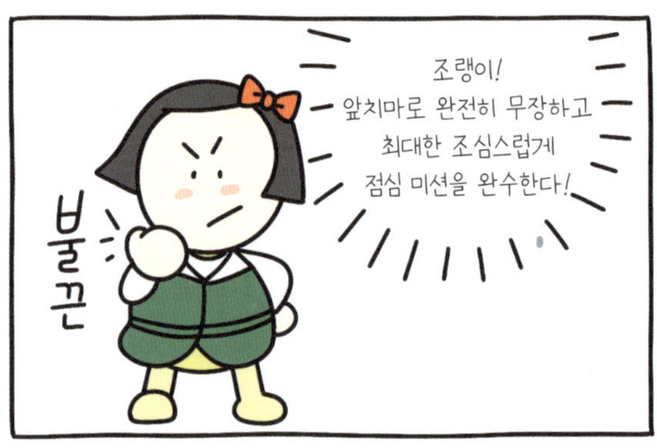

조랭이!
앞치마로 완전히 무장하고
최대한 조심스럽게
점심 미션을 완수한다!
불끈

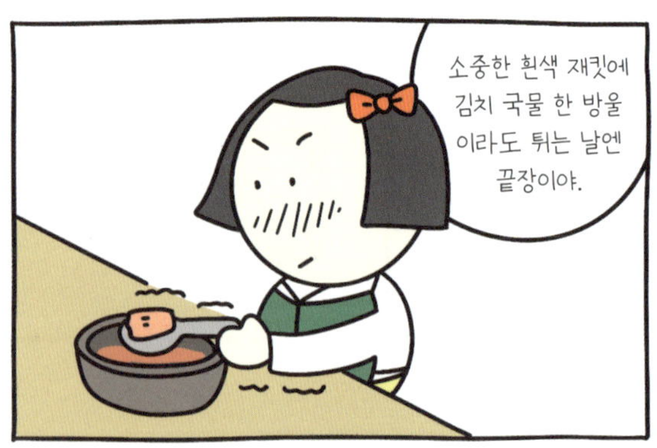

소중한 흰색 재킷에
김치 국물 한 방울
이라도 튀는 날엔
끝장이야.

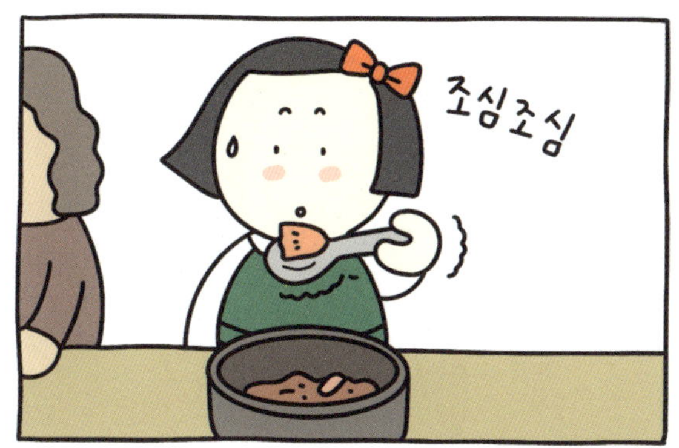

조심조심

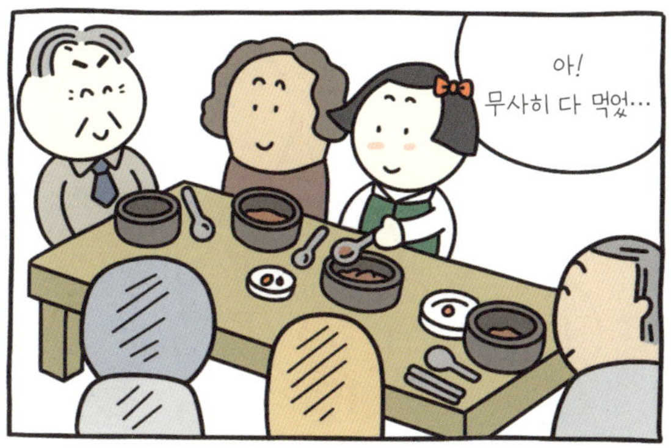

아!
무사히 다 먹었…

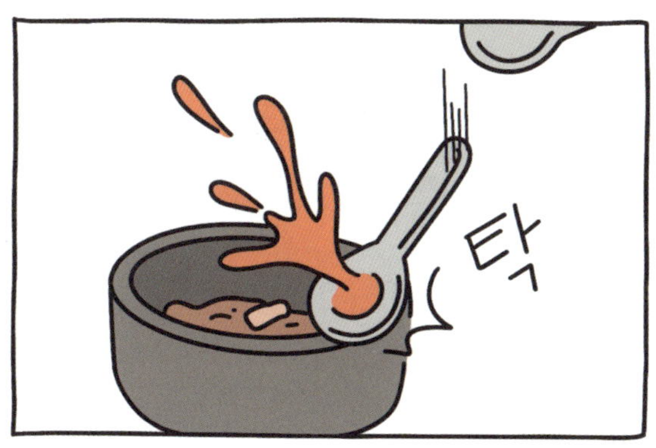

탁

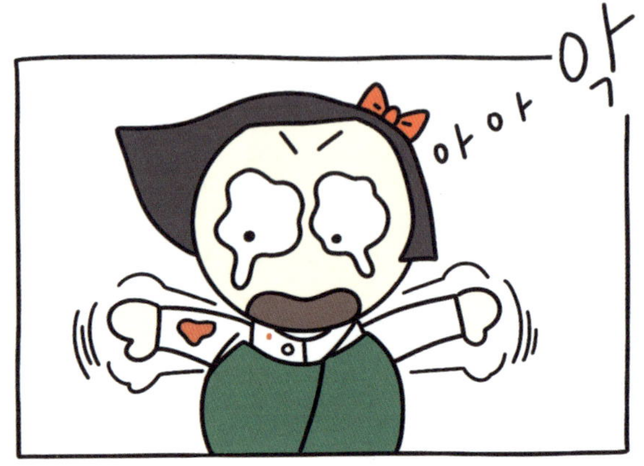

아아악

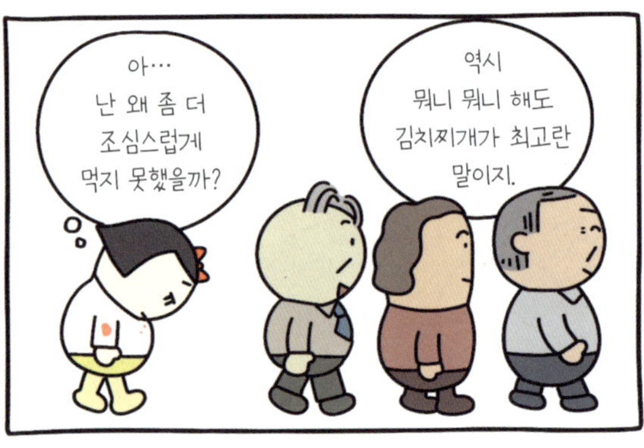

아…
난 왜 좀 더
조심스럽게
먹지 못했을까?
역시
뭐니 뭐니 해도
김치찌개가 최고란
말이지.

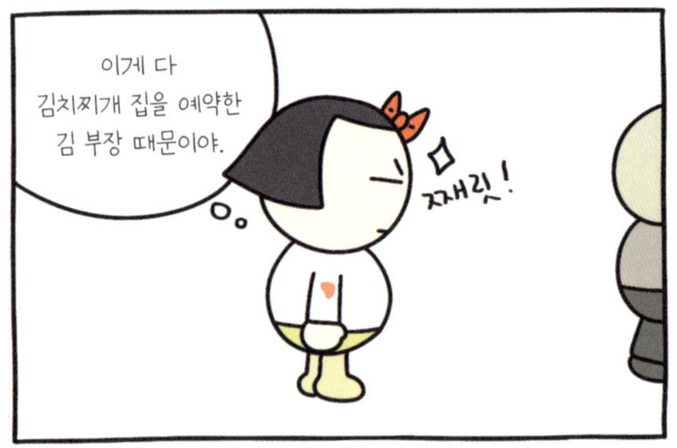

이게 다
김치찌개 집을 예약한
김 부장 때문이야.
찌리릿!

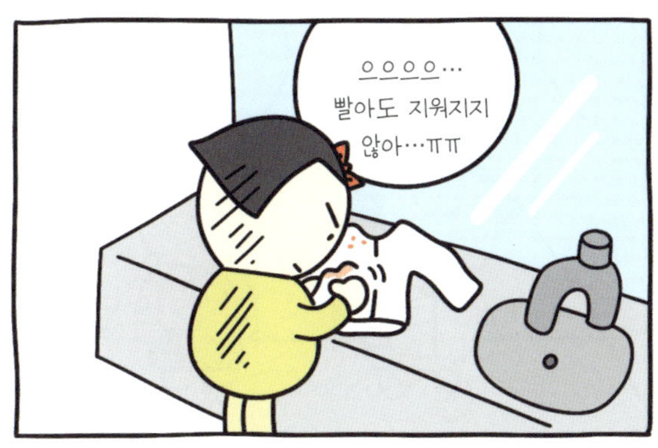

으으으으…
빨아도 지워지지
않아…ㅠㅠ

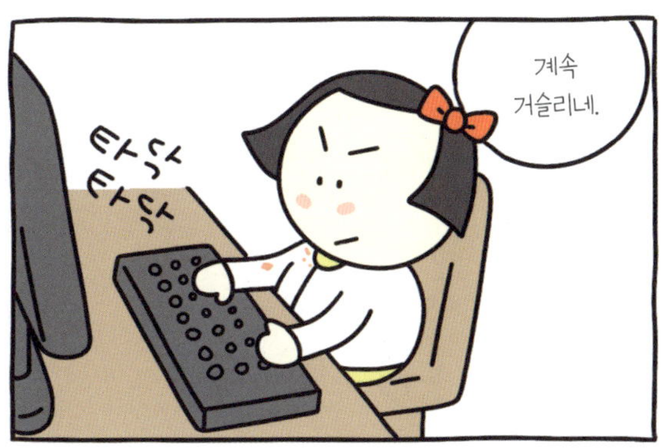

계속
거슬리네.
타닥
타닥

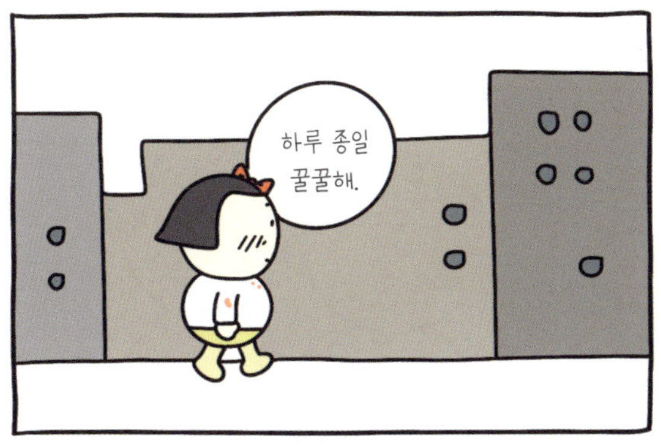

하루 종일
꿀꿀해.

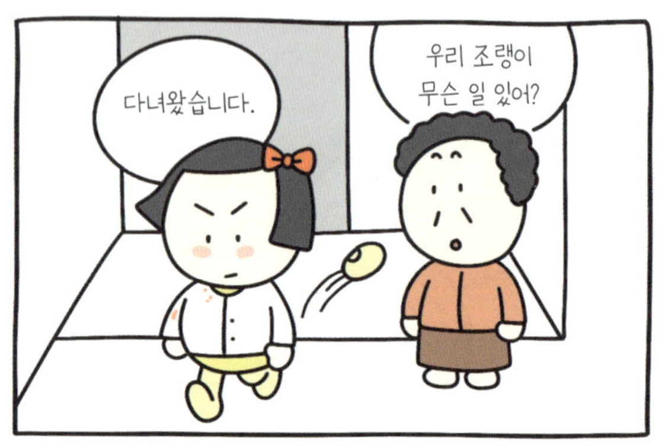

다녀왔습니다.
우리 조랭이
무슨 일 있어?

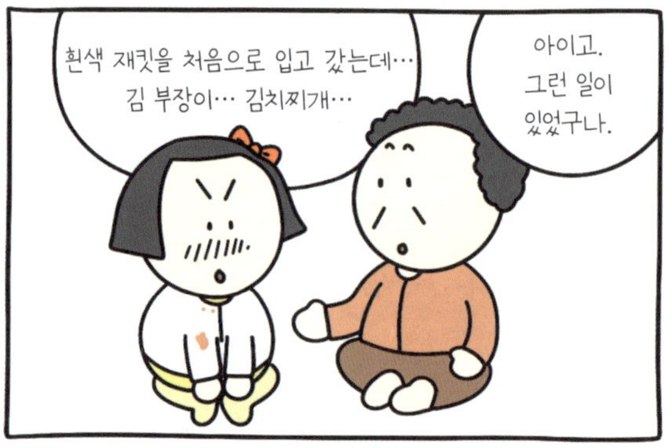

흰색 재킷을 처음으로 입고 갔는데…
김 부장이… 김치찌개…
아이고.
그런 일이
있었구나.

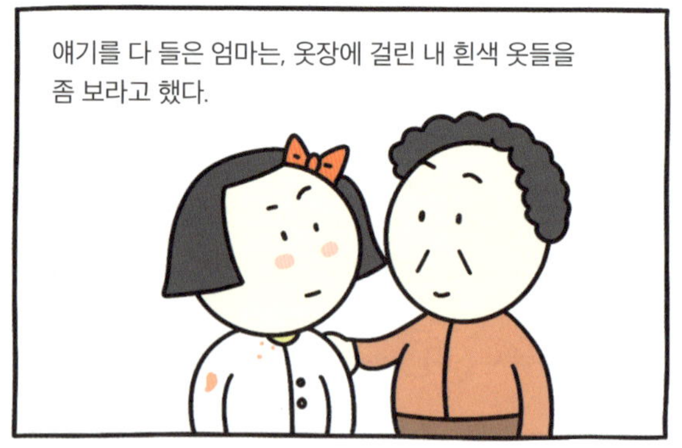

얘기를 다 들은 엄마는, 옷장에 걸린 내 흰색 옷들을
좀 보라고 했다.

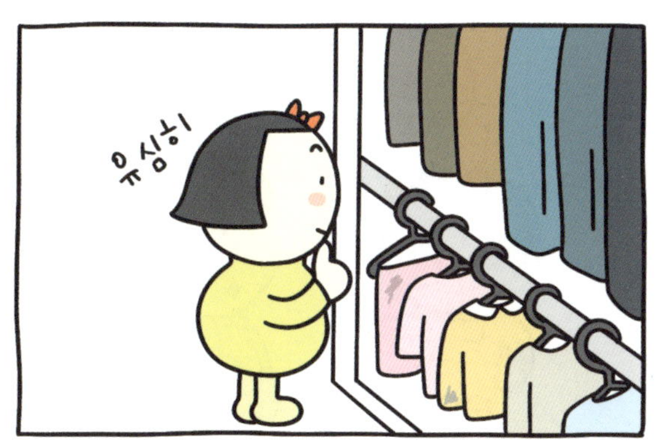

유심히

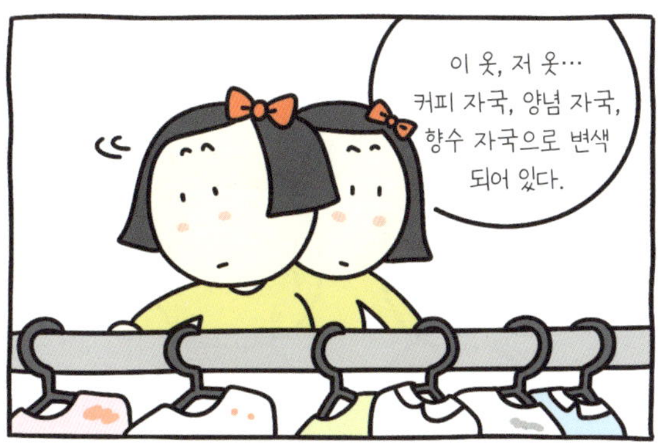

이 옷, 저 옷…
커피 자국, 양념 자국,
향수 자국으로 변색
되어 있다.

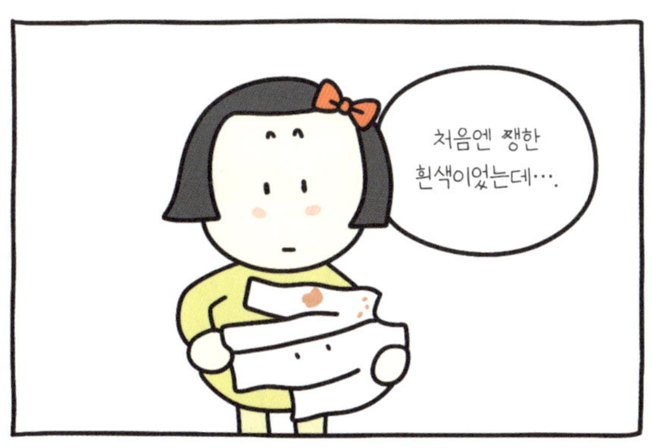

처음엔 쨍한
흰색이었는데….

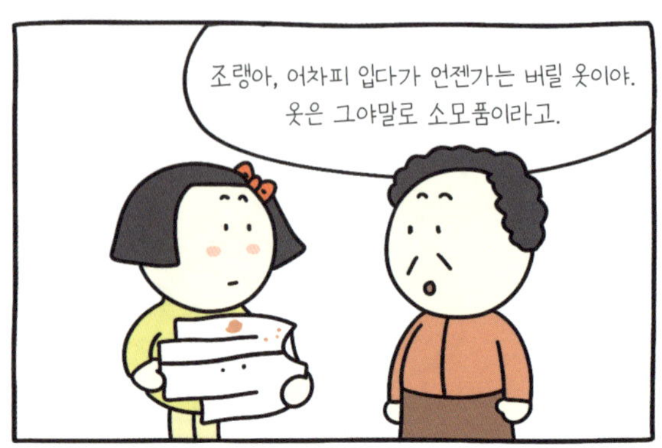

조랭아, 어차피 입다가 언젠가는 버릴 옷이야.
옷은 그야말로 소모품이라고.

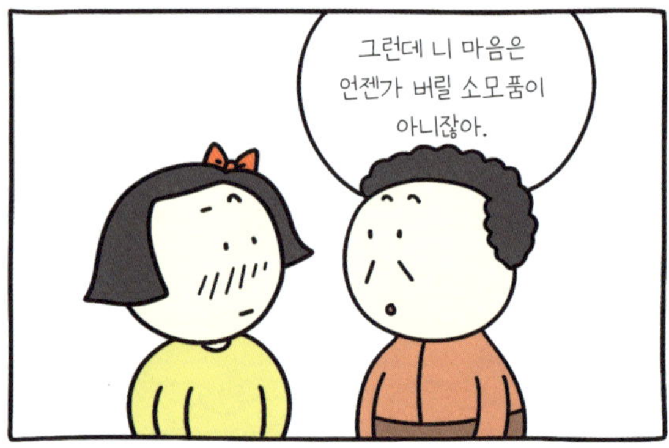

그런데 니 마음은
언젠가 버릴 소모품이
아니잖아.

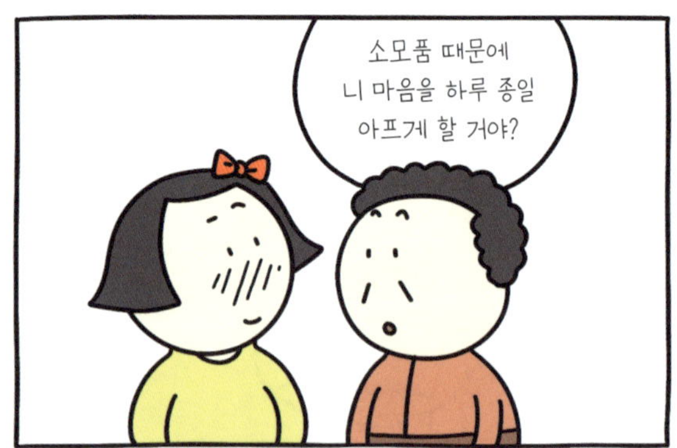

소모품 때문에
니 마음을 하루 종일
아프게 할 거야?

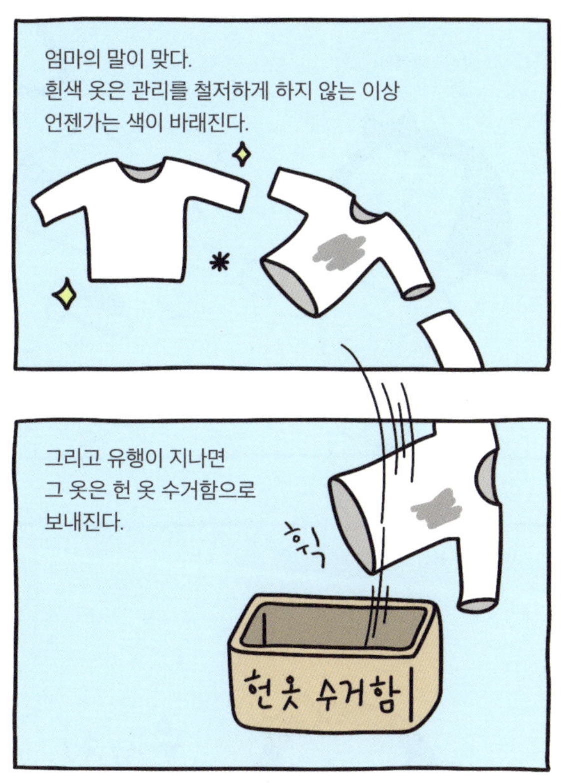

엄마의 말이 맞다.
흰색 옷은 관리를 철저하게 하지 않는 이상
언젠가는 색이 바래진다.

그리고 유행이 지나면
그 옷은 헌 옷 수거함으로
보내진다.

헉

헌 옷 수거함

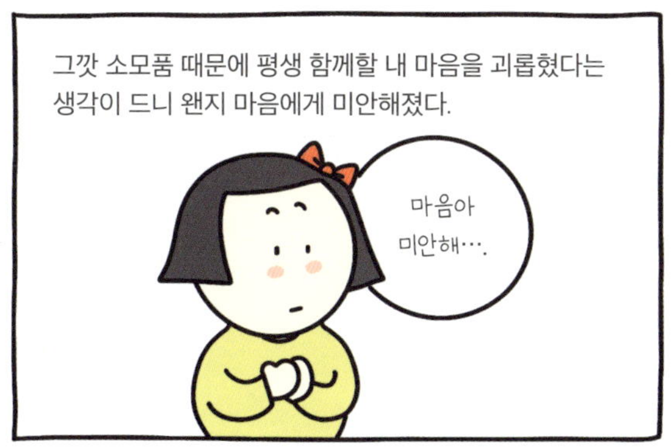

그깟 소모품 때문에 평생 함께할 내 마음을 괴롭혔다는
생각이 드니 왠지 마음에게 미안해졌다.

마음아
미안해….

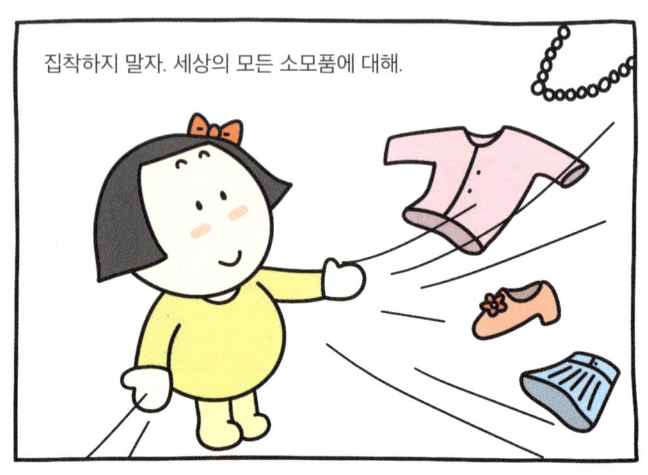

집착하지 말자. 세상의 모든 소모품에 대해.

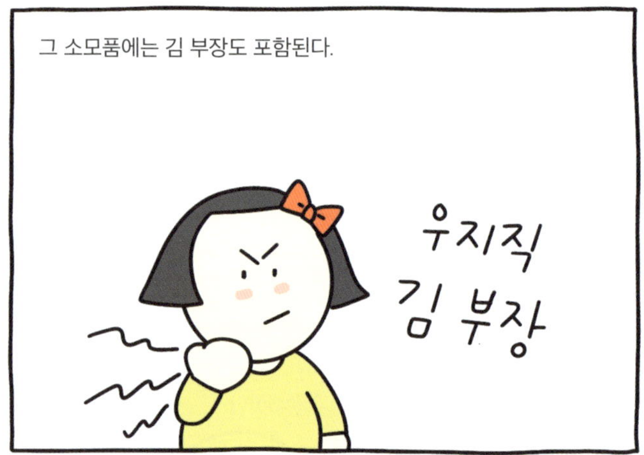

그 소모품에는 김 부장도 포함된다.
우지직
김 부장

사람을 찾습니다

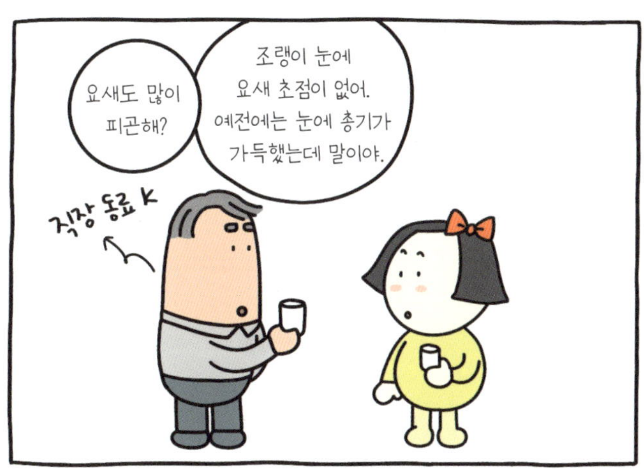

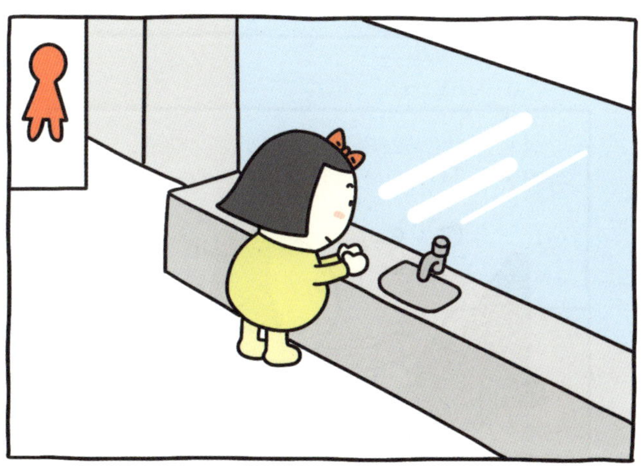

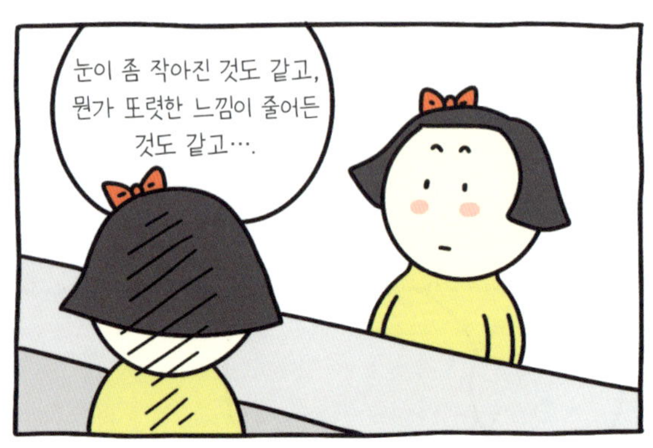
눈이 좀 작아진 것도 같고,
뭔가 또렷한 느낌이 줄어든
것도 같고….

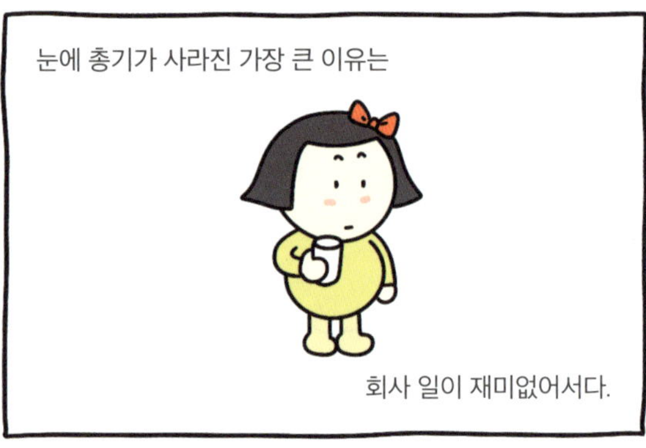
눈에 총기가 사라진 가장 큰 이유는

회사 일이 재미없어서다.

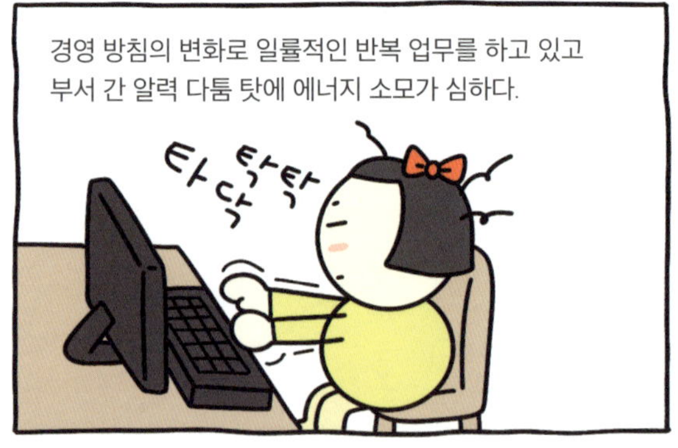
경영 방침의 변화로 일률적인 반복 업무를 하고 있고
부서 간 알력 다툼 탓에 에너지 소모가 심하다.

타닥
탁탁

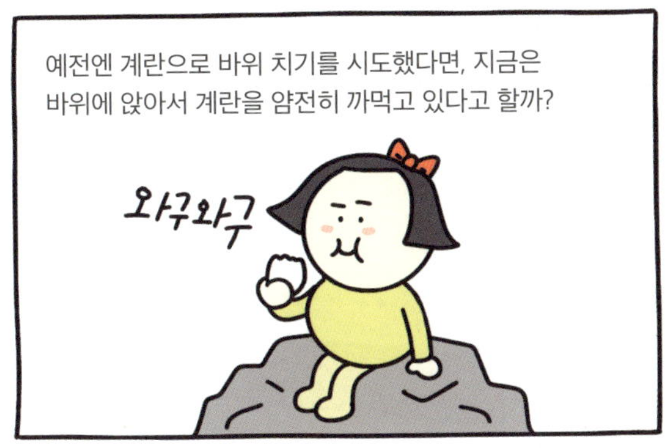

예전엔 계란으로 바위 치기를 시도했다면, 지금은
바위에 앉아서 계란을 얌전히 까먹고 있다고 할까?
와구와구

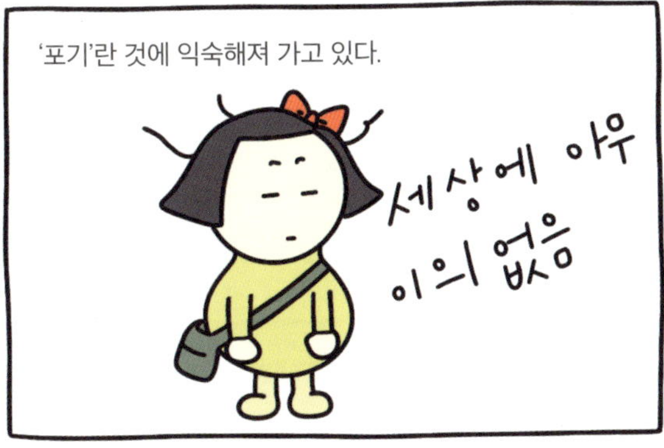

'포기'란 것에 익숙해져 가고 있다.
세상에 아우
이의 없음

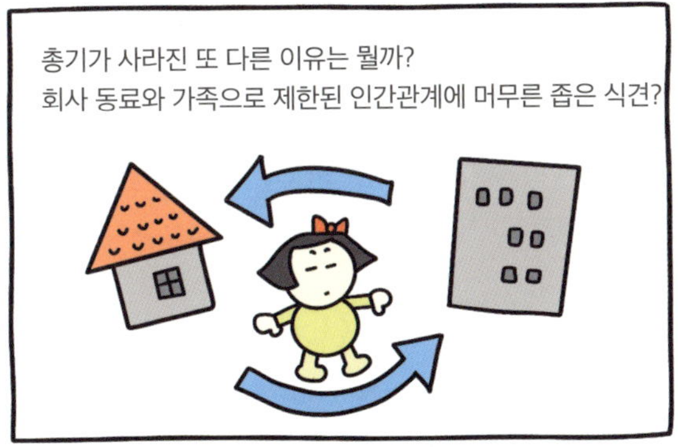

총기가 사라진 또 다른 이유는 뭘까?
회사 동료와 가족으로 제한된 인간관계에 머무른 좁은 식견?

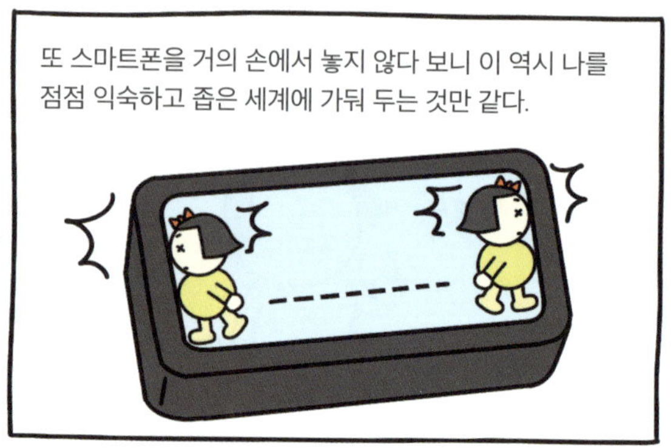

또 스마트폰을 거의 손에서 놓지 않다 보니 이 역시 나를
점점 익숙하고 좁은 세계에 가둬 두는 것만 같다.

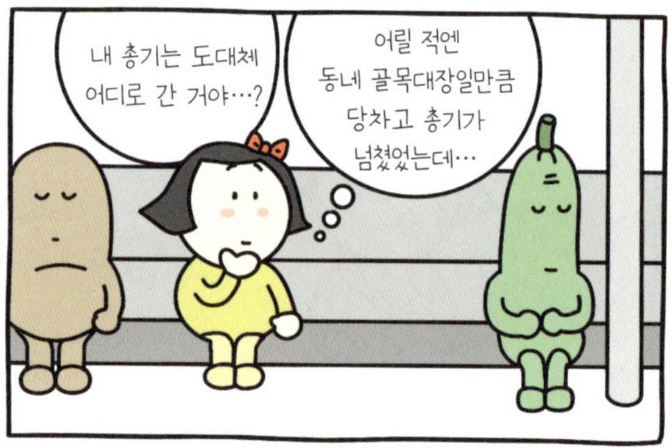

내 총기는 도대체
어디로 간 거야…?
어릴 적엔
동네 골목대장일만큼
당차고 총기가
넘쳤었는데…

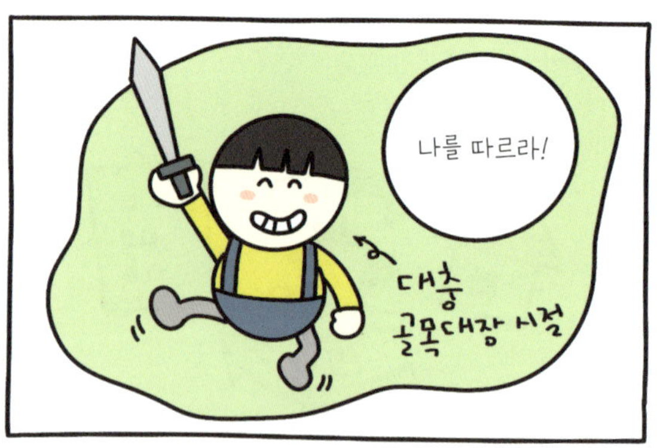

나를 따르라!
대충
골목대장 시절

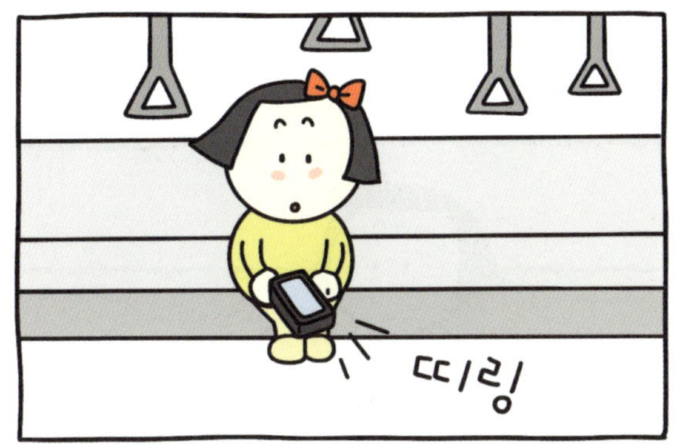

○○구에서 배회 중인 ○○○(여, 57세)를 찾습니다. 분홍 티셔츠, 검정 바지, 검정 모자, 검정 단화, 꽃무늬 스카프.

❖서울경찰청❖

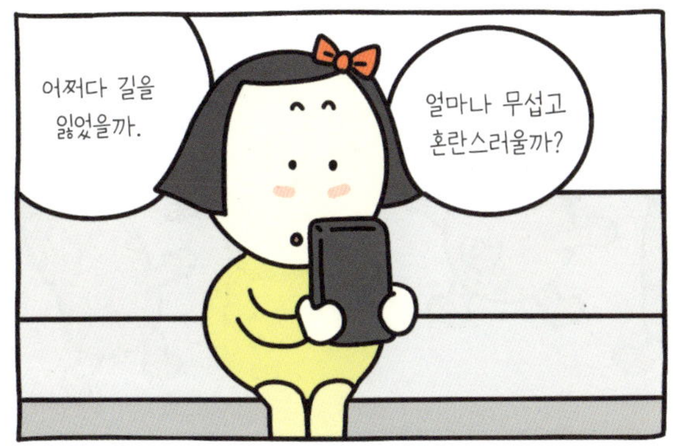

그러다 조금 엉뚱한 상상도 해 보게 된다.

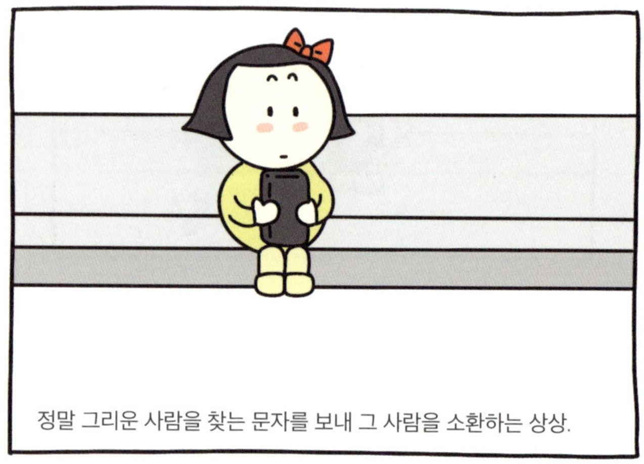

정말 그리운 사람을 찾는 문자를 보내 그 사람을 소환하는 상상.

씩씩하고 두 눈에 총기 가득한 친구를 찾습니다.

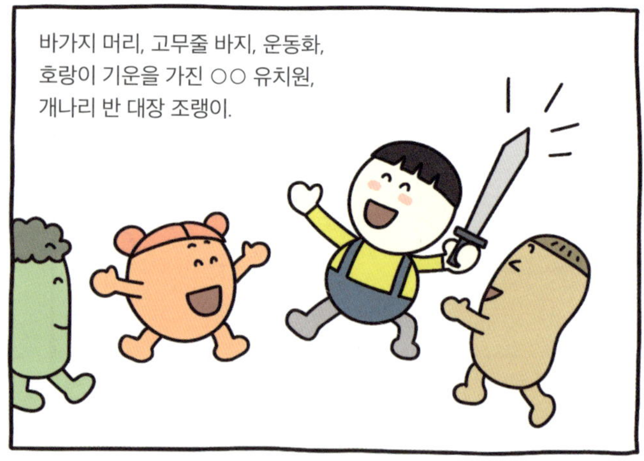

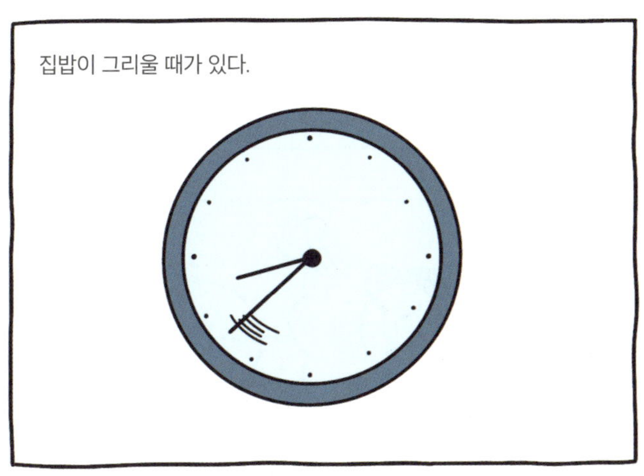

집밥이 그리울 때가 있다.

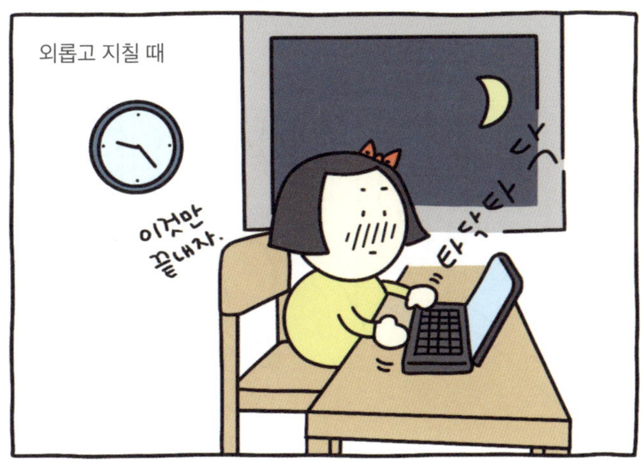

외롭고 지칠 때
이것만
끝내자.
타닥타닥

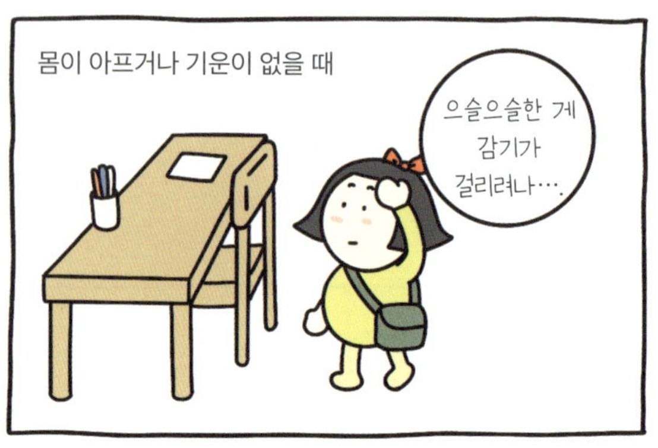

몸이 아프거나 기운이 없을 때
으슬으슬한 게 감기가 걸리려나….

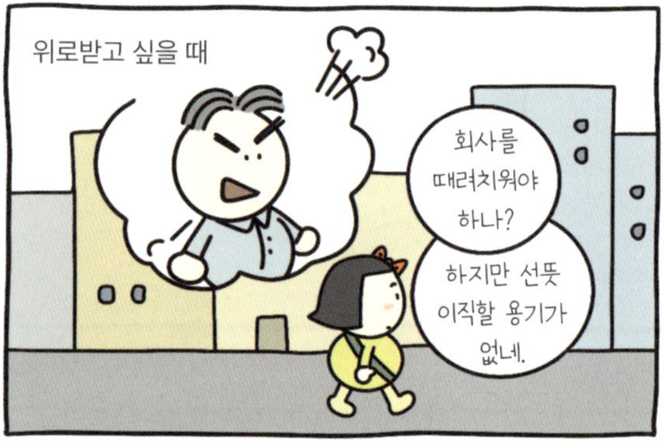

위로받고 싶을 때
회사를 때려치워야 하나?
하지만 선뜻 이직할 용기가 없네.

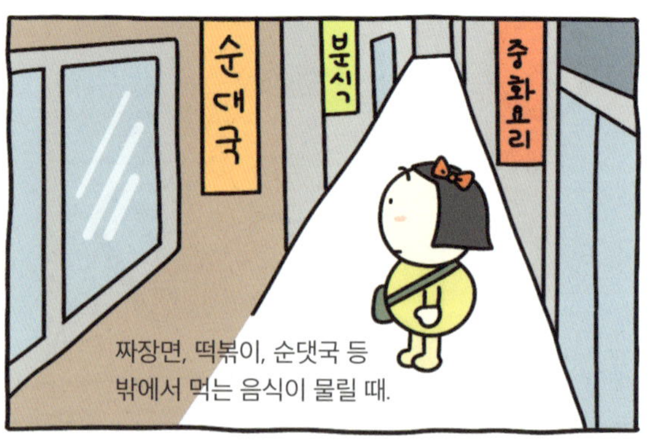

순대국
분식
중화요리
짜장면, 떡볶이, 순댓국 등 밖에서 먹는 음식이 물릴 때.

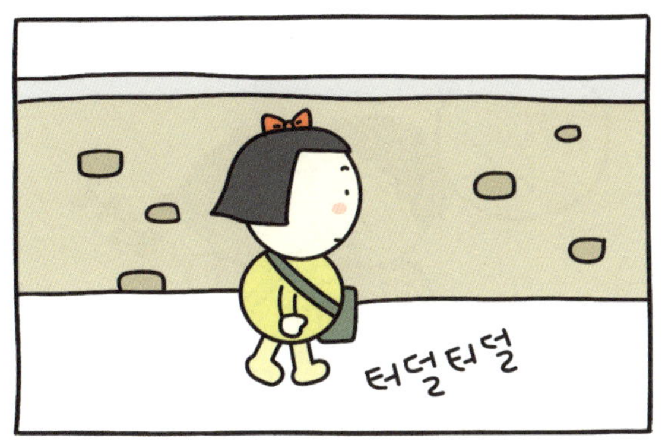

터덜터덜

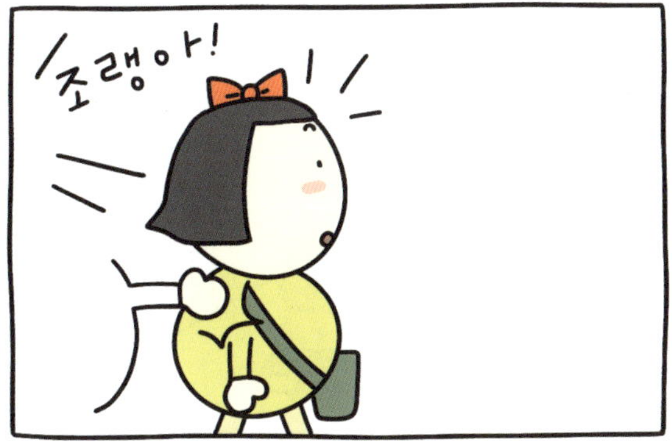

조랭아!

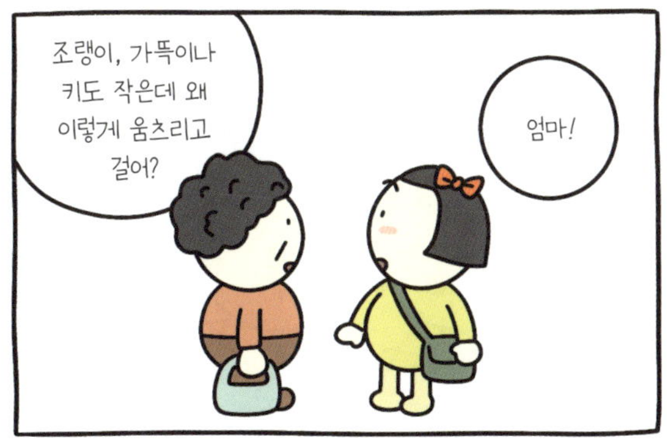

조랭이, 가뜩이나 키도 작은데 왜 이렇게 움츠리고 걸어?
엄마!

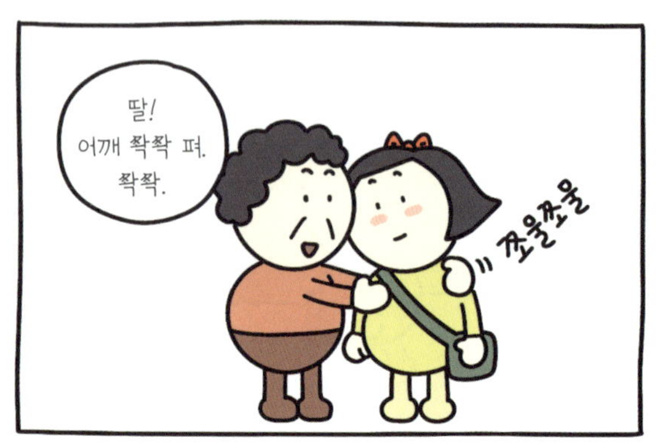
딸!
어깨 쫙쫙 펴.
쫙쫙.
쪼울쪼울

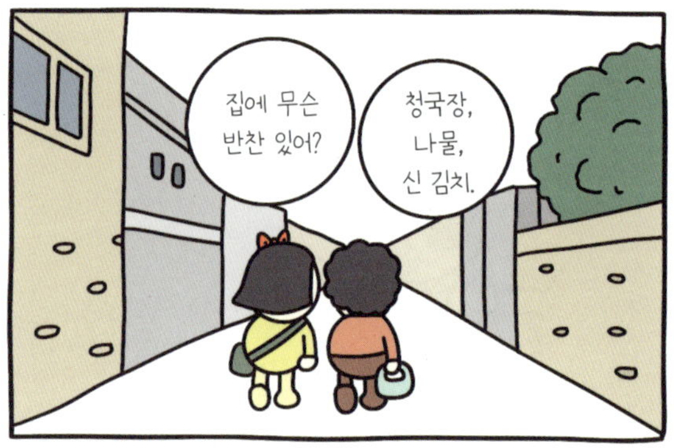
집에 무슨
반찬 있어?
청국장,
나물,
신 김치.

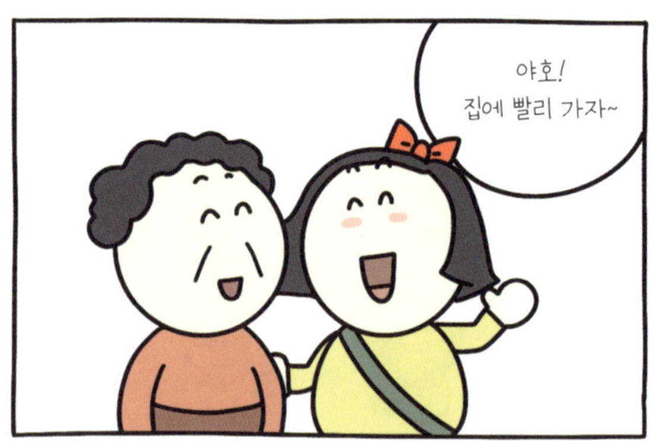
야호!
집에 빨리 가자~

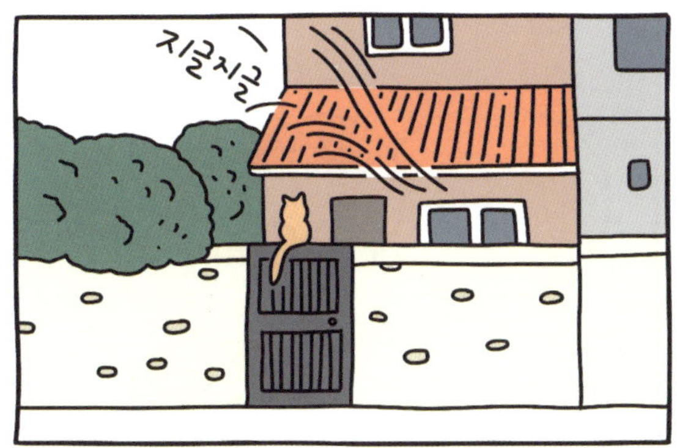

지글지글

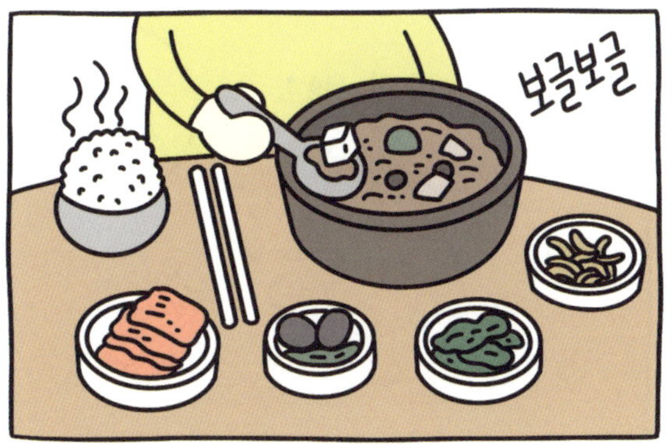

보글보글

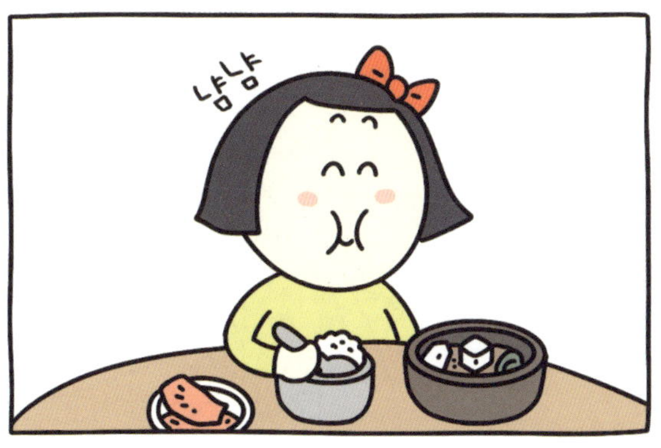

냠냠

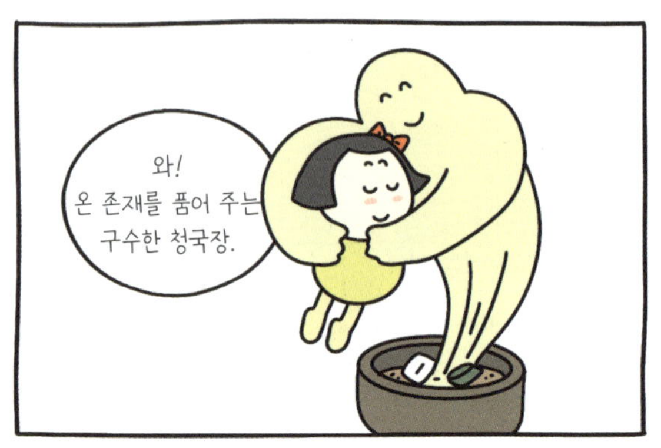
와!
온 존재를 품어 주는
구수한 청국장.

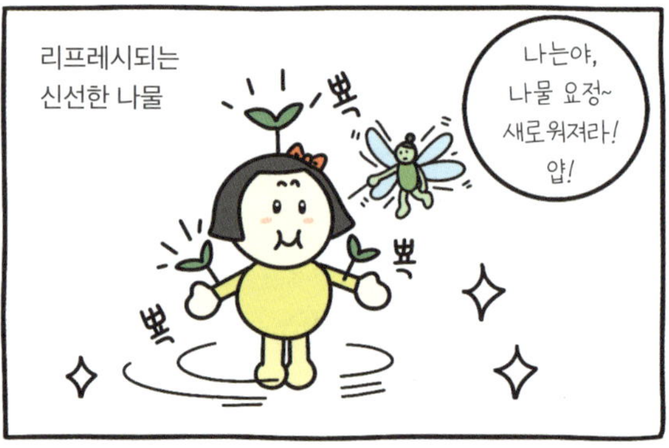
리프레시되는
신선한 나물

나는야,
나물 요정~
새로워져라!
얍!

뾱
뾱
뾱

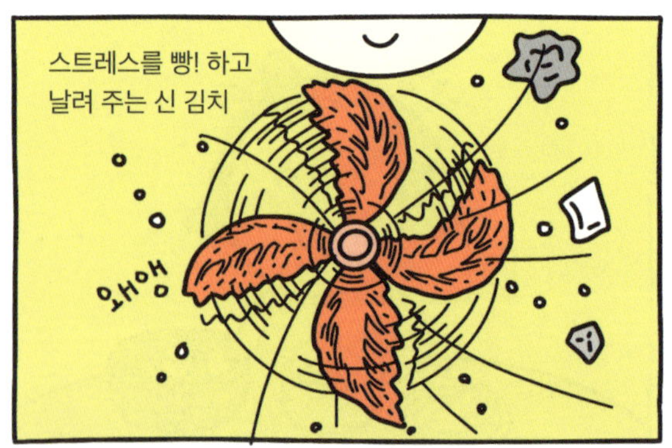
스트레스를 빵! 하고
날려 주는 신 김치

왜앵

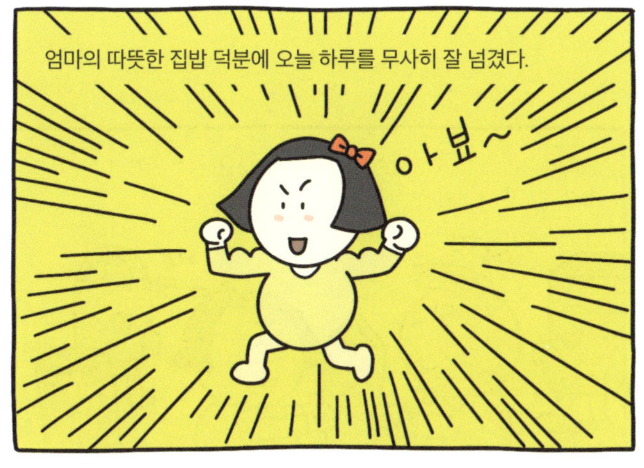
엄마의 따뜻한 집밥 덕분에 오늘 하루를 무사히 잘 넘겼다.
아뵤~

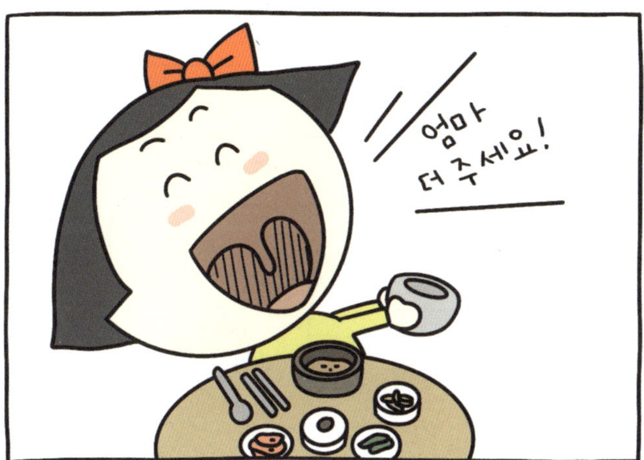
엄마 더 주세요!

플라스틱 심폐 소생술

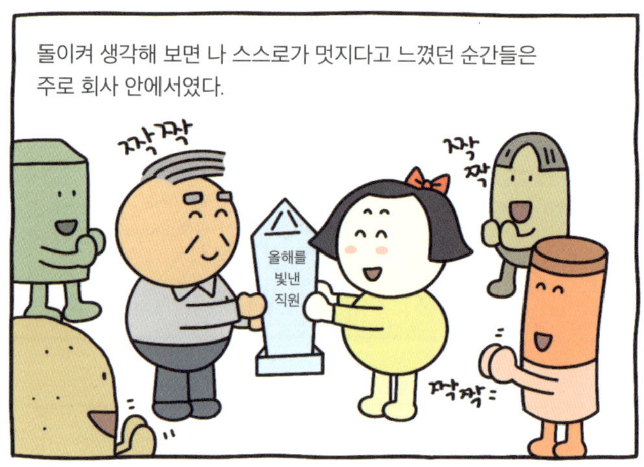

돌이켜 생각해 보면 나 스스로가 멋지다고 느꼈던 순간들은 주로 회사 안에서였다.
짝짝
짝짝
올해를 빛낸 직원
짝짝

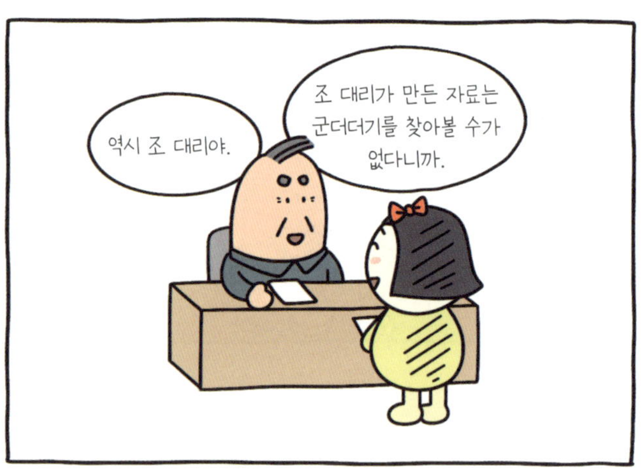

역시 조 대리야.
조 대리가 만든 자료는 군더더기를 찾아볼 수가 없다니까.

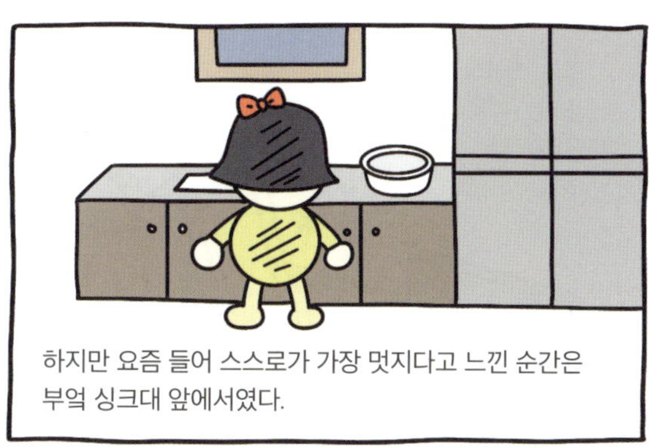

하지만 요즘 들어 스스로가 가장 멋지다고 느낀 순간은
부엌 싱크대 앞에서였다.

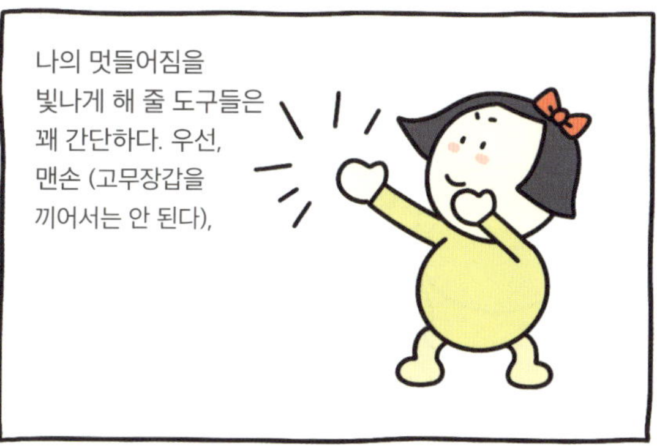

나의 멋들어짐을
빛나게 해 줄 도구들은
꽤 간단하다. 우선,
맨손 (고무장갑을
끼어서는 안 된다),

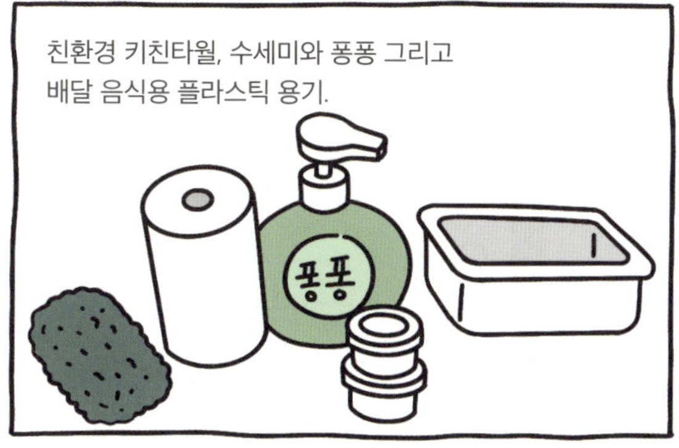

친환경 키친타월, 수세미와 퐁퐁 그리고
배달 음식용 플라스틱 용기.

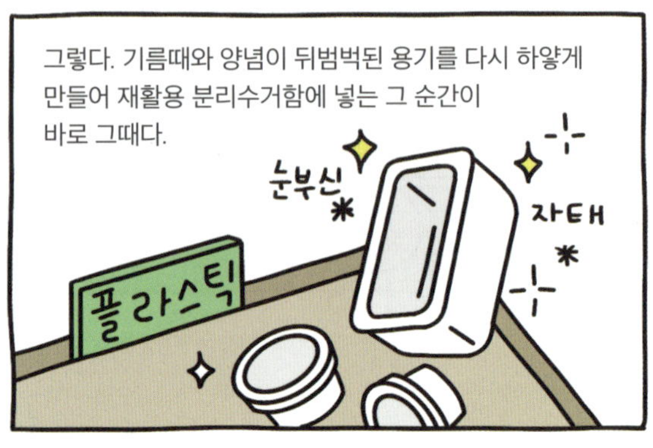

그렇다. 기름때와 양념이 뒤범벅된 용기를 다시 하얗게
만들어 재활용 분리수거함에 넣는 그 순간이
바로 그때다.
눈부신
자태
플라스틱

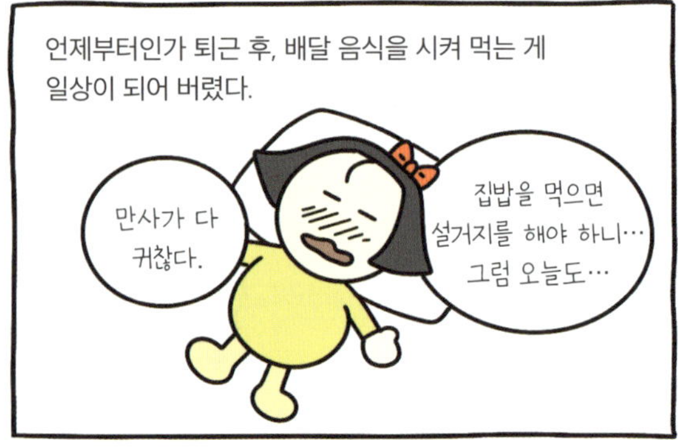

언제부터인가 퇴근 후, 배달 음식을 시켜 먹는 게
일상이 되어 버렸다.
만사가 다
귀찮다.
집밥을 먹으면
설거지를 해야 하니…
그럼 오늘도…

배달의 만족
클릭

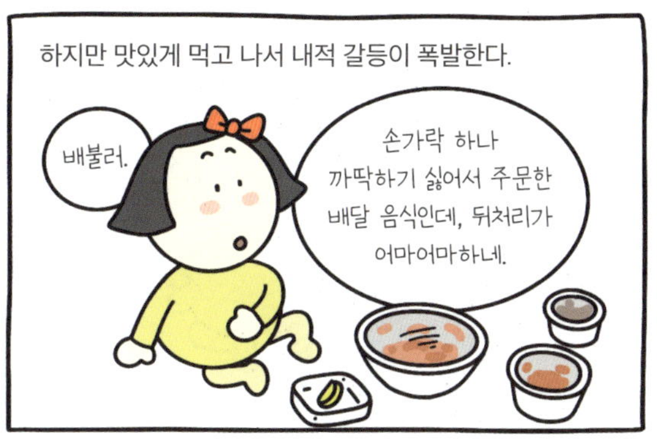

하지만 맛있게 먹고 나서 내적 갈등이 폭발한다.
배불러.
손가락 하나 까딱하기 싫어서 주문한 배달 음식인데, 뒤처리가 어마어마하네.

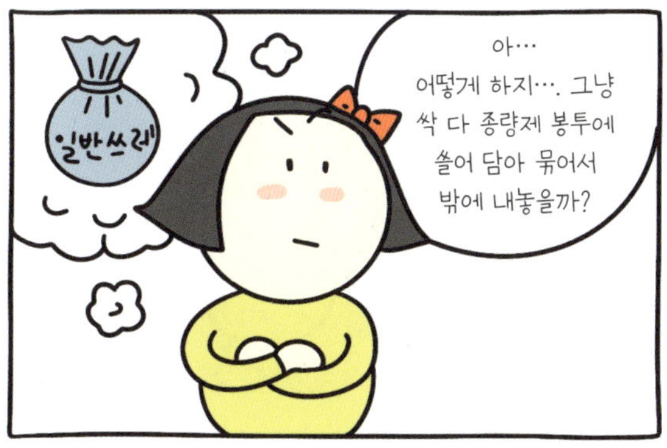

일반쓰레
아… 어떻게 하지…. 그냥 싹 다 종량제 봉투에 쏠어 담아 묶어서 밖에 내놓을까?

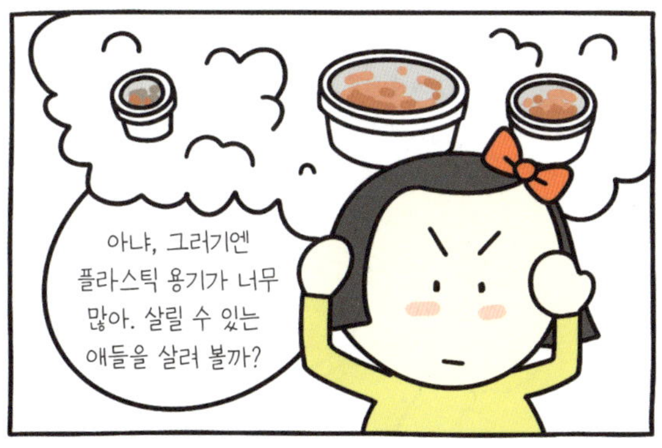

아냐, 그러기엔 플라스틱 용기가 너무 많아. 살릴 수 있는 애들을 살려 볼까?

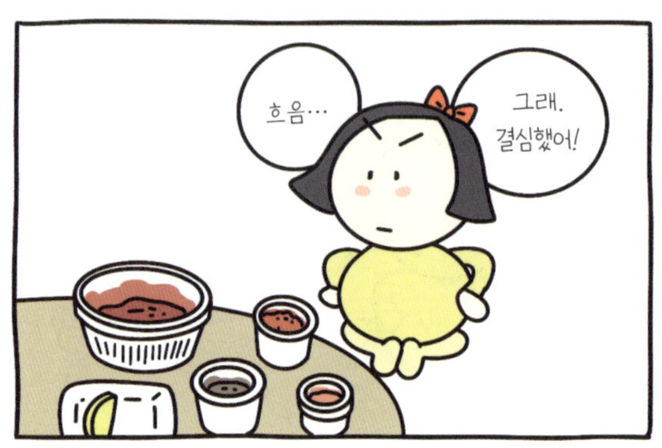

흐음…
그래. 결심했어!

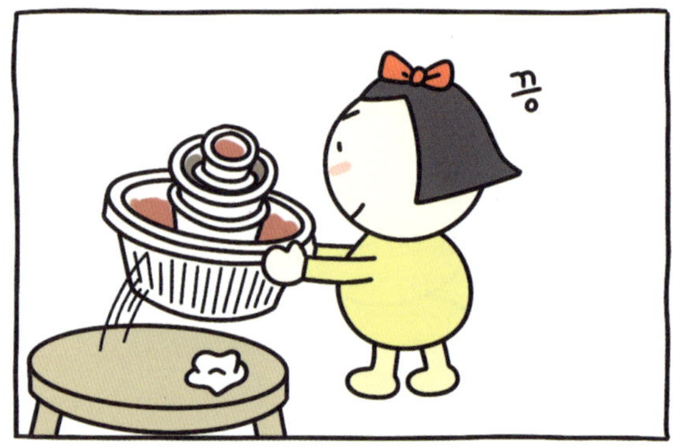

끙

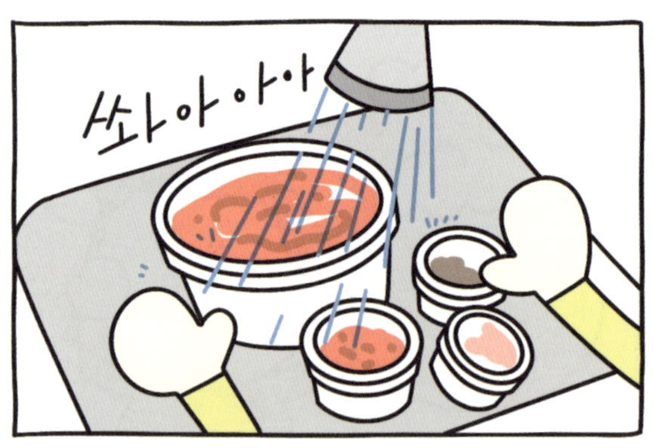

쏴아아아

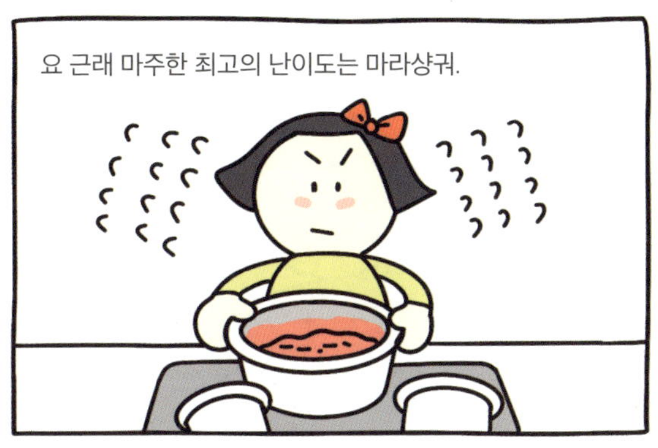

요 근래 마주한 최고의 난이도는 마라샹궈.

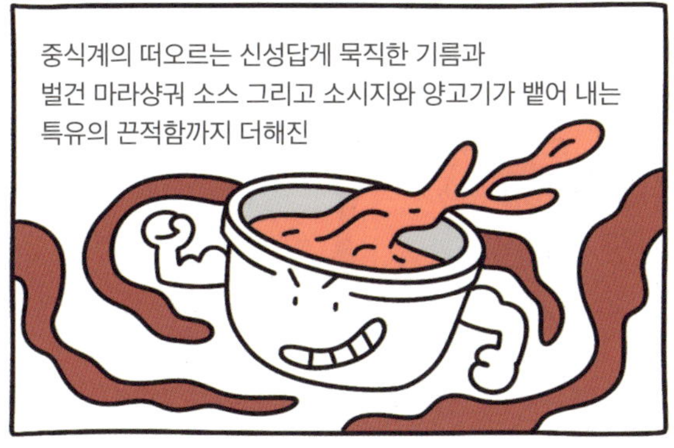

중식계의 떠오르는 신성답게 묵직한 기름과
벌건 마라샹궈 소스 그리고 소시지와 양고기가 뱉어 내는
특유의 끈적함까지 더해진

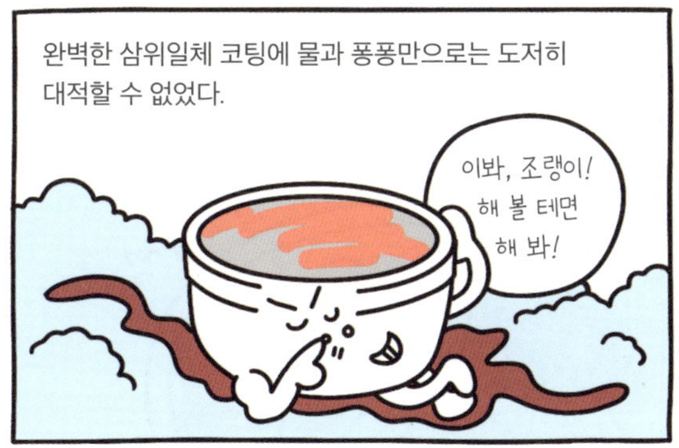

완벽한 삼위일체 코팅에 물과 퐁퐁만으로는 도저히
대적할 수 없었다.
이봐, 조랭이!
해 볼 테면
해 봐!

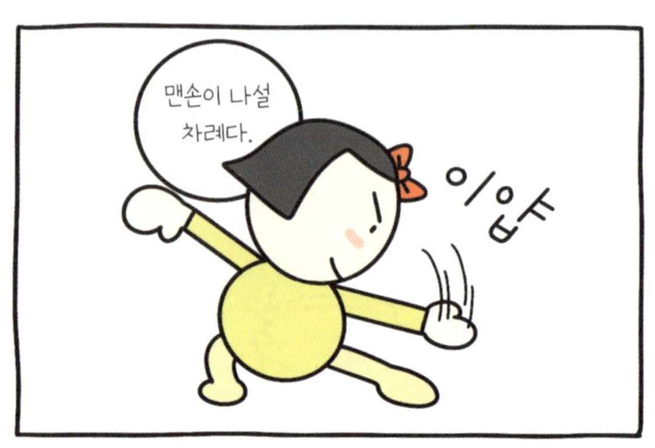

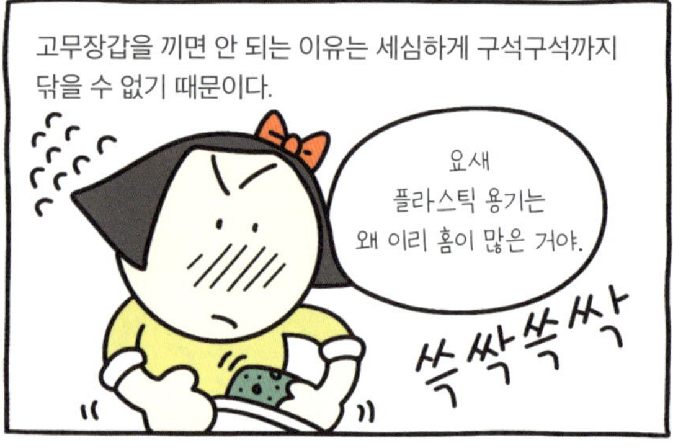
고무장갑을 끼면 안 되는 이유는 세심하게 구석구석까지
닦을 수 없기 때문이다.

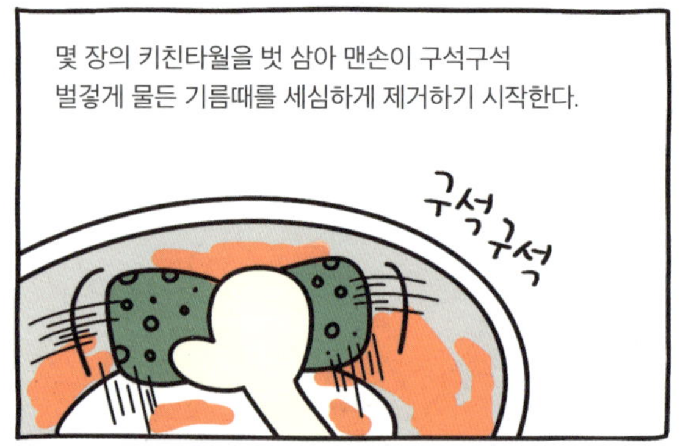
몇 장의 키친타월을 벗 삼아 맨손이 구석구석
벌겋게 물든 기름때를 세심하게 제거하기 시작한다.

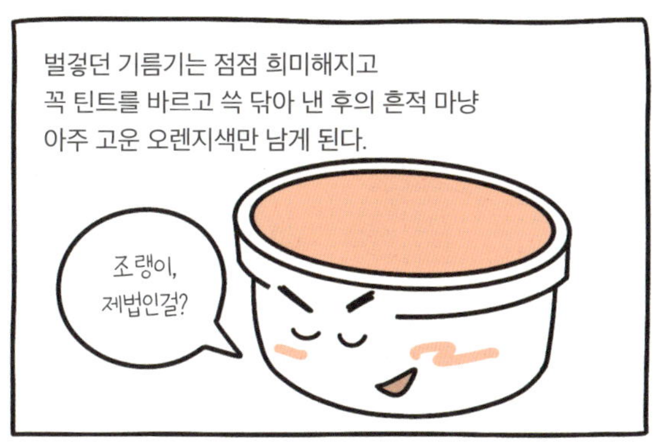

벌겋던 기름기는 점점 희미해지고
꼭 틴트를 바르고 쓱 닦아 낸 후의 흔적 마냥
아주 고운 오렌지색만 남게 된다.
조랭이,
제법인걸?

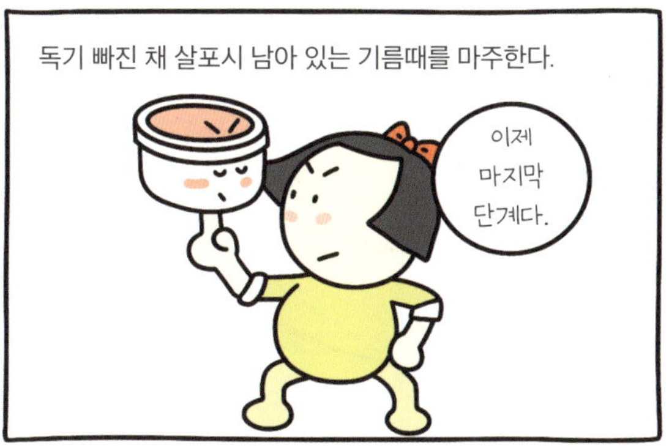

독기 빠진 채 살포시 남아 있는 기름때를 마주한다.
이제
마지막
단계다.

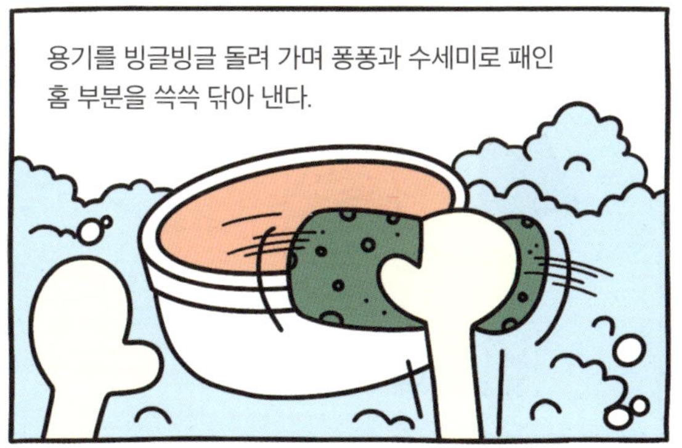

용기를 빙글빙글 돌려 가며 퐁퐁과 수세미로 패인
홈 부분을 쓱쓱 닦아 낸다.

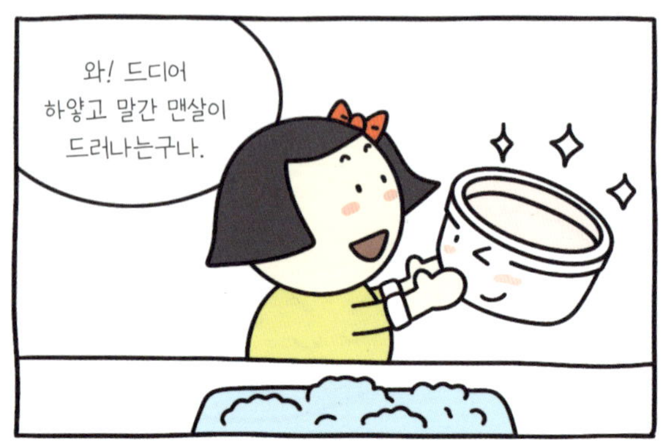

와! 드디어
하얗고 말간 맨살이
드러나는구나.

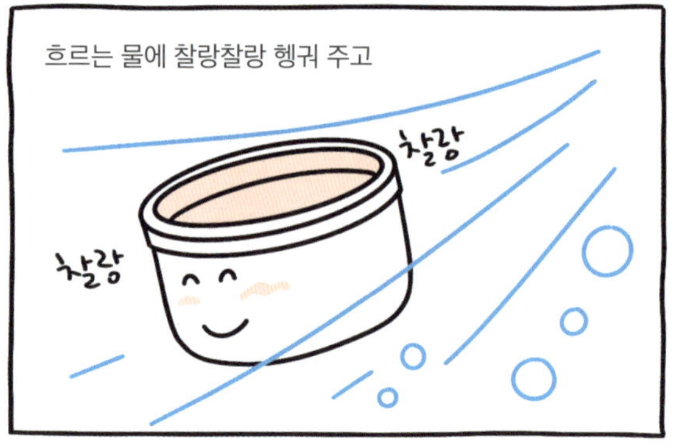

흐르는 물에 찰랑찰랑 헹궈 주고
찰랑
찰랑

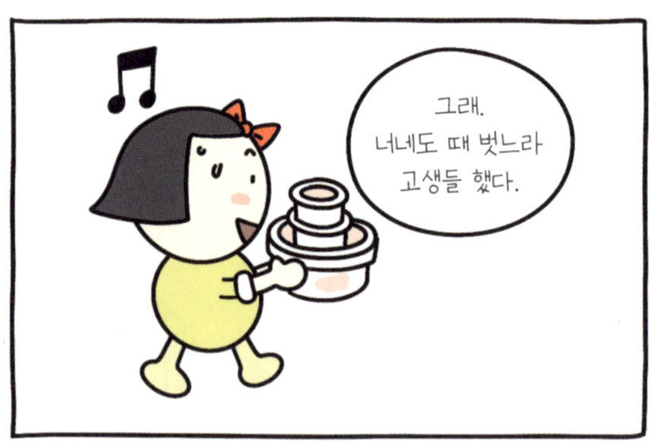

그래.
너네도 때 벗느라
고생들 했다.

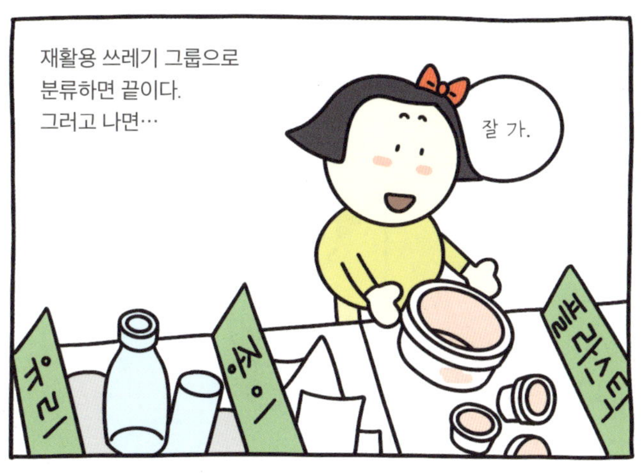

재활용 쓰레기 그룹으로
분류하면 끝이다.
그러고 나면…
잘 가.
유리
종이
플라스틱

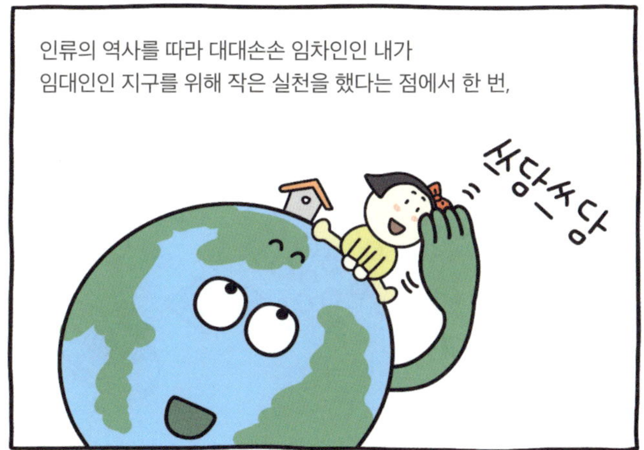

인류의 역사를 따라 대대손손 임차인인 내가
임대인인 지구를 위해 작은 실천을 했다는 점에서 한 번,
쓰담쓰담

이웃이 아무렇게나 내놓은 양념 뒤범벅된 그릇을
산책길에서 마주칠 때 또 한 번,

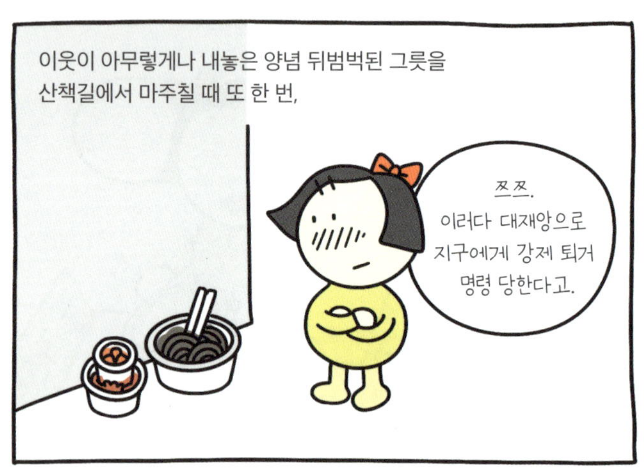

마지막으로 영원히 매장될 뻔한 플라스틱 용기에게
다시 한번 새 생명을 선사한 훌륭함이 스스로 기특할 때 한 번씩

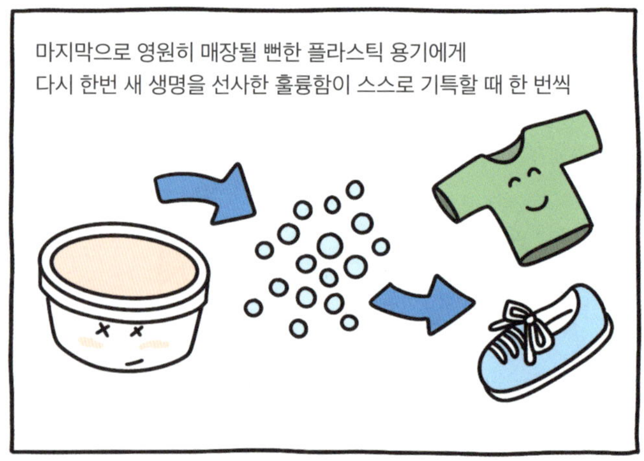

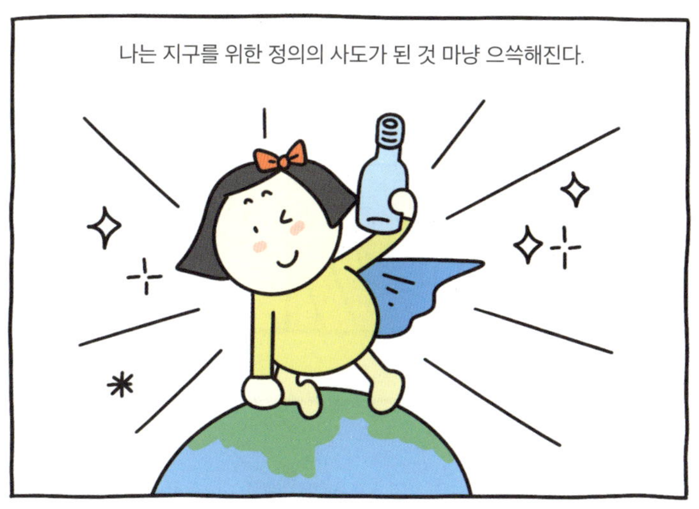

나는 지구를 위한 정의의 사도가 된 것 마냥 으쓱해진다.

반짝임의 차이

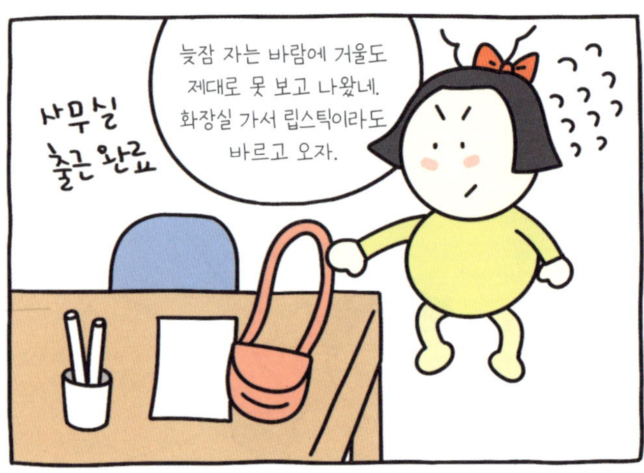

사무실
출근 완료
늦잠 자는 바람에 거울도
제대로 못 보고 나왔네.
화장실 가서 립스틱이라도
바르고 오자.

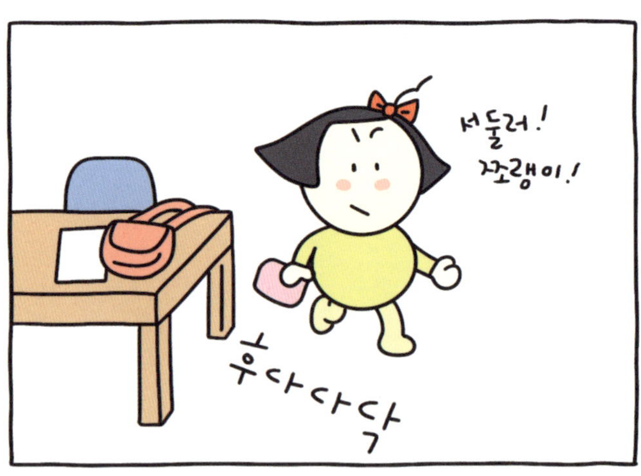

서둘러!
꼬맹이!
우다다닥

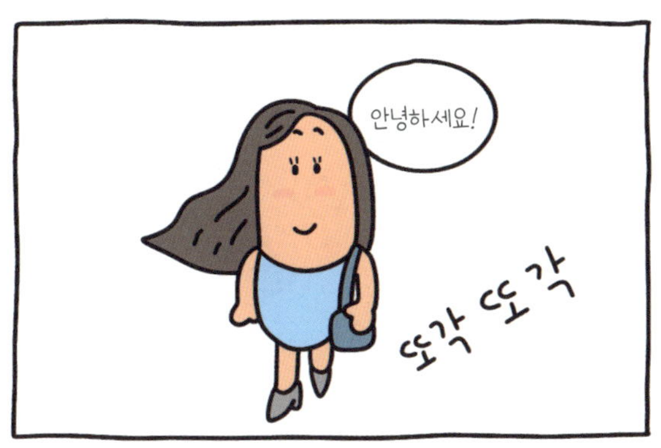

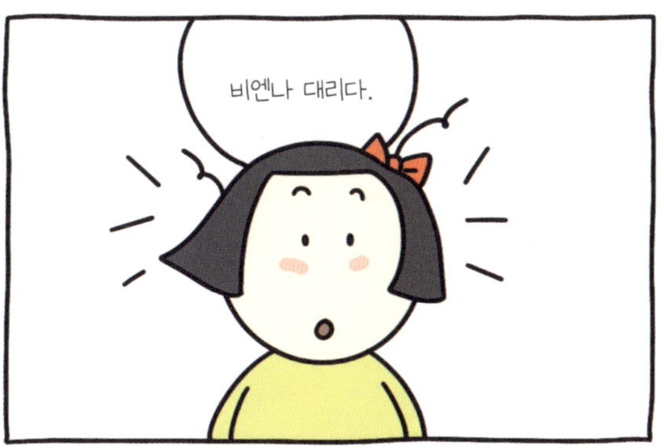

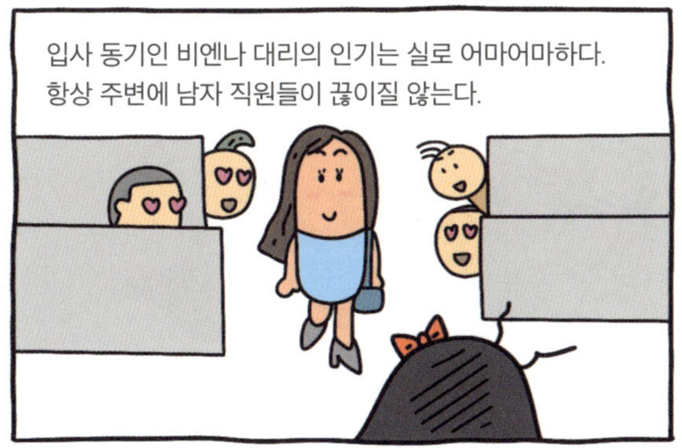
입사 동기인 비엔나 대리의 인기는 실로 어마어마하다.
항상 주변에 남자 직원들이 끊이질 않는다.

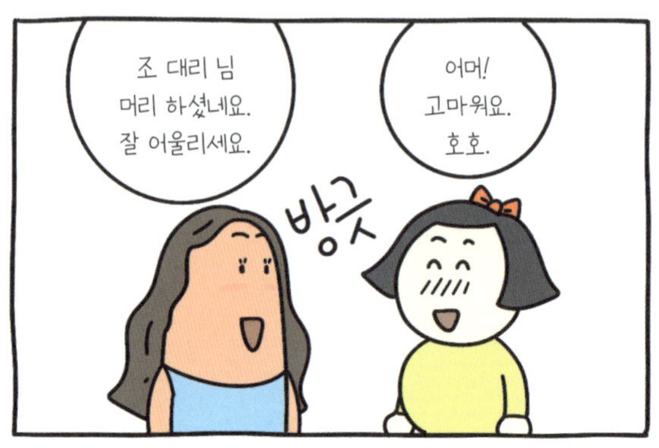

조 대리 님 머리 하셨네요. 잘 어울리세요.
어머! 고마워요. 호호.
방긋

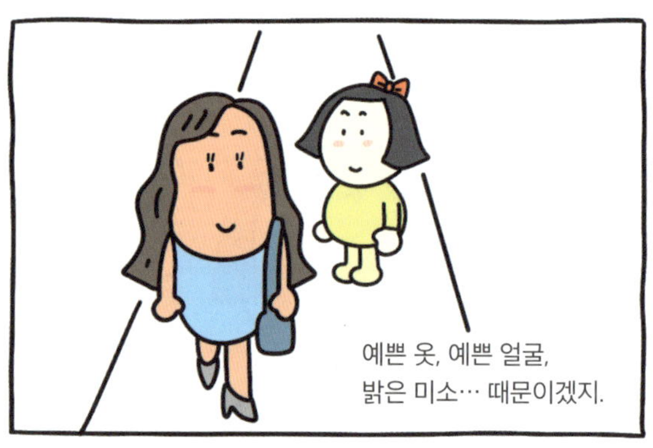

예쁜 옷, 예쁜 얼굴, 밝은 미소… 때문이겠지.

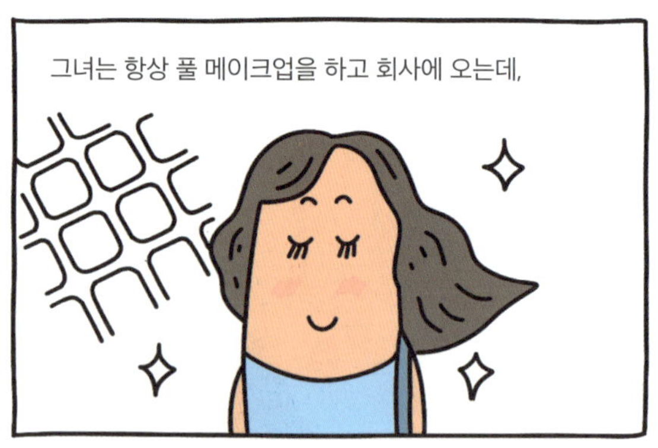

그녀는 항상 풀 메이크업을 하고 회사에 오는데,

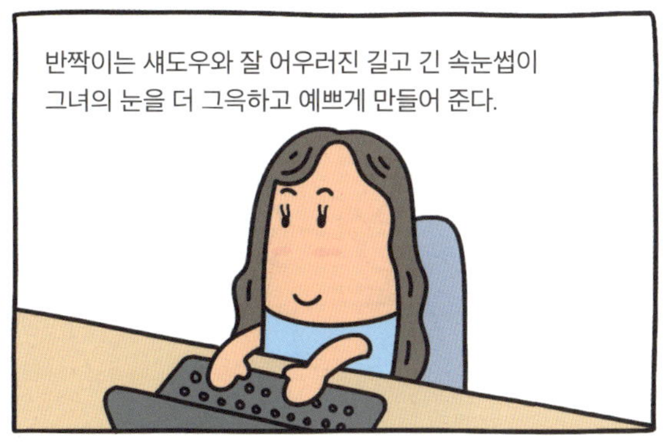

반짝이는 섀도우와 잘 어우러진 길고 긴 속눈썹이
그녀의 눈을 더 그윽하고 예쁘게 만들어 준다.

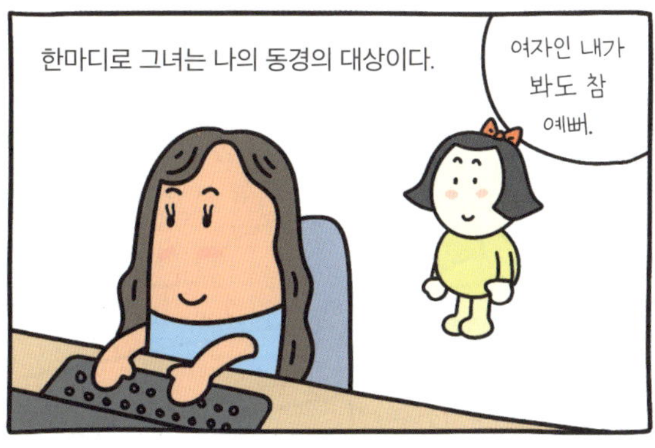

한마디로 그녀는 나의 동경의 대상이다.
여자인 내가
봐도 참
예뻐.

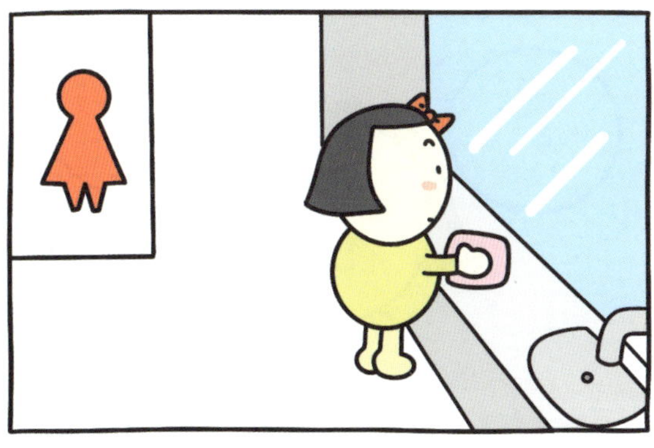

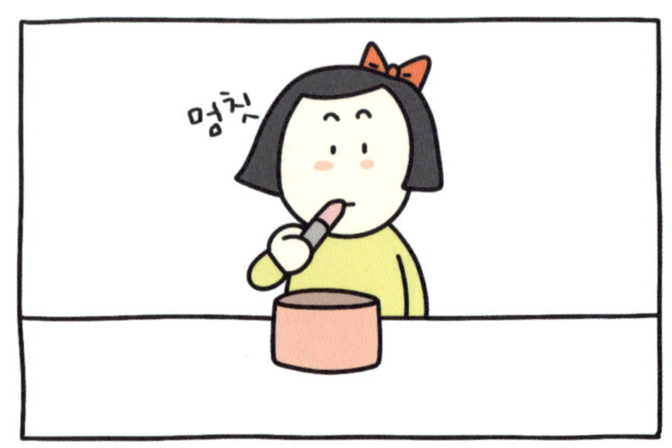

멍첫

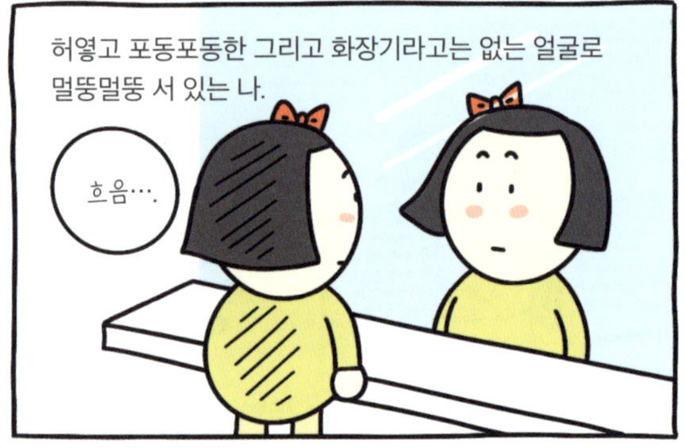

허옇고 포동포동한 그리고 화장기라고는 없는 얼굴로 멀뚱멀뚱 서 있는 나.
흐음….

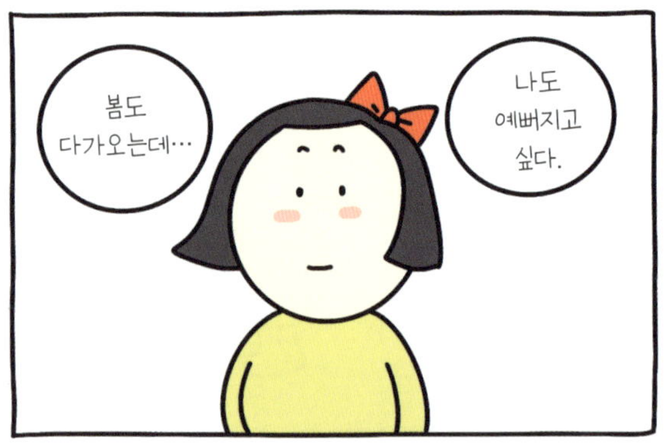

봄도 다가오는데…
나도 예뻐지고 싶다.

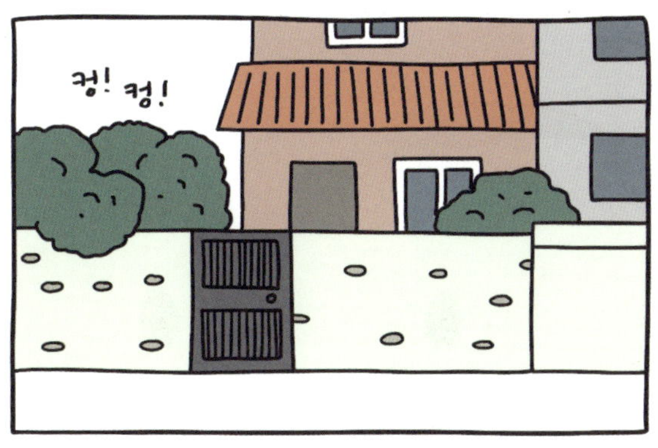

컹! 컹!

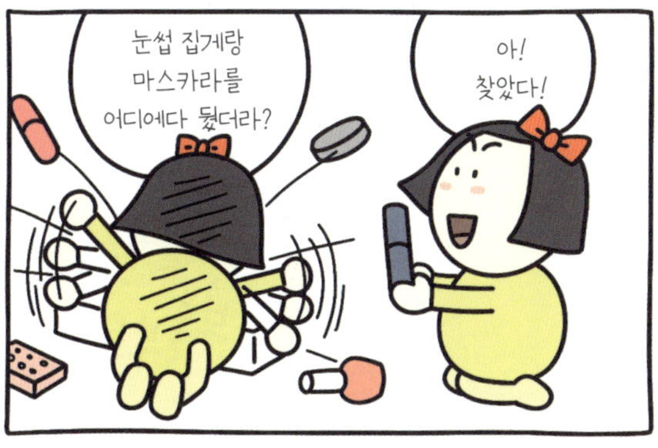

눈썹 집게랑
마스카라를
어디에다 뒀더라?
아!
찾았다!

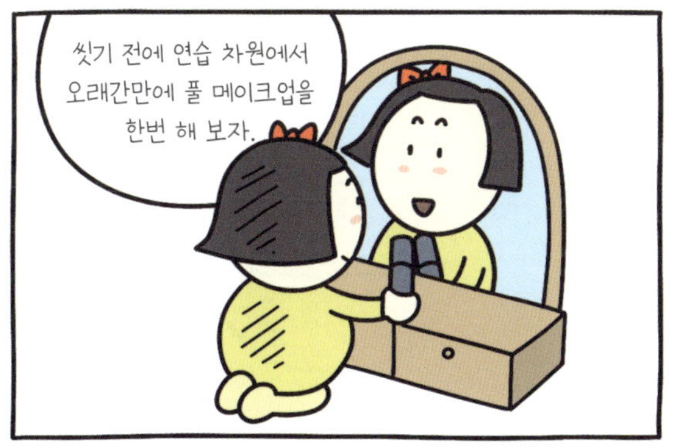

씻기 전에 연습 차원에서
오래간만에 풀 메이크업을
한번 해 보자.

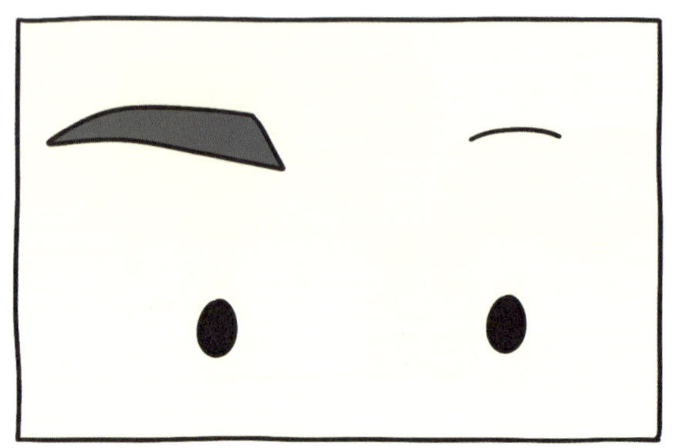

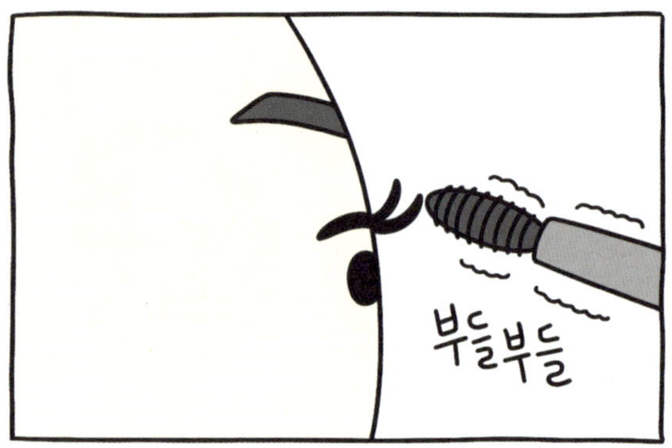
부들부들

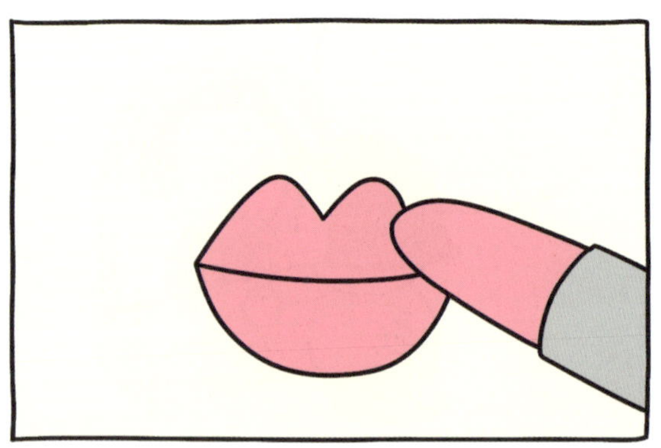

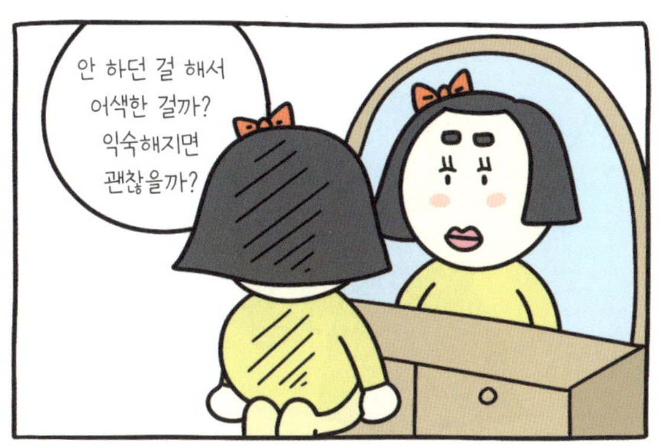

안 하던 걸 해서
어색한 걸까?
익숙해지면
괜찮을까?

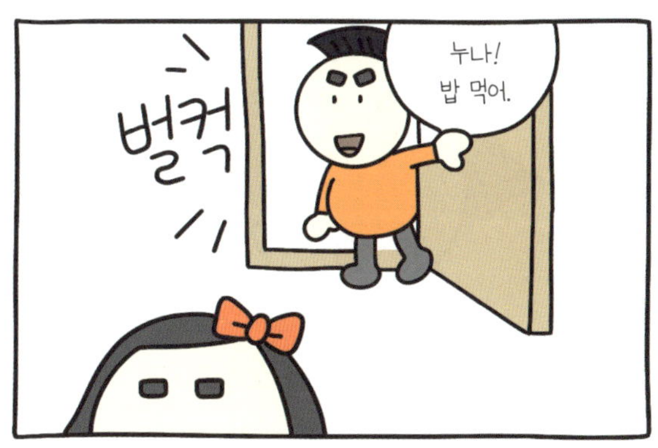

벌컥
누나!
밥 먹어.

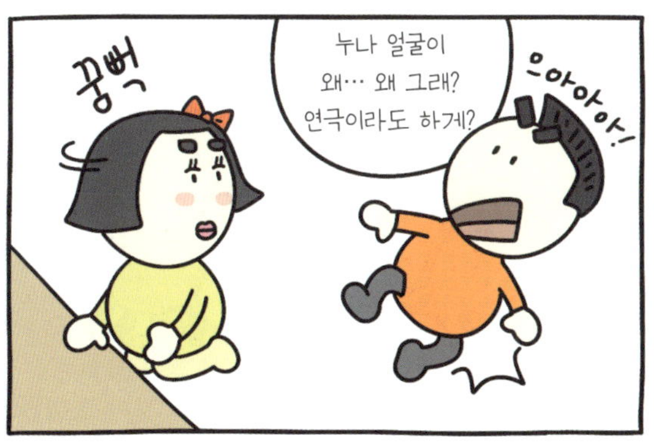

꿈뻑
누나 얼굴이
왜… 왜 그래?
연극이라도 하게?
으아아아!

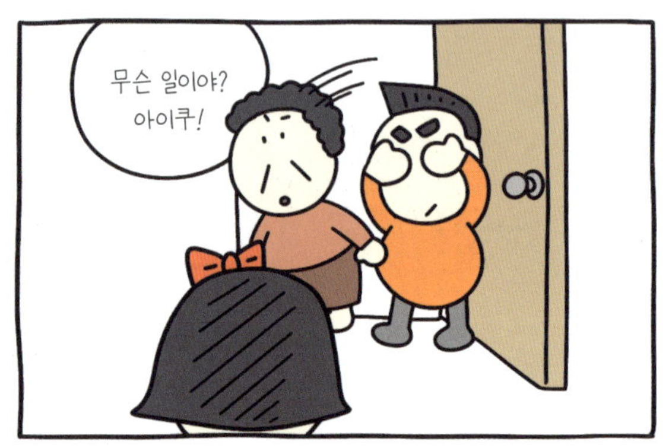

무슨 일이야?
아이쿠!

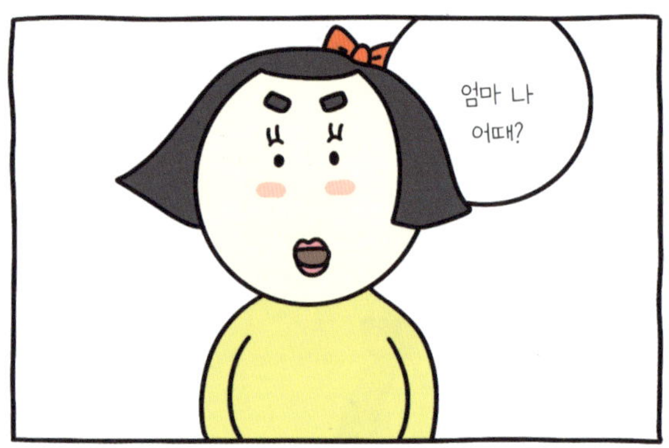

엄마 나
어때?

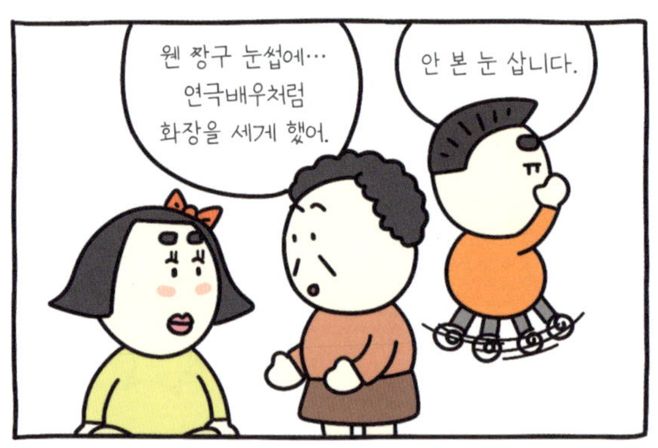

웬 짱구 눈썹에…
연극배우처럼
화장을 세게 했어.
안 본 눈 삽니다.

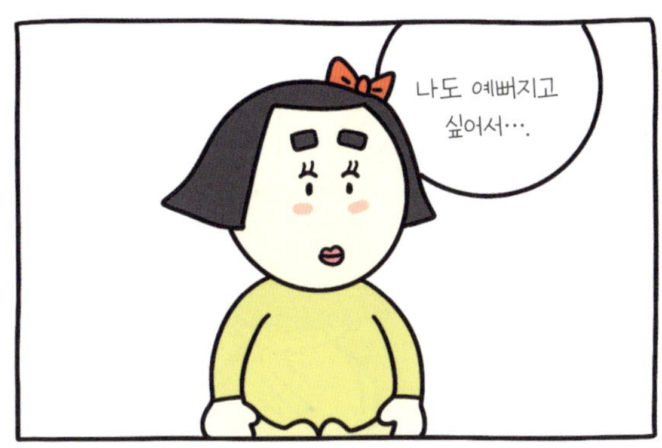

나도 예뻐지고
싶어서….

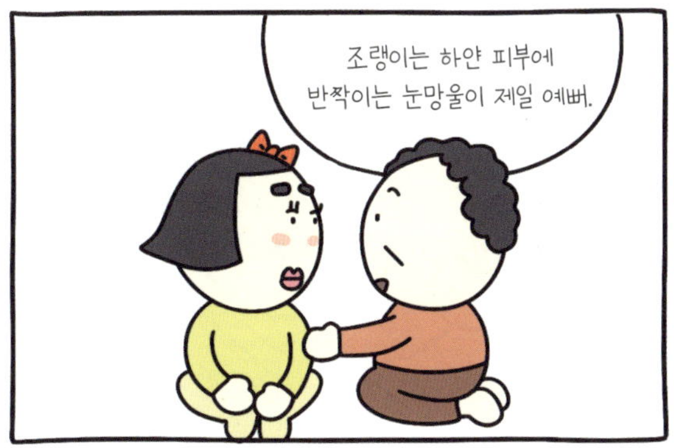

조랭이는 하얀 피부에
반짝이는 눈망울이 제일 예뻐.

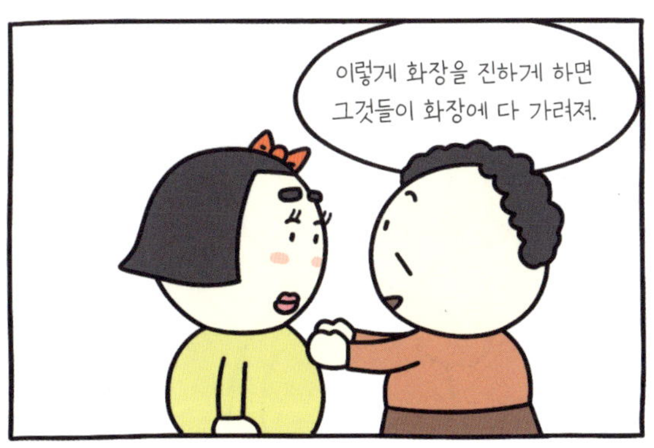

이렇게 화장을 진하게 하면
그것들이 화장에 다 가려져.

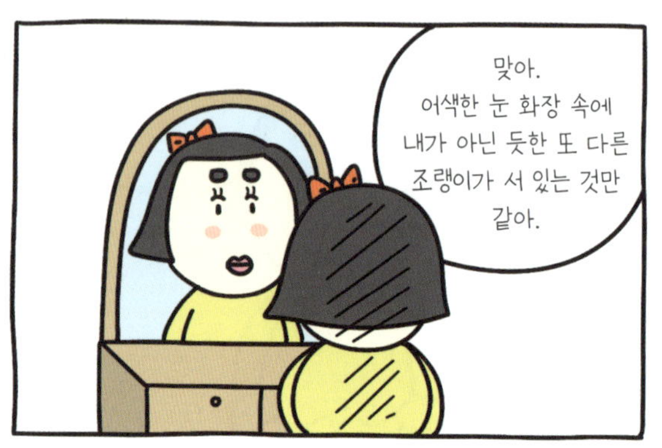

맞아.
어색한 눈 화장 속에
내가 아닌 듯한 또 다른
조랭이가 서 있는 것만
같아.

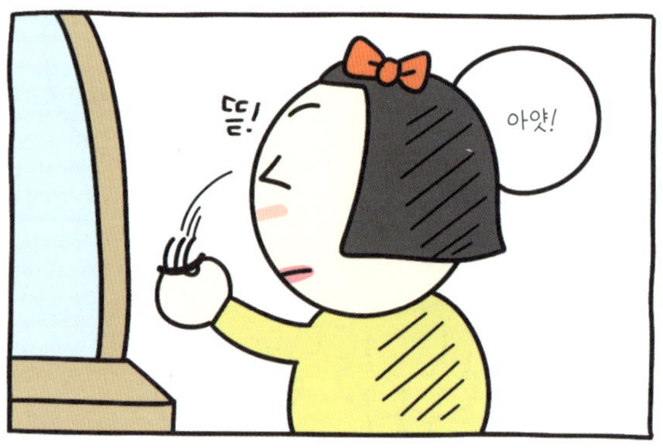

뜯!
아얏!

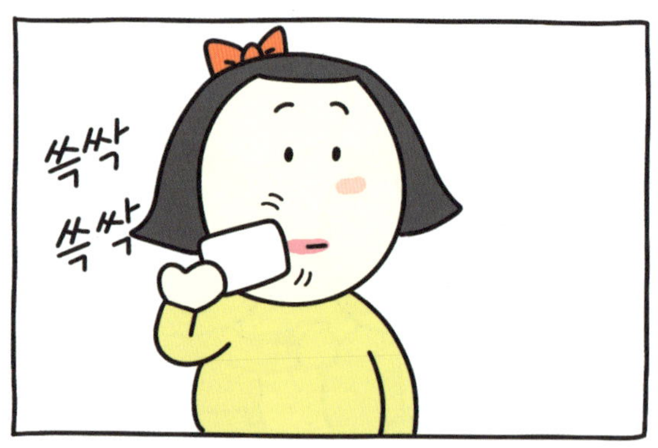

쓱싹
쓱싹

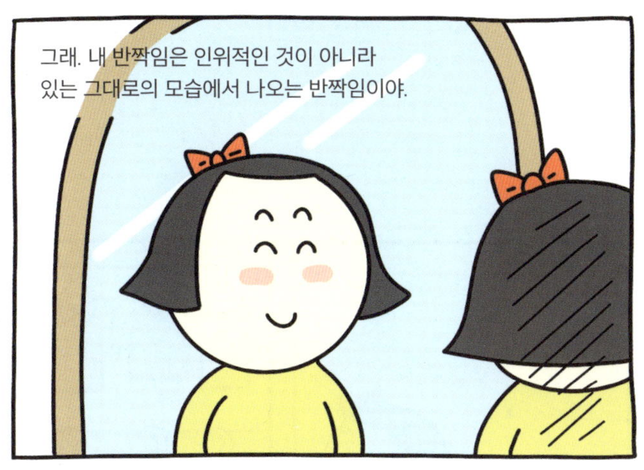

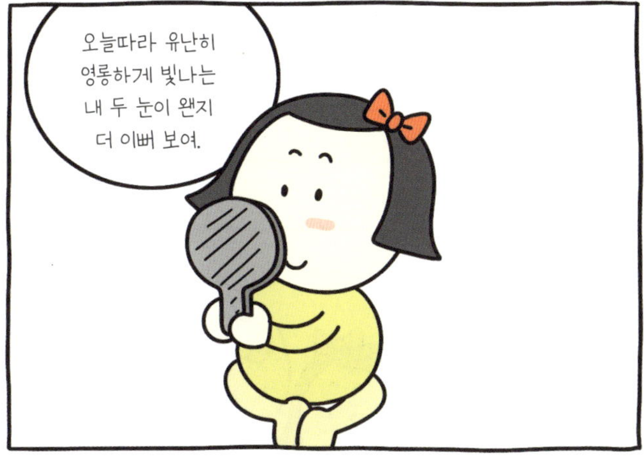

그래 이게 나야.
있는 그대로의 반짝임.

과잉 집착

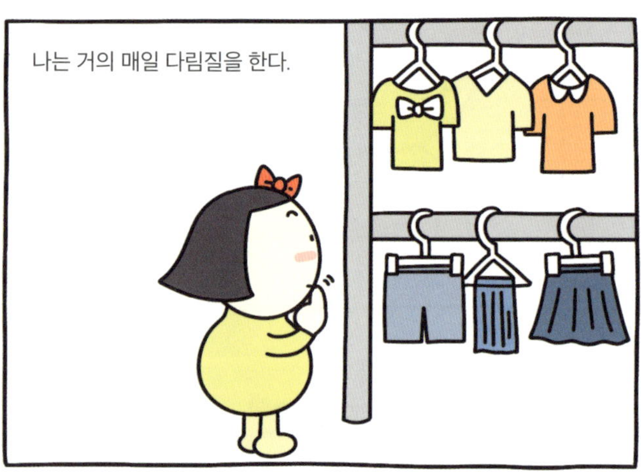

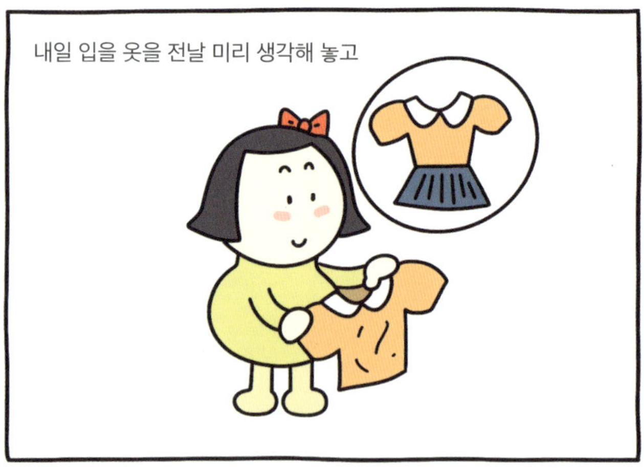

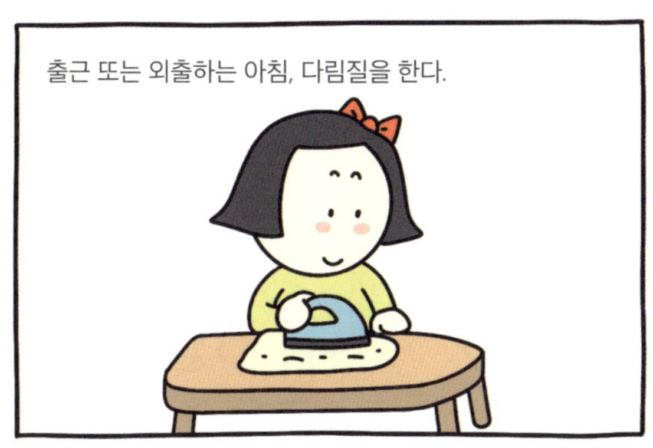

출근 또는 외출하는 아침, 다림질을 한다.

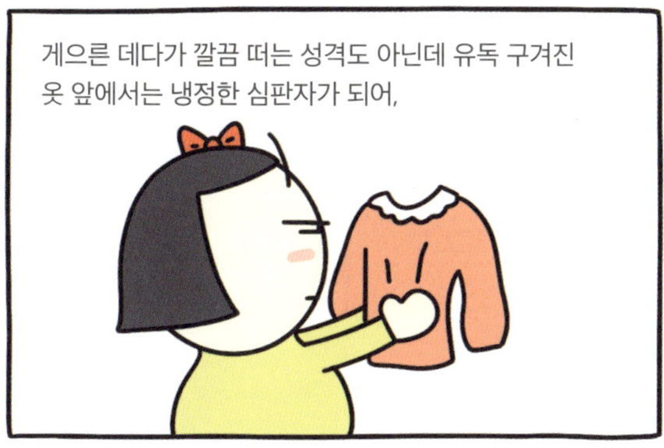

게으른 데다가 깔끔 떠는 성격도 아닌데 유독 구겨진
옷 앞에서는 냉정한 심판자가 되어,

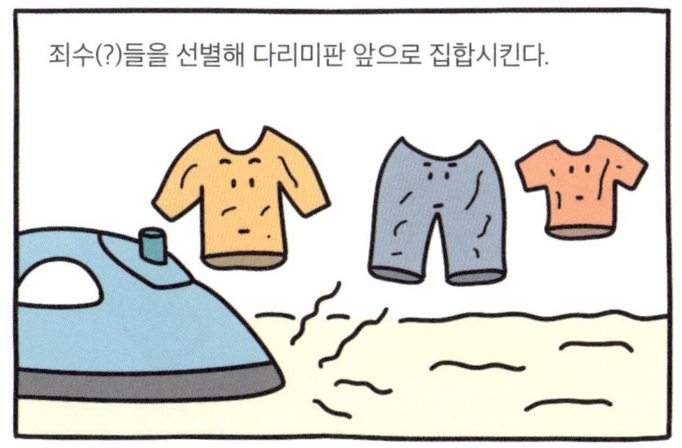

죄수(?)들을 선별해 다리미판 앞으로 집합시킨다.

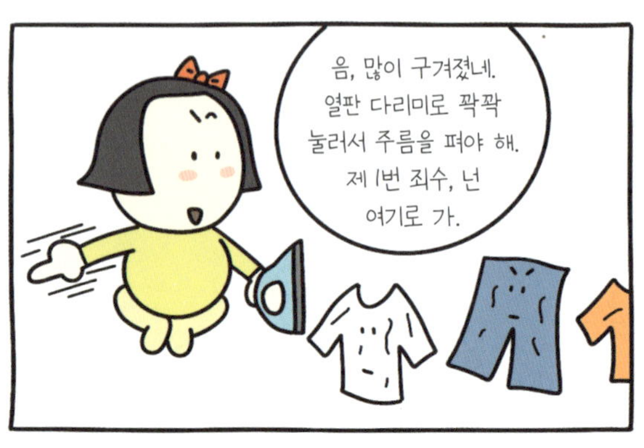

음, 많이 구겨졌네.
열판 다리미로 꽉꽉
눌러서 주름을 펴야 해.
제 1번 죄수, 넌
여기로 가.

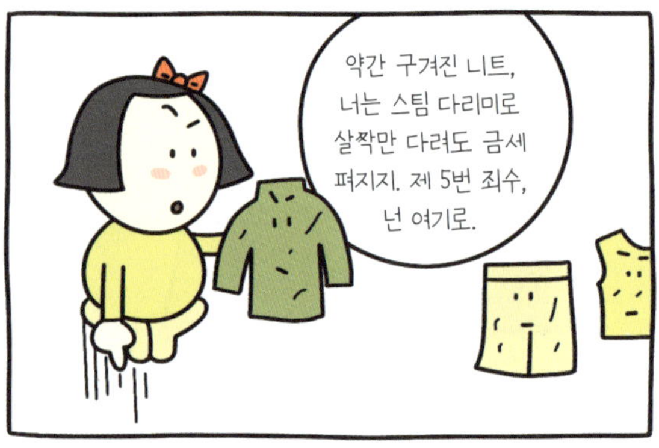

약간 구겨진 니트,
너는 스팀 다리미로
살짝만 다려도 금세
펴지지. 제 5번 죄수,
넌 여기로.

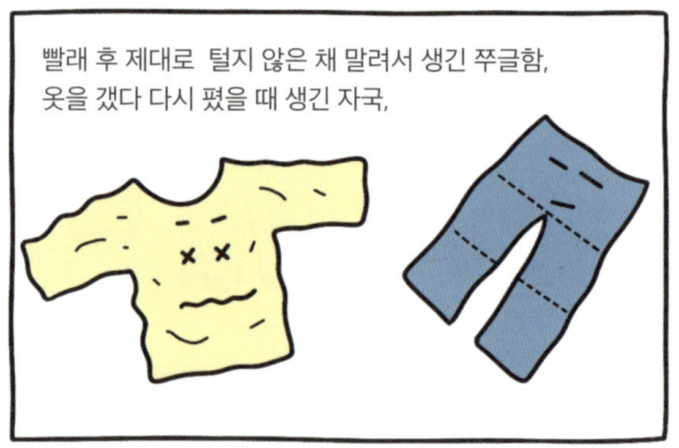

빨래 후 제대로 털지 않은 채 말려서 생긴 쭈글함,
옷을 갰다 다시 폈을 때 생긴 자국,

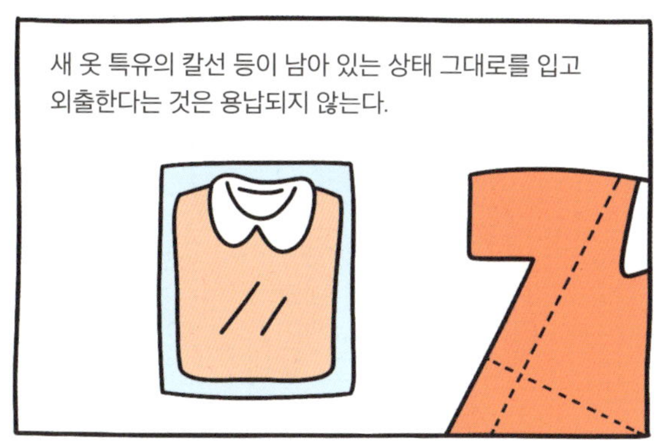

새 옷 특유의 칼선 등이 남아 있는 상태 그대로를 입고
외출한다는 것은 용납되지 않는다.

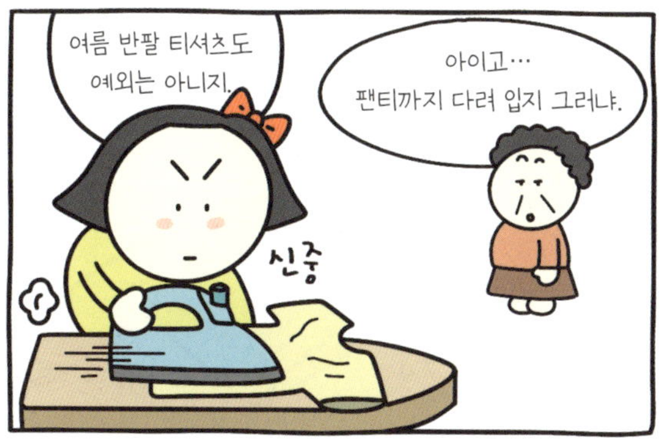

여름 반팔 티셔츠도
예외는 아니지.
아이고…
팬티까지 다려 입지 그러냐.
신중

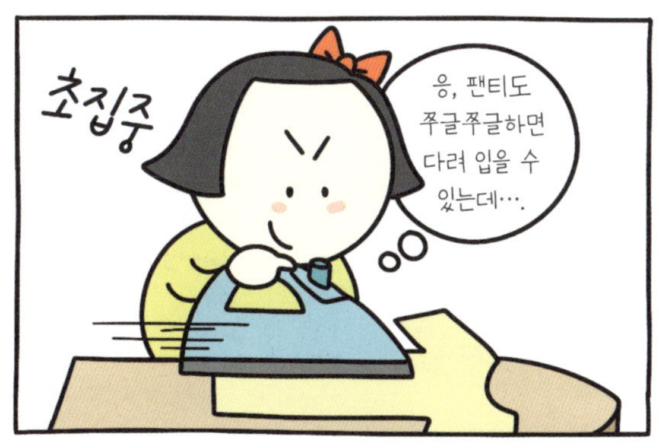

초집중
응, 팬티도
쭈글쭈글하면
다려 입을 수
있는데…

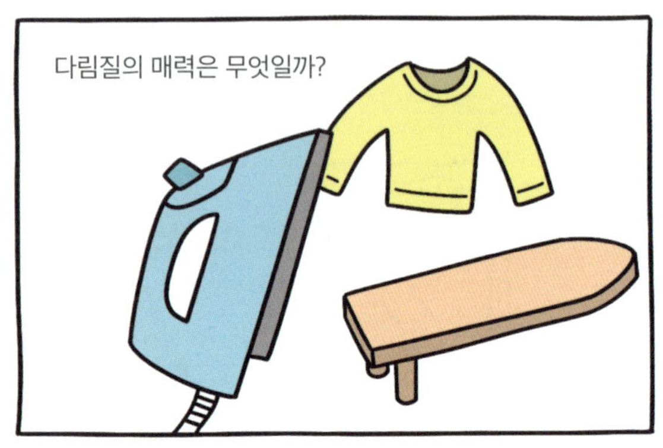

다림질의 매력은 무엇일까?

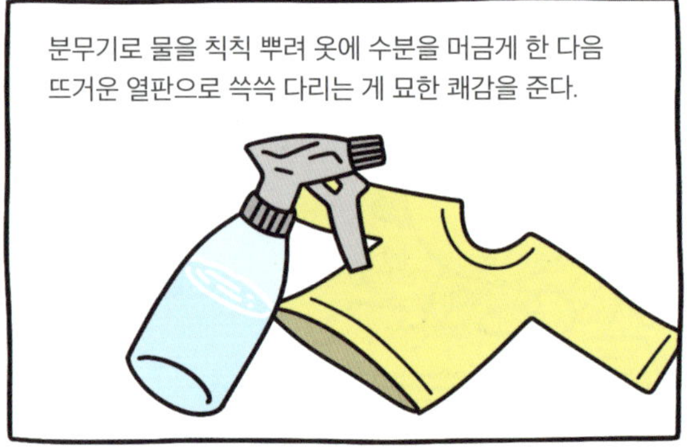

분무기로 물을 칙칙 뿌려 옷에 수분을 머금게 한 다음
뜨거운 열판으로 쓱쓱 다리는 게 묘한 쾌감을 준다.

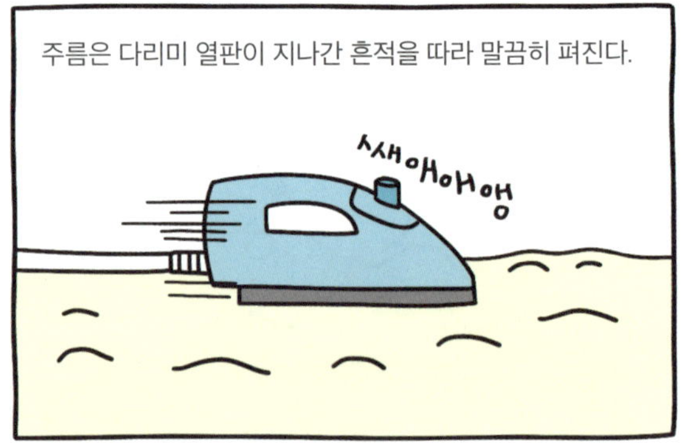

주름은 다리미 열판이 지나간 흔적을 따라 말끔히 펴진다.
쓰애애애앵

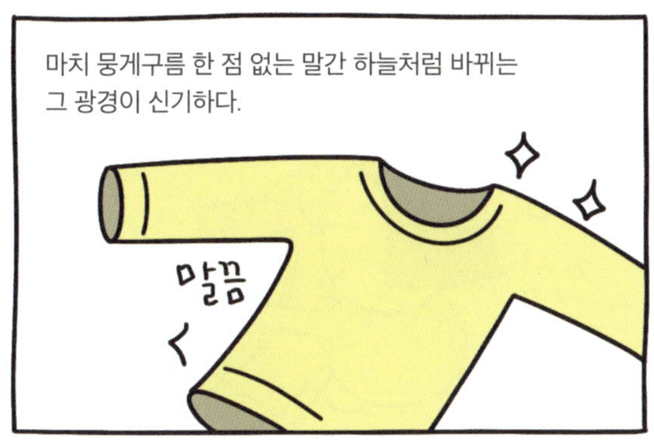

마치 뭉게구름 한 점 없는 말간 하늘처럼 바뀌는
그 광경이 신기하다.
말끔

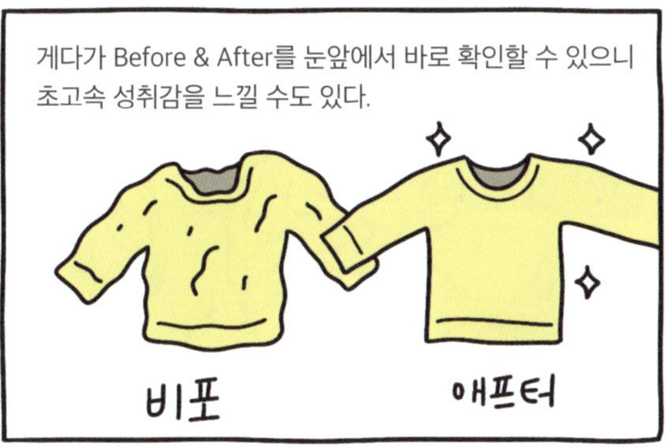

게다가 Before & After를 눈앞에서 바로 확인할 수 있으니
초고속 성취감을 느낄 수도 있다.
비포
애프터

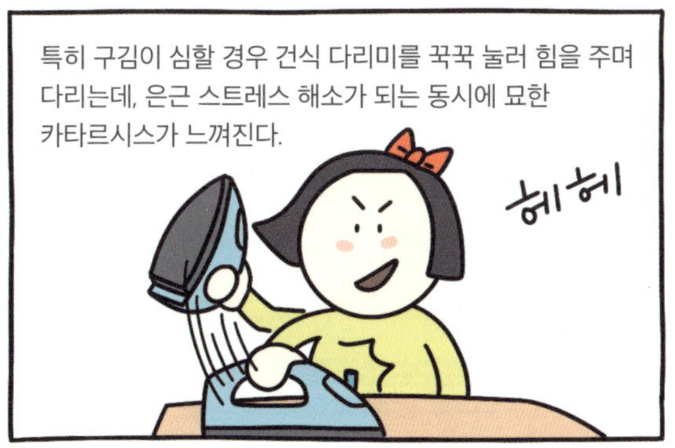

특히 구김이 심할 경우 건식 다리미를 꾹꾹 눌러 힘을 주며
다리는데, 은근 스트레스 해소가 되는 동시에 묘한
카타르시스가 느껴진다.
헤헤

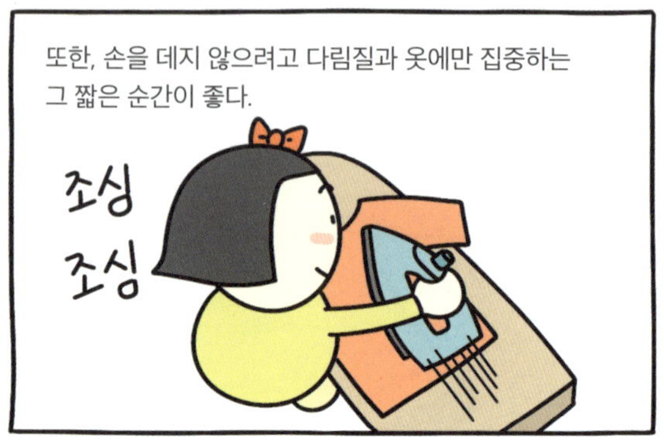
또한, 손을 데지 않으려고 다림질과 옷에만 집중하는
그 짧은 순간이 좋다.
조심
조심

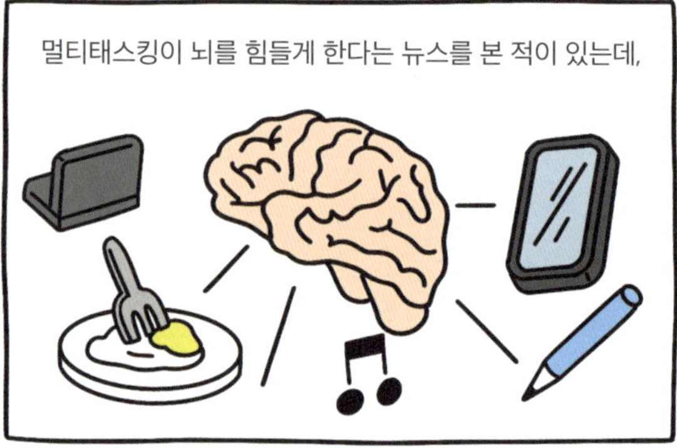
멀티태스킹이 뇌를 힘들게 한다는 뉴스를 본 적이 있는데,

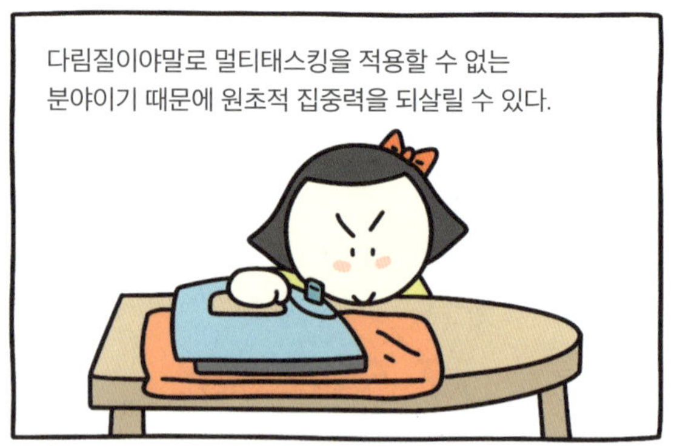
다림질이야말로 멀티태스킹을 적용할 수 없는
분야이기 때문에 원초적 집중력을 되살릴 수 있다.

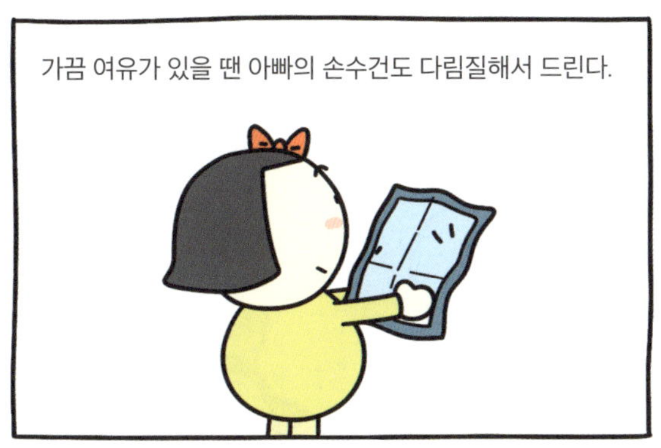

가끔 여유가 있을 땐 아빠의 손수건도 다림질해서 드린다.

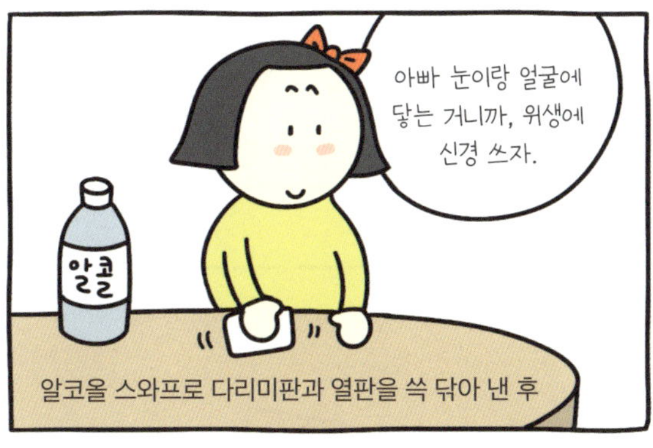

아빠 눈이랑 얼굴에
닿는 거니까, 위생에
신경 쓰자.
알콜
알코올 스와프로 다리미판과 열판을 쓱 닦아 낸 후

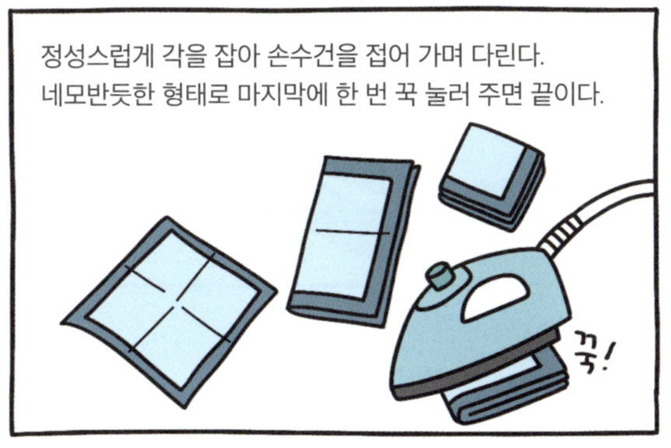

정성스럽게 각을 잡아 손수건을 접어 가며 다린다.
네모반듯한 형태로 마지막에 한 번 꾹 눌러 주면 끝이다.
꾹!

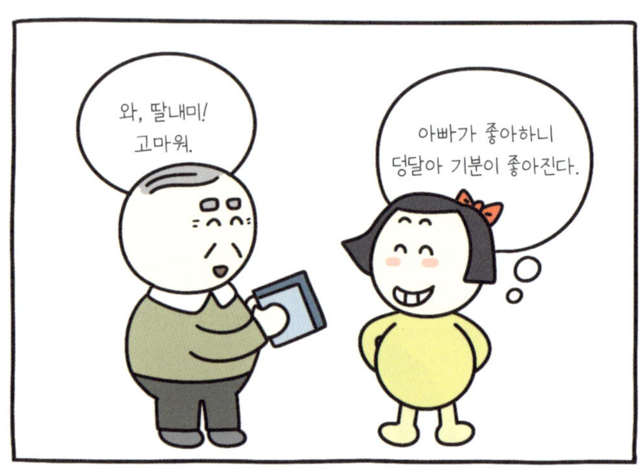

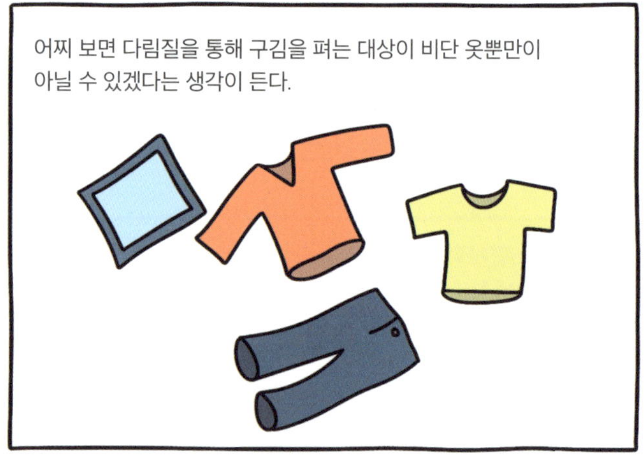
어찌 보면 다림질을 통해 구김을 펴는 대상이 비단 옷뿐만이
아닐 수 있겠다는 생각이 든다.

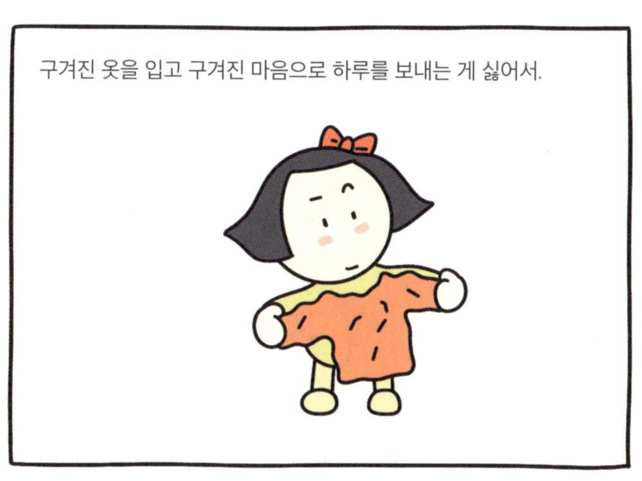

구겨진 옷을 입고 구겨진 마음으로 하루를 보내는 게 싫어서.

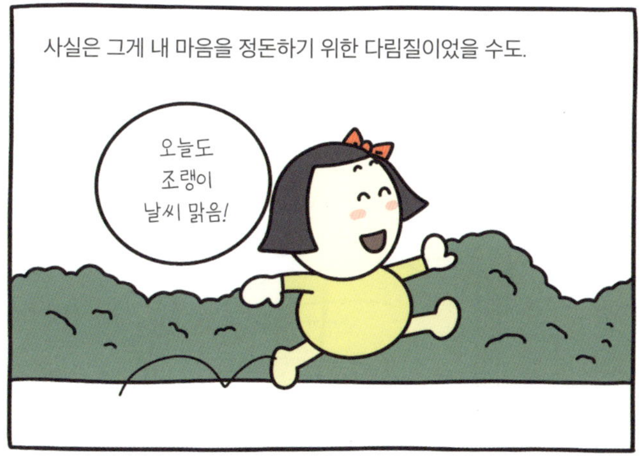

사실은 그게 내 마음을 정돈하기 위한 다림질이었을 수도.

하지 않음의 미덕

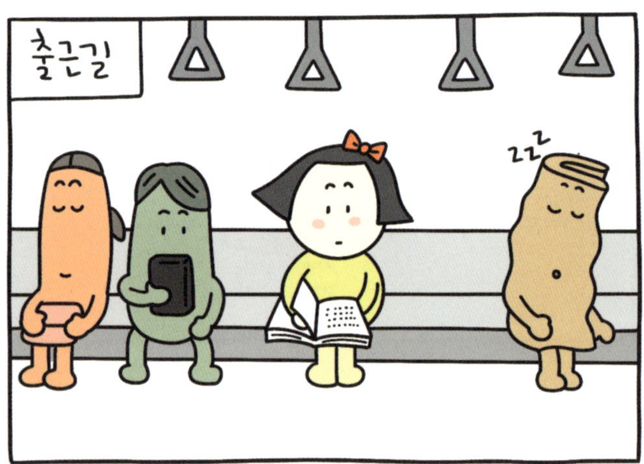

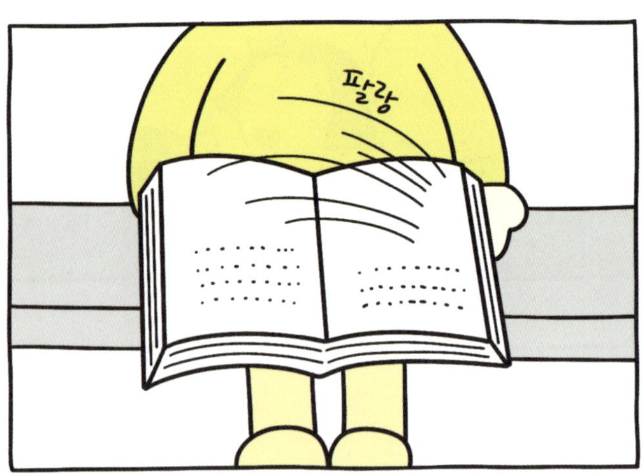

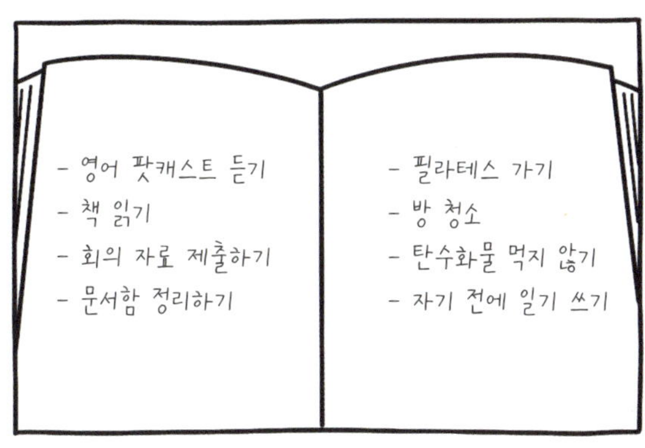

- 영어 팟캐스트 듣기
- 책 읽기
- 회의 자료 제출하기
- 문서함 정리하기
- 필라테스 가기
- 방 청소
- 탄수화물 먹지 않기
- 자기 전에 일기 쓰기

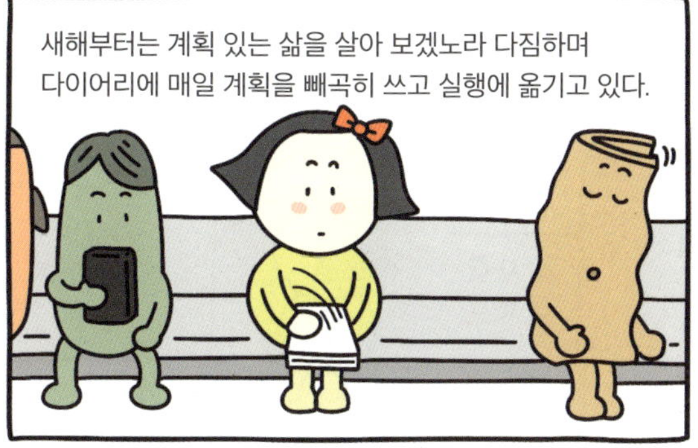

새해부터는 계획 있는 삶을 살아 보겠노라 다짐하며
다이어리에 매일 계획을 빼곡히 쓰고 실행에 옮기고 있다.

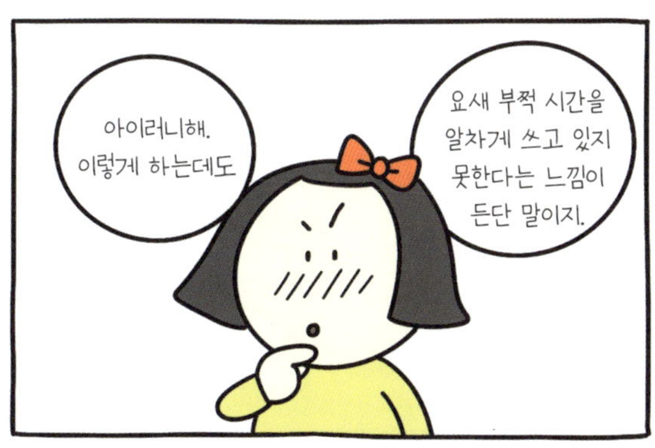

아이러니해.
이렇게 하는데도
요새 부쩍 시간을
알차게 쓰고 있지
못한다는 느낌이
든단 말이지.

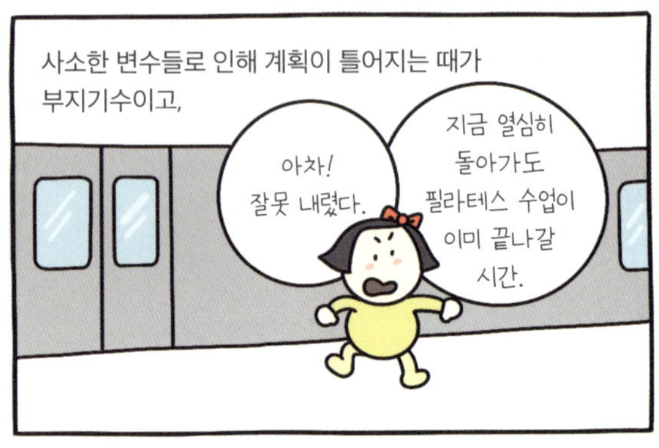

사소한 변수들로 인해 계획이 틀어지는 때가
부지기수이고,
아차!
잘못 내렸다.
지금 열심히
돌아가도
필라테스 수업이
이미 끝나갈
시간.

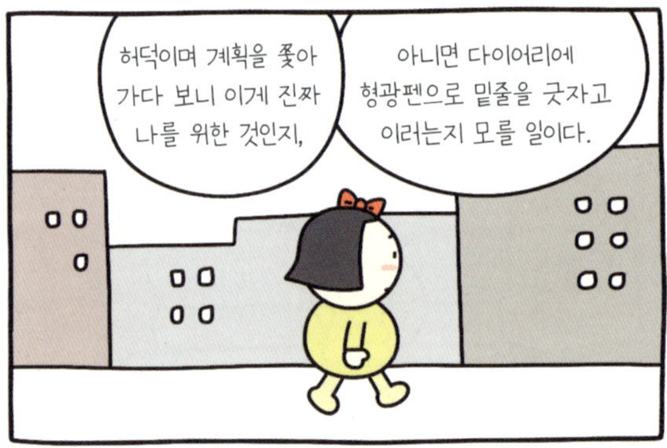

허덕이며 계획을 좇아
가다 보니 이게 진짜
나를 위한 것인지,
아니면 다이어리에
형광펜으로 밑줄을 긋자고
이러는지 모를 일이다.

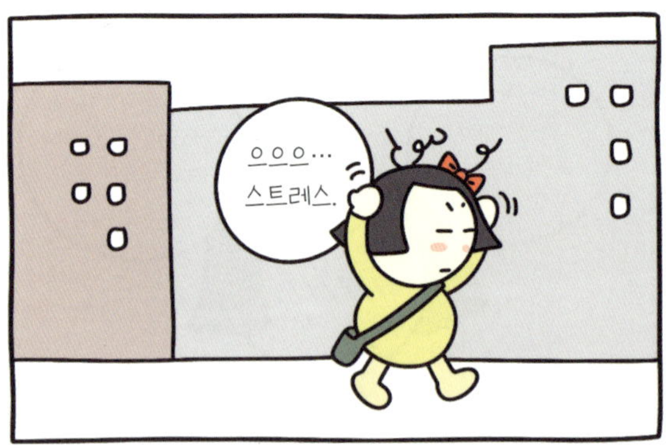

으으으…
스트레스.

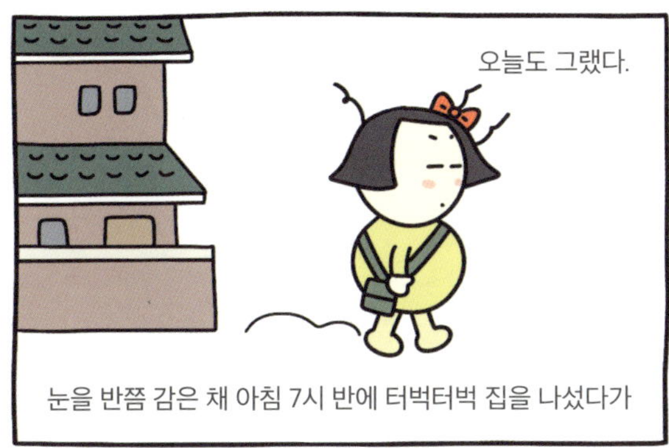

오늘도 그랬다.
눈을 반쯤 감은 채 아침 7시 반에 터벅터벅 집을 나섰다가

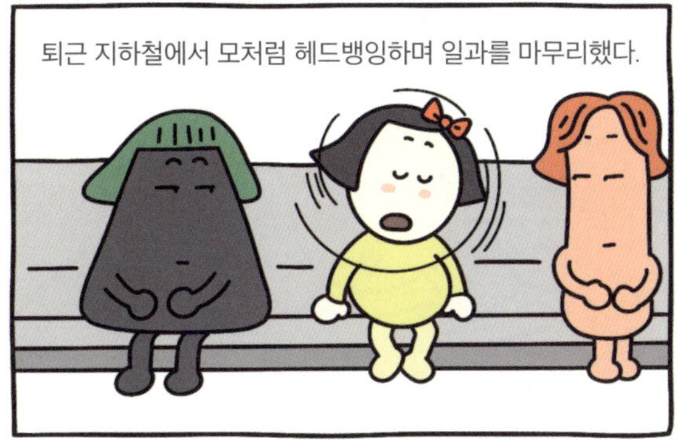

퇴근 지하철에서 모처럼 헤드뱅잉하며 일과를 마무리했다.

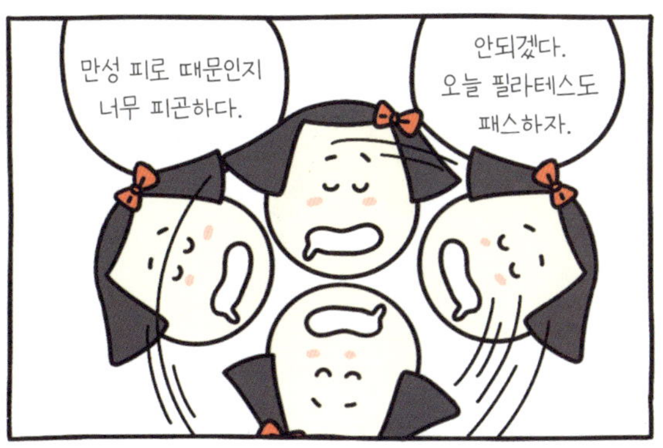

만성 피로 때문인지
너무 피곤하다.
안되겠다.
오늘 필라테스도
패스하자.

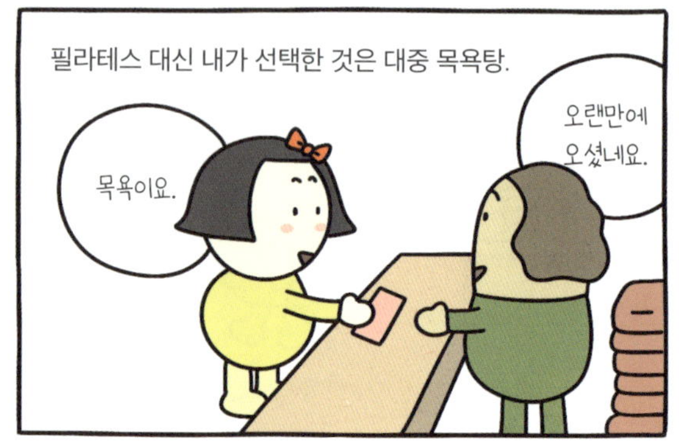

필라테스 대신 내가 선택한 것은 대중 목욕탕.
오랜만에
오셨네요.
목욕이요.

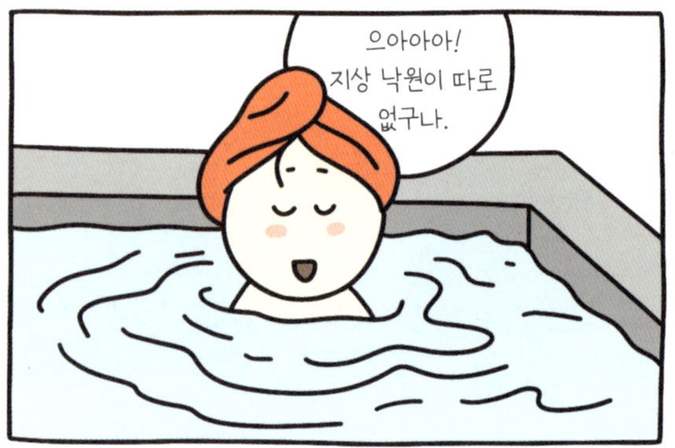

으아아아!
지상 낙원이 따로
없구나.

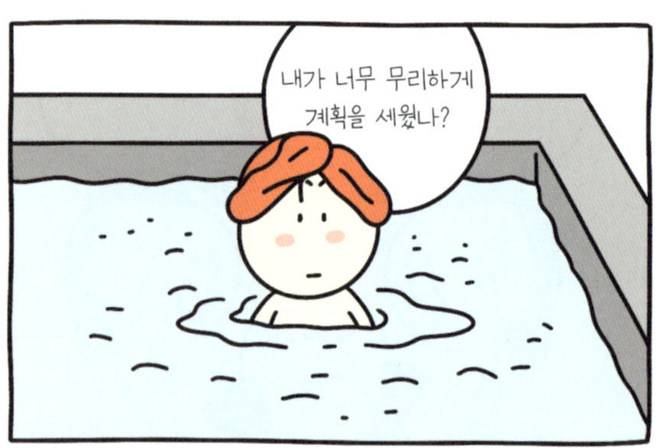

내가 너무 무리하게
계획을 세웠나?

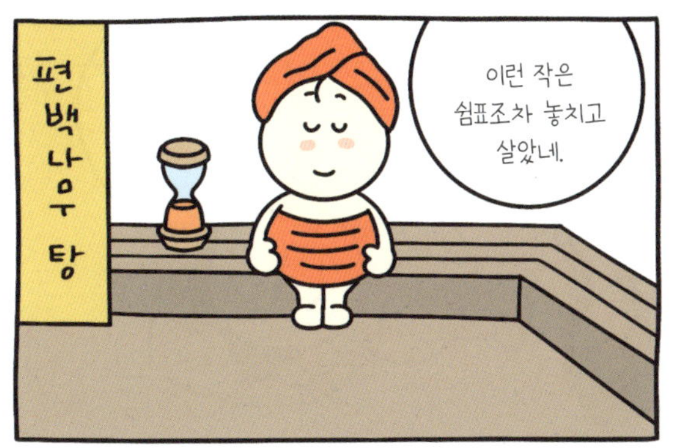

편백나무 탕
이런 작은
쉼표조차 놓치고
살았네.

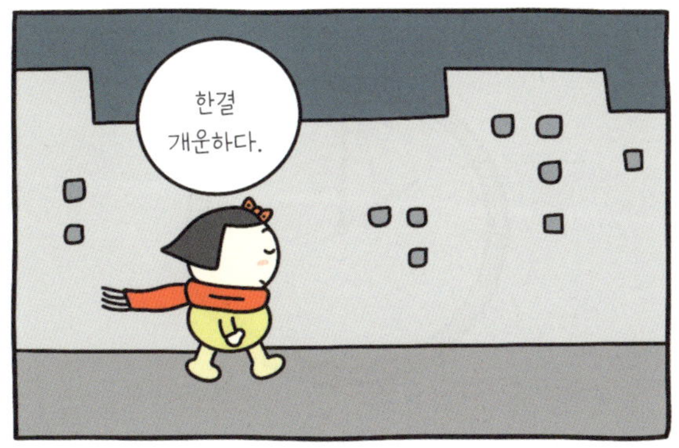

한결
개운하다.

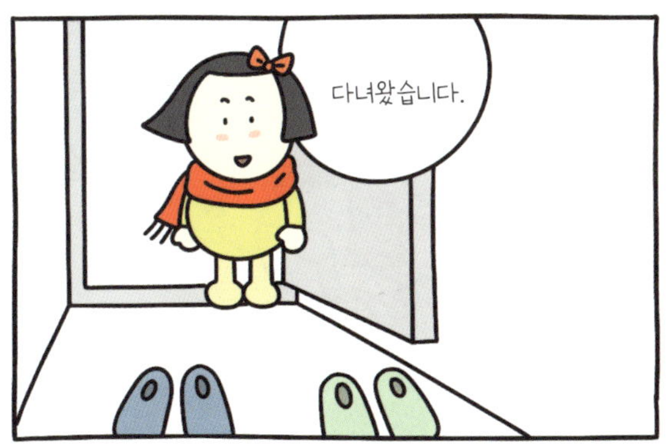

다녀왔습니다.

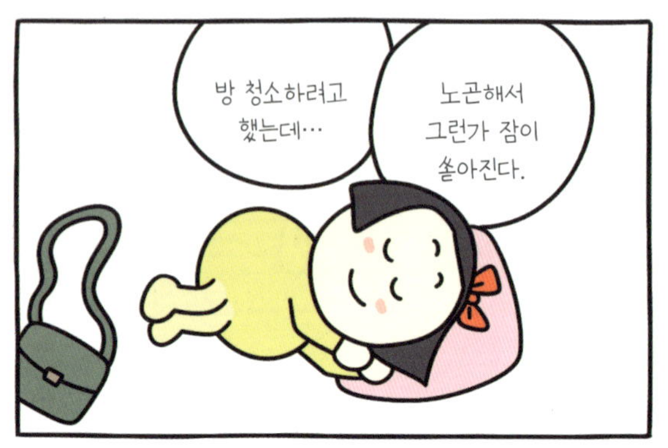

방 청소하려고 했는데…
노곤해서 그런가 잠이 쏟아진다.

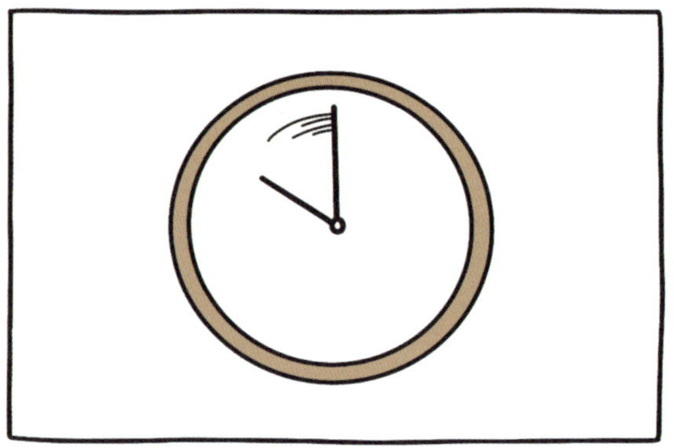

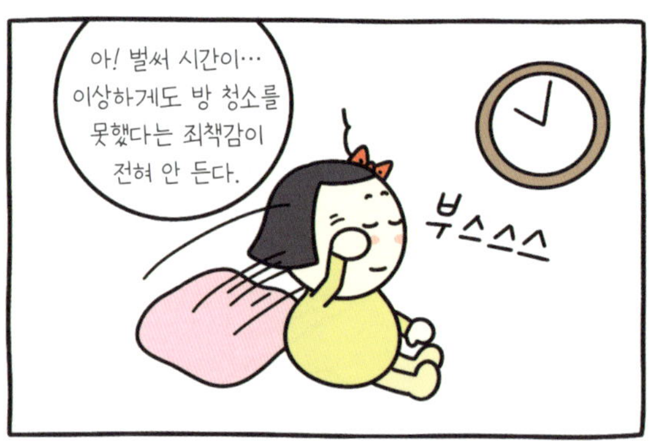

아! 벌써 시간이… 이상하게도 방 청소를 못했다는 죄책감이 전혀 안 든다.
부스스스

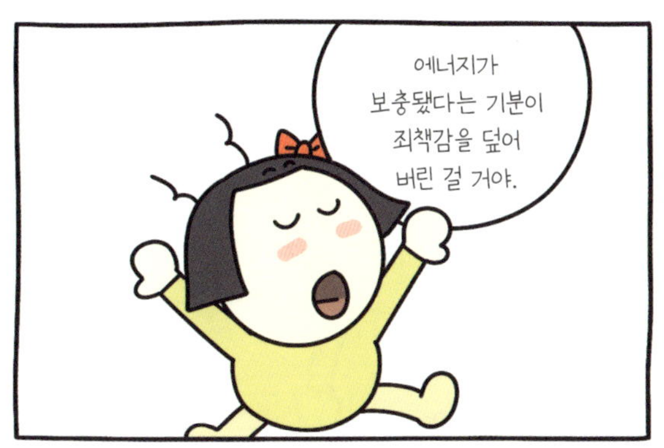

에너지가
보충됐다는 기분이
죄책감을 덮어
버린 걸 거야.

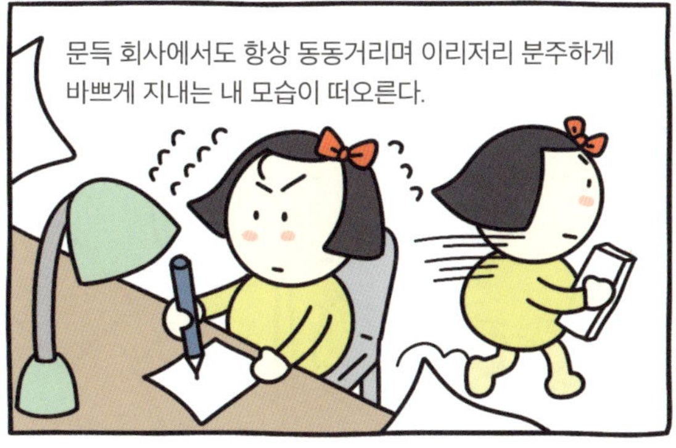

문득 회사에서도 항상 동동거리며 이리저리 분주하게
바쁘게 지내는 내 모습이 떠오른다.

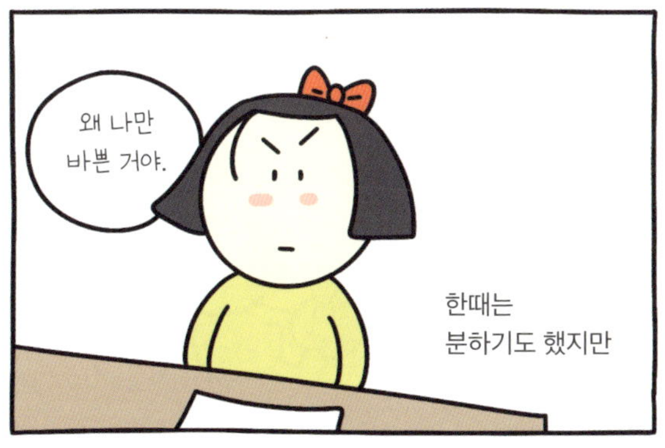

왜 나만
바쁜 거야.
한때는
분하기도 했지만

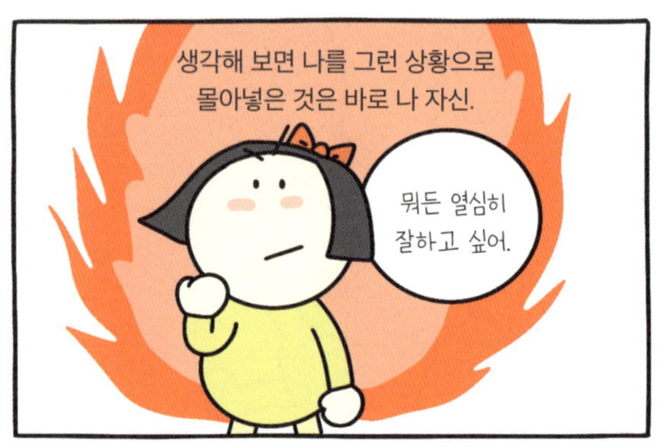

생각해 보면 나를 그런 상황으로
몰아넣은 것은 바로 나 자신.
뭐든 열심히
잘하고 싶어.

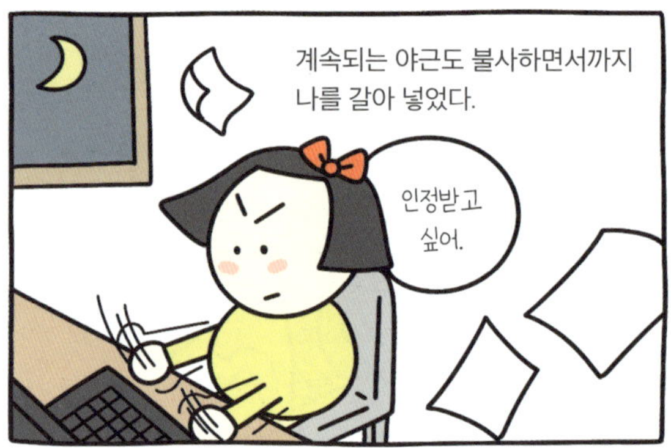

계속되는 야근도 불사하면서까지
나를 갈아 넣었다.
인정받고
싶어.

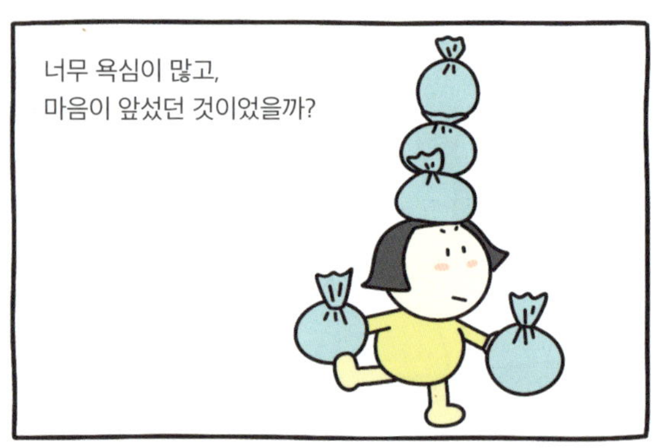

너무 욕심이 많고,
마음이 앞섰던 것이었을까?

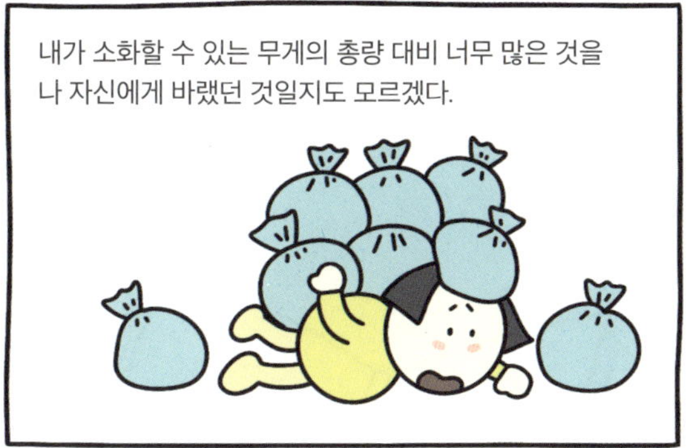

내가 소화할 수 있는 무게의 총량 대비 너무 많은 것을
나 자신에게 바랬던 것일지도 모르겠다.

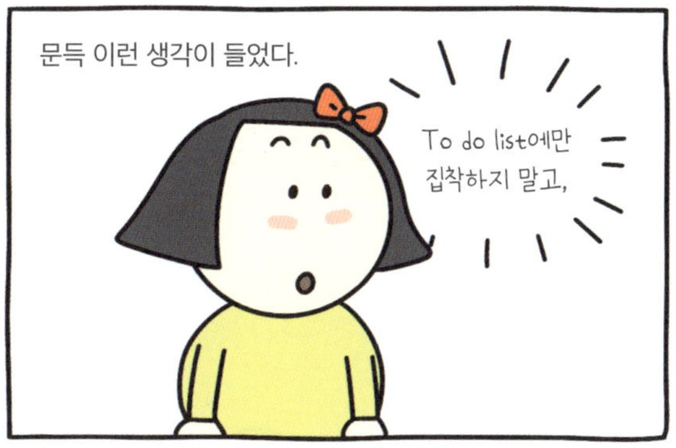

문득 이런 생각이 들었다.
To do list에만
집착하지 말고,

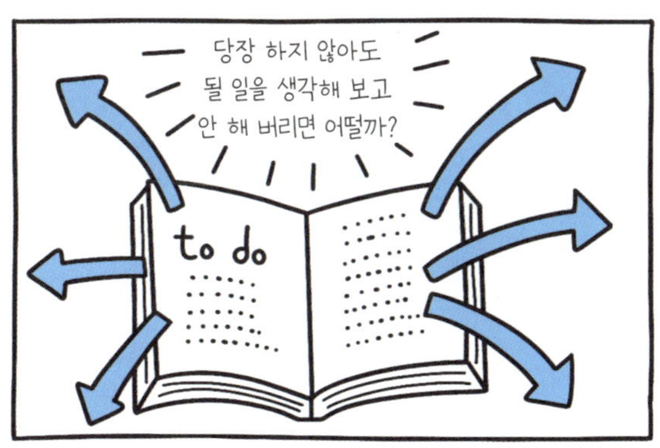

당장 하지 않아도
될 일을 생각해 보고
안 해 버리면 어떨까?
to do

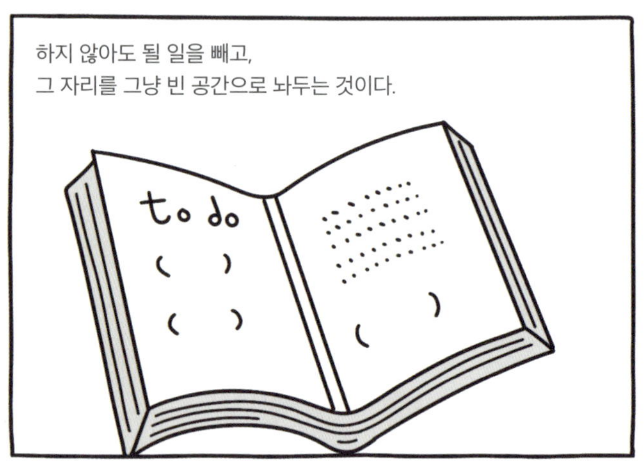

하지 않아도 될 일을 빼고,
그 자리를 그냥 빈 공간으로 놔두는 것이다.

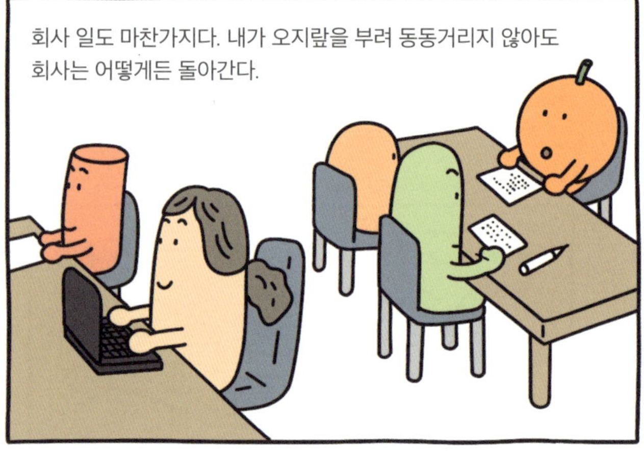

회사 일도 마찬가지다. 내가 오지랖을 부려 동동거리지 않아도
회사는 어떻게든 돌아간다.

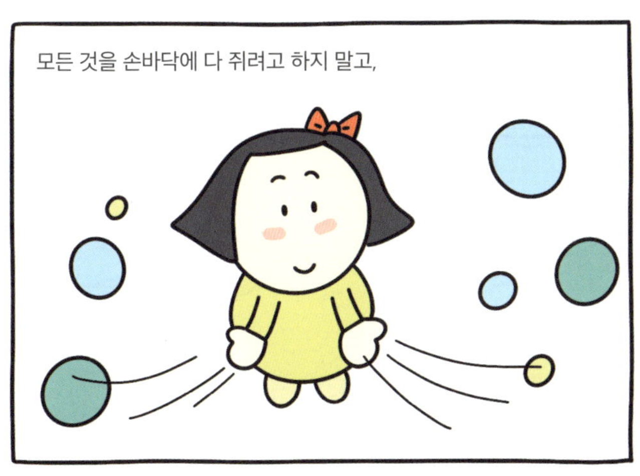

모든 것을 손바닥에 다 쥐려고 하지 말고,

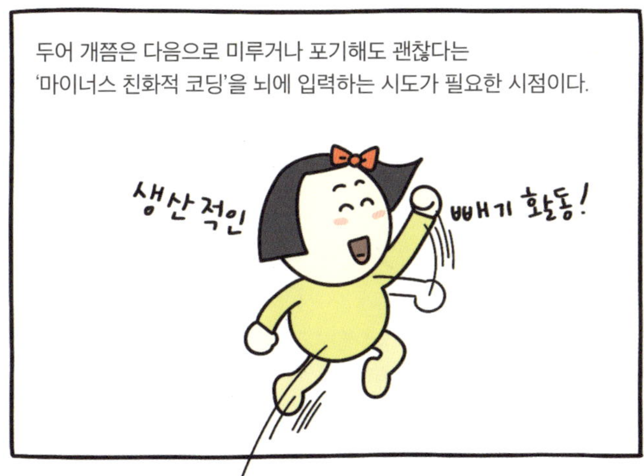

두어 개쯤은 다음으로 미루거나 포기해도 괜찮다는
'마이너스 친화적 코딩'을 뇌에 입력하는 시도가 필요한 시점이다.
생산적인
빼기 활동!

평범함의 경이로움

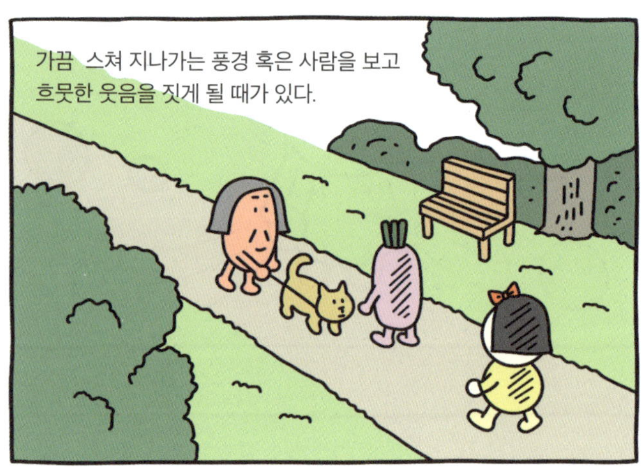

가끔 스쳐 지나가는 풍경 혹은 사람을 보고
흐뭇한 웃음을 짓게 될 때가 있다.

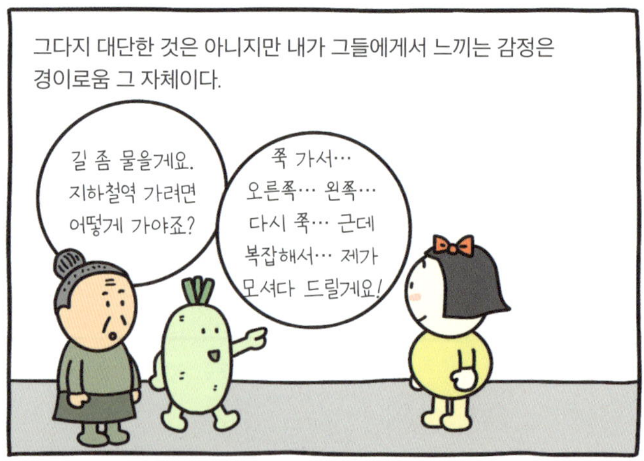

그다지 대단한 것은 아니지만 내가 그들에게서 느끼는 감정은
경이로움 그 자체이다.
길 좀 물을게요.
지하철역 가려면
어떻게 가야죠?
쭉 가서…
오른쪽… 왼쪽…
다시 쭉… 근데
복잡해서… 제가
모셔다 드릴게요!

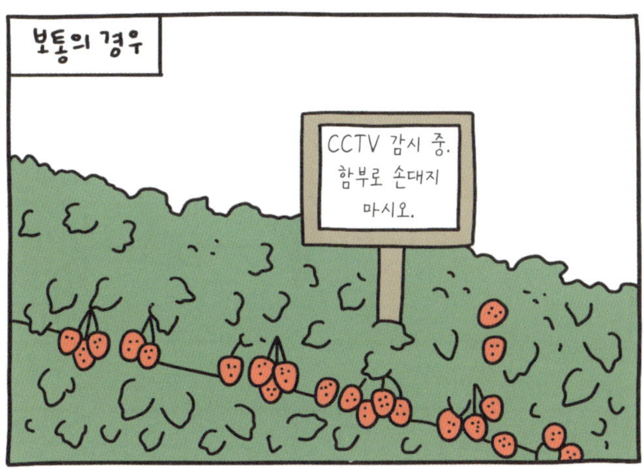
보통의 경우
CCTV 감시 중.
함부로 손대지
마시오.

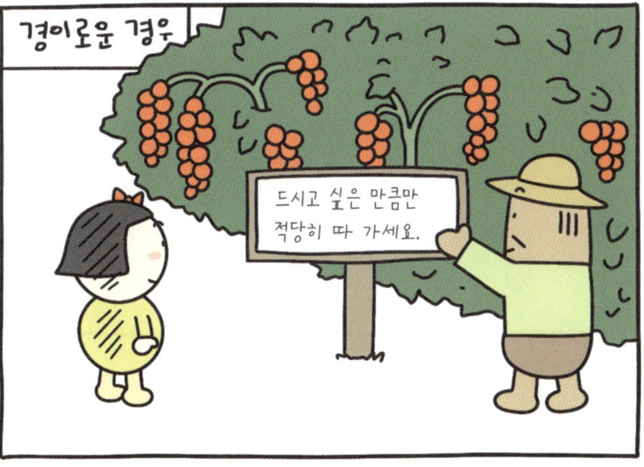
경이로운 경우
드시고 싶은 만큼만
적당히 따 가세요.

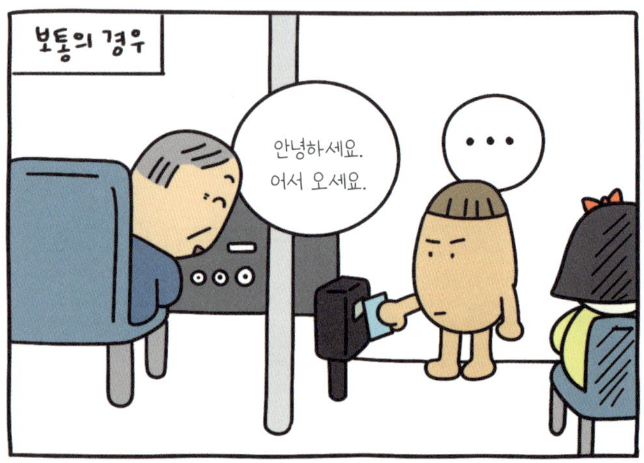

보통의 경우
안녕하세요.
어서 오세요.
…

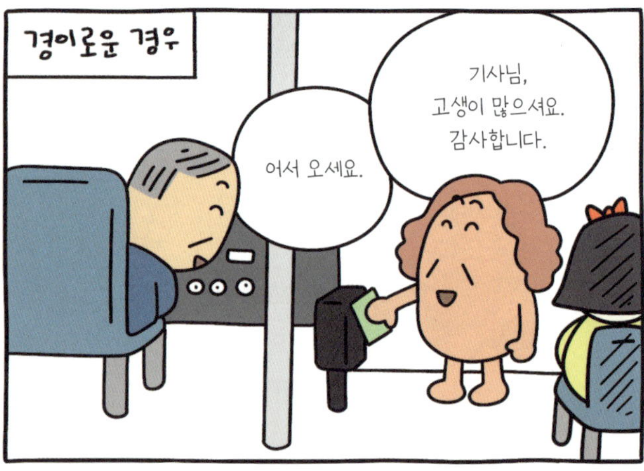

경이로운 경우
어서 오세요.
기사님,
고생이 많으셔요.
감사합니다.

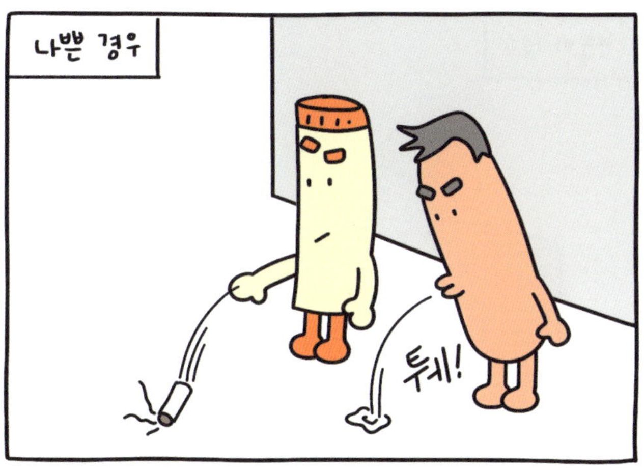

나쁜 경우
투체!

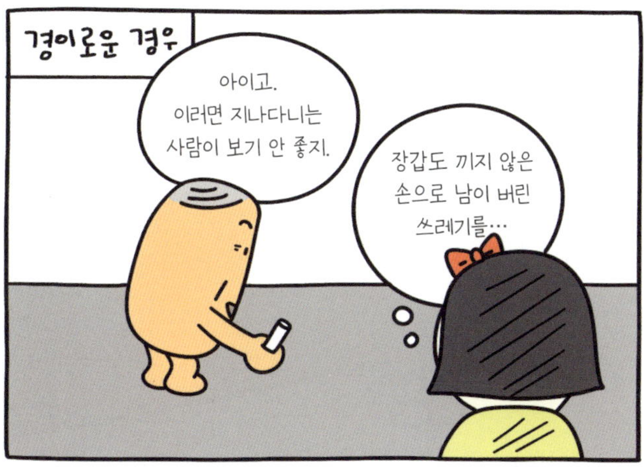

경이로운 경우
아이고.
이러면 지나다니는
사람이 보기 안 좋지.
장갑도 끼지 않은
손으로 남이 버린
쓰레기를…

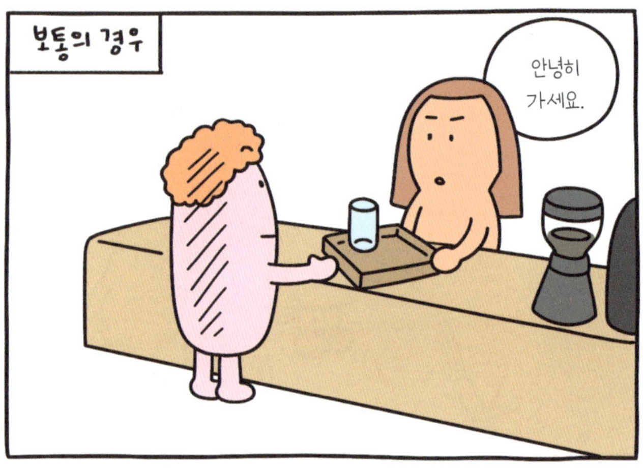

보통의 경우
안녕히 가세요.

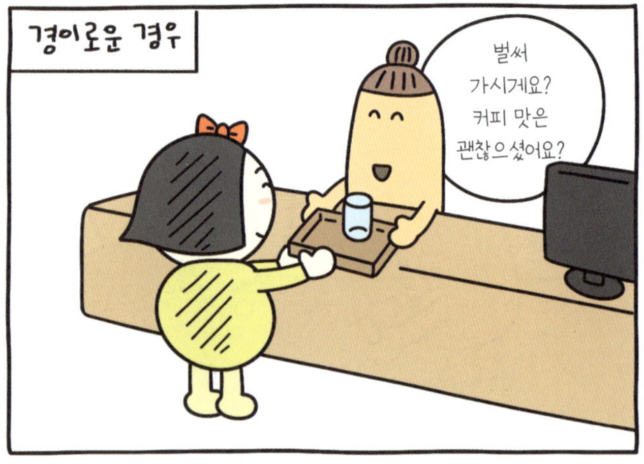

경이로운 경우
벌써 가시게요? 커피 맛은 괜찮으셨어요?

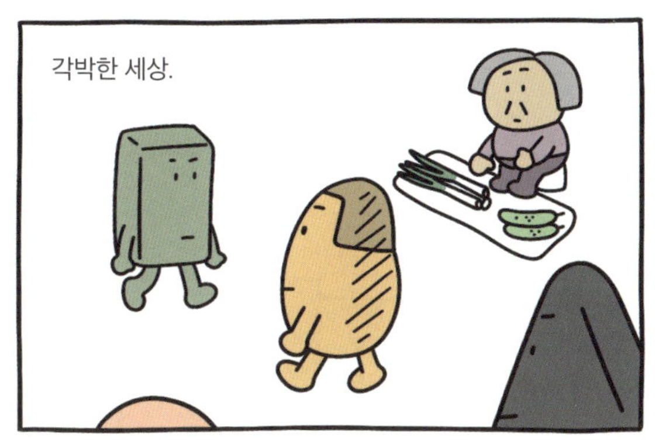

각박한 세상.

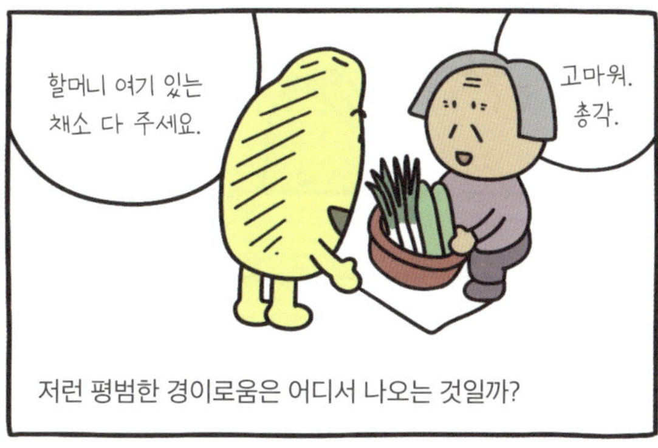

할머니 여기 있는
채소 다 주세요.
고마워.
총각.
저런 평범한 경이로움은 어디서 나오는 것일까?

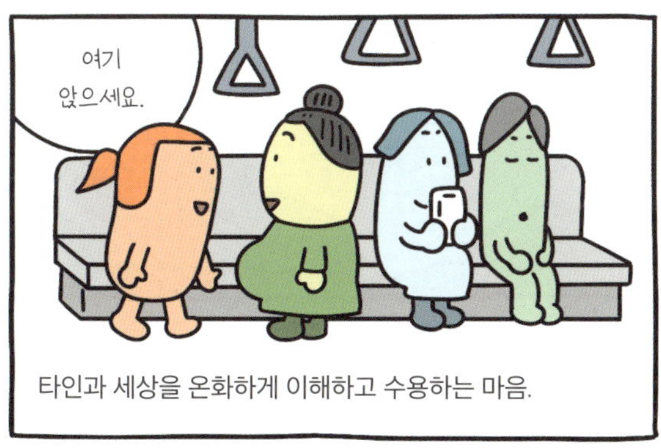

여기
앉으세요.
타인과 세상을 온화하게 이해하고 수용하는 마음.

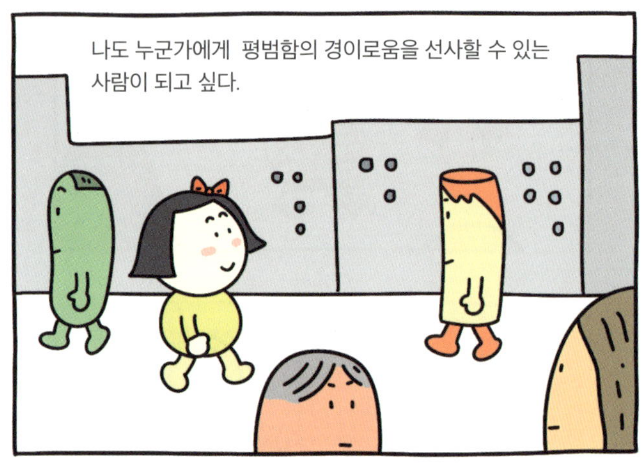

나도 누군가에게 평범함의 경이로움을 선사할 수 있는
사람이 되고 싶다.

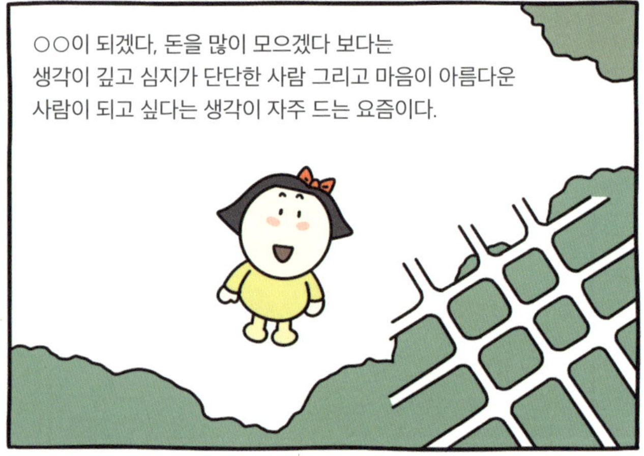

○○이 되겠다, 돈을 많이 모으겠다 보다는
생각이 깊고 심지가 단단한 사람 그리고 마음이 아름다운
사람이 되고 싶다는 생각이 자주 드는 요즘이다.

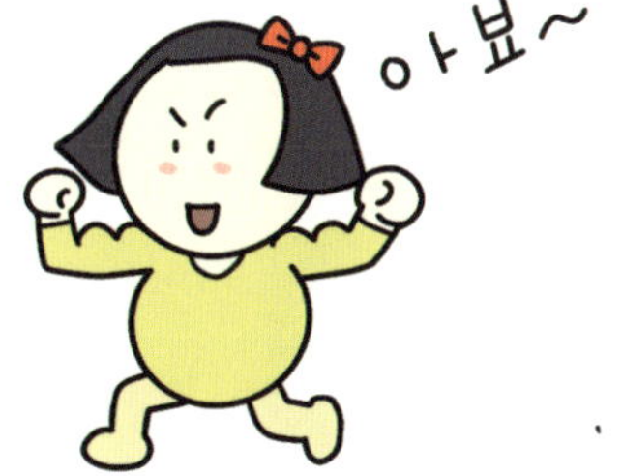
아뵤~

에필로그

샹마이웨이로
살아가는
우리들에 대해

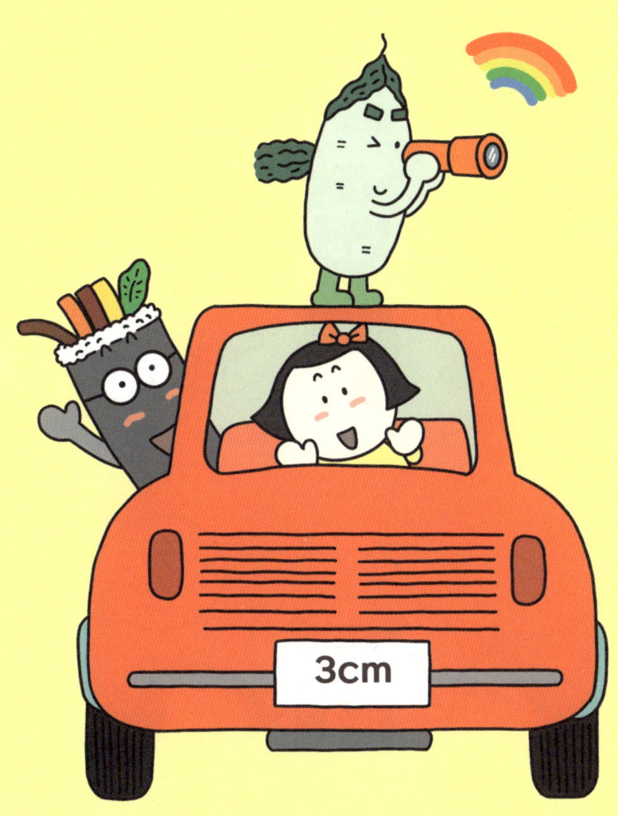
3cm

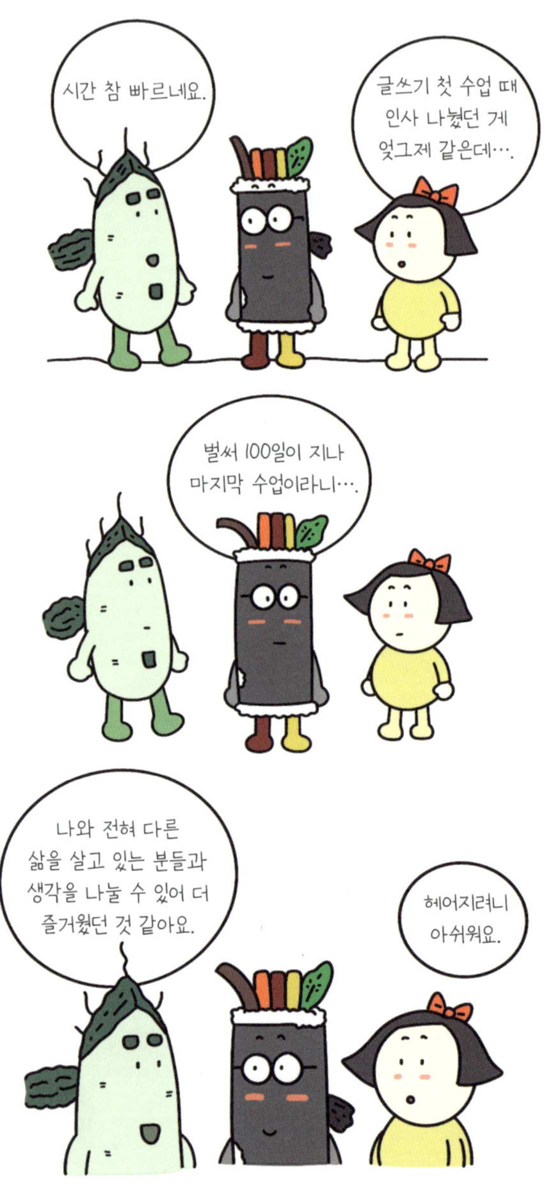

시간 참 빠르네요.
글쓰기 첫 수업 때 인사 나눴던 게 엊그제 같은데….
벌써 100일이 지나 마지막 수업이라니….
나와 전혀 다른 삶을 살고 있는 분들과 생각을 나눌 수 있어 더 즐거웠던 것 같아요.
헤어지려니 아쉬워요.

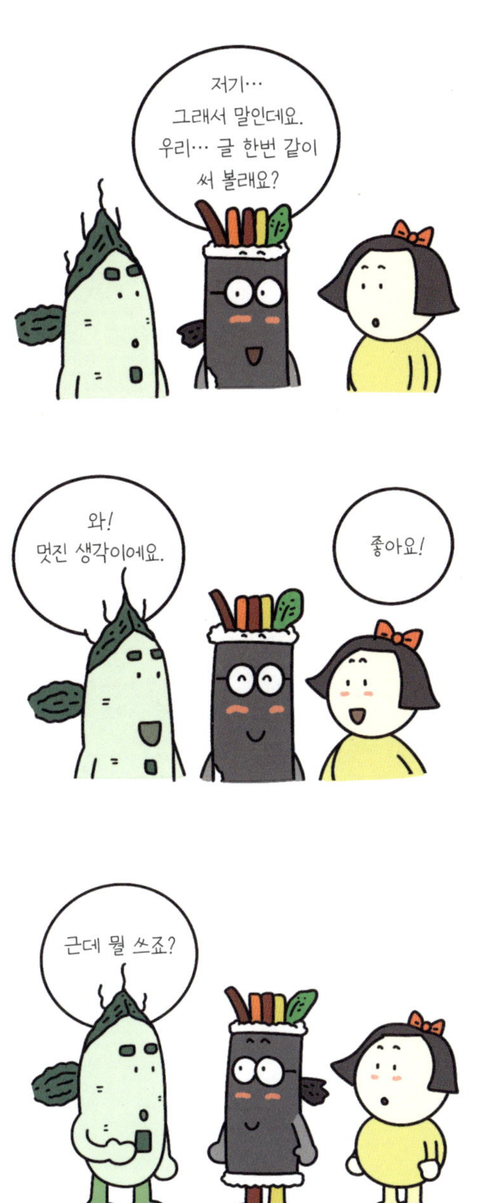

저기…
그래서 말인데요.
우리… 글 한번 같이
써 볼래요?
와!
멋진 생각이에요.
좋아요!
근데 뭘 쓰죠?

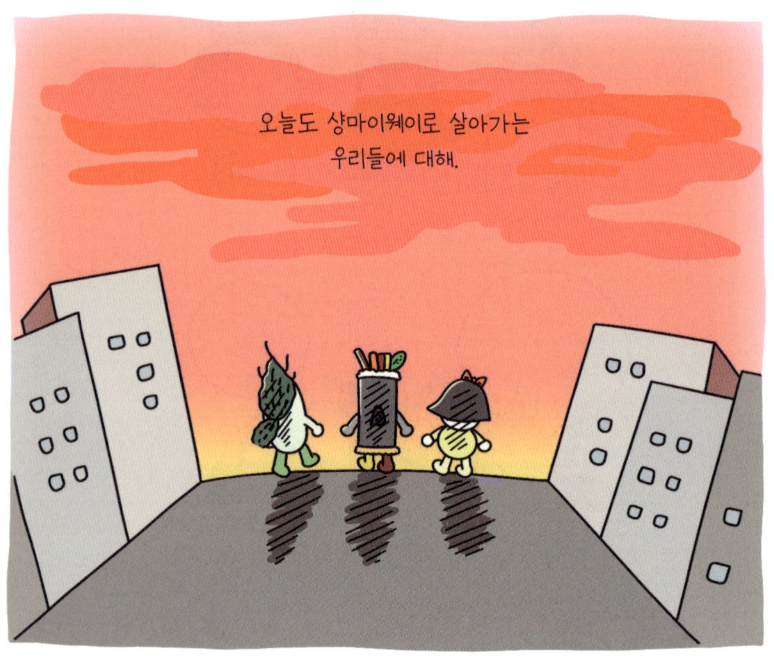
오늘도 샹마이웨이로 살아가는
우리들에 대해.

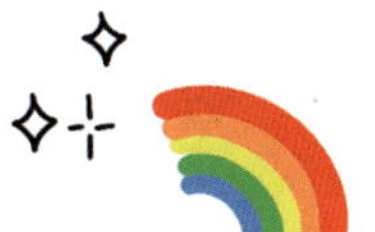

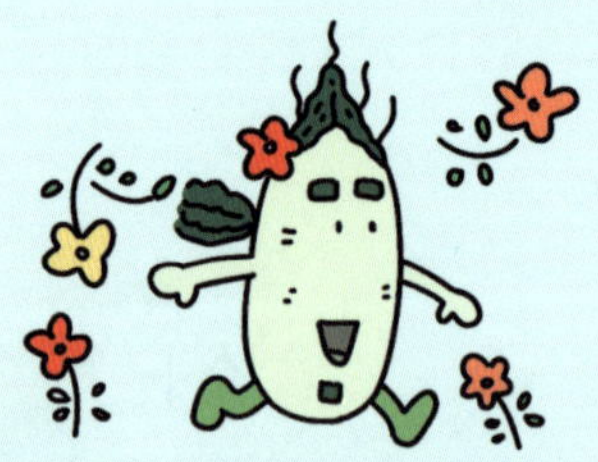

노란 띠에 글쓰기를 시작했는데 어느새 검은 띠가 되었다. 내 차례가 오면 바들바들 떨었던 회의 시간에 이제는 농담도 한두 마디 던진다. 시간이 참 신기하다. 일단 흐르면 뭐가 되긴 한다. 내가 바라던 모습은 아니라도.

좋은 사람이 되고 싶었다. 그게 무엇인지는 모르겠지만, 무 배우 이야기는 좋은 사람이 되고픈 몸부림의 흔적이다. 지금 내 모습은 바람든 무가, 30대 초반의 내가 되고 싶었던 무언가는 아니다. 그렇기에 몸부림은 계속 치고 있다. 명상 센터에 훌쩍 가 버리거나, 예전이라면 절대 가지 않을 술자리에 간다. 사람들과 어울리려고 한다.

얼마 전 회사 동료가 나에게 인생을 재밌게 사는 것 같다고 말했다. 그 말에 잠시 지난 몇 년을 돌아보았다. 10일짜리 근속 휴가를 명상 센터 가는 데 쓰거나, 회식에 빠지고, 태권도 대회를 나갔다. 무언가 이룬 건 없어도 재밌는 이야기는 남았다. 몸부림이라고 표현했지만 나는 퍽 인생을 즐기고 있는지도 모르겠다.

그렇게 살아온 삶이 쌓이면, 언젠가 나이가 들어 침대 위에서만 생활하게 될 때쯤, 쌓아둔 추억만으로 살아갈 수 있지 않을까 싶다. 진심으로 살면 목적지에는 못 가더라도 나에게 나눠 줄 이야기 몇 편쯤은 남고 그것으로 살아갈 힘을 얻을 수 있다. 그거면 됐다.

주정한

다섯 달 동안의 프로듀싱을 포함한 채색 작업을 마치고 잠시 떨어져 잊고 있었는데 책이 나오기 전, 원고를 다시 마주하니 마음이 뭉클합니다.

이 책은 순전히 '이번 생은 망했다'는 콘셉트의 캐릭터로 뭔가를 기획해 보면 좋겠다는 호기심으로 시작하여 기획하고 작업을 진행했습니다.

처음 기획 의도했던 것과 같이 등장 캐릭터들에게 그리고 독자들에게 '이번 생, 엄청 대단하게 성공하진 않았지만 그래도 나름 열심히 잘살아 내고 있지 않아? 인생 뭐 있나? 샹, 마이웨이로 살면 되지.'라고 씩씩한 목소리를 전할 수 있어 기쁩니다.

내가 어떤 색의 꽃인지 몰라 다른 꽃을 자주 부러워하던 적이 있습니다. 무지의 시간을 건너 지금의 나는 나로 사는 것이 즐거우니, 내 생명 안에서 한없이 자유롭습니다. 우리가 가진 저마다의 생명이 활짝 꽃피우기를 바랍니다.

이꿀

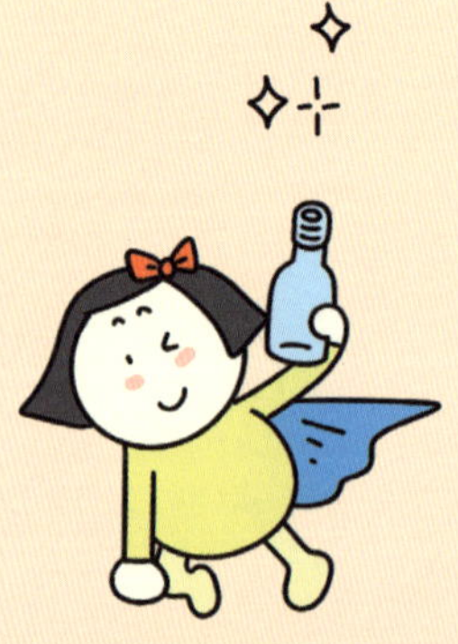

끝없이 반복되는 일상의 긴 터널을 지나니 번아웃 정류장이 보였습니다. 무심코 벨을 누르고 내린 그곳에서 혼자 멍하게 서 있으니 어디로 향할지 막막하더군요. 내가 가고 싶은 길, 마이웨이(My way)를 찾아야 하는데 길을 물어볼 사람도, 이정표도 없는 텅 빈 길에서 한참을 머물러 있었지요.

이런저런 생각은 많은데 정리가 되지 않았죠. 그때 문득 떠올랐습니다.
"나는 내 생각을 어떻게 활자로 펼쳐 놓을까?"
그렇게 시작한 글쓰기는 나를 알아 가는 첫걸음이 되었습니다. 그 과정에서 '어, 내가 이런 면도 있었구나'하고 느껴지는 뜻밖의 발견들도 있었고요. 글쓰기를 통해 한층 더 단단한 삶을 살고 싶다는 욕망도 피어올랐죠.

아마 죽는 날까지 우리의 마이웨이(My way) 탐구는 멈추지 않을 것입니다. 무엇인가를 경험하고 깨달으며, 견디고 묵묵히 해내는 그 일상 속에서 분명 단단하고 선명한 마이웨이(My way) 실크로드가 나타날 거라 믿고 있어요. 이 책을 통해 잔잔한 미소와 따뜻한 울림이 여러분들께도 전해졌으면 좋겠습니다.

+ 좋은 글벗(최강 50기!)들과 꾸준하게 글을 함께 쓴 덕분에 저의 마이웨이(My way)에 〈글쓰기〉란 이정표를 심어 놓을 수 있었습니다. 더불어 사랑하는 가족과 야무진 고양이(B)에게도 애정을 전합니다.

이예지